Rudolf Stratz

Für Dich

e-artnow 2018

Henryk Sienkiewicz
Sintflut (Historischer Roman)

Julius Wolff
Der Sachsenspiegel (Historischer Roman - Eine Geschichte aus der Hohenstaufenzeit)

Hans Fallada
Jeder stirbt für sich allein

Alexandre Dumas
Die Gräfin Charny: Historischer Roman

Annette von Droste-Hülshoff
Gesammelte Werke von Annette von Droste-HülshoffDie Judenbuche + Bei uns zu Lande auf dem Lande + Bilder aus Westfalen + Gedichte …Am Bodensee, Carpe diem! und vieles mehr)

Rudolf Stratz
Für Dich

e-artnow, 2018
Kontakt: info@e-artnow.org

ISBN 978-80-273-1312-9

Inhaltsverzeichnis

I.

Der Hauptmann Georg Gisbert ahnte an diesem Berliner Märzabend nicht, daß in einer halben Stunde für ihn die schicksalsschwerste Wendung seines Lebens beginnen würde. Er stand in seiner reichen Wohnung in der Meinekestraße draußen im Westen nahe dem Kurfürstendamm, in Waffenrock und Epauletten, zur Gesellschaft fertig, knöpfte sich die weißen Handschuhe zu, sah auf die Uhr und rief dann in das Nebenzimmer: »Otti–i! ... Ott–i! ... Ott–i!«

Das klang mahnend wie zwei gleichmäßige Glockenschläge. Durch die halboffene Türe antwortete es: »Ja doch! Gleich ...«

»Otti – wir kommen zu spät!«

»Nur noch eine Sekunde!«

Ja – *die* Sekunde! Der Hauptmann Gisbert seufzte, ging im Zimmer hin und her, blieb wieder stehen und prüfte sich im Spiegel, ob er wenigstens gefechtbereit sei. Das Glas warf ihm sein Bild zurück, eine straffe preußische Offiziersgestalt, einen energischen schnurrbärtigen Kopf, dessen gesunde Luftbräunung unter dem Stubenhocken noch nicht gelitten hatte. Denn er war erst seit kurzem aus seinem Provinzregiment zur Dienstleistung beim Kolonialamt nach Berlin kommandiert worden.

»Ottilie!« Wenn er »Ottilie« statt »Otti« sagte, wurde er energisch.

»Ottilie! Ich werde jetzt einfach an Muthardts telefonieren, wir kämen überhaupt nicht mehr! Du würdest mit deinem Krimskrams heute abend nicht mehr fertig!«...

Er war jetzt entschlossen, selber hineinzugehen, um dem Mädchen beim Zuhaken der Taille zu helfen. Aber im selben Augenblick trat seine Frau über die Schwelle. Ihr rosiges Gesicht war etwas erhitzt von der Eile. Ihre weißen Schultern glänzten. Sie trug ein Kleid aus blaßgrünem Crepe de Chine mit Silberspitzen und in dem dunklen Haar ein Efeukränzchen, das gut zu dem sanften Ausdruck ihrer nußbraunen Augen paßte. Sie hatte etwas Kindliches an sich, trotz ihrer zwei- oder dreiundzwanzig Jahre. Ein reicher Smaragdschmuck flimmerte ihr an Hals und Hand. Sie warf ebenso wie ihr Mann noch einen schnellen Blick in den Spiegel und sprach dann: »So! ... Ist ein Auto unten?«

»Ja! Vorwärts!«

Sie nahmen sich eben nur noch die Zeit, im Vorbeigehen in das Kinderzimmer hineinzuschauen, wo der kleine zweijährige Robert und sein einjähriges Schwesterchen Martha friedlich schlummerten, dann stiegen sie die Treppen hinunter und in den Wagen. Und im Fahren sagte der Hauptmann resigniert: »Du bist eben immer unpünktlich!«

»Ich bin gerade so pünktlich wie die andern!«

»Nee, mein Kind! Das ist eben der Unterschied! Bei uns in der Armee ist das in den Familien jedermann seit Generationen anerzogen. Bei euch draußen, da muß man es erst lernen!«

Es war bei ihm immer ein Zeichen von Ungeduld, wenn er seiner Frau nahelegte, daß ihr Vater der Weingroßhändler Jean Baptiste Dörsam in Worms war. Sie selber machte von ihrer Herkunft aus der Firma Dörsam, Fröhlich und Kompanie hier in Berlin nur den notwendigsten Gebrauch und schwieg versöhnlich, während er rief: »Vorwärts, Kutscher! ... Dabei wohnen diese Muthardts noch am Kronprinzenufer! Wenn man Eile hat, wohnen die Leute immer am Kronprinzenufer. Es ist merkwürdig!«

Als sie in den Korridor der Muthardtschen Wohnung traten, in dem alles voll war von Helmen und Hüten, von Säbeln und Regenschirmen, von bunten und dunklen Paletots, kam ihnen ein Lohndiener schon mit einer Suppenschüssel entgegen. Man saß also bereits bei Tisch. Es war eine lange Tafel in einer regelmäßigen Abwechslung von hellen Damenkleidern, Waffenröcken und Fräcken. Der Leutnant von Muthardt war zur Artillerie- und Ingenieurschule in Charlottenburg kommandiert. Seine Frau hatte den weit bekannten, süddeutschen Universitätsprofessor und Abgeordneten Röttger zum Vater. So hatten sie in Berlin gleich Anschluß nach verschiedenen Seiten hin gefunden. Zwei noch blutjunge, nette Leute kamen sie dem eintretenden Ehepaar Gisbert entgegen und schnitten liebenswürdig und erregt die Entschuldigungen wegen des Zuspätkommens ab, und der Hausherr nahm seinen Kameraden am Arm und stellte vor: »Gestatten Sie, meine Herrschaften! Herr Hauptmann Gisbert und Gemahlin, Bruder meines dicken Spezialkollegen von der Bombe hier, aber begabter als der...«

»...wozu nicht viel gehört!« erklärte der gemütliche Spandauer Artillerist, der ganz nahe dabei saß, mit einem Lächeln in den schlau zwinkernden Äuglein und auf dem roten Gesicht.

»...alter Chinakämpfer – Schutztruppler in Ostafrika – jetzt im Kolonialamt tätig...«

»...kurzum: ein Streber!« ergänzte der Bruder, und der junge Hausherr, nachträglich etwas verwirrt darüber, daß er den ihm doch halb Fremden in seiner Erregung so scherzhaft eingeführt hatte, sagte hastig: »Bitte, gnädige Frau: Hier ist Ihr Stuhl frei! Sie erlauben: Ihr Tischherr: Herr Regierungsrat Freiherr von Steinling! Ihr anderer Nachbar – da hab' ich selbst den Vorzug! ... Und Sie, Herr Hauptmann, wenn ich bitten darf, dort drüben, neben Frau von Laitz!«

Georg Gisbert nahm neben der jungen Leutnantsfrau Platz, die er oberflächlich kannte und durch einen Händedruck begrüßte, und Frau von Laitz, die nicht hübsch, aber lustig war, sagte sofort: »Ich dachte schon, die Wilhelmstraße wäre Ihnen so zu Kopf gestiegen, daß Sie mit uns Frontproletariern überhaupt nicht mehr verkehren wollten!«

Er entfaltete seine Serviette.

»So bin ich gar nicht, gnädige Frau! Ich hab' eigentlich furchtbar wenig Ehrgeiz in mir!«

»Jawohl! Das sagen alle, wenn sie glücklich so weit sind!«

»Nein. Wahrhaftig! Manchmal kommt es mir vor, als wäre ich gar nicht Offizier!«

Sie sah auf die Kriegsorden mit gekreuzten Schwertern auf seiner Brust, die er sich in Asien und Afrika geholt, und frug erstaunt: »Ach, du guter Gott! ... Was denn sonst?«

»Das weiß ich nicht!«

Frau von Laitz lachte.

»Na ja! Sie haben ja so vielerlei Gaben! Das habe ich schon gehört! Sie singen. Sie spielen wundervoll die Geige. Sie komponieren auch – nicht wahr?«

»Das sind alles nur Dummheiten, gnädige Frau!«

»Ach wo! ... Wo haben Sie denn bis jetzt in Garnison gestanden?«

»In Metz!«

Sie pfiff durch die Zähne.

»Eben ... Metz! ... In Berlin wird's Ihnen schon besser gefallen! Ich bin gräßlich gern hier! ... Ich bin bis an die Decke gesprungen, wie es hieß: wir kommen hierher! Na – in Oberschlesien sind die Decken ja auch niedrig! Finden Sie nicht auch die Berliner Wohnungen so riesenhaft hoch? Namentlich da draußen im Westen? Sie sollen ja auch so prachtvoll eingerichtet sein!«

Georg Gisbert hörte längst nicht mehr auf das eilfertige Geplapper neben ihm. Er hatte zerstreut über den Tisch hingeblickt – es war da ein Gewirr – die vielen Gesichter – das Lachen – die Blumen und Lichter – die bloßen Schultern, die bunten Krägen, die weißen Frackhemden – wie ein flimmernder Nebel lag es über der Tafel. Und in dem Nebel sah er plötzlich eine Dame – schräg ihm gegenüber am anderen Ende – wohl zehn, zwölf Stühle von ihm entfernt – und sein Herz stand still.

Erst glaubte er es nicht. Dann schaute er wieder hin. Und nun wußte er es: Da drüben saß seine geschiedene Frau...

Sechs Jahre waren es her, seit er sie zuletzt gesehen.

Damals war sie schwarz gekleidet und dunkel verschleiert vor ihm die Stufen des Amtsgerichts, aus dem sie vom Scheidungstermin kam, hinab zum Wagen geschritten. Und als sie, ohne den Kopf nach ihm zu wenden, das Kleid raffend, in die Droschke gestiegen war, da hatte er gedacht, nun würde er ihr nie wieder im Leben begegnen.

Der Lohndiener schob sich mit einer Platte an seine linke Seite. Er nahm sich mechanisch und hörte, wie die kleine Frau von Laitz neben ihm sagte: »Dieser ewige grillierte Zander ist gräßlich! ...Der und die gefüllte Pute...« und ließ dabei kaum den Blick von seiner einstigen Frau da drüben...

Sie mußte jetzt gegen dreißig sein. Ihre blonde Schönheit schien ihm noch gewachsen gegen früher. Er hatte sie nicht so schön in der Erinnerung. Sie überraschte ihn. Sie hatte sich überhaupt verändert. Sie war ruhiger. Gereift. Die Jahre hatten die schmalen, blassen Züge noch veredelt. Der leichte, kaum merkliche Ansatz zwischen Kinn und Hals gab ihnen etwas Frauenhaftes, was sie früher nicht so besessen. Aber ihre Gestalt war so schmächtig-schlank wie einst.

Sie trug ein weißes Kleid ohne allen Ausputz. Keinerlei Schmuck. Nur an ihrer linken Hand funkelte, als sie jetzt den weißen Arm ausstreckte, um an dem Rotweinglas zu nippen, ein ganz schmaler goldener Ring. Vor ihr auf dem Tisch lag ein Blumenstrauß aus Veilchen und Maiglöckchen. Sie war die einzige Dame in der Gesellschaft, die diese Auszeichnung bekommen hatte. Sie beachtete ihren früheren Mann gar nicht, obwohl sie ihn ja bei seinem Eintritt in das Zimmer sofort erkannt haben mußte. Sie schaute mit keinem Blick zu ihm hinüber, sondern hatte sich zu ihrem Nachbar zur Linken gewandt und sprach leise und ruhig mit ihm und lächelte dabei ein wenig, – Georg Gisbert kannte dies süße, melancholische Lächeln, das zuweilen ihr Gesicht erhellte – und der Herr neben ihr nickte und erwiderte gedämpft etwas. Die beiden plauderten sehr vertraut. Sie schienen sich wohl zu kennen. Er war nicht mehr jung – ein guter Fünfziger – groß und beleibt, mit einem gutmutigen, von viel frischer Luft und starkem Wein geröteten Gesicht und angegrautem Haar und Schnurrbart. Seine Stimme klang etwas knarrend. Er trug zu seinem Frack den Johanniterstern. Er machte trotz seiner Schwerfälligkeit den Eindruck eines vornehmen Mannes. Jetzt beugte er sich ganz nahe zu seiner Nachbarin. Beide nickten gleichzeitig, als ob sie über etwas einig wären.

Georg Gisbert unterbrach das Redegeplätscher der Frau von Laitz neben ihm, die ihm eben irgend eine Schreckenstat ihres Dienstmädchens mit aller Ausführlichkeit berichtete, und frug unvermittelt: »Sagen Sie, gnädige Frau – kennen Sie den Johanniter da drüben? – Den korpulenten Herrn, der sich eben das Menü anschaut?«

Sie war etwas erstaunt über seine Unhöflichkeit. Dann erwiderte sie: »Das ist ein Freiherr von Ulerici – Major a. D. und Rittergutsbesitzer. Sehr reich. Er stand, glaube ich, früher bei den neunten Kürassieren ...«

Und nach einer Pause setzte sie hinzu: »Er ist verlobt, wie Sie sehen – auf seine alten Tage ...«

»Mit wem?«

Die kleine Frau lachte.

»Na aber, Herr Hauptmann – natürlich mit der Dame neben ihm! Ein Brautpaar sitzt doch immer beisammen. Eine Frau von Dingsda ... ich habe den Namen nicht recht verstanden ...«

»Frau von Vogt,« sagte der Hauptmann Gisbert mechanisch vor sich hin.

»Nein. Sie ist eine geborene von Vogt-Neetzow. So heißt ihr Vater. Aber sie ...«

»Sie heißt geradeso.«

»Aber erlauben Sie mal: Wenn sie als Witwe ...«

Georg Gisbert wandte sich zu seiner Tischdame und sagte mit der seltsamen Offenheit, die er zuweilen gerade Fremden gegenüber hatte: »Sie ist keine Witwe, sondern meine geschiedene Frau!«

»Was?«

»Ja gewiß! Darum frug ich nach dem Herrn neben ihr.«

»Nun machen Sie aber keine Witze, Herr Gisbert ...«

Er versetzte ebenso ruhig und brüsk wie bisher: »Warum soll ich es Ihnen denn nicht sagen? Nach Tisch tuschelt es doch einer dem andern brühwarm ins Ohr. Es sind genug Leute da, die uns kennen. Sehen Sie doch nur die sonderbaren Gesichter!«

Frau von Laitz war ganz erschüttert. Sie hielt die Hände im Schoß und schwieg. Das hieß bei ihr viel. Endlich meinte sie beklommen: »Das wußte ich ja gar nicht, daß Sie schon einmal verheiratet waren!«

»Gerade vor zehn Jahren habe ich geheiratet. Und vor sechs Jahren war es aus.«

»Ach so ... deswegen gingen Sie dann ...«

»Deswegen ging ich in die Kolonien! Und wäre jetzt noch dort, wenn ich nicht wegen meiner Verwundung in Ostafrika hätte zurück müssen ...«

Es war ein Stillschweigen. Dann versetzte die kleine Leutnantsfrau: »Na – das ist eine schöne Geschichte! Ich begreife die Muthardts nicht! Man sieht sich doch an, wen man zusammen einlädt!«

Georg Gisbert zuckte die Achseln.

»Meine verehrte gnädige Frau – wie sollen Muthardts denn das wissen? Die sind neu in Berlin. Ich bin auch vor kurzem hierher versetzt. Kann man denn einem Menschen, den man kaum kennt, an der Nase ansehen, daß er vor sechs, acht Jahren in Westpreußen in Garnison gewesen und in Danzig geschieden worden ist und wie seine damalige Frau mit dem Mädchennamen geheißen hat? Das ist zuviel verlangt in Berlin!«

So sprach er. Aber er dachte sich doch: Deutschland ist groß und die Welt ist weit. Ich bin in die Welt hinaus gegangen, unter Chinesen und Hottentotten, um die da drüben zu vergessen – und nun sitzen wir doch wieder im selben Zimmer beisammen...

»Das wird der armen Muthardt schrecklich sein!« sagte seine Nachbarin.

Er erwiderte nichts. Jetzt, während er mit seiner Tischdame so angelegentlich gesprochen, hatte Frau von Vogt ihre großen graublauen Augen für eine Sekunde zu ihm hinüber gewandt, nicht verstohlen, sondern in einem stolz und gleichgültig über die Tafel schweifenden Blick. Dem begegnete jetzt der seine. Sie wichen sich nicht aus. Sie sahen sich ruhig ins Gesicht. Ihm schien, als sei sie etwas blasser geworden, in diesem Moment – aber es konnte auch eine Täuschung sein. Sie drehte wieder ihr blondes Haupt und richtete eine lächelnde Frage an ihren Bräutigam. Und der alte gutmütige Lebemann lächelte zärtlich dagegen, mit einem glücklichen Schein in seinen kleinen, wässerigen Augen. Er war offenbar bis über die Ohren verliebt in seine schöne Braut.

Und Georg Gisbert dachte sich: ›Welch sonderbares Ding ist doch der Mensch!‹ Er hatte jetzt eben, wie er das Strahlen auf dem roten, übergrauten Gesicht da drüben sah, einen ganz deutlichen, ganz lebhaften Stich von Eifersucht im Herzen empfunden, als wolle der Freiherr von Ulerici etwas nehmen, was ihm, dem Hauptmann Gisbert, gehörte! So stark war jetzt noch, nach sechs Jahren, die Macht der Gewohnheit, des unbewußten Empfindens. Das war lächerlich! Sie war doch weiß Gott frei! Mochte sie nur den alten, schnaufenden Junker da drüben heiraten und seine Rittergüter erben! Er, Georg Gisbert, hatte doch auch schon vor drei Jahren Fräulein Otti Dörsam, vom Hause Dörsam, Fröhlich und Kompanie, Rhein- und Moselweine en gros, geehelicht. Sie hatte ebensogut ein Recht, für ihre Zukunft zu sorgen, wie er.

Und eine plötzlich aufquellende Bitterkeit in ihm sprach: Ja, wir sind klug geworden, du und ich! ... Wir sind nicht mehr die Sonntagskinder, die es in dem engen Alltag miteinander nicht aushielten! Wir rechnen jetzt wie andere Leute und zählen die Groschen und gehen manierlich auf der breiten Bahn...

Wieder streiften sich, diesmal ganz unbeabsichtigt, ihre Blicke. Zugleich runzelte Georg Gisbert die Stirne: Herrgott – seine Frau! ... Man konnte ja Otti keinen Vorwurf machen! Sie ahnte natürlich nicht, wer ihr da gerade gegenüber saß. Und in ihrer nächsten Nähe war keiner, der es ihr hätte zuraunen können. Aber mußte sie denn gerade zu Frau von Vogt über den Tisch hinüber so unendlich liebenswürdig sein und sie immer wieder in ein Gespräch verwickeln? Die andere antwortete lächelnd und freundlich. Sie ließ sich nichts merken. Sie war wirklich ganz große Dame geworden. Er sah: sie hatte etwas gelernt vom Leben! Lieber Gott – wer ihr früher solche Selbstbeherrschung zugemutet hätte...

Er warf einen mißgünstigen Blick auf das Menü. Diese törichten Gerichte wollten nicht enden. Muthardts trumpften viel zu sehr auf! Er hätte gewünscht, daß es schon vorbei wäre, und wandte sich wieder an Frau von Laitz: »Warum sind Sie denn auf einmal so still, gnädige Frau?«

Die kleine Frau erwiderte nervös: »Ich denke über das alles nach! Nein, bitte, Herr Gisbert – machen Sie jetzt keine banale Unterhaltung! Das wäre wirklich Sünde. Sie können nicht in der Stimmung sein. Und ich bin's auch nicht!«

Er neigte fügsam seinen gebräunten Kopf und entsann sich, daß er mit seiner Nachbarin zur Linken noch kein Wort gesprochen. Er raffte eine Handvoll Phrasen zusammen. Aber das unbekannte altjüngferliche Wesen neben ihm blieb säuerlich und unergiebig, und er schwieg wieder und schaute geradeaus vor sich hin. Nach rechts, in die Gegend, wo Vera von Vogt saß, zu blicken, vermied er jetzt durchaus. Er merkte, wie er nun, nachdem die erste Verblüffung überwunden war, doch immer erregter wurde, und fühlte sein Herz hörbar pochen.

Neben ihm versetzte Frau von Laitz, während sie gespannt nach der Hausfrau blickte: »Da! ... Ich wette, eben hat Herr von Allmerode es ihr gesagt!«

Der Doktor von Allmerode, der bekannte konservative Abgeordnete, war das große Tier der heutigen Gesellschaft. Deswegen hatte er auch die kleine Frau Leutnant von Muthardt zu Tisch geführt. Es war sehr wahrscheinlich, daß er, als Agrarier, den alten von Vogt auf Neetzow in der Altmark, Veras Vater, kannte, und ebenso begreiflich, daß er, um die Dame des Hauses nicht vorzeitig unnütz aufzuregen, ihr erst jetzt, bei Schluß der Tafel, schonend ihr Mißgeschick mitgeteilt hatte. Jedenfalls wurde Frau von Muthardts Gesicht auf einmal merklich rot. Sie blickte verwirrt und hilfesuchend nach dem anderen Ende des Tisches, wo ihr Mann saß. Aber der ahnte noch von nichts. Er scherzte und lachte mit Frau Otti Gisbert, und beide zogen immer wieder Vera von Vogt in das Gespräch, die ihnen mit gleichbleibender Gelassenheit antwortete. Es war ein unhaltbarer Zustand. Die junge Hausfrau gab sich einen gewaltsamen Ruck und hob aufstehend die Tafel auf, beinahe ehe noch die letzten Gäste ihre Birnen geschält und die Fingerspitzen in die Spülschalen getaucht hatten. Und in dem Stühlescharren wandte sich Frau von Laitz zu Georg Gisbert: »Seien Sie nicht böse: Ich habe noch eine Frage auf dem Herzen!«

»Bitte, gnädige Frau!«

»Hatten Sie denn aus Ihrer ersten Ehe Kinder?«

»Eine Tochter! Sie geht jetzt in das neunte Jahr. Sie wird bei meiner Mutter in Schlesien erzogen.«

Er reichte seiner Nachbarin den Arm und führte sie in den Salon. Dort war das allgemeine Händegeschüttel und Mahlzeitgemurmel nach Tisch. Er konnte es nicht vermeiden, daß er plötzlich seiner früheren Frau gegenüberstand. Es schien ihm, daß einige Umstehende diese Begegnung bereits gespannt erwartet hatten und ihnen beiden mit unterdrückter Neugier zusahen. Das ärgerte ihn. Er machte Vera von Vogt ruhig seine Verbeugung. Sie erwiderte sie ebenso durch eine leichte Neigung des Kopfes – dann war das vorbei, ohne daß ein Unbefangener irgend etwas Auffälliges hätte bemerken können, und der Hauptmann Gisbert zog sich in eine Ecke zurück, wo er seine Frau erblickt hatte.

Er stellte sich neben sie und sagte gedämpft: »Otti – hör mal!«

Sie wandte ihr rosiges, etwas erhitztes Antlitz nach ihm und nickte ihm vergnügt zu. Die vielen Menschen, der Wein, die Lichterhelle hatten sie belebt. Sie war sehr guter Dinge und sah ungewöhnlich hübsch aus.

»Na, Männe...« sagte sie versöhnlich. »Amüsierst dich? Was machst du denn für ein komisches Gesicht?«

»Siehst du die blonde Dame dort in Weiß – die, die dir bei Tisch gegenübersaß?«

Sie schaute harmlos in der von ihm bezeichneten Richtung.

»Ach die!« meinte sie lebhaft. »Du – Georgche – die is *zu* nett! Mit der hab' ich mich ausgezeichnet unterhalten!«

Noch einmal blickte sie hin. Sie war an sich ein herzensguter Kerl und neidloser Anerkennung fähig.

»Eine wunderschöne Frau!« sagte sie. »Findest du nicht? ... Der alte Baron kann sich gratulieren, der sie kriegt!«

»Kennst du sie denn?«

»Nein!«

Er neigte seinen Kopf etwas zu ihrem Ohr und versetzte: »Nun schrei nicht und mach keine Geschichten über das, was ich dir jetzt sage: Das ist Frau von Vogt!«

»Sie...?«

Im ersten Augenblick wurde für Frau Otti Gisbert die Überraschung, die Bestürzung und alles durch den tiefen Eindruck verdrängt, *sie* – die andere – ihre Vorgängerin – einmal leibhaft vor sich zu sehen! Sie ließ die Augen nicht von Veras hoher, schlanker Gestalt, die, scheinbar durchaus unbefangen, im Gespräch mit ein paar Offizieren am Fenster stand, und wiederholte, noch halb ungläubig: »Sie?«

»Ja.«

Und nun erst fand sie die Frage, die jedem heute zunächstlag: »Ja – wie kommt die denn hierher?«

Er zuckte die Achseln.

»Pech der Gastgeber! Da ist nichts zu machen!«

Otti Gisbert wandte zögernd den Kopf von der anderen weg. Sie hatte sich an ihr satt gesehen, förmlich ihr Bild in sich hineingetrunken. Sie war ganz blaß geworden und atmete unregelmäßig, mit einem sonderbar starren Ausdruck auf den Zügen. Und ihr Mann merkte: Etwas von der sinnlosen, nachträglichen Eifersucht, die er bei der Begegnung mit dem dicken, behaglichen Herrn von Ulerici empfunden, das lebte in seiner sonst so oberflächlich heiteren und gutherzigen jungen Frau auch beim Anblick der ersten, und sie sagte mit gepreßter Stimme: »Komm!«

»Wohin?«

»Ja, fort! Natürlich!«

»Wir werden nicht fortgehen, sondern bleiben – so lange, als das höflich und notwendig ist!«

Er sprach das sehr entschieden. Sie schaute ihn fassungslos an.

»Bleiben? Hier im selben Zimmer? ... Georgche. – bist du denn bei Trost!... Das muß dir selber doch am schrecklichsten sein!«

»Natürlich ist mir's gräßlich! ... Das muß eben ausgehalten werden!«

»Ach was! ... Ich geh!«

Sie sah wirklich aus, als ob sie ihre Drohung wahrmachen wollte. Er stand vor ihr und sagte zwischen den Zähnen, mit jenem unangenehm ruhigen Ton, vor dem sie immer am meisten Angst hatte: »Du wirst nicht tun, was du willst! Du bist nicht mehr in Worms. Du bist preußische Offiziersdame und hast dich so zu verhalten, wie das bei uns Brauch ist. Und das erste bei uns heißt: Nie einen Skandal! ... Also sei so gut und setze dich ruhig zu den anderen Damen...«

»...wo sie dabei ist!«

»Sie wird dich schon nicht beißen!« sagte er in seinem Zorn und hätte beinahe hinzugefügt: ›Lerne lieber von ihr Haltung – in solch einer Situation!‹ ...Aber er begnügte sich, ihr noch einmal ermutigend zuzunicken: »Otti, sei vernünftig! In einer halben Stunde ist's ja vorüber...«

Er ging hinüber in das Rauchzimmer zu den anderen Herren. Dort saß der Major von Ulerici auf dem Kanapee. Aus der Nähe sah er jünger aus, als ihn sonst seine grauen Haare erscheinen ließen. Er mochte doch wohl kaum fünfzig zählen. Zu seinen frischen, roten Gesichtsfarben paßte der Zwicker auf der Nase kaum, durch den die kleinen, ganz hellblauen Augen so wohlwollend schauten. Er trug als einziger der Herren vom Zivil eine blendend weiße Weste über dem stattlich gewölbten Leib. Ein feiner Hauch von Kölnischwasser, Zigaretten, Stall – man wußte selbst nicht recht, was, ging von ihm aus. In seiner ganzen Art war doch etwas sehr Vornehmes.

»Nee, wissen Sie, die Jagden um Berlin herum...« sagte er zu dem neben ihm sitzenden Abgeordneten von Allmerode – »Früher haben sie hier die Föhren geschlagen, um Kartoffeln zu pflanzen. Jetzt forsten sie wieder auf wegen der Jagdpacht ...so 'n Berliner läßt sich's ja heutzutage den Deubel kosten, wenn er mit seiner Schrotspritze...«

Er unterbrach sich. Er hatte den Hauptmann Gisbert gesehen. Schwerfällig stand er auf und verbeugte sich: »von Ulerici.«

»Gisbert.«

Einen Augenblick war allseitiges Schweigen. Die Havannawolken brauten durch das stille Zimmer. Dann brach Herr von Allmerode die kurze Pause der Beklommenheit, indem er ziemlich unvermittelt meinte: »Überhaupt ...in Mecklenburg zum Beispiel – da hat es noch einen Rehstand, unglaublich,« und so floß das Jagdgespräch weiter, als wäre nichts geschehen. Georg

Gisbert setzte sich etwas abseits. Nach kurzem erschien auch sein Bruder, der Spandauer Artilleriehauptmann, von drüben, nahm neben ihm Platz und sagte gedämpft: »Das kommt nun von diesen verfluchten Berliner Abfütterungen! Da trommeln die guten Muthardts blindlings alles zusammen, was Beine hat, und wundern sich dann, wenn ... Die Weiber sitzen drüben beisammen, wie die Hühner, wenn's donnert! Die einzige, die wirklich über der Situation steht, ist deine Gewesene! Die spricht mit ein paar alten Damen ganz unbefangen über Bayreuth oder solchen Zauber und zuckt nicht mit der Wimper.«

Sein Bruder nickte seltsam lächelnd vor sich hin. Die Türe zum Salon stand offen. Man hörte von da die hellen Damenstimmen, man sah die bunten Kleider. Nur Vera konnte er nicht erblicken. Dafür hatte er den Major von Ulerici dicht neben sich. Und er schaute im Zimmer umher und dachte sich: Die Muthardts sind reich. Solche Bronzen und Perserteppiche und Ölgemälde hab' ich daheim in der Meinekestraße auch. Ich bin auch wohlhabend. Ich hab' mich verkauft. Und du da drüben tust es jetzt auch! ... Es ist nicht ewig Sonntag in der Welt! ... Man kann nicht immer die Schwingen breiten und stiegen. Irgendwo da unten wartet schon ein Ulerici oder die Firma Dörsam und Fröhlich ...

Der junge Hausherr war erschienen. Er hatte jetzt auch einen roten Kopf. Die ganze Zeit hatte er gedämpft mit dem Freiherrn von Ulerici gesprochen, der begütigend nickte, ein wenig paschahaft, schien es Georg Gisbert, so wie einer, der seiner Sache ja schließlich doch ganz sicher ist – dann trat der Leutnant von Muthardt unauffällig zu dem andern und murmelte betreten: »Lieber verehrter Herr Hauptmann ... ich bitte Sie, seien Sie mir nicht böse! Es wird mir für die Zukunft eine Lehre sein. Und meiner Frau auch. Vorläufig schluckt sie im Hintergrund Antipyrin vor Aufregung. Morgen blüht uns die schönste Migräne! Kenne ich schon! ... Ich weiß gar nicht, was ich sagen soll! Es ist mir so gräßlich, daß wir uns da so elend vergaloppiert haben ...«

Georg Gisbert war aufgestanden.

»Was ist denn daran, lieber Herr von Muthardt!« sagte er. »Man lebt doch in der Welt! Wir können es nicht vermeiden, meine frühere Frau und ich, daß wir uns einmal durch Zufall irgendwo treffen. Daran muß man sich gewöhnen. Erlauben Sie uns jetzt nur, daß wir uns auf Französisch drücken! Sie begreifen, daß ich mich nicht gerne noch einmal unnötig drüben zeige! Wenn Sie vielleicht meine bessere Hälfte benachrichtigen wollten ...«

»Jawohl! Jawohl!« Der Leutnant eilte davon. Eine Minute später trafen sich die beiden Gatten auf dem Flur. Einen Augenblick hatte der Hauptmann Gisbert noch, als die Türe zum Salon aufging, drinnen Veras blondes Haupt gesehen, dann half er seiner Frau in ihre Sachen und stieg mit ihr die Treppe hinunter bis auf die Straße.

Kalte Vorfrühlingsluft umfing sie draußen. Vor ihnen lag schwer und schwarz der breite Spiegel der Spree. Es herrschte tiefe Stille in dieser Gegend Berlins. Nur die Züge der Stadtbahn dröhnten in der Ferne. Georg Gisbert und seine Frau gingen mechanisch auf die zu, in der Richtung nach dem Lehrter Bahnhof. So kamen sie am schnellsten nach Hause. Sie schwiegen beide, in einer nachträglichen Verblüffung. Wie er jetzt über das nachdachte, was er in den letzten Stunden erlebt, kam es ihm ganz unwahrscheinlich vor, gleich einem Traum. Er fühlte, er war Otti etwas schuldig – keine Erklärung – sie wußte ja alles – nein – einen Blick nur, einen Händedruck – etwas, das von Herz zu Herzen ging. Er sah ja, wie erregt sie war, beinahe noch erregter als er, der sich mehr beherrschte. Und mitten auf der Brücke, an einer Stelle, wo kein Mensch weit und breit zu sehen war, blieb sie plötzlich stehen und brach in heiße Tränen aus.

Er wußte nicht recht, was das eigentlich war. Er legte den Arm um sie – er wollte sie beruhigen – aber sie schluchzte nur immer herzbrechender, und endlich stieß sie leidenschaftlich, mit nassen Augen, hervor und zerbiß dabei ihr Taschentuch zwischen den Zähnen: »So – jetzt is sie glücklich da!«

»Aber ... Otti ...«

Sie schüttelte den Kopf und stampfte mit dem Fuß auf den Boden: »Ich hab's ja komme sehe! ... Auf einmal is sie wieder da!«

»Für die paar Stunden, Otti, und nie wieder ...«

Sie fuhr auf. Ihr Kindergesicht war unter dem schneeweißen Kopftuch ganz blaß geworden.
»Nie wieder? ...ach, liebes Georgche...: sie war ja immer da!«

»Was?«

»Sie war nie ganz weg! ...Meinst denn, ich wäre so dumm und hätt’ das nicht gemerkt? Ich bin dir gut genug fürs Haus und für die Kinder ...Aber an wen du dabei immer gedacht hast, das weiß ich! ...Jesus Maria – wodurch verdien’ ich das nur?«

Wie stets, wenn sie in Aufregung geriet, verfiel Frau Otti immer mehr in ihr heimatliches Wormser Deutsch. Sie weinte wieder laut und preßte ihr Tuch an die Augen. Ihr Mann sah sie ganz erschrocken an. Was hatte sie da gesagt? herausgeplappert eigentlich nur? Er biß die Lippen zusammen und frug: »Sag, Otti – hab’ ich dir je Grund für diese Behauptungen gegeben?«

»Nix! Nix!« Sie schüttelte den Kopf und schaute an ihm vorbei hinunter in das Dunkel der Spree.

»Nun also!«

»Aber sie is doch da! ...Ich hab’ sie doch immer gefühlt, in meinem eigenen Haus! Das ist’s ja, was mir all die Jahre fast das Herz abgedrückt hat!«

»Herrgott ...*du* bist doch meine Frau! ...Ich und jene – wir sind doch geschieden ...auf meinen eigenen Antrag ...sie hat mich doch verlassen und ihr Kind dazu, – und wollte doch um keinen Preis zu mir zurück! Wir konnten doch nicht miteinander auskommen! Glaubst du denn, ich hätte davon nicht genug, bis in alle Ewigkeit?...Ich bin doch beinahe zugrunde gegangen bei der Geschichte. Erst mit dir und unseren Kindern bin ich doch wieder ein Mensch wie andere geworden! Das weißt du doch! Das weiß jeder, der mich kennt. Also was soll denn das alles, um Gottes willen?«

Ein wenig hatten seine Worte sie beruhigt. An Stelle der Aufregung trat bei ihr jetzt Traurigkeit, und so sagte sie, während beide langsam weitergingen: »Georgche, ich hab’ dich arg lieb! Aber du hast mich nicht so lieb. Ach, red nit! Ich weiß, was ich dir bin und was dir die andere war! Die hast du geliebt. Mich hast du ganz gern und hast mich genommen, weil dir das gerad’ so in den Kram gepaßt hat und weil...« wieder kamen die Tränen. »Ich kann doch nix dafür, daß ich ein vermögend Mädche war! ...Jetzt guckt ihr mich über die Achsel an, weil mein Vater Wein verkauft! Das is jetzt der Dank dafür, daß ich dir die Händ’ unter die Füß’ legen möcht’, um dir das Leben leicht zu mache...«

»Ja was ist denn eigentlich geschehen? Was *hab’* ich denn verbrochen?«

Auf diese Frage fand Frau Otti nicht gleich eine Antwort. Sie war etwas verdutzt, und er fügte hinzu: »Ich kann doch nichts für den Fauxpas der Muthardts! Es war eine einmalige Begegnung!«

»Du kannst an jeder Straßenecke wieder auf sie stoßen!« sagte seine Frau erbittert. »Sie wohnt gar nit so arg weit von uns, in einem Pensionat am Lützowplatz. Das hat mir meine liebe Schwägerin, die Klothilde, gesteckt. Der haben’s die anderen Damen erzählt. Sie ist extra im vorigen Herbst vom Gut von ihrem Vater herein nach Berlin gezogen, um sich wieder zu verheiraten, weil ihr die Mutter im vorigen Jahr gestorben ist und es ihr zu öde geworden ist da draußen mit dem Alten. Da hat sie dann im Winter ihren dicken Baron eingefangen!...Herrgott, ja ... hätten wir nur heute abgesagt ...bei den Muthardts!«

Sie waren am Bahnhof. Auf der Fahrt sprachen sie nicht viel miteinander, der Leute wegen. Erst als sie am Zoologischen Garten wieder ausgestiegen waren und den Kurfürstendamm entlang ihrer Wohnung zuschritten, begann Georg Gisbert in einem weichen Ton: »Sieh mal, Otti: du mußt das alles vernünftiger auffassen und mit der Wirklichkeit der Dinge rechnen! Wir hoffen doch noch ein langes Leben miteinander zu führen, Otti, wir wollen unsere Kinder gut erziehen, wir wollen es selbst zu etwas bringen und ein friedliches Alter haben – dazu müssen wir Hand in Hand gehen und tapfer sein, mein armes Kerlchen, und uns einer in den andern schicken, weil wir uns lieb haben, nicht wahr?«

Die kleine Frau erwiderte nichts. Sie hatte wieder still zu weinen angefangen. Aber sie strebte nicht mehr von ihm fort. Sie schmiegte sich an ihn. Er fühlte an dem Arm, an dem er sie führte, den bangen, schutzsuchenden Druck des ihren.

»Sag mir nur das eine!« versetzte sie gepreßt, als sie vor ihrem Hause standen.

»Ja.«

»Hab' ich mich wirklich getäuscht? Ist das, was du je gegen ... gegen die andere empfunden hast, ganz in dir ausgelöscht – so, als wenn es nie gewesen wäre?«

»Vergessen kann man das nicht, Otti! Wo Wunden waren, da bleiben Narben zurück!«

»Sind das nur noch Narben?«

»Ich werde dir die Antwort oben geben!« sagte er. Dort öffnete er stumm die Türe links zum Kinderzimmer. Der Raum war matt durch ein Nachtlämpchen erhellt. Friedlich schlafend lagen die beiden Kleinen in ihrem Bettchen. Und nun versetzte er einfach: »Du bist meine Frau! Du bist die Mutter meiner Kinder! Euch gehöre ich! Und jeder Gedanke, der sich anderswohin verirrt, wäre ein Verrat und gehört ausgetilgt! Das schwöre ich dir!«

Er zog sie an sich. Sie küßten sich schweigend und lange. Dann setzte sie sich tief aufatmend wie ein Mensch, der von einer schweren Last erlöst ist, an dem Bettchen nieder. Und so murmelte sie, noch mit Tränen in den Augen und mit einem letzten Aufflackern von innerem Widerstand: »Ja – die Mutter deiner Kinder ... aber du hast noch ein Kind!«

Er beugte sich von hinten über ihren Stuhl. »Otti,« sagte er, » *das* Kind, das nimmt dir nichts! ... weil es für mich gar nicht dort hinüber zu der andern gehört, sondern mir, mir ganz allein. Es wird ja auch bei meiner Mutter erzogen. *Sie* hat keinen Anteil daran! Sie sieht es nur ein paarmal im Jahr. Du kannst mir das ruhig lassen, Otti – das einzige, was ich aus dem Schiffbruch meines ersten Lebens gerettet hab'!«

Sie weinte wieder leise. Aber sie faßte nach seiner Hand und hielt sie krampfhaft fest. Ein schwaches glückliches Lächeln überlief ihr blasses Gesichtchen. So saßen sie eng aneinander gedrückt und stumm in dem dämmerigen Zimmer und hörten andächtig auf die leisen Atemzüge aus dem Bettchen vor ihnen.

II

Am nächsten Morgen war ein Sonntag. Der Hauptmann Georg Gisbert stand in seiner Haus-joppe, die Frühstückszigarre noch in der Hand, am Fenster seines Arbeitszimmers und schaute hinunter auf die tote Straße. Nebenan saß seine Frau im Morgenrock und nähte etwas. Die Märzsonne schien hell in die hohen, reich ausgestatteten Räume der Berliner Mietswohnung. Aus der Ferne scholl dumpf und dröhnend ein tiefer Klang, und Frau Otti sagte, ihre Arbeit sinken lassend: »Das muß eine große Hochzeit sein in der Kaiser-Wilhelmkirche, daß sie die Extraglocke läute lasse! Die ist doch so arg teuer.«

Er nickte. Sie stichelte an ihrem Saum weiter. Beide schwiegen. Aber sie fühlten sich dabei ganz einig. Sie sprachen wie durch ein gegenseitiges Einverständnis nicht mehr von gestern abend. So sank der ganze unheimliche Zwischenfall am raschesten in sein Nichts zurück. Und seltsam – wenn Georg Gisbert jetzt daran zurückdachte, so stand ihm immer wieder weniger seine frühere Frau vor Augen, als ihrer beider Kind, die kleine Karla, die bei seiner Mutter in Schlesien in Pflege war.

Sie war dort gut aufgehoben – gerade ein so kränkliches und schwächliches Dingchen wie sie – es war kein Grund, sich plötzlich um sie zu sorgen. Trotzdem erwog er auf einmal den Gedanken, bei Gelegenheit hinüber zu fahren und nach ihr zu sehen. Er sagte sich selbst, daß es gar nicht nötig sei. Er hatte dort weiter nichts zu suchen. Aber die sonderbare dumpfe Vor-stellung, daß er doch hin müsse, blieb bestehen und verließ ihn den ganzen Vormittag nicht, während er an seinem Schreibtisch die dienstlichen Rückstände der Woche aufarbeitete. Es blieb ihm für nichts anderes Zeit, als für den Dienst und allenfalls einmal hinaus auf die Jagd oder im Sattel in den Grunewald und des Abends in eine Gesellschaft. Die ruhigen Stunden der Einkehr fehlten. Dort an der Wand hing die Geige. Es war sonst seine Lieblingsbeschäftigung gewesen, sie am Sonntag vormittag zur Hand zu nehmen und zu phantasieren, selbst zu komponieren, wenn ihm im Träumen der Töne eine kleine eigene Melodie aufzusteigen schien. Und neben der Geige schimmerten Aquarelle und Kreidezeichnungen von seiner eigenen Hand – Skizzen – von draußen, aus der weiten Welt, die Reissümpfe Chinas in blutrotem Sonnenuntergang, sonderba-re Glockentürme und Pagoden, die Reede von Dar-es-Salam, die Steppen des Kilimandscharo – es war in diesem Zimmer alles vermieden, was direkt an den Offizier erinnerte. Und wer aus dem Bücherschrank des Hauptmanns Gisbert wahllos ein paar Bände herausgegriffen hätte, der hätte allerhand gefunden, was im geistigen Haushalt eines Militärs nicht nötig, kaum nützlich war. Aber seine Pflicht vernachlässigte der, der diese Räume bewohnte, deswegen trotzdem nicht. Gegen gefährliche Erinnerungen aller Art – und eine darunter, die gestrige, war die gefährlich-ste – gab es nur ein Mittel: Arbeiten! Arbeiten! Arbeiten! und er setzte sich, schob sich seine Papiere zurecht und rief laut und aufgeräumt: »Otti!«

»Ja, Georgche!«

»Tür zu! ... Ruhe! ... Kinder nach hinten! ... Wenn Besuch kommt, 'raus! ... Oder wenigstens 'rüber in die gute Stube, daß man das Gekolke hier nicht hört. Ich hab' bis zum Mittagessen zu schuften!«

Der Bursche mußte ein paarmal klopfen und melden, daß angerichtet sei, bis Georg Gisbert nach vierstündiger Arbeit mit heißem Kopf vom Schreibtisch aufstand und in das Eßzimmer hinüberging, wo alles schon versammelt war. Sonntags gab es immer Gäste. Wer von ledigen Mitgliedern der Familie Gisbert gerade in Berlin stand, oder dorthin kommandiert war, war ein für allemal geladen. So war da Georgs jüngster Bruder Albert vom 300. Infanterieregiment in Westfalen, der, wie er selber vor zehn Jahren, die Kriegsakademie besuchte – ein junger, stil-ler und kluger, ihm ähnlicher Mensch, nur noch brünetter und schmächtig, wohl einen Kopf kleiner, dann ein Pionierfähnrich von der Potsdamer Kriegsschule, ein Sohn von Georgs ein-ziger Schwester Franziska, die einen Amtsrichter in Magdeburg, einen der wenigen Zivilisten in der Familie, geheiratet hatte. Georgs ältester Bruder war als Major gestorben. Dessen beide Jungen hatte man unter die Kadetten in das Vorkorps in Potsdam gesteckt. Von da waren die zwei bunten Knirpse, die »Freßbüble«, wie Frau Otti sie nannte, herübergefahren und hieben ein wie die Wölfe, und um sie ging das Gespräch der Erwachsenen seinen Gang – daß Leopold und seine Frau hätten nach Berlin kommen wollen, aber es mache sich nicht mit dem Urlaub, er führe für den erkrankten Major das Bataillon –, und Karl sei Regimentsadjutant geworden – es sei dem armen Kerl wahrhaftig zu gönnen, – und welch ein Glück, daß Ludwigs sich mit dem neuen Oberst und seiner Frau so nett einlebten, und Eduard hoffe doch nun einmal von Posen wegzukommen – Henriette träume schon von der Garde oder mindestens so was zwischen Neunundachtzigern und Fünfundneunzigern – natürlich – die! – Aber das Militärkabinett werde da wohl noch reichlich Wasser in den Wein gießen ... Es waren die stehenden, alten Themata, in denen nur die Namen sich änderten. Die Dinge blieben dieselben: Versetzung, Beförderung, Abschied in ewigem Kreislauf.

Nach Tisch erschien auch der dritte Bruder Gisberts, der rötlich-joviale, schlau zwinkernde Spandauer Artillerist, und seine lange, magere, ewig schweigsame und verschüchterte blonde Frau Klothilde. Die Neugier, zu sehen, was aus der gestrigen Überraschung geworden, trieb das Ehepaar her. Und Georg Gisbert, der bis dahin im Kreise der halben und ganzen Kinder am Tische sehr einsilbig gewesen war, wurde jetzt lebhafter und sagte, während er allein mit dem Bruder Richard im Rauchzimmer saß: »Weißt du, es ist doch merkwürdig, wie viel in einem selber vorgeht, ohne daß man sich recht darüber klar wird ...«

»Zum Beispiel ...?«

»Zum Beispiel: Heute den ganzen Morgen geht mir meine Karla im Kopf herum – nicht die Mutter, verstehst du – sondern sie, die Kleine! Ist das nicht eine sonderbare Nachwirkung des gestrigen Zusammentreffens?«

»Sie ist eben das einzige, was du von früher noch übrig hast!«

Der Hauptmann Gisbert sann nach: »Nun ja! Aber das weiß ich doch! Das ist mir nicht neu. Warum hab' ich nur jetzt auf einmal eine solche Sorge um das Mädel? Eine Unruhe, als ob ihr etwas passieren könnte? Es ändert sich doch auch eigentlich so manches dadurch, daß sie – meine frühere Frau, wieder heiratet! Am liebsten würde ich die Karla nun überhaupt zu mir nehmen. Es ist ja lächerlich: Vater und Mutter haben nun bald jedes ihren eigenen Hausstand, und die Kleine sitzt ferne unter Verwandten ...«

»So tu's doch!«

»Ich kann nicht!« Er warf einen Blick in das Nebenzimmer, wo seine Frau zwischen den Gästen saß. »Ich will dir mal was verraten, Richard! Otti ist auf das Kind eifersüchtig! Direkt eifersüchtig! Ich darf gar nicht viel von ihm reden, sonst verdunkelt sich der Horizont. Das macht es mir so schwer. Ich muß alles bei mir behalten, was ich in der Hinsicht hoffe ... oder auch manchmal fürchte! Die Kleine ist so zart. Sie braucht so gute Pflege!«

»Die hat sie doch bei Mama!«

»Mama ist bald siebzig. So ein kleines Ding will doch auch ein bißchen Leben um sich haben! ... Jetzt habe ich sie ja nahe ... Aber wenn ich mal versetzt werde und wieder durch halb Deutschland reisen muß, um meine eigene Tochter zu sehen ...«

Er brach ab. Sie wurden durch den Leutnant und den Fähnrich gestört, die zu ihnen hereintraten, und er kam den ganzen Nachmittag, bis alle gingen, nicht mehr darauf zurück.

Und ebenso stumm blieb er die ganze folgende Woche. Der Zwischenfall an dem Gesellschaftsabend neulich schlief ein. Er und Otti hüteten sich, ihn wieder zu erwecken. Sie sprachen kein Wort mehr darüber. Das Leben verlief wie immer. Nur zuweilen, wenn der Hauptmann Gisbert von seinem Arbeitstisch aus durch das Fenster hinaussah und sein Blick den hohen Himmel, die fern hinziehenden Wolken streifte, dann wunderte er sich, wie ihm die Frau, die ihm einst so nahe im Leben gestanden, nun wieder als Fremde räumlich nahe sei. Das war die einzige Vorsichtsmaßregel, die er ergriff: er mied den Umkreis des Lützowplatzes, wo er ihr möglicherweise begegnen konnte. Sein Weg führte ihn ja ohnedies auf der Stadtbahn bis in die Nähe der Kriegsakademie. Als ihn Otti einmal dort abholte, begegnete ihnen Unter den Linden der Major a. D. Freiherr von Ulerici. Der ehemalige Kürassier kam vom Pariser Platz, vom Hause der Kasinogesellschaft. Er trug einen hechtgrauen Zylinder und einen kurzen, kakifarbenen Sportpaletot – zwei andere Herren mit Monokeln begleiteten ihn. Er grüßte das Ehepaar nach kurzem Stutzen sehr höflich. Georg verspürte diesmal, während er die Hand an die Mütze legte, keine Regung von Eifersucht mehr. Der ältliche Herr kam ihm jetzt ein bißchen komisch vor. Er wußte selbst nicht, warum.

Am nächsten Sonnabend abend aber sagte er beiläufig zu seiner Frau: »Otti – ich rutsche morgen in aller Herrgottsfrühe mal nach Schlesien hinüber und schau', was Karla macht! Der Doktor ist doch immer mit ihr so bedenklich! Was meinst du?«

»Tu's nur!« versetzte Frau Otti, die frisch und rosig, das Jüngste auf dem Arm, vor ihm stand. Sie war immer sehr einsilbig, wenn die Rede auf die Stieftochter kam.

Er gab ihr einen Kuß und fuhr am Sonntag im ersten Dämmern ab. Beinahe zehn Jahre waren es, daß sein Vater als Generalleutnant und Divisionskommandeur, eben im Begriff, sein Pferd zu besteigen, vor seinem Haustor vom Schlag gerührt worden war. Seitdem hatte die Mutter in dem stillen schlesischen Städtchen ihren Wohnsitz genommen. Ihr Sohn schritt durch die holprigen Gassen, bog in den Markt ein und trat gleich dahinter in eines der niederen altmodischen Häuser. Exzellenz sei ausgegangen, meldete ihm das Mädchen. Aber die kleine Karla spiele in ihrem Zimmer.

Da ging er hinein zu seinem Kinde, küßte es, nahm es auf den Schoß und sah ihm in das zarte nervöse Gesichtchen. Es hatte die Augen der Mutter, das war kein Zweifel. Dies tiefe fragende Graublau. Von ihrer Schönheit besaß es sonst eigentlich nichts. Sein Antlitz war spitz und bleich. Es war ein rechtes Angst- und Sorgenkind. Aber es war doch sein. Er ließ sich von Karla erzählen, – daß sie nun auch schon die lateinischen großen Buchstaben schreiben könne und daß der große Hund vom Schlächter sie neulich habe beißen wollen und daß gestern Puppentaufe gewesen sei. Dabei hielt sie die schöne neue Puppe, die der Papa ihr mitgebracht, in Händen. Aber ihr Blick hing doch mit einem innigen Ernst an einem hart mitgenommenen, kaum noch zusammenhängenden Lederbalg am Boden. Das war die Trude, ihr leidenschaftlicher Liebling, von dem sie sich selbst im Schlaf nicht trennte. Und der Vater sah das und dachte sich: Sind wir denn anders? Mir hat das Schicksal viel gegeben. Ich habe andere, blühendere Kinder daheim. Aber an diesem armen, kranken Wesen hängt mein Herz...

Und eine Ahnung, die ihm kam, erschreckte ihn. Dies Kind hier war das einzige Bindeglied zwischen ihm und seiner ehemaligen Frau. Sollte er deswegen hierhergefahren sein, deswegen sein Töchterchen an sich ziehen und halten, weil er damit auch etwas von ihr umfaßte? War das immer noch so stark – stärker noch seit der Begegnung neulich – stärker, als er selbst es wußte? Die Worte Ottis fielen ihm ein: »Sie war nie ganz weg!« Kam sie nun näher, immer näher wieder heran, aus den Nebeln der Jahre, schattenhaft, in ihrer siegenden blonden Schönheit – streckte sie wieder die Arme nach ihm aus? Er stand auf und stellte die Kleine auf die Füße und schüttelte heftig den Kopf: Ach was – das gab es nicht mehr! Dazu war man ein Mann und blieb es. Und damit war für ihn dieser seltsame Schrecken überwunden, von dem ihm noch nachträglich die Hände zitterten, und er richtete sich auf und ging hinüber zu seiner inzwischen zurückgekehrten Mutter.

Wie heimelig waren diese stillen Stübchen der alten Exzellenz! Jedesmal, wenn er, mit seinem stattlichen Wuchs fast bis an die Decke reichend, sie betrat, fühlte er es aufs neue: Hier war die Zeit still gestanden. Das war noch das Preußen der sechziger und siebziger Jahre, der Geist Wilhelms des Ersten. Die Photographien der vielen Generale und Stabsoffiziere an den Wänden trugen seine Barttracht. Die Nummern seiner alten Infanterieregimenter standen auf den Epauletten, die zwischen Helmen und Degen in den Ecken prangten, als Abzeichen der Truppenteile, deren Uniform der General Gisbert in seiner langen Dienstzeit getragen. Da ein durchschossener französischer Küraß vom Schlachtfeld von Wörth, ein Stahlstich: »Die 25. Infanteriedivision vor dem Bois de la Cusse am 18. August 1870«, hier lebte noch die Zeit der großen Kriege fort und spann sich weiter bis in die Gegenwart, von der die überall herumstehenden Photographien von Hauptleuten, Leutnants, Fähnrichen, Kadetten und jungen Offiziersfrauen zeugten. Drei Söhne und eine Tochter hatte die alte Exzellenz in die Welt hinausgegeben. Die hatten selber meistens schon wieder Kinder. Und was vom Mannesstamm war, das trug ausnahmslos den Rock des Königs. Seit den Freiheitskriegen, wo Georgs Großvater seinerzeit als freiwilliger Jäger schwer verwundet worden war, hatte die Familie, obwohl noch bürgerlich und erst in einer Seitenlinie geadelt, so gut auf allen preußischen Schlachtfeldern mitgefochten wie die Kleist oder die Arnim.

Die Generalin ging ihrem Sohn entgegen. Sie war klein und zitterig. Ihr runzliges Angesicht unter dem weißen Häubchen war streng. Sie liebte es nicht, Gemütsbewegungen zu zeigen, hatte es nie geliebt und bei ihren Kindern, die sie spartanisch erzogen, nie geduldet. Aber er sah doch den Schimmer der Liebe in ihren alten Augen und war dankbar dafür, gerade jetzt, wo etwas in ihm aufschrie: Nur vor *einer* Liebe bewahre mich ... vor der verbotenen ... vor der unheilvollen ... vor der Liebe zu meiner ersten Frau ...

Seine Augen waren feucht. Die alte Dame sah das, während er ihr Hand und Wange küßte, mit Verwunderung. Das war sonst nicht seine Art, und er sagte rauh: »Es nimmt mich immer so mit, wenn ich die Karla sehe, den armen, schwächlichen, kleinen Spatz! ... Es ist, als ob sie nicht leben und nicht sterben könnte! Natürlich – wenn ein Kind keine Mutter hat ...«

Und plötzlich war er froh, eine Gelegenheit gefunden zu haben, in Haß und Bitterkeit von seiner früheren Frau sprechen zu dürfen. Er redete sich förmlich gewaltsam in seine Rachsucht hinein.

»Siehst du, Mama!« sagte er. »Das ist doch der Prüfstein für einen Menschen und vor allem für eine Frau! Daß sie *mich* verlassen hat – nun gut! Aber daß sie auch imstande war, ihr Kind zu verlassen, sich gar nicht mehr darum zu kümmern, das gibt mir nachträglich so recht ... Ich glaube, wenn sie sich zweimal im Jahr dazu aufrafft, es zu besuchen, ist es viel!«

Er lachte bitter. Die alte Exzellenz schüttelte den Kopf.

»Früher ja!« sagte sie. »Wie du da draußen in China und Ostafrika warst und sie auch nie kam, da hab' ich mir oft gedacht: Der arme Wurm ist schlimmer dran als eine Waise. Hat Vater und Mutter und doch keine. Aber in letzter Zeit ist Vera doch immer öfter gekommen. Diesen Winter, von Berlin aus, war sie alle Augenblicke da! Ich wollte dir bloß nicht davon anfangen, weil du doch sonst selber nie von deiner früheren Frau sprichst ...!«

Er blickte finster auf.

»Das hättest du mir aber sagen müssen, Mama! Das hättest du nicht dulden dürfen!«

»Nein, mein Sohn! Ich liebe diese Frau weiß Gott nicht! Diese Gesinnung ist dir bekannt. Aber ich habe selbst vier Kinder und zwei begraben. Ich kann einer Mutter den Zutritt zu ihrem einzigen nicht verwehren! Das bringe ich nicht fertig!«

»Aber wodurch kommt denn diese Änderung bei ihr?«

»Sie hat dich zu sehr geliebt,« sagte die alte Exzellenz. »Und nachher hat sie dich zu sehr gehaßt. Und alles, was von dir kam und mit dir zusammenhing. Sie wollte nichts mehr davon sehen und hören – selbst von ihrem eigenen Fleisch und Blut nicht!«

»Und woher weißt du, daß das der Grund ist, Mama?«

»Sie hat es mir selbst einmal gesagt, hier im Zimmer, bald nachdem du über See warst ...«

Es war ein kurzes Schweigen. Dann fuhr die alte Exzellenz fort: »Allmählich hat sie nun wohl mehr Ruhe gefunden, in den letzten Jahren, und damit auch das Gleichgewicht gegenüber ihrem Kind. Deswegen hat sie es nun immer häufiger besucht ...«

»Das heißt, sie hat die Kraft, mich zu hassen, verloren!« sagte Georg Gisbert mit einem bitteren Lächeln.

»Ich hoffe es, daß sie endlich mit dir fertig ist, wie du längst mit ihr ... Das war doch kein Leben für sie, wie sie sich seit sechs Jahren auf dem Land bei ihren Eltern vergraben und vergrämt hat.«

»Sie ist ja nun verlobt!«

»Ist sie's? Sie hat mir schon vor vier Wochen, als sie das letzte Mal hier war, so etwas angedeutet. Gut, daß es so gekommen ist: Jetzt könnt ihr wirklich alle beide sagen: ›Gott sei Dank, es ist überwunden‹ ...«

Er sah zur Seite. Ja, wenn alles so wäre! Wenn alles in der Welt nach der Meinung der Mütter ginge! Da wäre viel Güte und Stille hienieden. Da brauste kein Sturm mehr über Feld. Nur linde Lüfte wehten. Kein Mann härtete mehr sein Herz und sich selber in der Not.

Dann wieder schämte er sich. Da ihm gegenüber saß die Liebe, die einzige, ganz selbstlose Liebe, die ihm gehörte – denn Otti und die Kinder, die hingen an ihm – das war etwas anderes, viel Last und Begehr – und er legte die Hände ineinander und hörte geduldig, wie die alte Exzellenz weiter sprach: »Schau, ich hab' oft darüber nachgedacht: Du stammst nicht aus einer Familie, wo man sich viel aus dem Gelde gemacht hat. Weder dein Vater noch ich! Ich hab' mein Leben lang kein warmes Abendbrot in meinem Hause geduldet und so auch euch Jungens erzogen – aber du bist nun einmal anders! Ich glaube, wenn du und Vera eine Viertelmillion gehabt hättet, ihr wäret *jetzt* noch beisammen!«

Er zuckte die Achseln und schwieg. Die greise kleine Dame nahm ihre Häkelei vor, nickte wie im Selbstgespräch und fuhr fort: »In einem hab' ich ihr unrecht getan! Ich hab' geglaubt, ich würde sie schon im nächsten Jahr am Arm von irgend einem anderen sehen. Aber sie hat doch eurem Unglück beinahe die biblischen sieben Jahre Treue gehalten. Das ist das einzige, was mir an ihr gefällt! Dadurch erklärt sich nachträglich so manches an ihr. Sie war eben zu verstiegen in ihren Ideen. So furchtbar stürmisch. Sie erwartete sich Gott weiß was alles vom Leben. Und nun als Leutnantsfrau in einer kleinen Garnison – du nichts – sie wenig, ja, und ein Wunder wollte sie doch vom Schicksal haben! Also mußtest *du* das Wunder sein! … Und daß du nur ein Mensch warst und kein Gott, das konnte sie dir nun mal nicht verzeihen!«

Die Generalin seufzte.

»Ich hab's neulich erst der alten tauben Adelung ins Ohr geschrien, wie die mich frug, warum denn eure Ehe geschieden worden wäre: ›Aus Mißverständnissen, meine Liebste! Kein Schatten von einem Dritten! Nur tausend Mißverständnisse hintereinander.‹ – Bei dir erst recht! Du hast damals noch ganz anders verträumte Augen gehabt als jetzt. Weiß der liebe Gott, was du in der Vera gesehen hast, statt einem Frauenzimmer von Fleisch und Blut! Ein Engel vom Himmel – das war ja noch nichts dagegen … Ja – ihr guten Kinder … das sind harte Lehren! Jetzt habt ihr ja auch seitdem beide eure Ansprüche an eure Mitmenschen recht herabgeschraubt. Und würdet euch gegenseitig viel, viel nachsichtiger beurteilen, wenn ihr euch jetzt erst kennen lerntet …«

Die alte Exzellenz verstummte und handhabte emsig ihre Häkelnadeln. Der Sohn neben ihr seufzte. Die gute Mutter – die hatte es leicht, von unglücklichen Ehen zu reden, wo sie selber eine so beispiellos glückliche geführt hatte. Georg sah seinen Vater vor sich, den stattlichen, schlank gewachsenen Mann, wie er bis zu seinen letzten Tagen voll von ritterlicher Ehrerbietung und heiterer Zärtlichkeit gegenüber seiner getreuen Lebensgefährtin gewesen. Von ihm hatten die Söhne Respekt vor den Frauen gelernt. Sie hatten angefangen zu ahnen, daß etwas von Ehrfurcht in der Liebe sein müsse … Georg vor allem, der damals, ein junger Offizier in eintönigem Dienst, überall in unbestimmter Weise eine Verklärung seines Alltags suchte …

Ja – die Mutterweisheit an seiner Seite hatte schon recht! … ›Es waren zwei Königskinder …‹ das alte Lied klang trüb – zwei Menschenkinder, die da glaubten, daß sie heimlich Kronen trügen – und eben das, daß das Wasser nicht zu tief war, daß sie zusammenkommen durften und der Zauber verblaßte, das war ihr Unglück gewesen. Und urplötzlich stand vor seinen Augen wieder die Stunde, da er Vera von Vogt zum ersten Male gesehen, ein heißer Manövertag im Herbst drüben in der Altmark, in der Bismarckschen Gegend an der Elbe, Erinnerungen an den Gewaltigen überall, Schönhausen in nächster Nähe – da war er als Einquartierung des Mittags vor das Herrenhaus in Reetzow getreten und in den Kreis der Gäste geführt worden, die sich drüben im Park mit Pistolenschießen vergnügten, sie lachend mitten darunter, groß, schlank, blond, in ihrem weißen Kleide weithin leuchtend. Die Kavallerieleutnants waren um sie her. Aber am Abend, als sie und Georg Gisbert schon gut Freund miteinander geworden waren und am Elbufer auf und nieder wandelten, sagte sie: »Ich hab' die Dragoner gewarnt. Ich habe ihnen zweimal laut erklärt: ›wenn noch eine Stunde ausschließlich von Rebhühnern, Vorstehhunden und Fasanen geredet wird, stehe ich auf und gehe! –‹ Und hab's getan! Und da bin ich!«

Von da ab war es zwischen ihnen im Sturm gegangen. Der alte von Vogt auf Reetzow freilich hatte den Kopf geschüttelt. Der bürgerliche Linieninfanterist ohne Vermögen … ach nee – lieber nicht! Aber immerhin – der Vater Divisionskommandeur – das wirkte doch mit, als die ordenübersäte Gestalt des preußischen Generals als Brautwerber ganz kurz vor seinem Tode auf dem Gutshof erschien, und der alte Krautjunker hatte schließlich ehrlich gesagt: »Wissen Sie, Exzellenz – das Mädel ist derart dickköpfig – geb' ich nicht nach, so behalte ich sie schließlich womöglich überhaupt auf dem Halse, so schön sie ist ... was tu ich dann? ... Also denn in Gottes Namen ...«

Vorbei ... vorbei ... verweht und verflogen, wie damals die mahnenden Herbstzeitfäden in der sonnengoldenen Flur. In dem Stübchen war es still geworden. Der Hauptmann Gisbert stand auf und nahm Mütze und Säbel und ging, um vor seiner Abreise noch einmal mit dem Doktor wegen seines kränklichen Töchterchens zu sprechen. Es schien ihm, er müsse es tun, damit seine Fahrt hierher irgend einen Sinn und Zweck habe. Das redete er sich ein, obwohl er ja wußte: er erfuhr von dem Hausarzt nichts Neues. Und der machte denn auch sein gewohntes, bedenkliches Gesicht – ein Achselzucken: – ja, die Symptome mit dem Herzen seien ja nicht ganz unverdächtig. Am besten wäre es, das Kind einmal drei oder vier Wochen lang in Berlin unter die Beobachtung eines tüchtigen Spezialisten zu stellen ... Der Doktor brach ab. Er sah den finsteren Ausdruck auf dem Gesicht des anderen. Einigermaßen kannte er ja auch die Verhältnisse und wußte: die kleine Stieftochter war dort kein willkommener Gast. »Ja, aber eine alleinige Verantwortung möchte ich auf die Dauer nicht übernehmen!« sagte er, Georg Gisbert hinausgeleitend, und der lachte zornig auf, als er wieder in das Zimmer der alten Exzellenz trat.

»Ist das nicht närrisch? Da hat die Karla nun zwei Mütter – sozusagen – und schwebt doch in Lebensgefahr, weil ihr eigener Vater sie in seinem Hause nicht aufnehmen darf ... möchte man da nicht mit der Faust dreinschlagen und sich sein Recht erzwingen?«

»Ja – willst du nicht doch einmal mit Otti darüber reden?«

Er wehrte nervös ab.

»Nein – nein – Mama! ... das kann ich nicht! Bitten kann ich nicht – um mein eigenes Kind! Das entwürdigt mich! ... Ich will um Gottes willen nichts in unsere Ehe tragen, was unser Verhältnis zueinander ändern könnte!«

»Wieso?« sagte die Greisin verwundert. »Ihr lebt doch so harmonisch zusammen!«

»Und ein ›Nein‹ Ottis bei solcher Gelegenheit bringt das Kartenhaus ins Schwanken! Nein – erschrick nicht ... ›Kartenhaus‹, das ist natürlich nur eine verrückte Übertreibung. Ich wollt' auch nur sagen: Die Ehe zwischen Otti und mir – das ist ein tadellos hergestelltes Gleichgewicht. Man darf das nur nicht auf einer Seite zu sehr belasten, sonst ... Mama ... ich hab' eine Todesangst, was sich dann ereignen könnte ...«

»Von Otti aus?«

»Nein. Von mir aus!«

»Ich versteh' dich nicht, Kind!«

»Ich mich auch nicht, Mama! Lassen wir's! Es muß nun schon alles so bleiben, wie es ist! ... Vielleicht sieht der Doktor auch nur Gespenster, und die Karla kriegt von selber wieder rote Backen!«

Vor seiner Abreise ging er noch einmal zu seinem blassen Töchterchen hinüber und dachte sich abermals: Es hat die Augen der Mutter! Und dachte weiter: Ob sie auch sonst viel von der Mutter hat? Es wär' ihr besser, nicht! Das ist keine Mitgift von Glück und Ruhe auf den Lebensweg! Und dann frug er sich: Aber was weißt du, zum Letzten und Eigentlichen, von deiner früheren Frau? ... Erst hast du sie angebetet, dann stürzte das Heiligenbild vor dir von seinem Sockel in den Staub ... Nur in Haß und Liebe hast du sie gesehen, den wirklichen Menschen in ihr, mit klarem Blicke, nie ...

Er brachte den gewaltsamen, verbissenen Trotz, die Rachsucht von heute morgen gegen Vera von Vogt nicht wieder auf. Das war in ihm abgestorben. Darunter klangen andere, unterirdische, unbestimmte Töne. Er wollte nicht auf sie hinhorchen. Ihm bangte vor den Summen der Tiefe. Ihm bangte beinahe vor seinem eigenen Kinde, dem Unterpfand von einst. Am frühen Nachmittag schon reiste er nach der Reichshauptstadt zurück und dachte in dem eintönigen Wagenrollen daran, wie er und Vera vor neuneinhalb Jahren desselben Wegs gefahren, um die eben verwitwete Mutter zum ersten Male als junges Ehepaar zu besuchen, Hand in Hand, zwei glückliche Menschen, er, der Leutnant, fünfundzwanzig, sie kaum zwanzig – draußen die heiße Herbstsonne – das flache, reizlose Land in einem Meer von Licht...

Jetzt war der Himmel trübe. Schwere Rauchwolken der Lokomotive ballten sich an den Fenstern vorbei und verflatterten und zergingen, und der Hauptmann Gisbert sah ihnen nach: verschwunden – vergessen – alles nur ein Traum. Und alles wieder in Ordnung! Er wohnte in der Meinekestraße in Berlin. Er hatte dort Frau und Kinder. Er hatte Geld und Gut. Er machte Karriere. Er war zufrieden und zwang sich dazu. Und achtete geflissentlich nicht auf das seltsame, verräterische Zucken im Herzen, das ihn plötzlich, wie er da still in der Dämmerung saß, überfiel. Er wußte wohl: von dem kam nichts Gutes...

Jedenfalls hatte die Reise ihn beruhigt. Die folgende Woche verstrich wie gewöhnlich. Zwischen ihm und Otti war alles beim alten. Sie sahen einander jetzt wenig, denn ihr Vater war aus Worms in Geschäften nach Berlin gekommen, und er und seine Tochter, die sich zärtlich liebten und rein kameradschaftlich behandelten, bummelten tagsüber in der Stadt herum, frühstückten irgendwo gut und teuer und schlürften mit wichtiger Kennermiene ihren Wein, während Georg Gisbert über seinen Akten im Kolonialamt saß.

Er hatte sich mit der unerfreulichen Tatsache abgefunden, daß Johann Baptist Dörsam gerade mit Weinen handelte! Von irgend woher mußte der Reichtum doch kommen! Aber was ihm immer wieder seltsam erschien, das war die Vorstellung, in diesem kaum zehn Jahre älteren, auffallend schönen, südländisch dunklen Mann mit dem spitz geschnittenen Vollbart und dem dichten, leicht gelockten Haar den Schwiegerpapa zu sehen. Jean Baptiste Dörsam hatte blutjung geheiratet oder vielmehr, er war wegen seiner wilden Streiche nach einer tollen Fastnacht, wo er den Prinzen Karneval gespielt und in ein paar Wochen über dreißigtausend Mark ausgegeben hatte, von den Seinen verheiratet worden. Jetzt war er längst ein gesetzter, sehr erfolgreicher Geschäftsmann. Aber seinen Eindruck auf Frauen machte er immer noch. Man durfte auch seine Berliner Abende nicht alle unter die Lupe nehmen.

Mit dem Schwiegersohn stand er sich gut. Und doch ertappte sich Georg Gisbert diesmal ab und zu, wenn sie daheim beisammen saßen, auf einem förmlichen Haß gegen seinen jugendlichen, elegant gekleideten und liebenswürdigen Schwiegervater. Eigentlich gehörte dem doch alles hier – die Bilder an den Wänden und die Empiremöbel und die Bronzen und Teppiche – selbst das Silber auf dem Tisch und Ottis Kleider und der Smaragdschmuck um ihren Hals. Er zahlte ja das alles, er war der eigentliche Herr im Hause, obwohl er nie auch nur durch die geringste Anspielung den Takt verletzte.

Wäre es ein älterer, behaglicher Papa gewesen, hätte sich das leichter und natürlicher gemacht. So litt Georg Gisbert diesmal förmlich unter dem fremden Mann, dem er alle diese Wohltaten im Leben verdankte, und war froh, als Herr Dörsam am Sonnabend mittag wieder nach dem Rhein zurückfuhr.

Er konnte ihn seines Dienstes wegen nicht auf den Bahnhof begleiten. Das hatte Otti übernommen. Er dachte, sie noch nicht wieder daheim zu finden, als er gegen drei Uhr zu Fuß durch den Tiergarten nach seiner Wohnung ging. Der Frühling war in diesen letzten vierzehn Tagen wirklich gekommen. Überall grünten die Knospen. Der Wind wehte lau. Eilig segelten am Himmel die Wolken vor den noch kahlen, knorrigen Eichen dahin, und in dieser ersten Wärme des Werdens um ihn fühlte sich der Hauptmann Gisbert wieder von einer dumpfen, unklaren Sehnsucht ergriffen – er wußte nicht, wohin die zielte – er wollte es nicht wissen – er wollte nicht an seine frühere Frau denken, und gestand sich doch ein: all diese Gedanken galten ihr – diese unruhige, unstete Stimmung, aus der heraus es ihn immer wieder, jeden Tag, nach seiner ältesten Tochter bangte. Gerade dies Kind erschien ihm jetzt als eine Schutzwehr. Zu ihm konnte er sich flüchten. In ihm hielt er seinen Anteil an der Vergangenheit wider seine frühere Frau in Händen. Er besaß Karla und gab sie ihr nicht und bewahrte sie vor der Mutter, und die Mutter war sein Feind. Und zehnmal besser Feind, als daß das alte Spiel noch einmal irgendwie begann.

Düster und wirr kam er nach Hause. Otti war schon zurück. Sie eilte ihm entgegen. Ihr hübsches rosiges Gesicht mit den krausen dunklen Haaren darüber leuchtete geheimnisvoll.

»Ich guck' mir bald die Augen aus dem Kopf, ob du nit bald kommst!« sagte sie.

Er legte Mütze und Säbel ab und meinte zerstreut: »Na, sonst bist du doch darin pomadiger!«

»Ja, aber heute hab' ich eine Überraschung!«

»Eine Überraschung?«

Sie nickte, mit einem glücklichen Schein in den braunen Augen.

»Wie ich den Papa vorhin auf die Bahn gebracht hab', da hab' ich mir's dorthin kommen lassen und gleich mit heim genommen...«

»Na – wo ist es denn?«

Die kleine Frau holte tief Atem, hob sich ein wenig auf den Fußspitzen und sagte, während sie die Türe zum Wohnzimmer öffnete, mit einem leichten Stolz auf ihre eigene Vortrefflichkeit: »Georgche ... da schau mal!«

Da drinnen saß die kleine Karla. Sie war schon ganz häuslich eingerichtet. Ihre Schreibhefte, ihre Puppen, das Löffelchen für die Medizin lagen um sie herum. Sie lief auf den Vater zu und schlang die Arme um ihn und küßte ihn, während er sich ganz betäubt, mechanisch zu ihr niederbeugte. Dann blickte er auf und frug seine Frau: »Ja, aber – Otti – was bedeutet denn das?«

»Ei – das Kind soll bei uns bleibe, so lang, als es nötig ist!«

»Ja, woher weißt du denn...?«

»Deine Mutter hat mir geschrieben! Und da...«

»Nun, Otti?«

»Da hab' ich mit meinem Vater gered't! Schau: mit meinem Vater ist es so komisch: der weiß mehr von uns wie ihr anderen! Der versteht uns! ... Wenn er spricht, meint man manchmal, es spricht eine andere Frau ... Und er hat gesagt: ›Dein Mann hat's schwer genug im Leben gehabt ... er hat für seine Liebe schlechten Dank geerntet. Wo er jetzt noch lieben *kann*, da hilf du ihm! Es kommt dir und deinen eigenen Kindern zugute! Er wird euch dann um so lieber haben!‹ ... Gelt, Georgche – das wirst? ... Ich hab' den Vater wohl verstanden! ... Und da hat's mich auch gar keine Überwindung mehr gekostet! ... Da hab' ich mich so gefreut, daß ich dir das zulieb tun kann...«

Er schloß sie stumm in die Arme. Ihre Augen waren feucht. Sie sah in banger Selbstzufriedenheit, ob er ihr Opfer auch gebührend zu schätzen wisse, zu ihm auf. »Deine Mutter hat alles geordnet!« sagte sie. »Sie hat der Mutter von der Karla geschrieben, daß sie sie vorläufig nicht wohl sehen kann. Sie hat bis jetzt noch keine Antwort von ihr bekommen!«...

Er hielt sie immer noch umfangen, und Frau Otti schloß befriedigt: »Und jetzt machen wir das Püppche ordentlich gesund!« Sie klatschte in die Hände. »Was, Karla? ... Wir mögen die garstige Medizin nit mehr!«

»Nein, Tante Otti!« Die Kleine kam stürmisch lachend herangerannt und haschte nach der Hand des Vaters. Sie war wie ausgewechselt, seit sie aus dem stillen Hause heraus und hier unter jungen Menschen war. Er hielt sie fest und sah seiner Frau in das zarte, dunkeläugige Gesicht, das für ihn in diesem Augenblick selbst etwas von Kinderreinheit hatte, und sagte: »Ich danke dir, Otti! ... Dein Vater hat recht gehabt! Jetzt bist du mir näher als je, seit wir Mann und Frau sind!«

III

Im oberen Stockwerk des Gersonschen Kaufhauses saß der Freiherr Christoph von Ulerici, mit seiner umfangreichen und anspruchsvollen Erscheinung die ganze Ecke des einen Saales beherrschend, hatte ein Bein über das andere geschlagen, daß unter der Bügelfalte der taubengrauen Hosen die rehbraunen Gamaschen an den Lackstiefeln schimmerten, den goldenen Zwicker auf der Nase, und sagte ungeduldig zu einer der Directricen: »Fragen Sie doch mal da unten, ob meine Braut *noch* nicht kommt!«

Das Wort »Braut« ging ihm, dem Graukopf, stets ein wenig stolperig über die Lippen. Er war mißtrauisch. Er schaute dabei die Leute immer an, ob sie nicht etwa lachten. Seine Botschaft wurde Vera von Vogt ausgerichtet, als sie gerade in den unteren Gewölben zwischen ganzen Stapeln von Stores und Vorhangstoffen stand. Sie hatte sich die Begleitung ihres Bräutigams bei diesen Aussteuerbesorgungen verbeten und dafür seine Schwester, das Stiftsfräulein von Ulerici, mitgenommen. Sie hielt eine lange Einkaufsliste in der Hand: »Ich möchte *écru*-farbigen Tüll mit Batistauflage für diese Gardinen!« sagte sie zu dem Verkäufer, »und nicht diesen Elfenbeinton! Wie?« sie drehte sich um. »Herr Baron würde ungeduldig?« Sie lachte herzlich und meinte zu ihrer Begleiterin: »Dies Gedrängele mußt du Christoph noch abgewöhnen, Agathe! Fällt mir nicht ein, mich mit meiner Ausstattung hetzen zu lassen! ... Hinterher hat man dann den Ärger ... Zeigen Sie doch mal den Schweizer Tüll da! ... So!«

Das lange hagere Fräulein neben ihr lächelte melancholisch. Du lieber Himmel ... ihr Bruder und noch mucken ...! Wenn je ein Mann rettungslos unter dem Pantoffel war, dann war er's schon jetzt! Vera war inzwischen ein paar Stände weitergegangen und interessierte sich für abgepaßte Köperstoffe mit Spachtelarbeit, die sie mit Hilfe ihres langgestielten Lorgnons prüfte. Es gefiel ihr nichts recht. Sie debattierte mit dem Verkäufer, sprach von der Auswahl bei Hertzog und Wertheim, und in einer Pause sagte die verblühte Stiftsdame: »Weißt du, Vera, daß ich dich bewundere? ... Mit welcher Ruhe du das alles abmachst ...«

»Ja, soll ich mich etwa wegen dem Zeug aufregen?«

»Ich meine nur: daß dir da nicht trübe Erinnerungen dazwischen kommen ...«

»Du denkst, weil ich das alles schon einmal durchgemacht hab'! ... Ach, gute Agathe ... Damals hieß es sich böse nach der Decke strecken – da war von Gerson überhaupt keine Rede ... Jetzt läßt Papa ja springen, was er hat ...«

Fräulein von Ulerici schüttelte den Kopf über ihre künftige Schwägerin. Die hatte wirklich eine frische Herzlosigkeit an sich.

»Ich spielte auch nicht auf den Unterschied an, liebe Vera, ob man sich seidene oder leinene Wäsche kauft! Aber es gibt doch auch Gefühlsmomente in solchen Stunden ...«

»Ach Gott ... ich bin nicht sentimental! ... Und wenn ich es wäre, hätt' es mir das Schicksal gründlich abgewöhnt.«

»Gut, wer das kann!«

Die junge Frau warf den blonden Kopf energisch in den Nacken.

»Ich kann's! Ich hab' das völlig hinter mir! Nun ist's tot! Siehst du, Agathe: insofern war ja neulich die Begegnung bei dem Muthardtschen Diner ein Glück. Da wurde ich ganz plötzlich und unvermutet auf die Probe gestellt ... Ich sage dir ... es hat sich nichts gerührt ... nichts ... Kein bißchen Haß mehr ... Alles weg, als wäre es nie gewesen! ... Ich hab' wohl bemerkt, wie furchtbar aufgeregt *er* war! ... Denk mal, ich hab' mich darüber gewundert ... Ich bin dazu nicht mehr fähig ...«

Die beiden Damen schwiegen eine Weile und blieben mitten in dem Menschenstrom des Kaufhauses stehen. Endlich versetzte Vera von Vogt: »Die Gelehrten sagen, daß der menschliche Körper alle sieben Jahre ganz neu wird. Warum die Seele denn nicht auch? Wenn ich zurückdenke, wie ich vor sieben Jahren war und wie ich jetzt bin, dann sehe ich da in der Vergangenheit einen ganz anderen Menschen. Ich verstehe meine Handlungen von damals nicht mehr, meine Stimmungen nicht ... Ich bin ganz losgelöst davon! Da versuche ich eben mein Glück zum zweiten Male! Das ist doch furchtbar einfach. – Nicht wahr?«

Das Stiftsfräulein erwiderte nichts. Sie hatte einen leisen Schauer vor diesem schönen jungen Weib, das sich da so herzhaft und kaltblütig verkaufte. Und Vera sagte neben ihr kurz und befehlend: »... und dann von den großen Damasttafeltüchern ein Dutzend! Kostenpunkt pro Stück hundertzweiundvierzig Mark – nicht wahr ...? Nein – sehen Sie nur gefälligst mal nach ... ich hab' es mir neulich genau aufgeschrieben ...«

Sie hatte die Freude einer Frau, die große Einkäufe macht. Und Fräulein von Ulerici sagte: »Was fängst du nur mit dem furchtbar vielen Tischzeug an, Vera?«

»Es werden eben auch furchtbar viele Gäste zu uns kommen! ... Darauf ist Christoph schon vorbereitet ... Mit den Ecartéabenden im Klub hat's ein Ende! Dafür werden in den ›Zelten‹ die Fenster hell ... Du sollst sehen, was ich für ein Haus mache!«

»Man muß es nur nicht übertreiben, Vera!«

»Kinder, ihr seid zu komisch!« sagte die junge Frau im Weitergehen, »ihr wollt immer alles bloß halb! Da bin ich anders veranlagt. Ganz oder gar nicht. Ich war seinerzeit so wahnsinnig verliebt, daß ich hätte Verbrechen und Morde begehen können. Na, dafür scheue ich aber auch jetzt als gebranntes Kind das Feuer! ... Und ich war hinterher so bodenlos unglücklich, daß ich am liebsten, wie ich geschieden in Neetzow saß, Kopf vor in den Mühlbach gesprungen wäre ... Ich glaub', ich hab' es bloß nicht getan, weil ich *ihm* nicht ganz recht geben und das Feld räumen wollte – Nun – und für alle diese Enttäuschungen kann ich doch jetzt auch einmal was vom Leben haben! ... Aber komm ... ich will die Livreebestellung lieber heute lassen! Der arme Christoph rauft sich sonst da oben seine letzten Löckchen aus.«

Fräulein von Ulerici mißfiel diese Äußerung. Sie machte ein säuerliches Gesicht, und auch der Kürassiermajor a. D. oben saß, als sie eintraten, recht verdrossen da.

Aber da sah er seine schöne Braut, und sein rötliches, gutmütiges Antlitz strahlte, während er behende aufsprang. Aller Augen waren auf sie gerichtet. Sie beherrschte in ihrer hohen, eleganten Erscheinung den ganzen Raum, wie sie ihm rasch und lachend entgegenschritt. Sie trug ein graues Schneiderkleid, das ihren prachtvollen Wuchs zur vollen Geltung brachte. Der große Hut mit den violetten Straußenfedern auf ihrem Blondhaar gab ihren Zügen etwas Stolzes und Kühnes. Ein Hauch von Frische und Jugendlichkeit war um sie, gleich dem seinen Duft, der dem Veilchensträußchen an ihrer Brust entströmte. Und während sie noch einmal zu einer raschen Anprobe in einer Kabine verschwand, von Fräulein von Ulerici, einem böhmischen Zuschneider und dessen weiblichem Stab gefolgt, sagte der Major a. D. stolz, aber halblaut, damit die herumstehenden, langen, weiß auswattierten und eingeschnürten Probiermamsells ihn nicht hörten, zu einem Bekannten, den er zufällig getroffen: »Na, Hand aufs Herz, lieber Graf! Den Geniestreich hätten Sie mir auch nicht mehr zugetraut auf meine alten Tage – was? Wissen Sie, ich bin manchmal noch vor mir selber paff! ... Das ging alles so ... so ... wie 'n Traum ...«

»Na, aber wie 'n höllisch angenehmer!« meinte der Graf. Seine Frau hatte mit Vera äußerlich nichts gemein. Nebenan verzweifelte der Zuschneider an ihrer Taille von achtzig Zentimetern.

Der graue Reitersmann neben ihm machte plötzlich ein sehr pfiffiges Gesicht. »Wissen Sie, was die größte Überraschung ist, wenn so ein alter Esel wie ich noch tanzen geht?« sagte er. »Man merkt erst, wieviele Leute auf einen schon heimlich spekuliert haben ..., Leute, von denen ich es nie geglaubt hätte! ... Na ja ... ich bin ja ein reicher Kerl – es ist ja bekannt! Aber meine Freunde und Verwandten wohnen doch auch nicht in Bettlerhütten! Und trotzdem – rings um mich allgemeine Flucht! Auf und davon! Nischt mehr zu holen! ... Na ... meinetwegen ... Da kommt sie ja wieder ... Das ging diesmal noch gnädig ab ...«

Vera von Vogt trat heran und schüttelte dem Grafen herzhaft die Hand. Sie hatte eine freie Art, mit den ihr bekannten Herren zu verkehren. Sie sprach und lachte zwanglos mit ihnen und sah ihnen in das Gesicht. Sie hatte sich das in den letzten Jahren so angewöhnt, vielleicht gerade weil die Damen da draußen auf dem Lande sie doch immer wieder ihre Stellung als geschiedene – wegen böswilliger Verlassung als schuldig geschiedene – Frau hatten fühlen lassen. Es lag etwas sorglos Kameradschaftliches in ihrem Wesen – beinahe ein bißchen Verachtung, so, als könnten ihr die Männer nichts mehr tun. Dem Freiherrn von Ulerici gefiel es nicht recht. Aber er schwieg.

Er und seine Schwester gingen, Vera zwischen sich in der Mitte, die paar Straßen hinüber bis zu der Borchardtschen Frühstücksstube, wo sie sich mit deren Vater, dem alten von Vogt auf Neetzow, der seit acht Tagen in Gutsgeschäften in Berlin war, verabredet hatten. Der saß da, schon ein hagerer Sechziger, dessen verwittertem braunen Gesicht mit den grauen Bartstreifen man trotz der sorgfältigen, dunklen Kleidung von weitem den Agrarier ansah. Rechts und links von sich hatte er seine beiden Söhne, zwei blutjunge, langaufgeschossene Ulanen mit rotwangigen, noch fast bartlosen Gesichtern. Der eine war nach Berlin zur Zentralturnanstalt kommandiert, den anderen hatte der Vater unterwegs aus Hannover, wo er auf Reitschule war, auf Osterurlaub mitgebracht. Alle drei aßen still Austern – ein Luxus, den sich der sparsame alte Landwirt sonst nie gegönnt hätte. Aber jetzt ging ja alles in einem hin, angesichts der Riesenpartie seiner Tochter, und die sagte an den Tisch tretend und lachend: »Schlemmt ihr schon wieder?... Papa... du verwöhnst die Kinder zu sehr...«

Es machte ihr Spaß, die Brüder, die sie entrüstet ansahen, zu necken. Ihr Verkehr mit den Ihrigen war neuerdings auf diesen Ton gestimmt. Sie war nicht umsonst so viele Jahre das schwarze Schaf der Familie gewesen. Jetzt genoß sie ihre Auferstehung. Ihr Großmut gegen ihre Umgebung grenzte fast an naive Grausamkeit. Belustigt hörte sie zu, wie ihr Vater und ihr Bräutigam über einem Stoß von Plänen und Berechnungen allerhand Meliorationen auf Neetzow besprachen. Sie wußte: der goldene Regen, der sich da auf die lange vernachlässigten elterlichen Fluren ergießen würde, der kam auch durch sie. Der Freiherr von Ulerici war ja freigebig und gutmütig wie viele Egoisten, denen man nicht zu nahe tritt. Er war eben im Begriff, sich ein drittes Dutzend Austern zu bestellen. Aber auf ihr gleichmütiges: »Christoph, ich glaube, du hast genug!« ließ er es gehorsam sein, und die beiden jungen Leutnants verbissen ihr Lachen.

Nach dem Frühstück wurden noch Ansichtspostkarten geschrieben, an den dritten Bruder, der in Bonn studierte, und an Veras jüngere Schwester, die Frau des Rittergutsbesitzers von Greffern-Riest auf Kwitschkallen und Nautzitten in Ostpreußen, an der deutschrussischen Grenze. Dann brach man auf. Vera ging allein mit ihrem Vater die Linden entlang, um ihn bis zu seinem Hotel zu begleiten. Am Brandenburger Tor kam ihnen ein junger Artillerieoffizier und seine Frau entgegen. Beide grüßten etwas befangen, und Vera sagte: »Das waren eben Herr und Frau von Muthardt, Papa – die neulich das Kunststück fertig gebracht haben, mich ... und ihn zusammen einzuladen!«

Der Altmärker runzelte die Stirne. Jede Erwähnung seines früheren Schwiegersohnes war ihm verhaßt. Und seine Tochter sprach jetzt so unbefangen davon, wie von einer überstandenen Krankheit.

»... und wie war denn das da zwischen euch?« frug er gereizt.

»Gott – wie zwischen anderen Menschen auch!«

»Wirklich?«

»Ja, wie soll das denn anders sein?«

Sie legte unwillkürlich wieder den Kopf zurück. Nebenan war die große Scheibe eines Schauladens. In dem sah sie sich und ihren Vater. Der Alte paßte gut in seinem verwitterten, altfränkischen Ernst zu ihrer strahlenden, jugendlichen Erscheinung, und nun seufzte er und sagte: »Ich hätt' es kaum mehr zu hoffen gewagt nach der Geschichte ... die war mir ja von vornherein gräßlich ... Ich hab' nie aus meinem Herzen 'ne Mördergrube gemacht ... Das weißt du ... Frau Gisbert! ... Ja ... da mögen mich nun die Leute hier in Berlin mit nassen Lappen totschlagen – aber ich brauch' das ›von‹ wie das Hemd auf dem Leibe! ... Man kommt sich sonst vor wie ein kahler Spatz ... Frau Gisbert! ... Ich hab' immer einen Anlauf mit der Feder machen müssen, wenn ich die Adresse an dich geschrieben hab'! ... Und Infanterie ... Kind ... Infanterie ist nichts! Glaub' das mir altem Husaren! ... Wir haben's ja gesehen, wohin das führt ... Ich hatte so große Rosinen mit dir im Kopf ... Mit der Anna gar nicht! ... Da war ich froh, wie ich die glücklich droben bei den Kosaken untergebracht hatt' ... Aber du...«

»Nun mach' ich es ja wieder gut!« sagte Vera leichthin. Wie bescheiden ging jetzt der Vater neben ihr, der bisher oft wochenlang kein Wort mit ihr gesprochen und sie mit feindseliger

Kälte behandelt hatte. Sie waren vor dem Hotel angekommen. Otto Leberecht von Vogt blieb stehen und nahm die Hand der Tochter in die seine. »Eigentlich ist's schade,« sagte er. »Das alles hättest du doch schon seit Jahren haben können!«

Sie schüttelte den Kopf.

»Nein, Papa! ... Wenn man sich das Bein gebrochen hat und geht zu früh, so wird es nur noch schlimmer! So ähnlich ist es da auch. Es brauchte alles seine Zeit. Aber jetzt bin ich so weit ... Gott sei Dank!«

Sie lachte wieder. Der Alte hielt ihre Rechte fest und sah sie wohlgefällig schmunzelnd an, als sei das da vor ihm seine gelungenste Leistung im Leben. Und sie freute sich, daß sie ihm gefiel. Sie freute sich, daß sie jetzt wieder der Sonnenschein für alles umher war, für ihren Vater, für ihren Bräutigam, für ihre Brüder, für jeden! Und um sie her war der Frühling. Blauer Himmel über dem Potsdamer Platz. Ein buntes Blühen und Duften von den Ständen der Blumenverkäufer da drüben, eine schmeichelnde Helle und Wärme, und sie nickte dem greisen Junker heiter zu: »Also auf Wiedersehen heute abend, Papachen!« – und schritt dann nach dem Tiergarten zu davon.

Dort lag der erste grüne Schleier über dem noch winterlich kahlen Geäst. Die Frühlingssonne schien hell. Alle Wege waren bei dem herrlichen Wetter gedrängt voll Menschen. Der Anblick des wieder erwachenden Lebens stimmte die junge Frau förmlich übermütig. Es paßte so zu ihrer eigenen Neuwerdung. Sie freute sich an den bunten Flecken der eingepflanzten Hyazinthen und Krokus im Grase, an den ersten, sich ins Freie wagenden Toiletten, sie lachte beim Denkmal Ottos des Faulen über den Gesichtsausdruck der gekrönten Schlafmütze da oben auf dem Sockel, und ging langsam, um auf dem Rückweg zu ihrer Pension im Westen das alles zu genießen. Auf einem sandbestreuten Kinderspielplatz, den sie durchquerte, lief ein kleines Mädchen neben ihr her und sagte etwas. Sie glaubte, es wolle, wie es hier im Tiergarten Sitte, nach der Zeit fragen, und griff, ohne hinzusehen, nach ihrer Uhr. Aber da spürte sie, wie das Kind ihre Hand festhielt, und hörte zugleich deutlich: »Mama ... Mama...!« und schaute hinab...

»Karla!« schrie sie und blieb stehen. Sie traute ihren Augen nicht.

»Ja, Mama!« sagte die Kleine glückselig. Sie stand vor ihr, das blasse Gesichtchen von einem Strohhut überschattet, die Schaufel, mit der sie drüben im Sandhaufen gegraben, noch in der Hand.

»Ja, wie kommst du denn hierher? Warum bist du denn nicht bei der Großmama?«

»Ich bin doch schon seit acht Tagen hier, Mama!«

»Weshalb denn?«

»Ich muß doch jeden Tag zu dem Herrn Professor, Mama! Eben waren wir auch da!«

»Wer denn – wir?«

»Na – ich und Tante Otti!« meinte die Kleine, erstaunt, daß die Mutter das nicht wußte, und nun sah Vera erst: dicht neben ihr, zur Seite einer Bank, stand Frau Hauptmann Gisbert. Den Wagen mit ihren beiden eigenen Kindern hielt das Mädchen an der Hand. Die kleine Karawane hatte offenbar eiligst aufbrechen wollen, als Karla von ihrem Sandhügel her frohlockend auf die Mutter zustürmte. Aber nun war es zu spät.

Die beiden jungen Frauen sahen sich befangen an. Es war keine Feindseligkeit in ihren Blicken. Dazu waren die drei Kinder um sie. Die schufen etwas Gemeinsames zwischen ihnen. Sie waren sich auch beide gar nicht unsympathisch, schon von ihrer ersten Begegnung her. Sie waren nur alle zwei etwas aus der Fassung.

Sie konnten jetzt nicht gut mehr mit einem stummen Gruß aneinander vorbeigehen. Frau Otti Gisbert fühlte, daß sie der anderen eine Erklärung schuldig war.

»Verzeihen Sie, gnädige Frau!« sagte sie. »Haben Sie denn den Brief nicht bekommen?«

»Welchen Brief, gnädige Frau?« »Die alte Exzellenz teilte Ihnen Anfang der Woche mit, daß Karla bis auf weiteres in unser Haus hier übersiedeln würde. Sie wußte Ihre Berliner Adresse nicht. Deswegen schrieb sie an die Ihres Herrn Vaters, auf das Gut...«

»Ach so – mein Vater ist seit acht Tagen in Berlin. Da liegt der Brief ruhig in Neetzow!«

Es war eine kurze Pause. Dann versetzte Vera von Vogt mit gepreßter Stimme: »Entschuldigen Sie eine Frage, gnädige Frau: Karla spricht da von einem Professor...«

»Ja. Professor Schwertfeger ... Sie kennen vielleicht seinen Namen. Er soll eine Autorität sein...«

»Um Gottes willen ... Ist das Kind denn krank?«

Veras schönes Gesicht war blaß geworden. Frau Gisbert sagte: »Karla ... lauf mal hinüber zum Sand und pack deine Schippen zusammen! Wir müssen gehen!« Dann fuhr sie, als die Kleine sich entfernt hatte, gedämpft fort: »Sie sehen ja, gnädige Frau: sie ist ganz munter. Eine Gefahr ist nicht. Oder kaum, meint der Arzt. Es sollen nur einmal die Herzerscheinungen gründlich untersucht werden...«

»Und wie lange soll das Kind noch hier bleiben?« »Das ist ganz unbestimmt, gnädige Frau!«

Frau Otti Gisbert hatte kein ganz leichtes Herz, während sie das sagte. Es war ihr eingefallen, daß in jenem Brief ihrer Schwiegermutter der jungen Frau vor ihr anheimgegeben war, Karla während ihres Berliner Aufenthaltes nicht zu sehen. Und die da drüben war doch schließlich die Mutter. Sie fühlte förmlich einen Anflug von bösem Gewissen, während ihr Blick ihre beiden eigenen, friedlich im Kinderwagen schlummernden Lieblinge traf. Und zugleich versetzte Vera von Vogt mit zuckenden Lippen: »Jedenfalls danke ich Ihnen, gnädige Frau, daß ich durch Sie nun von Karlas Anwesenheit hier weiß. Es ist ja immerhin etwas ungewöhnlich, daß Mutter und Kind wochenlang ganz ahnungslos ein paar Straßen voneinander entfernt wohnen!«

Die Kleine kam herangesprungen, gab ihr Spielgerät dem Mädchen und stellte sich zwischen die beiden jungen Frauen. Sie faßte jede an einer Hand und lachte zu ihnen auf. Die beiden erröteten und machten sich frei. Jetzt kam ihnen erst wieder das Seltsame der Situation zum Bewußtsein. Man konnte sie für Freundinnen halten, wie sie da im Gespräch beisammen standen. Frau Hauptmann Gisbert sammelte sich zuerst.

»Nach Hause, Friederike!« rief sie dem Mädchen zu und verabschiedete sich dann durch eine Kopfneigung von Vera von Vogt. »Guten Tag, gnädige Frau! ... Karla ... sag deiner Mama Adieu!«

Es war ihr sehr peinlich, das auszusprechen. Aber sie mußte es, denn die Kleine machte keine Anstalt, sich von der Mutter zu trennen. Sie blieb stehen und verlangte: »Nein! Mama ... komm doch mit Tante Otti mit! ... Wir wollen alle zusammen nach Hause gehen!«

Ihre Mutter beugte ihre lange schlanke Gestalt zu ihr hinab. Sie riß sie förmlich an sich und bedeckte sie mit ein paar leidenschaftlichen Küssen. Frau Gisbert dachte sich: ›Um Gottes willen ... sie wird sie doch nicht auf die Arme nehmen und wegtragen ... Da drüben stehen Taxameter!‹ Aber Vera stellte das Kind wieder auf die Füße, streichelte ihm noch einmal mit der Hand die Wangen, nickte der Stiefmutter hastig zu und eilte so rasch den nächsten Weg hinunter, daß die Leute ihr verwundert nachsahen.

Allmählich verlangsamte sie ihre Schritte. Um sie war der Frühling wie bisher, der Himmel war blau, die Sonne golden, die Knospen am Wege grün. Aber sie sah das alles wie durch einen feuchten, grauen Schleier. Ihre Augen schwammen in Tränen. Und auch als die allmählich versiegt waren, blieb als Nachklang der Begegnung mit ihrem Kinde eine tiefe leidenschaftliche Schwermut in ihr zurück.

Es war nicht nur die Liebe der Mutter, es war auch deren Zorn, daß man ihr ihr eigenes Fleisch und Blut vorenthielt. Eine andere Frau führte es spazieren und zahlte aus ihrer Tasche die teuren Konsultationen bei dem berühmten Arzt und mahnte das Kind, manierlich die Hand zu geben, wenn es ja einmal durch Zufall seine Mutter auf offener Straße traf! Vera von Vogt preßte im Gehen die fein behandschuhten Finger ineinander. Sie stöhnte unter dieser Demütigung. Solange die Kleine bei ihrer Großmutter in Schlesien war, da hatte sie das nicht so schwer empfunden. Dort besaß sie doch noch einen Anteil an dem Töchterchen. Aber nun hatte er sie ganz! Gelassen hatte er sein Eigentum in sein Haus eingezogen, und sie stand draußen vor dem Tor.

Eine heiße Reue stieg in ihr auf. Sie hatte jahrelang in der kleinen Karla nur den Vater gesehen und ihr Herz gegen sie verhärtet. Nun war es zu spät. Sie fand sich auf einmal am Rand des Neuen Sees – wie sie dahin gekommen, wußte sie nicht – und schaute über die stille Wasserfläche hin und frug sich in einem plötzlichen Schrecken: ›... Was tust du? Dein Kind hast du früher verleugnet! Dafür verkaufst du dich jetzt! ... So oder so trittst du die Natur mit Füßen und bist noch stolz darauf! Du lächelst! Du überhebst dich vor den Deinen und rühmst dich deiner klaren Lebensführung und bist mit dir im Herzensgrund zufrieden ... Gib acht, daß das, was du für deine Stärke hältst, nicht deine Schwäche werde ...‹

Und als sie sich endlich umwandte und heimging, da stand ihr immer wie ein Mene Tekel das eine mahnende Bild vor Augen: Ihr Kind und neben ihm die fremde Frau ...

Die war inzwischen auch nach Hause gekommen. Georg Gisbert saß an seinem Schreibtisch. Otti eilte zu ihm und erzählte ihm hastig, was vorgefallen. Er rückte den Stuhl herum und sah sie finster und ungläubig an.

»Ich verstehe nicht!« sagte er langsam. »Ihr habt da einfach beisammen gestanden und miteinander geredet ...?«

»Nun ja, du hörst es doch!«

Frau Otti war etwas erregt. Sie hatte gerötete Wangen. Es war, als feiere sie im Innersten des Herzens ein bißchen einen Triumph über ihre Nebenbuhlerin. Sie hatte das Kind. Jene nicht. Sie behauptete auf der ganzen Linie das Feld, und die andere mußte sich geschlagen geben.

»Warum seid ihr denn nicht aneinander vorbeigegangen?« frug Georg Gisbert nach einem Schweigen des Ärgers.

»Das war doch nicht möglich ... In *der* Situation hätt’ ein jedes reden müssen!«

»Wer sprach denn zuerst von euch?«

»Ich!«

»Na – das wüßt’ ich doch!«

Er sprang heftig empor und ging im Zimmer auf und nieder.

Otti fuhr auf: »Dir macht man’s auch nie zu Dank! ... Jetzt hab’ ich gedacht, ich mach’ es recht gut und nehm’ das Kind zu uns, dir zulieb – da ist es auch wieder nix! Da krieg’ ich als wieder Schelte!«

Er stand am Fenster, den Rücken gegen sie, und antwortete nichts. Sie wartete eine Weile. Dann ging sie aus dem Zimmer. Er hörte, daß sie leise schluchzte, aber er folgte ihr nicht. Er konnte nicht. Er blieb, wo er war, und starrte durch die Scheiben. Gerade jetzt, als seine Frau eintrat, hatte er an Vera gedacht. Er tat es viel zu oft. Gegen seinen Willen. Er mußte. Neulich, mit den paar Worten: »Sie war ja nie ganz weg!«, da hatte Otti mit unvorsichtiger Kinderhand einen Riegel von seiner Seele geschoben. Jetzt ließ sich der Strom nicht dämmen. Er flutete dahin, seltsame, einander widerstrebende Empfindungen ... er wurde ihrer nicht Herr... er hatte Angst vor ihnen und wußte: Es gab nur ein Mittel gegen sie: Vera von Vogt mußte fort sein, ganz fort aus seinem Leben.

Und alles, was ihre Nähe hieß, war Gefahr! ... Es war ihm, als zöge sich langsam ein Netz um ihn zusammen. Er nickte düster lächelnd: Jawohl, die arme kleine Otti hatte recht! Es glimmte noch unter der Asche! Leise, wie spielende Schlänglein züngelten die Flammen ... Wenn nur kein Sturmstoß sie zum Lodern brachte ...

Und er stützte den Kopf auf die Hände und kämpfte – kämpfte einen stummen und schweren Kampf...

IV.

Frau Otti Gisbert reiste nach Worms zur Hochzeit ihrer jüngsten Schwester. Sie wollte hinterher noch eine oder zwei Wochen bei den Eltern bleiben, bis diese sich in dem nun ganz leer gewordenen Hause eingewöhnt hätten. Es schien ihr recht gut, wenn ihr Mann sie bei dieser Gelegenheit ein wenig vermißte. Da merkte er doch wieder, was er und die Kinder und das ganze Haus an ihr hatten. Jetzt wurde das von ihm als allzu selbstverständlich betrachtet. Er war gar nicht unfreundlich gegen sie, im Gegenteil, eher weicher als sonst, aber dabei so trübe und zerstreut. Man konnte zuweilen meinen, er sei in seinem eigenen Hause fremd, so teilnahmlos saß er da. Der Dienst trug daran wohl auch schuld. Er arbeitete jetzt blindlings, mit einem stummen Feuereifer, vom frühen Morgen bis in den späten Abend.

Sie lehnte aus dem Fenster des Damenabteils zweiter Klasse und sprach hinunter zu Georg und seinem Bruder Albert, dem jungen Kriegsakademiker, die sie auf den Bahnhof begleitet hatten. Es fielen ihr im letzten Augenblick noch hundert Mahnungen und Besorgungen ein – der Gashahn ... und die Vorlegkette an der Hintertreppe – und die Kinder – und das Mädchen – die beiden Männer unten hörten kaum mehr zu, man konnte das alles beim besten Willen nicht behalten – bis sie, schon im Davonrollen des Wagens, noch rief: »Und gelt, Georgche – daß die Karla nur immer recht pünktlich zum Professor kommt! Wenn sie nicht auf die Minute da is, muß sie als so lange warte!«

Den Rest verstand man nicht mehr. Ein weißes Tuch flatterte in der Ferne. Der Zug verschwand. Während die beiden Offiziere die Bahnhoftreppe hinabstiegen, sagte Georg Gisbert: »Merkwürdig, wie doch Menschen sind! Früher hatte Otti das Kind nicht leiden können! Und jetzt liebt sie es direkt – beinahe wie ihre eigenen!«

»Wirklich?«

»Ja! Ich glaub', es macht ihr einen Riesenspaß, mit ihren zweiundzwanzig Jahren schon ein so großes, fast neunjähriges Mädelchen zu haben. Sie kämmt es und putzt es, als ob sie mit einer Puppe spielte. Daß es eigentlich einer anderen gehört, das kümmert sie gar nicht mehr. Ich glaube, das hat sie schon fast vergessen!«

»Sie ist eben ein furchtbar guter Kerl!«

Der andere schwieg, und Albert Gisbert setzte hinzu: »Das ist doch auch die einfachste Lösung, wenn du die Karla überhaupt ganz bei dir im Hause behältst!«

»Es ist nichts so einfach im Leben, wie du dir denkst!« sagte sein Bruder. »Wenn du mal älter bist und selber Frau und Kinder hast, wirst du es merken ... Na, laß dich mal bei mir sehen! Adieu!«

In den folgenden Tagen kamen dem Hauptmann Gisbert die reichen Räume seiner Wohnung nicht so verödet vor, wie sich das seine Frau wohl vorgestellt hatte. Er war da nicht allein. Er hatte die kleine Karla. Und noch mehr. Das Kind saß ihm bei Tisch gegenüber, und auf dem dritten, leeren Platz, wo sonst Otti gesessen, da sah er nicht sie, sondern die andere, seine erste Frau. Es war doch natürlich, daß da, wo Vater und Töchterchen waren, auch die Mutter war, wenigstens im Geiste. Er mochte dagegen ankämpfen, wie er wollte: wo nur das kleine blasse Mädchen in einem der großen leeren Gemächer sein Wesen trieb, da schritt wie ein Schatten eine schöne, schlanke, blonde Frau hinterdrein. Er sah ihre ausgestreckten, weißen Hände, die das Kind behüteten, er sah ihr mütterliches Lächeln – es war alles wie einst – unheimlich deutlich, greifbar stieg die Vergangenheit empor, hundert vergessene kleine Züge und Dinge kehrten zurück, selbst in dem hell durch die Stille klingenden Lachen der Kleinen glaubte er die Mutter zu erkennen, und vor allem in ihren großen graublauen Augen.

Zu seinen beiden anderen Kindern konnte er sich nicht flüchten. Die sagten ihm noch nichts. Das waren noch zwei rosige Tierchen, die friedlich in ihrer Wiege schlummerten. Aber Karla mit ihrer Frühreife eines kränklichen Kindes war doch schon ein Mensch. Man konnte ihren blassen Blondkopf zwischen die Hände nehmen und sie anschauen und mit ihr reden und Gegenrede empfangen, schon halb wie von einem Erwachsenen. Durch sie verband ihn mit seiner ersten Frau wieder ein Stück Gegenwart und Zukunft.

Und wenn diese Stimmung über ihn kam, dann schaute er sich in seinen Räumen um, und alles schien ihm so fremd, von anderen besorgt, von anderen bezahlt, und er selber nur ein Nutznießer einer Welt, die ihm nicht gehörte, in die er nur hinein verpflanzt war, ohne darin zu wurzeln. Er fühlte einen plötzlichen Widerwillen gegen das Behagen dieser vier Wände und ging hinüber in sein Arbeitszimmer. Da war noch so manches aus seiner spartanisch einfachen Junggesellenzeit und anderes aus seiner ersten Ehe, das in dieser Umgebung auch lächerlich einfach, fast armselig aussah, und an all den vergilbten Dingen haftete ein weher Zauber der Erinnerung.

In der Dämmerstunde, am zweiten Abend, nahm er seine Geige zur Hand und spielte. Längst vergessene Bilder stiegen herauf. Die kleine Garnison – das alte Haus am Markt. Die niederen Zimmer, das seltsame Durcheinander von ehrwürdigem Großväterhausrat vom Herrenhof in Neetzow und funkelnagelneuen, eben billig in Berlin gekauften Fabrikmöbeln. Und darinnen er und Vera...

...Vera...sangen die Saiten. Es klang wie ein Schluchzen um verlorenes Glück. Glück? Ganz war es das eigentlich nie gewesen. Sie hatten sich nie völlig verstanden. Immer der eine mehr im anderen gesehen, mehr von ihm verlangt, als der geben konnte. Sie hatten eben zuviel vom Leben und ihrem Lebensgefährten erwartet, um je zufrieden zu sein. Schon nach den ersten Monaten der Ehe hatte die Enttäuschung ihren Himmel verdüstert und nicht mehr aufgehört bis zum bitteren Ende. Aber dazwischen standen Zeiten, leuchtend wie goldene Sonnenflecken im Alltagsgrau, Wochen und Wochen, in denen sich Wunder der Seligkeit begeben hatten, Gnade und Überfülle des Schicksals – Tage der Rosen – Tage des Rausches...

Die Tage waren immer seltener geworden. Sie hatten schließlich ganz aufgehört. Aber sie waren doch einmal da! Die Sehnsucht sprach aus den verklingenden Tönen der Geige. Und wie er die absetzte, merkte er erst, daß sein Töchterchen ihm zugehört hatte. Sie saß ihm gegenüber auf einem Stuhl und blickte ihn stumm, aus großen andächtigen Augen an. Er kniete neben ihr nieder und zog sie an sich und küßte sie leidenschaftlich zwei-, dreimal auf den Mund und sah wieder die tiefen, graublauen Augen ernst auf sich gerichtet, und fuhr plötzlich erschrocken zurück. Ihm war, als habe er eben in dem Kinde da die Mutter geküßt – hier in den Räumen seiner zweiten Frau – als habe er dies Dach über seinem Haupte entweiht. Ein leises Grauen befiel ihn. Er hatte Angst vor der kleinen Karla da vor ihm, als sei die nur der Bote einer anderen Macht. Langsam stand er auf.

Dann besann er sich. Er schämte sich. Er nahm sich zusammen. Das mußte nun einmal ein Ende haben. Gründlich. Unerbittlich. Es war unmännlich, sich derart an längst begrabenes Lust und Leid zu heften. Da hieß es, sich und seine Gedanken besser im Zaume zu halten. Am Tage geschah das durch die Arbeit von selbst. Aber das Alleinsein des Abends war nicht gut.

Er erinnerte sich, daß gerade heute, wie jeden Mittwoch, in einem Bräu der Friedrichstadt eine Zusammenkunft alter Angehöriger seines Regiments war. Amüsant waren ihm solche Abende ja nicht. Man simpelte sich bei der Zigarre und dem Glase Bier durch die ganze Rangliste hindurch, besprach ausführlich, was eigentlich aus dem kleinen Krause geworden, und in welchem Monat der dicke Müller von Metz nach Posen versetzt worden sei. Aber immerhin: Menschen waren Menschen und jede Gesellschaft besser als hier, in der Einsamkeit, die seiner ersten Frau...

Er entschloß sich zu gehen. Er war eben im Begriff, sich Mütze und Säbel zu holen. Da klopfte es. Das Mädchen brachte einen Brief. Er nahm ihn gleichgültig in Empfang und las die Aufschrift. Die lautete an seine Frau. Die großen steilen Schriftzüge kamen ihm so bekannt vor. Auf einmal ließ er das Schreiben auf die Tischplatte fallen und trat einen Schritt zurück. Jetzt wußte er es: das war Vera von Vogts Hand.

Nach dem ersten Schrecken stieg ein jäher Zorn in ihm auf. Was hatten die beiden sich hinter seinem Rücken mitzuteilen? Dieser Verkehr war ja lächerlich. Das war ein Unding. Wieder ergriff er den Brief. Ein eigener Schauer überrieselte ihn dabei. Er kümmerte sich sonst gar nicht um Ottis Korrespondenz. Aber unzweifelhaft hatte er ein Recht, gerade dieses Schreiben zu öffnen. Nach kurzem Kampf riß er den Umschlag auf und las:

»Hochverehrte, gnädige Frau!

Der Brief der Frau Generalleutnant z. D. Gisbert an mich, von dem Sie mir neulich sprachen, ist mir nunmehr von Neetzow aus nachgesandt worden. Ich ersehe aus diesem Schreiben Ihrer Exzellenz, daß es mir nicht vergönnt sein soll, Karla während ihres Berliner Aufenthaltes zu sehen. Ich halte diese Bestimmung für sehr hart – einmal weil eine Zeitdauer des Aufenthaltes ja gar nicht festgesetzt ist, und besonders, weil das Kind krank ist und dadurch schon allein ein Anrecht auf die Nähe der Mutter hat. Ich denke mir, daß diese überflüssige Härte der Rücksicht auf Sie, gnädige Frau, in deren Hause sich das Kind befindet, entspringt. Aber nachdem das Schicksal nun einmal gewollt hat, daß wir uns persönlich kennen lernen sollten, wende ich mich gerade an Sie mit der Bitte, mir die Möglichkeit zu geben, wenigstens zuweilen meine Tochter in meiner Wohnung am Lützowplatz zu sehen. Ich bitte Sie und nicht Ihren Herrn Gemahl, weil Sie selber Mutter sind und besser als er mit nachfühlen können, wie einer Mutter zumute ist. Darum lassen Sie mich keine Fehlbitte tun!

In Erwartung Ihrer gütigen Antwort bin ich

in vorzüglicher Hochachtung

Vera von Vogt.«

Der Hauptmann Gisbert saß lange, den Brief seiner einstigen Frau in der Hand, und sann. Endlich steckte er ihn in einen Umschlag und schickte ihn an Otti nach Worms und schrieb nur ein paar Zeilen dazu: »Der Inhalt ist an Dich gerichtet. Also entscheide *Du!*«

Postwendend kam die Antwort. Sie enthielt wieder Veras Schreiben, und darunter hatte Frau Otti mit ihrer feinen Pensionatsschrift gekritzelt:

»Liebes Georgchen! Das geht mich nichts an! Da menge ich mich nicht hinein! Es ist euer Kind! Also ist es eine Sache zwischen Dir und ihr. Tu, was Du für recht hältst. Mir ist es dann auch recht. Gruß.

Otti.

Nachschrift. Papa ist auch meiner Meinung. Ich hab' mit ihm gesprochen.«

Natürlich – der Papa! Von dem kam der kluge Rat, der jede Verantwortung von sich schob. Georg Gisbert fühlte wieder seine alte Abneigung gegen den schönen jugendlichen Schwiegervater erwachen. Aber zu machen war da nichts. Er mußte nun selbst handeln, selbst Vera antworten. Der Entschluß fiel ihm schwer. Endlich setzte er sich hin und schrieb. Er redete Vera nicht an, sondern begann den Brief mit der Adresse:

»Ihrer Hochwohlgeboren

Frau Vera von Vogt

zurzeit Berlin.«

und darunter:

»Dem in dem neulichen Schreiben kundgegebenen Wunsche, Karla während ihres hiesigen Aufenthaltes zu sehen, kann zu meinem aufrichtigen Bedauern nicht entsprochen werden, nicht von seiten meiner Frau, die eine Stellungnahme in dieser Angelegenheit vermeiden möchte, sondern weil ich selbst es nicht für opportun halte, schon aus Gründen der äußeren Form und namentlich, um das Kind nicht durch den Zwiespalt seiner Stellung zwischen Mutter und Stiefmutter zu beunruhigen und auf Gedanken und Fragen zu bringen, deren Beantwortung naturgemäß einem reiferen Lebensalter vorbehalten sein muß. Ist Karla wieder daheim bei der Großmutter, so steht selbstverständlich dem früheren Modus gelegentlicher Besuche nichts im Wege.«

Halb mechanisch setzte er seinen Namen darunter. Seine Finger zitterten ihm, so furchtbar erregt war er, und er atmete schwer, während er den Umschlag schloß. Nun war es wenigstens geschehen, und die Sache ein für allemal abgetan.

Aber am nächsten Mittag berichtete ihm die kleine Karla freudestrahlend, als sie des Morgens mit dem Mädchen von dem Herrn Professor gekommen, habe vor dessen Haus die Mama gestanden und sie geküßt und lange mit ihr gesprochen. Und bald darauf traf ein Brief von Vera von Vogt ein.

»Seiner Hochwohlgeboren
Herrn Hauptmann Georg Gisbert
Berlin.

Sehen werde ich Karla, ob mit oder ohne Erlaubnis! Ich halte es sonst nicht aus, sie krank in Berlin zu wissen und mich ganz in ihrer Nähe. Schickt man sie mir nicht, so muß ich sie eben anderswie zu treffen versuchen, mit dem natürlichsten Rechte einer Mutter, die erfahren will, wie es ihrem Kinde geht. Was sich daraus den Dienstboten gegenüber an Unwürdigkeiten und für Karla an Aufregungen ergibt, ist nicht meine Schuld. Ich ziehe einfach die Konsequenz aus der Ablehnung meiner Bitte.«

Der Hauptmann Gisbert stand auf, als er das Schreiben gelesen, und ballte es in der Faust zu einem Knäuel zusammen. Er fühlte sich wehrlos. Vor Begegnungen mit der Mutter konnte er das Kind, das sich nach der Verordnung des Arztes vom Morgen bis zum Abend im Tiergarten in frischer Luft bewegen sollte, nicht schützen, zumal Otti verreist und er durch den Dienst verhindert war, es zu begleiten. Und er zitterte vor einer Fortsetzung des Briefwechsels. Vera gab doch keine Ruhe. Es spannen sich immer wieder neue Fäden um sie beide, wo er nur die Augen schließen und die Hände vor die Ohren pressen wollte, um nichts mehr von ihr zu sehen und zu hören.

So setzte er sich an einem Donnerstagabend hin und schrieb hastig, wie bisher jede direkte Anrede vermeidend, ein paar Zeilen auf eine Rohrpostkarte.

»Karla wird am nächsten Montag nachmittag vier Uhr mit dem Mädchen in die Wohnung am Lützowplatz kommen. Ich darf wohl bitten, sie spätestens um sieben Uhr wieder nach Hause schicken zu wollen!

Nachschrift. Karla soll nicht zuviel Süßigkeiten essen. Der Arzt hat es verboten.«

Am Montag war Veras Wohnzimmer in ihrer Pension festlich mit Frühjahrsblumen geschmückt. Auf dem blütenweiß gedeckten Tisch stand das Schokoladenservice bereit. Daneben lag Spielzeug, ein Mäntelchen, allerhand kleine Überraschungen. Sie selber hatte sich für ihr Töchterchen schön gemacht. Sie war ganz in Weiß. Sie war glücklich, jung, erwartend, und wirtschaftete geschäftig in dem Zimmer hin und her und rückte dies und jenes zurecht und sah dazwischen auf die Uhr, ob Karla noch nicht käme.

Mit jenem Sinn für gegebenes Wort, der ein Erbteil eines alten Geschlechts wie des ihren war, hatte sie seit dem Empfang des Briefes ihres Mannes keinen Versuch mehr gemacht, ihr Kind noch vor der Zeit zu sehen. Nun aber konnte sie die Ungeduld kaum mehr ertragen. Es war schon zwanzig Minuten nach vier. Die junge Frau hatte Befehl gegeben, niemanden sonst vorzulassen, und stand unruhig am Fenster und lugte hinaus. Da unten lag der Lützowplatz mit seinem spitzen, wie frisch vom Zuckerbäcker bezogenen Monumentalbrunnen. Die Bäume grünten. Auf dem Kanal schwammen schwerfällig die großen Zillen, die Menschen wimmelten schwärzlich und eilfertig im hellen Frühlingsschein – nur das eine kleine Menschenkind, das *sie* haben wollte, das kam und kam nicht …Es schlug schon dreiviertel, es schlug fünf, halb sechs. Und als eine halbe Stunde später sich die Dämmerung herabsenkte, mußte sie erkennen, daß ihre Hoffnung sie betrogen hatte…

Mit der bitteren Enttäuschung stieg der Zorn in ihr empor. Sie haßte jählings ihren früheren Mann, so wie schon seit Jahren nicht mehr. Er war schon halb aus ihrem Dasein herausgewesen. Nun war es wieder das alte Bild: er stand ihr als Gegner, als *der* Gegner schlechthin im Leben gegenüber, und dazu als einer, der sie zum Überfluß in ihrem Heiligsten verhöhnte. Vielleicht sollte das eine besondere Rache von ihm sein, dies Spiel mit ihrer Verlassenheit und ihrer Muttersehnsucht! Die Tränen waren ihr nahe. Aber sie zwang sie nieder. Er sollte sich hüten! Soweit konnte er sie doch wahrhaftig noch von früher her kennen, um zu wissen, daß sie sich *so* nicht geschlagen gab! Er wollte den Kampf! Nun gut – so sollte er ihn haben. Sie war dazu entschlossen.

Ein Plan tauchte in ihr auf. Sie biß die Zähne zusammen und überlegte. Allein ging das nicht. Wer konnte ihr helfen? Die Brüder nicht. Die waren zu jung. Der Vater? Da war kein Gedanke.

Und wer sonst auf der Welt? Es stand ihr nur ein einziger Mensch nahe genug dazu, daß sie ihm *damit* kommen konnte ...

Sie fühlte ihre Pulse fiebern – ihr Kopf war heiß – sie war nicht in der Verfassung für klare Entschlüsse. Die Vernunft riet ihr: warte bis morgen! Aber ihr Ingrimm war zu groß. Sie wollte nicht schweigend leiden.

Sie kleidete sich um, packte, äußerlich sehr finster und ruhig geworden, die für die Kleine bestimmten Sachen beiseite und fuhr gegen acht Uhr abends in das Hotel am Potsdamer Platz, wo ihr Vater wohnte. Sie wußte, daß er dort jetzt mit ihrem Bräutigam zusammensitzen würde, um Wichtiges wegen Neetzow zu besprechen. Die beiden Nachbargüter Klein-Pütz und Birkenhausen – uralter, im Anfang des neunzehnten Jahrhunderts verloren gegangener von Vogtscher Besitz – standen, von den jetzigen Eigentümern heruntergewirtschaftet, billig zum Verkauf. Das war eine Gelegenheit ohnegleichen, den alten Glanz der Familie zu erneuen. Der Freiherr von Ulerici schien dem Geschäft nicht abgeneigt, und die Augen des alten hageren von Vogt-Neetzow leuchteten bei dem bloßen Gedanken. Sie aßen gerade, als Vera kam, und redeten, nachdem sie neben ihnen am Tisch des Restaurants Platz genommen, ununterbrochen von dem Gutshandel weiter und baten ihre Gefährtin nur ein paarmal um Entschuldigung – aber schließlich müsse das sie doch auch interessieren! Keiner von beiden hatte sich erkundigt, ob Karla heute gekommen sei. Sie schienen es für selbstverständlich zu halten. Zudem konnte der alte Vogt-Neetzow sein Enkelkind nicht« leiden, weil es den ihm verhaßten Namen Gisbert trug. Er erörterte gerade, ein kalt gewordenes Stück Fasan seit zwei Minuten auf der Gabel haltend, den Plan einer harten Bedachung der zu erwerbenden Wirtschaftsgebäude. Vera hörte schweigend zu. Ein paar junge Husarenoffiziere am Nebentisch schauten verstohlen herüber. Sie merkte, daß diese Blicke nicht nur ihrer blonden Schönheit galten, sondern daß die jungen Leute sich heimlich über das feierliche, glücklich verlegene Gesicht amüsierten, mit dem ihr grauköpfiger Bräutigam neben ihr saß. Dem war plötzlich eingefallen, daß er am Ende Vera im Eifer der Unterredung ein wenig vernachlässigt haben könnte. Er wurde ganz rot vor Schrecken und suchte es eiligst wieder gut zu machen. Aber die junge Frau wehrte ungeduldig mit der Hand ab und sagte: »Christoph ... ich muß dich etwas fragen! Deswegen bin ich hier ... Kellner, seien Sie so gut und stehen Sie nicht immer zwei Schritte neben meinem Stuhl! ... So! ... Also höre, ich will meine Tochter haben! Ich will sie mir holen! – Stehlen! ... Ich weiß genau, wann Karla das Haus verläßt. Es ist immer nur das Mädchen bei ihr ...«

Schwiegervater und Schwiegersohn sahen sich betroffen an. Der erstere meinte langsam: »Bist du verrückt?«

»Nein. Ich stehle doch bloß mein Eigentum wieder! Wir greifen Karla auf der Straße, stecken sie in ein Auto, und, hast du nicht gesehen – sind wir weg! Wenn du mir hilfst, Christoph, können wir sie mit Leichtigkeit so verbergen, daß die anderen sie nie finden!«

Sie hatte sich kampflustig aufgerichtet. Ihre Wangen waren vom Eifer gerötet. Aber sie begegnete nur befremdeten Blicken und ältlichen langen Gesichtern. Die beiden Herren waren einfach betreten.

»Schau nur, was sie für Augen macht!« sagte endlich ihr Vater zu dem Freiherrn von Ulerici. »Man könnte sich fürchten! Das kennst du noch nicht an ihr!«

»Gib du mir lieber Antwort, Christoph!«

»Ja, Vera – wenn du noch nicht weißt, daß das Bürgerliche Gesetzbuch ...«

»Ich pfeife auf das Bürgerliche Gesetzbuch!«

»... ja, daß man sogar *straf*rechtlich ...«

»Sie können mich ja einsperren!«

»Immer mit dem Kopf durch die Wand!« sagte der alte Herr. »Das war immer dein Unglück, Vera! Du bist eine Natur, die keine Kompromisse kennt! Und das ganze Leben, mein Kind, ist ein fortwährender Kompromiß!«

Sie dachte sich: ›Wenn meine Verlobung hier kein Kompromiß ist‹ ... dann wandte sie sich an ihren Bräutigam: »Christoph, willst du mir beistehen?«

Sie sprach schnell und so erregt, daß ihre Lippen zitterten. Er setzte bedächtig den Zwicker auf und meinte: »Vera, – wenn du wieder kaltes Blut hast…«

»Ach, ich danke für dein kaltes Blut…Meines ist heiß! Papa hat ganz recht! Du kennst mich noch lange nicht! Ich bin nicht so zahm, wie du glaubst!«

Sie wippte ungeduldig mit der Spitze ihres langen, schmalen Lackschuhs auf dem Boden. Die Leutnants nebenan lachten. Es war solch ein drolliger Gegensatz: die leidenschaftliche junge Frau und die beiden verdutzten grauköpfigen Herren.

»Daran wirst du dich bei mir gewöhnen müssen!« sagte sie heftig. »Bei Papa…da draußen… da war ich noch im Winterschlaf…eingepuppt…aber jetzt lebe ich wieder!…Herr Gott ja… tu mir den Gefallen und sieh mich nicht so mißbilligend an…ich bin ein Mensch von Fleisch und Blut und kein abgeklärtes Fabelwesen, wie du dir das vielleicht so denkst! Es ist doch kein Verbrechen, daß ich mein Kind wieder haben will! Also, wirst du mir helfen?«

Der Freiherr von Ulerici räusperte sich.

»Vera…wir wollen morgen darüber reden…wenn du ruhiger geworden bist…lasse nur erst einmal diese Aufregung vorübergehen!«

Die junge Frau lachte.

»Ach ja…es geht alles vorüber! …Schließlich wird man begraben und die arme Seele hat Ruh'! Aber wenn das deine ganze Weisheit ist…Willst du oder willst du nicht?«

»Zu solchen Streichen geb' ich meine Hand nicht!« sagte der Freiherr von Ulerici entschieden.

Sie sah stumm ihren Bräutigam an. Er war ihr auf einmal so entfremdet wie noch nie, wie er, der alte Junggeselle, da bedächtig saß und ihren Mutterschmerz nicht verstand. Plötzlich hatte sie ganz andere Augen gegen ihn bekommen. Grausam scharfe. Sie bemerkte jede Furche in seinem rötlichen Gesicht, jeden grauen Faden auf seinem Haupt…Sie sah sein Doppelkinn, sein Embonpoint, sie merkte, daß er schwer atmete – sie empfand auf einmal einen förmlichen Widerwillen vor ihm. Und dachte sich unwillkürlich: Was mach' ich denn da? Wen heirate ich denn da? Er ist fünfzig und ich noch nicht dreißig!

Dann stand sie rasch auf.

»Gute Nacht!«

Ihr Vater war erstaunt.

»Was ist dir denn, Vera?«

»Nichts! Ich muß heim! Nein, bitte, Christoph…begleite mich heute nicht bis nach Hause!«

Sie reichte den beiden Herren die Hand und verließ hastig, ehe die sich noch von ihrer Betroffenheit erholt hatten, den Saal.

Als sie im Wagen saß, fing sie an, im Kopf zu rechnen. Eins, zwei, drei, vier, fünf – noch fünf Wochen und drei Tage waren bis zu der Hochzeit, die im Mai stattfinden sollte. Es dünkte ihr auf einmal so unwahrscheinlich, daß sie dann wirklich die Freifrau Vera von Ulerici sein würde und das Ganze nicht ein Spiel, ein flüchtiger Gedanke sei, der ihr einmal durch den Kopf gegangen und dann wieder verschwunden. Wieder preßte ihr eine schwere Last das Herz zusammen. Noch nie hatte sie den Unterschied der Jahre zwischen sich und ihrem grauköpfigen Verlobten so schreckhaft deutlich empfunden. Sie drückte sich fröstelnd in die Wagenecke. So blieb sie, leise zitternd, bis sie vor ihrem Hause ausstieg.

Sie hatte gehofft, daheim wenigstens irgend eine Nachricht von Karla zu finden. Aber nichts war da. Niemand hatte sich gezeigt. Sie hatte noch tags vorher durch das Pensionat telephonisch anfragen lassen, ob das Kind auch heute sicher käme, und die Antwort erhalten: Ja. Dieser kaltblütige Wortbruch empörte sie. Sie war jetzt auch zu stolz, noch einmal anklingeln zu lassen und sich zu erkundigen und von irgend einem Dienstboten am Sprachrohr mit ein paar leeren Worten in Berliner Dialekt abgespeist zu werden.

Sie zitterte unter einer solchen Unruhe und Aufregung, daß sie es in ihrem Zimmer nicht aushielt. Obwohl es schon fast zehn Uhr war, ging sie doch noch einmal hinunter ins Freie. Die Frühlingsnacht war lind und warm. Drüben an der Herkulesbrücke saßen die Leute schon im Wirtsgarten draußen an den Tischen. Der Lützowplatz war noch voll von Menschen. Sie schritt über ihn hin, in der Richtung nach dem Kurfürstendamm und der Meinekestraße. Eine heiße Sehnsucht trieb sie nach dem Hause, wo man ihren Schatz bewahrte.

Nun stand sie davor. Sie wußte nicht, in welchem Stockwerk Gisberts wohnten. Aber es war auch gleich. Die ganze Front lag in tiefem Dunkel. Sie hob sich auf den Fußspitzen und blickte hinauf, als könne sie dadurch ihrer Karla näherkommen. Sie erschien sich wie eine Verlassene, eine Ausgestoßene unter den Menschen, wie sie da im Nachtwind auf einsamer Straße vor verschlossener Pforte Wache hielt. Stumm, unschlüssig ging sie auf und nieder, bis zur Ecke des Kurfürstendammes. Da drehte sie um und schritt zurück. Sie konnte sich von dem stillen Hause nicht trennen. Sie wollte wenigstens noch einen letzten Blick darauf werfen, ehe sie heim mußte – mit, schwerem Herzen und mit leeren Händen...

Um die Ecke herum kam ihr rasch jemand entgegen. Ein großer schlanker Mann im Jagdanzug. Einen Augenblick war seine Gestalt hell von der Laterne beschienen. Sie sah ihn flüchtig an. Es ging ihr durch den Kopf: ›Wo hat der nur seine Flinte? Hat er sie am Ende irgendwo stehen lassen, daß er so läuft?‹ Und dann, als er schon vorüber war und seine Schritte verhallten, durchschoß sie plötzlich ein jäher Schrecken: Herr Gott – war das nicht *er*? ...Ihr war, als sei sie eben Georg Gisbert begegnet...

Sich vergewissern ...sich nach ihm umdrehen – nein, das war unmöglich. Sie ging langsam, halb betäubt, die Meinekestraße hinauf und um die Ecke herum heimwärts. Ihr Herz klopfte. Nachträglich schien es ihr ganz sicher, daß er es gewesen...

Und Georg Gisbert schaute ihr nach. Er hatte sie sofort erkannt. Im ersten Augenblick kämpfte er, ob er ihr folgen solle. Er wußte: es war unmöglich. Er blieb regungslos. Lange stand er so. Dann wandte er sich ab und die beiden gingen wie dunkle Schatten auseinander und verschwanden in der Nacht.

V.

Der Hausarzt der Familie Gisbert wohnte nicht weit, in der Uhlandstraße. Er war daheim und begrüßte etwas erstaunt den spät eintretenden Besuch. Und Georg Gisbert sagte, noch außer Atem vom raschen Treppensteigen: »Ein Segen, daß ich Sie finde, Herr Sanitätsrat! Tun Sie mir den einzigen Gefallen und kommen Sie gleich mit! ... Meine älteste Tochter hat plötzlich bedenklich hohes Fieber!«

Während sie zusammen das Haus verließen, erklärte er weiter: »Meine Frau ist verreist! Ich war den ganzen Tag auf der Jagd, absichtlich, weil Karla heute für den Nachmittag zu ihrer Mutter sollte!« Er sprach das mit einer gewissen Überwindung aus, und der Arzt, der mit den Verhältnissen Bescheid wußte, nickte nur. »Wie ich eben heimkomme, war das Kind nicht dort, sondern liegt krank im Bett, und die sämtlichen drei Frauenzimmer, die verfluchten Gänse, sitzen den ganzen Tag herum und warten, ob es nicht besser wird, statt Sie gleich holen zu lassen! Prügeln möcht' man manchmal die Leute mit ihrer Unvernunft. Nun sehen Sie nur, was es eigentlich ist!«

»Influenza!« sagte der Sanitätsrat zehn Minuten später in dem Krankenzimmer. »Sie spukt immer noch in Berlin! ... Das sind so ihre letzten Gastrollen im Frühjahr ...«

»Aber es ist doch keine Gefahr ...?«

»Bei einem ganz gesunden Kinde kaum ... Aber hier ... das Herz müssen wir eben ordentlich auf dem Posten halten! Lassen Sie lieber Ihre Frau Gemahlin zurückkommen, wenn es geht!«

»Ich werde sofort nach Worms telegraphieren!«

Es war eine kurze Pause, dann meinte der Sanitätsrat, die Gedanken des anderen erratend: »Hm – ja ... und die Mutter ... das geht ja nun ein bißchen über das Ärztliche hinaus. Das streift das allgemein Menschliche. Wie stellen Sie sich zu der Frage, Herr Hauptmann ...?«

Georg Gisbert stand neben dem Bett der Kleinen, die unruhig, mit fiebrig geröteten Wangen sich in den Kissen hin und her warf.

»Ich bin der Meinung,« sagte er, »daß in dem Falle, doch eine wirkliche Gefahr vorliegt, die Mutter selbstverständlich nicht ferngehalten werden kann. Aber auch nur in diesem Falle!«

»Nun gut! ... Augenblicklich ist noch keine Besorgnis! Sie können ihr ein paar beruhigende Worte zukommen lassen ...«

»Bitte, schreiben Sie ihr die lieber selbst! Ihnen glaubt sie eher als mir! Ich schicke den Brief gleich nach dem Lützowplatz hinüber!«

Der Sanitätsrat nickte, setzte sich und sagte, während er die Zeilen auf das Papier warf: »Und nun kaltes Blut, Herr Hauptmann! Es ist noch nicht Matthäi am Letzten! Wenn Ihre Frau Gemahlin erst da ist, wird gleich alles leichter gehen!«

Aber als er am nächsten Morgen wiedergekommen war und den Zustand der Patientin unverändert gefunden hatte, zeigte ihm Georg Gisbert finster eine eben aus Worms eingetroffene Antwort seines Schwiegervaters auf seine Depesche vom Abend vorher.

»Otti mit Mama nach Köln abgereist, um letzte Hand an Wohnung dort zu legen. Habe sofort nachtelegraphiert. Hoffe, daß es sie erreicht.«

»Übermorgen ist die Hochzeit meiner Schwägerin!« sagte er. »Sie heiratet nach Köln. Nun läuft meine Frau mit ihrer Mutter dort herum, wahrscheinlich durch hundert Läden und Geschäfte hintereinander, und es ist ein wahres Wunder, wenn der Depeschenbote sie im Lauf des Tages durch Zufall einmal in der leeren Wohnung findet ...«

»Nun – der Tag ist noch lang!« tröstete der Sanitätsrat. »Es geht auch so! Ich schicke Ihnen jetzt gleich eine Rotekreuzschwester. Auf Wiedersehen!«

Der Arzt ging, und eine halbe Stunde darauf erschien auch wirklich die Pflegerin, ein zartes, blasses Ding, noch jung, ganz übernächtig. Sie kam eben von einem Sterbebett. Aber sie machte sich sofort an die Arbeit, und der Hauptmann Gisbert konnte nun wenigstens ruhig in den Dienst. Eben als er im Flur den Mantel umhing, schrillte neben ihm an der Wand die Telephonklingel. Von den Dienstboten war niemand in der Nähe. So rief er selbst »Wer ist da?« und ergriff das Hörrohr.

Im nächsten Augenblick wurde sein Gesicht ganz steinern. Eine Frauenstimme flüsterte, dicht an seinem Ohr: »Hier Frau von Vogt! Ich möchte wissen, wie es Karla geht!«

Und ihn durchzuckte es: ›Es hilft ja alles nichts! Wir *müssen* zusammen! ... Neulich kam ihr Brief ins Haus. Gestern stand sie vor meiner Schwelle. Heute klingt schon ihre Stimme in diesen Räumen. Bald ist sie selber da.‹

Die Schallmembrane knisterte an seinem Ohr. Dann frug es wieder, unheimlich nahe, so als stände jemand Unsichtbarer neben ihm: »Bitte ... ist denn niemand am Apparat? Hier Frau Vera von Vogt! Wie geht es meiner Tochter?«

Man hörte durch die Fernleitung deutlich das angstvolle Beben ihrer Stimme. Und nun näherte er sich dem Sprachrohr und murmelte hinein: »Hier Hauptmann Gisbert!«

Daraufhin war drüben alles still, und er fuhr fort. »Es ist noch keine Änderung eingetreten! Gefahr nicht vorhanden!«

Seine Hand zitterte, die das Hörrohr hielt. Vorgestern hatten sie sich gesehen, ohne sich zu sprechen. Jetzt sprachen sie sich, ohne sich zu sehen. Und da klang es halberstickt, mit offenbarer Überwindung, noch einmal eine Bitte zu tun: »Aber ich möchte zu Karla hin ...«

»Sowie es erforderlich ist, kommt Nachricht hinüber. Ich bitte, sich unbedingt darauf zu verlassen!«

Er harrte noch eine Weile, aber es regte sich nichts mehr an dem Apparat. Vera mußte stumm weggegangen sein. Nun verließ auch er seine Wohnung. Ein unbehagliches Gefühl, als habe er nicht ganz recht gehandelt, begleitete ihn. Da oben lag das Kind krank. Weder Vater noch Mutter waren an seinem Lager. Er konnte nicht. Ihn rief die Pflicht. Sie durfte nicht. Er hielt sie fern. War das recht? Er sagte sich: Wo keine Gefahr ist, ist auch keine Grausamkeit! Aber den ganzen Vormittag lastete auf ihm, während er sich mit aller Willensanspannung in seine Akten vertiefte, dieser Druck wie ein schlechtes Gewissen, daß er etwas an Karla versäume: Es war niemand außer bezahlten Leuten um sie, und wenige Straßen davon entfernt rang inzwischen die Mutter die Hände vor Ungeduld und verzehrte sich in Angst. Es war doch eine große Verantwortung, die er da vor sich und vor ihr übernahm.

Er hatte eine unklare Hoffnung, daß Otti vielleicht mit dem Paris-Kölner Mittagsschnellzug eintreffen würde, und stand, als der einlief, auf dem Bahnhof Friedrichstraße und wartete, bis der Schwarm der Reisenden sich verlaufen hatte, ohne sie zu bringen, und sah hinterher selber ein, daß es doch nur ein ganz törichtes Hirngespinst gewesen, und fuhr mit der Stadtbahn heim. Zum Glück hatte er nachmittags keinen Dienst. Sein Abteilungschef hatte ihm aus freien Stücken gesagt: »Na, Gisbert – bleiben Sie mal für heute aus unserer Aktenbude weg! Das Vaterland kann sich auch einmal ohne Sie behelfen!«

Wenn er nur hätte etwas helfen können! Zu Hause teilte ihm, als er eintrat, die kleine, blasse Diakonissin mit, in seiner Abwesenheit habe eine Dame zweimal telephonisch sich nach dem Kinde erkundigen lassen – eine Frau von Vogt – und sie habe das zweite Mal wahrheitsgemäß antworten müssen, es ginge gar nicht besonders. Er biß sich auf die Lippen und trat an das Krankenbett. Dort setzte er sich hin und wartete. Er hatte die Idee, er schütze Karla so gegen irgend einen Feind ... oder gegen seine einstige Frau – die Gedanken drehten sich einem in dem stillen, halbdunklen Raum – man wurde ganz schwindlig im Kopf und er war froh, nach einer Stunde draußen im Flur die Stimme seiner Schwägerin Klothilde, der Frau seines Bruders Richard, zu hören, die er telegraphisch gebeten hatte, aus Spandau zu kommen.

An sich war ihm dies lange, blonde, stumme Geschöpf wenig sympathisch. Sie hatte trotz ihrer fünfundzwanzig Jahre etwas merkwürdig Unentwickeltes, körperlich und geistig. Sie gehörte zu den Frauen, die auf einer bestimmten Stufe plötzlich stehen geblieben waren. Er wußte es. Aber er merkte jetzt erst, *wie* unselbständig sie war.

In das Krankenzimmer wollte sie überhaupt nicht hinein. Sie werde sich hüten, die Influenza mit nach Hause zu bringen. In den Vorderräumen stand sie nur herum und war der Schwester im Wege, und als die, von der Patientin kommend, gegen fünf Uhr nachmittags etwas besorgt sagte: »Es wäre gut, wenn der Herr Doktor nicht mehr lange auf sich warten ließe ... Frau von Vogt hat auch schon wieder antelephoniert,« da ließ sie sich nieder und begann, den langen

Oberkörper wie eine Trauerweide vorgebeugt, still zu weinen, und ihr Schwager begriff auf einmal, warum der Hauptmann Richard Gisbert, wo er auch hinkam, als ein trunkfroher alter Knabe bekannt war, der seine Abende lieber im Kasino oder am Stammtisch als daheim bei den Seinen zubrachte. Und als das Heulen gar kein Ende nehmen wollte, verlor er die Geduld, packte Klothilde in eine Droschke und schickte sie heim. Und von Otti war nichts zu hören und zu sehen! Die lief irgendwo in Köln fidel herum und ahnte von nichts. Und er selber wurde sich immer mehr der Notwendigkeit bewußt, daß an das Sorgenbettchen da drinnen eine Frau gehörte! Die Mutter! Hatte ihm doch das Kindermädchen eben flüsternd berichtet, die fremde Dame, die sie von dem neulichen Auftritt mit Karla vor dem Hause des Professors her kenne, sei wieder die längste Zeit vor dem Hause auf und ab gegangen und habe heraufgeschaut und dann plötzlich ein Tuch vor die Augen gehalten und sei weg.

Nein, das war zu viel. Das griff ihm selbst ans Herz. Unmenschlich konnte man nicht sein. Er war jetzt ganz auf das Unvermeidliche ihres Kommens gefaßt und nickte nur, als der Arzt ihm eine halbe Stunde später ernst sagte: »Herr Hauptmann ...ich glaube, wir müssen Frau von Vogt benachrichtigen ...ich möchte für nichts mehr stehen, wenn da etwas versäumt würde ... Wenn es Ihnen recht ist, telephoniere ich selbst...«

Georg Gisbert stand mitten im Zimmer und hörte mechanisch, wie der Sanitätsrat draußen im Flur mit lauter Stimme sprach und mit den Worten schloß: »Also richten Sie es der gnädigen Frau sofort aus – verstanden?« – und dann, zu ihm zurückkehrend, fortfuhr: »Die Krankheit steht so, Herr Hauptmann, daß mir die Zuziehung einer Autorität sehr erwünscht wäre! Gestatten Sie, daß ich Professor Schwertfeger hole?«

»Ja gewiß!« Georg Gisbert schreckte aus seinen Gedanken auf. Er besann sich wieder auf die Wirklichkeit und frug, sich mühsam beherrschend: »Mein Gott – steht es denn so schlimm?«

Der Doktor zuckte die Achseln.

»Das hohe Fieber – das hohe Fieber! ...Wir haben ja Mittel genug dagegen! Aber die wirken alle so stark auf das Herz. Und das Kind hat da nun mal seinen Knacks! ...Na also ...ich fahre ... auf Wiedersehen!«

Der Hauptmann Gisbert warf noch einen Blick auf sein Töchterchen. Dann trat er hinaus auf den Flur. Seltsam, wie gleichgültig ihm jetzt auf einmal Veras Kommen geworden war. Er war in einer viel zu großen Not und Sorge um das flackernde Lebensflämmchen da drinnen. Daß auch sie, die Mutter, auf den Fußspitzen eintreten und blassen Gesichts eine Zeitlang an dem Bettchen niedersitzen würde, das war nur eine Begleiterscheinung des Kampfes mit dem Knochenmann, weiter nichts. Er wollte ihr nur nicht gerade in der Zeit ihrer Anwesenheit hier begegnen. Nach seiner Berechnung mußte sie, wenn sie sich sofort fertig gemacht und eine Droschke genommen hatte, in den nächsten Minuten da sein. Er rief das Kindermädchen und sagte ihr gedämpft: »Friederike, Sie sind ja eine vernünftige Person! ...Also hören Sie mal zu: Ich gehe ein wenig vor das Haus, um frische Luft zu schöpfen. Inzwischen wird Frau von Vogt hierherkommen. Sie führen sie zu dem Kinde und sagen auch der Schwester Bescheid. Deren Anordnungen muß sie sich fügen. Die läßt ja niemanden von uns sehr lange im Krankenzimmer, also Frau von Vogt wahrscheinlich auch nur eine halbe Stunde oder so etwas. Es ist vielleicht besser, sie kommt dann später noch einmal wieder!« Er horchte im Treppenhaus, ob er nicht schon Veras raschen, elastischen Schritt, den er von früher her so wohl kannte, auf den Stufen vernähme. Aber noch war alles still. Da stieg er rasch hinab auf die Straße. Es war schon beinahe völlig dunkel. Er schritt den Kurfürstendamm hinunter in der Richtung nach Halensee, bis dahin, wo streckenweit noch keine Häuser waren und über Bretterzäune, Baustellen und Sportplätze die weite mondhelle märkische Ebene hereinlugte. Er dachte, als er fünf oder zehn Minuten weit gegangen, daran, daß Vera nun wohl schon in seinem Hause sei. In seinem Ohr klang ihre Stimme nach, wie er sie vorhin von fernher über die Dächer von Berlin gehört. In aller seiner Sorge um das Kind mußte er daran denken, wann er zuletzt mit Vera gesprochen hatte ...vor sechs Jahren ...des Abends wie jetzt, nach einem Gartenfest im Kasino. Er schauerte zusammen in der Erinnerung an den Streit, die Tränen. Es war der letzte, furchtbare Auftritt zwischen ihnen gewesen. Am nächsten Vormittag war sie weg, zu ihrer Mutter nach Neetzow.

Auf dem Tisch lag ihr Abschiedsbrief. Und nebenan schrie die kleine, damals kaum zweijährige Karla…

Und er sagte sich, während er weiter in die Finsternis hineinschritt: ›Wenn uns Karla jetzt stirbt, dann ist *sie* schuld! Dann straft sie Gott, weil sie damals das Kind verlassen hat! Und ich muß mit leiden‹…

Er stand auf einem Seitenweg, den er von der großen Heerstraße aus eingeschlagen. In weiter Entfernung rahmten die vielen tausend Lichter der Weltstadt, die farbigen Augen der Bahnhöfe, das blutrote Sprühen von Fabrikschloten den dunklen Horizont ein. Um ihn herum aber war auf dem Feldpfad alles finster. Nur ein schwacher Mondschimmer erhellte das weite Chaos dieser Schuttränder, die Berlin in unaufhaltsamem Vordringen, wie der Gletscher seine Moräne, vor sich herschob – diese Pfützen und Ackersteine und umgehauenen Bäume und Scherben in Haufen … Scherben überall…

Und eine düstere Trauer sprach zu ihm: So sind auch um mich herum die Scherben meines Lebens. Aus dem ward ja wieder etwas Neues, wie auch hier Neues aus dem verwüsteten Boden entsteht, aber es ist das Alltäglich-Banale: – die Mietskaserne … die Vernunftehe … Und früher war ein Duft über den Dingen – ein Zauber – der ist zerstört durch die, die jetzt dort in der Stadt am Lager meines Kindes sitzt.

Jetzt haßte er Vera auf einmal wieder. Leidenschaftlich. Wie war er doch arm durch sie geworden! Was hatte sie ihm alles geraubt, und sich dazu, daß sie wie Bettler auseinandergingen. Und warum? Aus Selbstsucht, aus Eigenwillen, aus Verblendung, daß sie es gerade mit ihm so schlecht getroffen zu haben glaubte. Sich selber schob er jetzt nachträglich keine Schuld mehr zu. Er hatte seine Pflicht getan und wenigstens immer für das Kind gesorgt, das eben jetzt gehen wollte, wo sie endlich anfing, es zu lieben…

In düsterem Sinnen lief er ziellos hin und her, wohl eine Stunde lang, bis ihn die Angst um Karla heimtrieb. Ihre Mutter mußte ja nun längst die Wohnung wieder verlassen haben. Gerade als er sich dem Hause näherte, fuhr an ihm ein Wagen vor und eine Dame stieg aus und eilte hinein. Er konnte sie aus der Entfernung nicht erkennen. Die Hoffnung blitzte in ihm auf, daß das Otti sei, die von der Reise zurückkehrte. Oben sagte ihm das öffnende Kindermädchen: »In dem Augenblick ist die gnädige Frau gekommen!« und er trat hastig in das Wohngemach und stand Vera von Vogt gegenüber, die, noch in Hut und Jacke, atemlos von dem Treppensteigen, an der verschlossenen Türe des Krankenzimmers lehnte.

Die beiden schwiegen. Es war eine schwere Pause.

Vera von Vogt war sehr blaß. Aber sie sah ihren einstigen Mann ruhig an und sagte endlich, wie zur Antwort auf dessen verstörten Blick der Überraschung: »Ich bin erst eben heimgekommen und hab’ die Nachricht vorgefunden. Da bin ich gleich hierher…«

Dann setzte sie mit zuckenden Lippen hinzu: »Hier, vor dem Haus, bin ich auf und ab gegangen! Und nach dem Lützowplatz hat man mir unterdes telephoniert!«

Daher ihre Verspätung! Er blieb stumm. Aus dem Nebengemach tönten gedämpfte Männerstimmen. Der Hauptmann Gisbert wollte die Türe öffnen. Aber sie schüttelte den Kopf und sagte: »Man soll nicht stören! Der Arzt ist drinnen!«

»Mit dem Professor Schwertfeger?«

»Der Professor Schwertfeger ist nicht in Berlin! Er ist zu einer Konsultation nach Bukarest berufen worden. Der Sanitätsrat hat einen anderen Spezialisten mitgebracht!«

»Wen denn?«

»Ich weiß nicht.«

Da waren sie mitten in einem Gespräch … sie beide! Und es machte sich ganz selbstverständlich so, in der Not der Stunde. Aber nun verstummten sie zu gleicher Zeit. Plötzlich senkte sich ein Schleier der Befangenheit über sie. Vera atmete gepreßt auf und trat ein paar Schritte seitwärts. Er sah, wie trotz ihrer Angst eine flüchtige Röte einen Augenblick ihre Wangen färbte und sofort wieder verschwand.

Dann sammelte er sich. Er sagte sich, daß es für ihn in dieser ungewöhnlichen Situation nur eine Richtschnur gab. Er war preußischer Offizier und die vor ihm eine Dame, die sich unter dem Schutze seines Daches befand und der er Höflichkeit schuldig war.

Sie stand noch immer. Er schob einen Sessel herbei und sagte knapp: »Ich bitte, sich doch setzen zu wollen!«

Das »Sie« vermied er, ebenso wie in seinen Briefen. Es schien ihm so lächerlich, gerade in dieser Stunde. Sie dankte mit einer leisen Bewegung des blonden Hauptes und nahm Platz. Er sah ihr schönes, tiefernstes Profil. Die Wimpern waren gesenkt. Sie vermied es jetzt, mit ihren Augen den seinen zu begegnen. Er schaute sie unschlüssig an. Dann ging er in sein Arbeitszimmer, das sich links an die Flucht der anderen Räume anschloß. Er konnte doch nicht wohl in denselben vier Wänden mit ihr bleiben. Aber die Türe mußte er offen lassen. Sonst hörte er es nicht, wenn die Ärzte aus der Krankenstube kamen. Er setzte sich an seinen Schreibtisch und blickte, ohne sich zu regen, in das grünumflorte Licht der elektrischen Lampe. Langsam schlichen die Minuten dahin. Alles war still. Draußen, vom Kurfürstendamm her tönte zuweilen das ferne Surren der elektrischen Wagen, die nach dem Grunewald und zurück sausten, die dumpfe Hupe eines Automobils, und im Nebengemach, wo Vera von Vogt harrte, ein paarmal ein schweres Aufatmen, das leise Rascheln ihres Kleides ... dann rührte sich auch da nichts mehr.

Endlich hielt er es nicht mehr aus. Er wollte wenigstens bis an die geschlossene Türe der Krankenstube gehen und horchen, was eigentlich die Doktoren sich da drinnen erzählten. Auf den Fußspitzen trat er in den Wohnraum. Vera hörte ihn nicht. Sie war, ihm den Rücken drehend, aufgestanden und eben im Begriff, die Jacke ihres braungelben Covercoatkostüms, die ihr in der Zimmerwärme zu heiß wurde, auszuziehen. Sie hatte schon den einen Ärmel abgestreift, unter dem das Weiß ihrer wollenen Bluse aufleuchtete, als sie ihn dicht hinter sich bemerkte. Sie machte rasch zwei Schritte seitwärts, aber er war schon zu nahe. Es gab da Selbstverständlichkeiten der äußeren Form, die über alles andere siegten. Er mußte ihr beim Ablegen der Jacke behilflich sein. Sie berührten einander, als er das Kleidungsstück in Händen hielt. Sein Herz pochte jäh. Stumm legte er das Gewand, von dem ein schwacher Veilchenduft aufstieg, auf einen Stuhl in der Ecke. Dann kam er in die Mitte des Zimmers zurück, wo Vera noch immer stand. Und nun wandte sie den Kopf nach ihm und frug halblaut: »Wann kommt Ihre Frau Gemahlin denn zurück?«

»Ich weiß nicht. Meine Depeschen erreichen sie nicht!« Nachdem ihre Stimmen verklungen waren, schien es ihm, als hätten zwei fremde Menschen in diesem Räume miteinander gesprochen, nicht er und sie. Beide schauten sich an und mit erkünstelter Selbstbeherrschung wieder weg. Und so, den Blick nach dem Fenster, frug sie gepreßt: »Wie fing das denn eigentlich so plötzlich an mit Karla?«

Wohl oder übel mußte er ihr berichten. Während er sprach, empfand er zu seinem Unbehagen, daß daraus immer mehr statt einer Mitteilung eine Rechtfertigung wurde – eine Erklärung, weswegen am Montag nachmittag das Kind nicht zu ihr gebracht worden sei und weswegen infolge seiner Jagdabwesenheit die Dienstboten die ersten, energischen Schritte verzögert hätten, und weswegen er jetzt sie habe auffordern lassen können, zu kommen ... wie er auch nach Worten suchte: – als sie zum Schluß langsam den Kopf nach ihm drehte, lag in ihren großen, graublauen Augen so viel von dem stummen Urrecht der Mutter, daß er fast befangen schloß: »Jedenfalls ... Vorwürfe kann man niemandem machen! Das kann ich beschwören, daß alles geschehen ist, was überhaupt nur möglich war! Das bitte ich, mir zu glauben!«

Sie erwiderte nichts. Das Zimmer war halb dämmerig. Aber ihm schien doch, als ob ein Anflug von bitterem Spott um ihre Mundwinkel zuckte. Dann beugte sie sich in ihrem Stuhl vor und lauschte gespannt, während ihre Rechte sich krampfhaft um eine Falte ihres Kleides ballte, und sprang jäh auf. Man hörte rasch sich nähernde Schritte aus dem Nebenzimmer. Die beiden Ärzte traten heraus, hinter ihnen die Krankenpflegerin. Der berühmte Spezialist war ein noch junger, energischer Mann, dessen schwarze Augen kalt und durchdringend durch die Zwickergläser leuchteten. Seine Sprache klang knapp und bestimmt.

»Ah …da sind ja nun die Eltern…!« sagte er. »Je nun – ohne die Diagnose des Kollegen anfechten zu wollen …aber *so* pessimistisch kann ich die augenblickliche Sachlage doch nicht ansehen! …Ich hoffe, wir werden das Fieber durch hydrotherapeutische Behandlung, die ich unbedingt riskieren möchte, brechen können, ohne daß damit ernstere Komplikationen gesetzt werden!«

Er sprach vornehmlich zu dem Hauptmann Gisbert hin.

»Die Hauptsache sind halbstündige, laue Bäder. Die Krankenschwester macht ja leider einen recht erschöpften Eindruck. Da wird Ihre Frau Gemahlin am besten selber mit Hand anlegen…«

Georg Gisbert und Vera von Vogt tauschten einen raschen, erschrockenen Blick. Der Professor hielt sie beide für Mann und Frau. Natürlich, sie waren ja doch die Eltern des Kindes da drinnen. Auch der Sanitätsrat, dem jetzt erst einfiel, daß er den in Eile geholten und unterwegs im Wagen über den Fall unterrichteten Spezialisten in dieser Hinsicht nicht aufgeklärt hatte, und das Kindermädchen machten eine ratlose Bewegung. Aber die Berühmtheit ließ sich nicht stören.

»Bitte, kommen Sie mit zu der Patientin, gnädige Frau!« sagte er. »Ihr Gatte auch, wenn ich bitten darf! An Ort und Stelle kann ich Ihnen besser erklären, was geschehen muß!« Beide folgten ihm stumm an das Bettchen der kleinen Karla. Wie konnten sie da, wo am Kopfende das Leben, am Fußende der Tod Wache hielten, von ihren armseligen Irrungen und Nöten beginnen? Der Professor ließ ihnen auch gar keine Zeit dazu. Er gab ihnen bestimmt, beinahe in militärischer Schroffheit, wie sie da vor ihm standen, seine Weisungen und endete die: »Und im übrigen Kopf hoch! …Den Mut nicht verlieren! Nehmen Sie sich da an Ihrer Frau Gemahlin ein Beispiel, Herr Hauptmann! Sie sind doch Soldat! Aber ich glaube, sie ist gefaßter als Sie!«

Damit reichte er den beiden die Hand und empfahl sich, den sehr betretenen Sanitätsrat mit sich nehmend, der ihm erst auf der Treppe weitere Erläuterungen geben konnte. Georg Gisbert und seine geschiedene Frau standen allein in dem Zimmer. Und nun hatte sie ein Recht in diesen Räumen. Es war selbstverständlich, daß sie blieb…

Sie verlor keine Zeit und keine Worte. Sie begann, den Anordnungen des Arztes gemäß, sofort mit der Pflegeschwester, die sich vor Müdigkeit kaum auf den Beinen halten konnte, und dem Kindermädchen das Bad zu bereiten, und ging selbst nach hinten, um die Herbeischaffung des warmen Wassers zu beaufsichtigen. Georg Gisbert hörte, wie das Hausmädchen, das nicht wußte, wie es sich zu der Fremden stellen sollte, dort irgend eine mißvergnügte Äußerung tat, – so viele Krüge hintereinander könne sie nicht schleppen – und zur Antwort Veras ruhige Stimme: »Ach so …verzeihen Sie!« und er sah, wie sie der anderen die Kanne aus der Hand nahm und sie selbst herübertrug, die schlanke Gestalt trotz der Last hoch aufgerichtet.

Gleich darauf stand der Hauptmann Gisbert neben dem widerspenstigen Mädchen und herrschte sie gedämpft, aber mit zornblitzenden Augen an: »Luise – was unterstehen Sie sich! Sie haben hier zu tun, was die gnädige Frau sagt, oder Sie gehen morgen früh aus dem Haus!«

Sonst sprach er zu den Dienstboten von seiner eigenen Frau als der gnädigen Frau. Er fühlte immer mehr, wie sich in diesen Stunden der Unterschied zwischen der einstigen und der jetzigen verwischte. Es war, als ob Otti gar nicht vorhanden sei oder mit der anderen in eines zusammenflösse!

Er ging in das Krankenzimmer, wo Vera mit der Wärterin hantierte, und versetzte rasch: »Verzeihen Sie, bitte, den Vorfall! Er wird sich nicht wiederholen!«

Hinterher stach ihm etwas ins Herz. Nun hatte er zum ersten Male »Sie« zu ihr gesagt. Er wandte sich ab. Er fühlte: er konnte hier doch nicht helfen, sondern stand müßig herum, und suchte wieder sein Arbeitszimmer auf. Da lag auf dem Schreibtisch das Abendblatt. Er begann es zu lesen. Aber es war nur ein schwarzes Gewimmel von Buchstaben vor seinen Augen, und er ließ die Zeitung sinken und schaute leer vor sich hin.

Nach einiger Zeit tönten leise Schritte. Vera kam herein und versetzte: »Verzeihen Sie! Wir brauchen einen großen Kübel. Ich mag mich nicht immer an Ihre Leute wenden und hier im Hause die Herrin spielen! Haben Sie nicht irgend so etwas?«

»Ja natürlich! …Einen Tub!«

»Wo steht er denn?«

»In unserem Ankleidezimmer!«

Er erhob sich und schleppte die schwere Last bis an den Rand des Bettchens und setzte sie da nieder. Vera half ihm dabei. Ihre Hände berührten sich. Er sah scheu weg. Sie blieb ganz gleichgültig. Sie war nur Mutter.

Nun fehlten noch große Laken, und sie sagte: »Ich möchte nicht gerne von mir aus die Wäscheschränke Ihrer Frau Gemahlin plündern!« und sie gingen beide nach hinten. Er leuchtete ihr, während sie, ihm den Rücken wendend, vor ihm am Boden kniete und in den Spinden wühlte, und sah den Kerzenglanz von oben her in goldenem Schimmer über ihrem blonden Haar flackern, und es war ihm wieder, als erlebe er das alles nicht wirklich, sondern träume nur, daß er und Vera hier in der großen, dunklen Wohnung, in einsamer Nachtstille beisammen seien.

Zu tun gab es für ihn nichts mehr. Vera und die Schwester machten die lauwarmen Einpackungen, und er setzte sich nebenan, in Ottis Boudoir, hin und ließ in einem Dämmerzustand zwischen Nervenzittern und Erschöpfung die Viertelstunden verstreichen.

Dann erschien das Hausmädchen und meldete ihm irgend etwas. Er folgte ihr mechanisch in das Speisezimmer. Dort war an dem großen Tisch für zwei Personen gedeckt.

»Was ist denn das?« frug er noch halb geistesabwesend.

»Das Abendessen!« sagte das Hausmädchen kurz und etwas trotzig wegen des vorhin erhaltenen Verweises. Nun begriff er: da sollten er und Vera einander gegenüber sitzen und sich die Platten reichen und miteinander plaudern! Eigentlich konnte er den Dienstboten diesen wahnsinnigen Gedanken gar nicht übelnehmen. Er hatte ihnen ja selbst eingeschärft, Vera als Stellvertreterin der Hausfrau zu betrachten und ihr zu gehorchen!

»Ich habe keinen Hunger!« sagte er zu dem Mädchen. »Nehmen Sie das eine Gedeck weg und dann melden Sie der gnädigen Frau, daß für sie aufgetragen sei!«

Aber Vera von Vogt hatte daraufhin nur den Kopf geschüttelt und sich weiter mit ihrem Kinde beschäftigt. Das Mädchen berichtete es ihm nach einer Stunde, als sie kam, um im Auftrag der Dame, wie sie sie nannte, um ein Medizinglas zu bitten. Er ging selbst mit hinüber. Es war noch das alte Bild. Der Kampf gegen Fieberhitze und Tod. Er stand nur im Wege zwischen den beiden Schatten, dem hohen schlanken Veras und dem kleinen hageren der Diakonissin, die sich im Zimmer bewegten. Er fragte halblaut: »Geht es denn noch nicht besser?«

Vera antwortete ebenso leise: »Bisher noch nicht! Ich messe die Temperatur jede halbe Stunde...« und nach einer Pause fügte sie hinzu: »Sowie eine Wendung zum Besseren eintritt, komm' ich und sag' es!«

Das klang wie ein Ton der Dankbarkeit dafür, daß er sie noch rechtzeitig gerufen hatte und hier ungestört schalten und walten ließ. Er stellte sich an das Fenster und schaute in die Nacht hinaus. Die Straße draußen war leer und totenstill. Die Gaslampen flackerten im Wind. Ein einzelner Mensch ging in deren Schein unten vor dem Hause auf und ab. Er oben sagte sich müßig: Was mag der wohl da machen? – dann verloren sich seine Gedanken ins Leere. Er hatte nur die eine Empfindung: das ist die schwerste Nacht meines Lebens! – Und die unwahrscheinlichste – die rätselreichste! ...Meine Frau fort – ich hier in die Ecke gestellt und sie, die seit Jahren der Schatten zwischen uns war, plötzlich zu Fleisch und Blut geworden, als Herrin in dem schlafenden Hause...

Wieder mochte eine lange Zeit verronnen sein. Da klang von hintenher Kindergeschrei. Eines der beiden Kleinen war erwacht. Er eilte hinüber. Der Lärm durfte die Kranke nicht stören. Aber auf der Schwelle des Gemachs blieb er betroffen stehen.

Vera war schon da. Sie wiegte das kleine, zappelnde Geschöpf auf den Armen, so daß sein Wimmern bald verstummte. Dann legte sie es wieder zurück in sein Bettchen. Ein weicher Ausdruck war dabei auf ihrem Gesicht, wie der einer Mater Dolorosa. Sie schien ihm ganz verändert gegen früher, alle Hochfahrenheit und Oberflächlichkeit in einem tiefen, leidvollen Ernst verklärt. Er hatte sie nie so wunderbar schön gesehen, wie in diesem Augenblick, wo sie, vom goldenen Schein der Kerze umflossen, sein Kind – nur seines – in ihren Händen hielt...

Er trat in den Flur zurück. Dort konnte er sich nicht helfen. Er brach in heiße Tränen aus. Wem sie galten – ob seinem kranken Töchterchen – ob seiner einstigen Frau – ob diesem ganzen wirren, so wehen, so seligen Ding, das man Leben nennt – er wußte es nicht. Er weinte, wie ein Mann weint, der sonst kein Naß in den Augen kennt ... weinte aus seinem Tiefsten heraus.

Vera ging an ihm vorüber. Sie sah die Tränenspuren an seinen Wimpern. Aber sie frug nicht. Ihm schien es, daß sie ihn verstand. Und als er ihr nach einiger Zeit nachschaute, traute er seinen Augen nicht. Dort im Zimmer, dessen Tür offen stand, lehnte sie, von ihm abgewandt, an dem großen Bücherschrank, den Blick am Boden, und ein lautloses Schluchzen erschütterte ihren schlanken, leicht vornübergebeugten Körper. Sie weinte, wie er. In dieser Stunde waren sie einander gleich.

Dann trafen sich ihre nassen Blicke. Er trat langsam heran. Sie sprachen kein Wort. Und doch schien ihm, sie seien sich über Jahre der Verbitterung und Entfremdung hinweg plötzlich näher gekommen. Und ein Ahnen sagte ihm, daß sie so wenig wie er nur um das Kind allein geweint hatte ...

Die Mitternacht war schon vorüber. Es hatte sich nichts mehr ereignet. Er saß da, in einer dumpfen Ergebung, und wartete, wie das Schicksal kam ... wann das Schicksal kam. Da vernahm er Veras Schritte – noch flüchtiger und elastischer als sonst. Er sprang auf, als sie über die Schwelle trat. Ihr Angesicht war belebt, ihre Augen leuchteten. Sie sagte schnell: »Es geht vorwärts! Seit einer Stunde fällt das Fieber fortwährend!«

Sie eilten zusammen hinüber zu ihrer Tochter. Das spitze, kleine Antlitz war gerötet, die Augen matt, aber sie atmete schon viel ruhiger. Sie lag friedlich da. Und noch stiller saß daneben die Krankenschwester mit geschlossenen Lidern. Sie war vor Erschöpfung eingeschlafen.

»Man hat ihr viel zu viel zugemutet!« sagte Vera. »Sie hat mir selbst gestanden, daß sie seit drei Nächten kein Auge mehr zugemacht hat. Sie hilft uns nichts mehr. Und allein kann ich nicht! Wir müssen jetzt zusammen weiter arbeiten!«

Sie zeigte ihm, wie das Leintuch aus dem Wasser genommen und entfaltet und um den Körper der Kleinen geschlagen werden mußte. Gemeinsam pflegten sie ihr Kind. Sie schulten sich ineinander ein. Sie verständigten sich durch kurze Worte. Sie unterstützten einander in ihren Handgriffen und achteten es nicht, wenn sie selber dabei zusammenstießen. Sie waren nur noch zwei Menschen, die um einen dritten mit dem Verhängnis kämpften, weiter nichts. Als er einmal im Eifer sich vergaß und, in der Erinnerung der Gewohnheit von früher, leise flüsterte: »Nein ... leg doch den Zipfel vom Laken rechts herüber ... so!« – da zuckten wohl beide zusammen und schauten erschrocken auf beim Klang des gespenstigen »Du« von einst, aber gleich darauf taten sie, als wäre nichts geschehen, und fuhren in ihrer Arbeit fort.

Das Fieber sank langsam und stetig. Zoll um Zoll kämpften sie sich gegen die Krankheit vorwärts. Die Nacht draußen blieb dunkel und still. Es war, als sei in ihren schwarzen Fluten alles andere versunken und vergessen und nur noch das erste und einfachste übrig geblieben, das, was am Anfang aller Dinge, am Beginn der Menschheit stand: Vater, Mutter und Kind.

Zögernd rückte die Zeit vor. Die beiden wurden nicht müde, so blaß auch ihre Gesichter gegen Ende der durchwachten Nacht erschienen. In einer Pause in der Pflege ging Vera in die Küche hinüber und machte Kaffee. Das übernächtige Hausmädchen legte Gedeck und Geschirr im Eßzimmer auf, und nun saßen sie beide dort wirklich einander gegenüber und tranken ihren Kaffee und fanden gar nichts dabei. Es war selbstverständlich in der Kameradschaft dieser Stunde. Deren zwingende Not war hundertfach stärker als alles, was als Sitte und Satzung draußen unter den Menschen galt. Von denen waren sie ganz abgeschieden in dieser Einsamkeit, diesem unermeßlichen Schweigen der schlafenden Weltstadt.

Die Millionen, die da träumten, hatten ihre Sorgen vergessen. Die ihren waren wach, aber sie verblichen, je mehr im Fortschreiten der Besserung das erste fahle Grau durch die Fenster lugte. Die Hoffnung war da. Sie lag wie ein Morgenrot auf ihren Zügen. Sie sprachen lauter miteinander, ein paarmal lachten sie in ihrem Eifer, wenn sie sich gegenseitig beim Bedienen der kleinen Patientin hinderten. Es war wie ein Übermut des Sieges über diese schwere Nacht. Nun war die bezwungen. Das Licht kam – das Leben.

Berlin wurde wach. Unten auf dem Asphalt rumpelte eine einsame Frühdroschke vom Bahnhof. Die Straßenbahn auf dem Kurfürstendamm nahm ihr einförmiges Surren und Sausen wieder auf, die Milchwagen klingelten, die Bäckerburschen pfiffen, es regte sich überall im Hause. Die kleine Karla hatte jetzt ganz klare Augen und blasse Wangen. Sie lag zufrieden in den Kissen und erzählte etwas davon, daß sie nachmittags im Tiergarten spazierengehen wolle, mit Papa und Mama. Da würden sie wieder die Goldfische füttern. Und dann sagte das Kind: »Sonst warst immer du da, Papa, oder du, Mama! Aber jetzt seid ihr alle zwei da, das ist doch viel netter!«

Sie schwiegen beide. Aber die Kleine forschte beharrlich weiter: »Du, Mama!«

»Ja, mein Schatz?«

»Warum ist das denn nicht immer so?«

Sie tauschten einen stummen Blick. Dann versetzte Vera von Vogt: »Mein Karlachen – man kann nicht immer so im Leben, wie man möchte! Wenn du älter wirst, wirst du das begreifen! Und nun schwatze nicht mehr, sondern schlaf! ... Sonst ist der Herr Doktor auf uns böse, wenn er kommt!«

Ihr Töchterchen seufzte und schloß die Lider. Noch im Halbtraum war sie bei dem Spaziergang im Tiergarten und murmelte plötzlich bestimmt vor sich hin: »Aber Tante Otti muß auch mit, nicht wahr, Papa?« – dann schlummerte sie fest ein und blieb so, bis der Sanitätsrat gegen halb acht Uhr morgens erschien.

Der untersuchte seine Patientin und meinte dann: »Na, das ging ja noch gut ab! ... Nun sind wir wohl überm Berg! Ich glaube, gnädige Frau, das haben wir in erster Linie Ihrer Pflege zu danken!«

Vera antwortete nicht gleich. Sie fuhr sich vor dem Spiegel mechanisch mit der Hand glättend über ihr in Unordnung geratenes Haar. »Dann kann ich ja jetzt also gehen?« frug sie endlich.

»Ja, Gefahr ist keine mehr, gnädige Frau!«

»Guten Morgen, Herr Sanitätsrat!«

Georg Gisbert half ihr im Nebenzimmer in ihre Jacke. Dann begleitete er sie auf den Flur hinaus und bis zur Eingangstüre. Da blieb sie stehen. Es war eine kurze Pause.

»Nun bleibt unser Kind leben!« sagte sie endlich leise.

»Ja, Gott sei Dank!«

Wieder war ein Schweigen. Dann frug sie in einem gepreßten Ton: »Darf ich es in diesen Tagen noch sehen?«

»Aber das ist doch jetzt selbstverständlich!«

»Jeden Tag?«

»So oft du ... so oft Sie wollen!« Er war verwirrt und setzte hinzu: »Sie hören ja, was der Arzt sagt! Es ist *Ihr* Verdienst! Es ist wie ein Wunder: wir haben Karla wieder!«

»Wir haben Karla wieder!«

Beide atmeten schwer auf und schwiegen. Plötzlich hielt Vera mit abgewandtem Gesicht ihrem ehemaligen Gatten die Hand hin. Er verstand, wie sie es meinte, und nahm sie und hielt sie eine Sekunde in der seinen. Beider Augen waren feucht. Keiner sah den anderen an. Dann drehte sie sich zur Seite und ging.

In die Wohnung zurückkehrend, fand Georg Gisbert dort eine eben eingetroffene Depesche. Der Schwiegervater telegraphierte ihm, daß Otti soeben, früh morgens, ahnungslos und ohne unterwegs von einer Nachricht erreicht worden zu sein, von Köln nach Worms zurückgekehrt sei und mit dem nächsten Mittagsschnellzug nach Berlin abreisen werde.

Gerade heute war da unten am Rhein der Hochzeitstag der Schwester. Georg Gisbert setzte sich und schrieb ein Telegramm an seine Frau:

»Karlas Krise glücklich überwunden. Keinerlei Gefahr mehr. Bleibe nur ruhig in Worms und feiere Dein Fest!«

VI.

Bei all seinem angeborenen Phlegma war der Freiherr Christoph von Ulerici doch nicht dumm. Er hatte sein Leben in der Front zugebracht und wußte nicht viel, was über die Grenzen seines Kürassierexerzierplatzes hinausging, aber er besaß die Menschenkenntnis eines reichen Mannes. Und eines alten Junggesellen dazu. Oder die Menschenverachtung. Er lächelte schlau, als er mit nasser Hand – denn er saß in seiner Parterrewohnung in der Voßstraße im Bade – nach der Karte des dringlichen Besuchers griff, die ihm sein Kammerdiener brachte, und darauf las:

»Konstantin Freiherr von Sybold-Ellemheimb, Fürstl. Arolsteinscher Kammerherr a. D.«

Ein Pump! Er sagte nur: »Bitten Sie meinen Vetter, zu warten! ...Ich beeile mich nicht! Ich pritschele hier in aller Gemütsruhe zu Ende!«

Er brauchte jeden Morgen ein paar Stunden zu seiner Toilette. Wie er jetzt endlich wohl abgeseift und parfümiert aus der Wanne stieg, hatte er, wenn auch ein korpulenter und ergrauter Fünfziger, doch etwas Rosiges und durchaus Appetitliches an sich. Und in all dem Prusten und Sichschütteln und Abreiben schmunzelte er wieder vor sich hin: Die guten Verwandten! Die lieben Erben! ...Ja, heirate einmal einer zehn Jahre nach dem Schwabenalter! Und er dachte sich: ›Gut, daß wir Staatsanwälte in Preußen haben! Sonst käme es den Meinigen auf 'nen kleinen Giftmord gegen die arme Vera verflucht wenig an!‹ So knöpfte er sich seinen Rock zu, räusperte sich, trat in das kleine Rauchzimmer und sagte ohne jede Einleitung zu dem dort Harrenden: »Kinder, ich hab' die Geschichte dick! ...tut mir den einzigen Gefallen und laßt mich in Ruhe! ... Es hilft nischt und es gibt nischt! Es hat geschnappt! Ich heirate! ...Ich heirate!« wiederholte er mit gesteigerter Stimme, als ob der andere das in Abrede gestellt hatte, und sah den drohend an.

Der Freiherr von Sybold-Ellernheim war so groß wie er, aber ganz schlank. Seine langen Favoris waren schon ergraut, seine an sich schönen Züge von der Unruhe des Lebens zermürbt, die Kleidung elegant, aber ein wenig abgetragen. Desto spiegelglatter erglänzten Zylinder und Monokel. Er hatte ein eigenes, selbstgefälliges Lächeln an sich, das gar nicht zu dem Heruntergekommenen in seiner Erscheinung paßte.

»Warum regst du dich denn so auf, Christoph, du weißt ja noch gar nicht, was ich will!«

»Geld!« schrie der alte Kürassier erbost. »Dazu braucht man kein Gedankenleser zu sein – bei euch!«

»Ja – ich hab' es freilich nicht so dick sitzen wie du!« Der Kammerherr a. D. strich sich nervös seine schönen langen Bartsträhne. »Und wenn man dabei für Frau und sechs Kinder...«

Der Freiherr von Ulerici stieß ihn mit dem dicken Zeigefinger vor die Brust.

»Warum haste sie denn geheiratet?« sagte er gedämpft und vertraulich. »Und hinterher hatte die Miß aus Amerika keinen polnischen Groschen! Du warst immer ein Schlaumeier, alter Sohn, aber die war schlauer!«

Sein Besucher senkte verdrossen den Kopf. Natürlich – diese Ehe, mit der er sich seinerzeit ein für allemal hatte in Ordnung bringen wollen, war der große Knacks in seinem Leben! Dabei liebte er seine Frau. Sie waren glücklich miteinander trotz ihrer ewigen Geldnöte.

»Laß die alten Geschichten!« sagte er. »Das Wasser steht mir an der Kehle! Ich habe wahrhaftig stets gearbeitet, um mich obenauf zu halten...«

Der Major a. D. von Ulerici unterbrach ihn mit einer heftigen Handbewegung: »Nee! Nee! Nee! ...Obenauf warste immer – aber gearbeitet haste nie! ...Wir kennen uns doch, seit wir uns noch die Höschen hinten zugeknöpft haben! *Ich* hätt' unserem Herrgott die Tage stehlen und faulenzen können, auf meinen Moneten – und hab' dreißig Jahre den Gaul zwischen den Beinen gehabt und Staub geschluckt und im Küraß geschwitzt und Grobheiten an den Kopf gekriegt wie die Roßäppel, im Dienst Seiner Majestät! ...Aber du! ...Kammerherr in Arolstein – den Schwerenöter spielen – voller Frühstückorden wie 'n Schlittengaul voll Schellen – nee – damit imponierste mir nicht!«

Der Freiherr von Sybold war noch bleicher geworden, als er ohnedies aussah. Er spielte mit seiner Uhrkette und versetzte plötzlich entschlossen: »Deswegen komm' ich auch nicht!«

»Na – weshalb denn?«

»Ich möchte dich warnen!«

Der Vetter hatte bei Beginn des Besuches erwartet, daß man ihm eine Zigarre anbieten würde. Aber nichts derlei war geschehen, obwohl das Havannakistchen offen auf dem Tisch stand. So nahm er sich umständlich eine Zigarette aus seinem eigenen Etui.

»Erlaubst du?«

»Red', bitte, statt zu rauchen!«

»Danke! Ich kann beides zugleich! ... Sieh, Christoph ... wenn man in deinen Jahren noch heiratet, muß man sich doch besonders vorsehen! ... Solch ein Schritt wird natürlich viel glossiert.«

»Nu mal 'raus mit den jungen Katzen!« versetzte der Major a. D. von Ulerici ungeduldig. Sein Gesicht hatte sich gerötet. Um den Stuhl seines Gegenübers brauten die Zigarettenwolken, und man hörte dessen anscheinend gleichgültige, durch die Gewohnheit, die Luft kleiner Höfe zu atmen, stets diskret gedämpfte Stimme: »Christoph ... wir sind doch alte Freunde und Vettern. Ich hab' dich herzlich gern ... Und eben darum ...«

»Bitte – keene Gefühlstöne! ... Wo steckt denn die Gefahr? Ich seh' nur die eine, daß du mich wieder mal anpumpen willst!« ...

Der andere war aufgestanden.

»Die Gefahr ist einfach die, daß man leicht ein wenig seltsam erscheint, in deiner jetzigen Lage – verzeih: aber es kann direkt ans Komische grenzen!«

»Ich und komisch? ...« So gutmütig der Freiherr von Ulerici auch war, – wie er sich jetzt langsam erhob und in den breiten Schultern reckte, machte er durchaus keinen drolligen Eindruck.

»Na ja: ist das nicht merkwürdig, daß deine Frau Braut ruhig hier in Berlin mit ihrem geschiedenen Mann verkehrt? Sie kommt einfach zu ihm ins Haus ...«

»Weil ihr Kind krank war! Das hat sie mir selbst am nächsten Tag erzählt!«

»Immerhin! ... Sie kam des Abends um neun und ging am anderen Morgen um acht. Die zweite Frau war nicht einmal in der Wohnung. Niemand. Frau von Vogt ließ sich auch nicht irgend eine Freundin oder Verwandte, der Form wegen, holen ...«

»Sie hatte anderes im Kopf!«

»Und ebenso ging sie in den nächsten Tagen hin ...«

»... bis das Kind wieder aufstehen und *sie* besuchen konnte! Sie wollte gestern nachmittag zum ersten Male mit ihm im Tiergarten spazieren gehen!«

»Und ist es nicht wunderbar, daß sie da schon wieder beim Lessingdenkmal ihren früheren Mann traf und stehen blieb und mit ihm sprach?«

»Woher weißt du denn das?«

»Ich hab's gehört! Alle Welt spricht doch davon!«

»Alle Welt hat etwas Gescheiteres zu tun, als sich um deine Dämlichkeiten zu kümmern! ... Mir scheint, du spionierst so sachte, mein Lieber! – immer so 's Ohr ein bißchen am Schlüsselloch ... Gewohnheit von früher – was?«

Dem Freiherrn von Ulerici war auf einmal ein Gedanke gekommen.

»Meine Braut hat mir schon ein paarmal erzählt, es schliche immer so ein merkwürdiger Kerl hinter ihr her, wo sie nur immer ginge! Hast *du* ihr vielleicht den Lumpenhund auf die Fersen gesetzt – was?« Er donnerte plötzlich los. »Hast du dich am Ende bei einem Detektivbureau abonniert? ... Zuzutrauen wär' es dir!«

An einem kurzen Aufleuchten des Schreckens hinter dem Monokel des andern sah er, daß er ganz unwillkürlich ins Schwarze getroffen. Und zugleich packte den Freiherrn von Ulerici eine blinde Wut. Er sah sich nach irgend einer Waffe um. Da am Kachelofen lehnte die Feuerzange. Sie war eines alten Kürassiers nicht ganz würdig, aber besser als nichts. Er ergriff sie und schwang sie drohend über seinem Haupt. Sein Gesicht war unter dem grauen Haar kirschrot vor Zorn.

»Ach, du verfluchter Erbschleicher!« keuchte er und lief mit einer Behendigkeit, die ihm sonst ganz fremd war, hinter seinem Besucher her. »Ich werd' dich Mores lehren, ... steh doch mal still ... ich krieg' dich sonst nicht ... ich will dich doch auf den Schädel hauen, du infamigter Industrieritter ... au – zum Donnerwetter! ...«

Er stolperte über einen Stuhl und griff nach dem schmerzenden Schienbein. Diese Gelegenheit benutzte der Freiherr von Sybold, um schleunigst über die Türschwelle zu flüchten. Hinter ihm her dröhnte noch eine Weisung an den Kammerdiener: »Franz ... schmeißen Sie den Herrn hinaus!« – aber der hatte schon dem verblüfften Lakaien Hut und Mantel aus der Hand gerissen und war davon.

Sein Vetter stand atemlos mitten im Zimmer, stellte endlich die Feuerzange auf ihren Platz und rückte sich Kragen und Krawatte zurecht. Allmählich kam sein Phlegma wieder. Er wurde verdrießlich. Eine schöne Geschichte! Dem Kerl war alles zuzutrauen! Der sandte ihm jetzt womöglich noch den Kartellträger! Christoph von Ulerici war nie, auch nicht in seiner Leutnantszeit, ein Draufgänger gewesen. Ein kaltblütiger Reiter, aber sonst ein Mann der Bequemlichkeit. Und nun, wenige Wochen vor der Hochzeit, im Grunewald mit diesem verbummelten Kunden blaue Bohnen auszutauschen – der Gedanke war zu töricht...

Er seufzte. Da auf dem Schreibtisch lag ein Brief seiner Schwester, des Stiftsfräuleins. Sie beklagte sich, daß sie diesen Sommer nicht die ihr sonst reservierten Zimmer auf dem Ulericischen Fideikommißgut haben solle. Vera sei überhaupt in letzter Zeit so wenig freundlich gegen sie. Und von Veras Bruder, dem Ulanenleutnant Ewald, war da ein Schreiben von der Reitschule in Hannover. Dort war wieder einmal der Geist des alten ehrlichen Seemann mit der Roulette unter dem Arm umgegangen. Der junge Mann bat um Geld!...Der Schwager hatte es ja. Als der seine Wohnung verließ, war er recht nachdenklich. Es hatte eben alles seinen Preis im Leben, auch das künftige Eheglück! Als Junggeselle lebte man entschieden schmerzloser, wie in einen dicken Pelz gewickelt, von der Außenwelt unberührt. Jetzt drängte sich die heran. Er spürte die ersten Dornen zwischen den kommenden Rosen. Und ihn, den Graukopf, stachen sie ganz besonders.

Er pflegte Vera jeden Mittag, immer in einem korrekten und etwas pedantischen schwarzen Gehrock, eine Blume im Knopfloch, den Zylinder auf dem Knie, seine Aufwartung zu machen, und blieb meist eine Stunde. Es gab da gewöhnlich viel zu besprechen, Äußerlichkeiten, wie die Einrichtung der Wohnung, die Neetzower Finanzen, die Besuche – aber heute stockte die Unterhaltung binnen kurzem, und Vera, die ihren Bräutigam so auffallend stumm und steif dasitzen sah, sagte mit jener Bestimmtheit, die sie sich schon vor der Ehe angewöhnt hatte: »Christoph – wenn du was hast, dann sprich, bitte! Aber mach nicht dies Gesicht wie sieben Tage Regenwetter! Das macht mich rein nervös!«

Der Freiherr von Ulerici hatte große Angst vor ihr. Aber er brachte es schließlich doch heraus: »Sag mal, Vera: ist denn das wahr, daß du gestern im Tiergarten mit deinem früheren Mann gesprochen hast? Das war doch wohl wirklich überflüssig!«

Sie blickte rasch auf. Eine Röte des Unmuts überflog ihr schönes Gesicht.

»Das hätte ich dir selbst erzählt!« versetzte sie, »statt daß es dir nun irgend ein lieber Nächster gesteckt hat...Ich hab's vergessen! Es war der reine Zufall! Er konnte absolut nicht wissen, daß er uns begegnen würde!«

»Aber da geht man doch aneinander vorüber!« sagte er scharf. Er merkte jetzt erst selber, wie gereizt er war. Der Gifttropfen von vorhin wirkte.

»Ohne Karla hatten wir das selbstverständlich getan! Aber das Kind hat uns stets in der letzten Woche zusammen gesehen, zum erstenmal, seit es denken kann. Was soll es sich denn nun vorstellen, wenn Vater und Mutter auf einmal wieder wie Fremde aneinander vorbeilaufen? Es regt sich unnütz auf und quält hinterher uns beide, ihn und mich, mit den schrecklichsten Fragen. Darauf muß man doch auch ein bißchen Rücksicht nehmen. Wir haben wirklich auch nur die notwendigsten fünf oder sechs Sätze miteinander gewechselt!«

In ihren Worten klang für ihn eine leise Überhebung, die ihn schon früher manchmal verdrossen hatte, der Ton der jungen Frau, die das Leben und die Ehe besser kannte als er, der alte Junggeselle. Er liebte es nicht, belehrt zu werden, am wenigsten hier, wo er Rechtfertigung verlangte. Aber sie ließ ihn nicht zu Worte kommen, sondern fuhr gereizt fort: »Daß ich ein solches Zusammentreffen nicht suche, das brauche ich dir doch wahrhaftig nicht erst zu versichern! ...Also sei so gut und lasse dies Thema fallen! ...Es ist ja lächerlich!«

Er wurde heftig.

»Es ist mir auch peinlich, von meinem Vorgänger zu reden. Ich hab' es bisher vermieden. Denn aus deinen Worten ist immer hervorgegangen, daß er für dich völlig abgetan ist. Mit Menschen dieser Art muß man doch auch reinen Tisch machen...«

»Was heißt denn das: ›mit Menschen dieser Art‹?«

»Ist dir der Ausdruck auch wieder nicht recht?«

»Ich finde ihn so verächtlich! Er ist doch Offizier wie du! Er hat, was du nicht getan hast, jahrelang vor dem Feind gestanden – er ist verwundet worden und trägt Kriegsorden auf der Brust ...Mir scheint – Respekt kann er verlangen so gut wie jeder andere!«

Dabei schaute sie feindselig auf die Stellen, wo ihr Bräutigam sonst bei festlichen Gelegenheiten sein Johanniterkreuz und seine bunten Garnisonorden trug. Der wurde dunkelrot und griff sich an den Kopf.

»Ich weiß nicht, bin ich heute verrückt, oder seit ihr anderen es alle?« sagte er. »Was ist denn nur auf einmal los?...«

Sie war aufgestanden und antwortete nicht, sondern schritt erregt im Zimmer auf und ab. Er folgte ihr verdutzt mit den Blicken. Es ging ihm wieder wie schon ein paarmal eine Beklemmung durch das Gemüt, ein Ahnen, wie schwer es für einen, der unvermählt fünfzig geworden, wohl sei, noch einmal umzulernen und das Denken von Frauen zu verstehen – dies Unmittelbare – Sprunghafte ...

Und in seiner Verlegenheit tat er das Ungeschickteste, was er überhaupt tun konnte, und sagte: »Das ist ja ganz neu, daß du auf einmal deinen früheren Mann verteidigst!«

Sie machte große Augen.

»Ich ihn verteidigen? ...Wieso?«

»Nun ja! Das ist doch ein vollkommener Frontwechsel bei dir! ...Ich begreife das nicht! Ein Kerl, der seine Frau so unglücklich gemacht hat...«

Vera war an das Fenster getreten und sah auf den sonnenhellen Lützowplatz hinaus, indem sie ihrem Bräutigam den Rücken zuwandte.

»Ja. Es war eben ein Unglück!« sagte sie. »Das Schicksal hat zwei Menschen zusammengeführt, die nicht zueinander paßten. Da trifft keinen eine Schuld oder beide...«

»Früher dachtest du anders!«

»Ach, man soll nicht so selbstgerecht sein! Ich bin doch sogar für den schuldigen Teil erklärt. Ich hab' mein Kind damals rücksichtslos im Stich gelassen. Das reut mich jetzt bitter. In der Angst der Nacht neulich, da hab' ich dafür büßen müssen, Christoph – das kannst du mir glauben!«

»Nun ja ...das Kind! Aber sein Vater...«

Sie zuckte die Achseln und sagte nur: »Man wird natürlich billiger denkend mit der Zeit. Er begegnet mir ja auch ganz ruhig, beinahe mit einer gewissen Güte! Das ist doch ein Segen für uns beide, daß wir endlich völlig am anderen Ufer sind...«

»Ach was! Geschiedene Gatten sollen überhaupt nicht mehr füreinander existieren und damit basta!«

Die Banalität dieser Bemerkung erbitterte sie. Sie stampfte unwillkürlich mit dem Fuß auf und drehte sich jäh zu ihm um.

»Tu mir den einzigen Gefallen,« sagte sie, »und entweihe mir meine eigene Vergangenheit nicht! Auf die hast du gar kein Anrecht! Die gehört mir! Ja – mache nur solche Augen: ich brauche absichtlich das Wort ›entweihen‹! ...Es liegt so viel Heiliges im Schmerz, was du gar nicht ahnst, was ich dir auch nie begreiflich machen werde –: wie solch ein Leid zu einem Stück von einem selbst wird! Das bleibt mit einem verwachsen! Das trägt man mit sich durchs Leben. Das kann man gar nicht mehr hergeben, selbst wenn man wollte...«

Und in einer nachträglichen, nochmaligen Aufwallung fügte sie hinzu: »Was weißt du denn überhaupt vom Leben, Christoph – in *dem* Sinn, mein' ich!...Du hast dich doch immer so liebevoll geschont...Du warst doch immer mit dir zufrieden – nicht wahr? ...Da lag doch nie ein

Steinchen auf deinem Weg!…Dann sitze aber auch nicht über uns andere zu Gericht! *Wir* wissen das besser!…«

Der grauköpfige Freiherr von Ulerici sah die junge Frau, die mit unruhig leuchtenden blauen Augen und zornigen Lippen vor ihm stand, verdutzt an. So sehr wie in diesem Moment hatte er noch nie das Gefühl gehabt: Herrgott – werd' ich denn auch in der Ehe mit ihr fertig werden? Und wenn nicht, was dann?…

Anfangs war ihm seine Überlegenheit ganz selbstverständlich erschienen – gerade weil er so viel älter war und in so vieler Hinsicht der Gebende. Woher bekam denn sonst eine geschiedene Frau, mochte sie auch Veras Schönheit besitzen, so leicht einen zweiten Mann wie ihn? Aber nun lastete auf ihm das Unbehagen: sie wuchs ihm über den Kopf …schon jetzt!…

Und in einer erneuten Anwandlung von Energie stieß er heftig hervor, als spräche er zu seinen Rittmeistern und Leutnants auf dem Exerzierplatz: »Diese Zusammenkünfte mit deinem ersten Mann verbitte ich mir – verstanden?«

Es war ihm nicht ganz wohl bei dem Blick dieser großen, kalten, graublauen Augen, die Vera langsam auf ihn richtete, eigentlich mehr befremdet als erregt. Aber er fuhr zornig fort: »Ich will dein Wort darauf, daß das nie wieder vorkommt! Unter keinen Umständen! Ich bin in Zukunft für deinen Ruf verantwortlich!«

Während er das sagte, fühlte er selbst deutlich, daß es die Eifersucht war, die aus ihm sprach, eine blinde Eifersucht auf seinen Vorgänger. Sie trat dicht vor ihn hin und sah ihm ins Gesicht.

»Mache dir doch endlich klar, Christoph!« versetzte sie, »daß du nicht ein Gänschen von achtzehn Jahren heiratest, sondern eine Frau von dreißig, die viel mehr als du erlitten und erlebt hat. Mich zu bevormunden, das gib von vornherein auf. Du wärest auch nicht der Mann dazu! Und es ist wahrhaftig nicht nötig! Mir ist absolut klar, was ich darf und was ich muß…«

»Also du gibst mir dies Versprechen nicht?«

»Als Frau werde ich meinen früheren Mann nie wieder sehen – als Mutter, so oft es nötig ist!«

»Da geht eines ins andere! So viel Freiheit kann ich dir in diesem Punkte nicht lassen…«

»Und ich brauche Freiheit, um über alles hinwegzukommen. Christoph …ich rate dir im Guten …ich bin kein Mensch, den man behindern darf! …Reize mich nicht …Sonst wird etwas Unbändiges in mir los …ich kenne mich …ich bin ein viel leidenschaftlicherer Mensch, als du denkst …Und das ist nichts für uns beide…«

»Und ich bitte mir Rücksicht aus!« schrie der Kürassier a. D. plötzlich in hellem Zorn über all die Quälereien dieses Morgens. »Wer soll denn künftig der Herr im Hause sein? …Ich doch, in drei Deubels Namen, denk' ich! Glaubst du denn, ich habe Lust, den Pojatz zu machen, daß die Leute mich hinter meinem Rücken auslachen und sagen: ›Na – der alte Esel – den haben sie auch gut eingebuttert!‹…Ach nee – meine liebste beste Vera – *so* haben wir nicht gewettet!«

»Ich kann mit dir darüber nicht reden, Christoph. Du bringst diese Dinge immer gleich auf ein Niveau herunter …ich weiß nicht …es ist jedenfalls nicht meines…«

»Vera – das ist der erste ernstliche Zank seit unserer Verlobung!«

»Ich kann es nicht ändern!«

»…weil du ganz verhext bist seit einer Woche! Weil du mir nicht den Einfluß auf dich einräumst, der mir zukommt! Gerade eine Frau, die sich schon einmal so im Leben getäuscht hat wie du, hat doch weiß Gott die Stütze eines Mannes nötig…«

Vera lachte auf einmal. Er sah sie erstaunt an.

»O nichts!« sagte sie, »es fiel mir eben ein, Ewald erzählte neulich: In deinem Kasino sollen um den Stuhl, auf dem du so viele Jahre als Tischältester gesessen hast, jetzt noch eine Unmasse Ringe im Parkett sein, von den Champagnerkühlern, die da immer gestanden haben! …Du … ist das wahr?…«

»Was soll denn das heißen? Machst du dich über mich lustig? …Ich werd' doch in des Kuckucks Namen noch mal meine Pulle Sekt haben trinken dürfen!«

»Aber gewiß …du hast Sekt getrunken …in den Jahren …und ich hab' anderes erlebt! Das mein' ich ja auch nur!«

Ihre harmlose Miene reizte ihn zum Äußersten. Er bückte sich und griff hastig nach seinem Zylinder. »Na – das fehlt also noch!« sagte er bebend. »...daß ich hier geringschätzig behandelt werde ...gerade als ob ich ...Meine Schwadron hätte einmal einer sehen sollen! Majestät selber hat sie einmal gelobt! ...Nee – da empfehle ich mich lieber für heute – ich empfehle mich ganz gehorsamst!«

»Guten Tag, Christoph!« sagte Vera gelassen, während er mit einer übertriebenen Verbeugung, ohne ihr die Hand zu reichen, aus dem Zimmer stürmte. Sie wußte ja, er kam morgen wieder, so zornmütig er auch da unten vor ihren Augen über die Herkulesbrücke hin gen Norden stiefelte. Oder er schickte heute abend seinen Kammerdiener mit Blumen. Es war ganz gut so. Einmal mußten diese Auftritte kommen. Das waren die Aprilschauer, die Vorboten der neuen Ehe. Sie hatte von ihrer ersten gelernt. Darin war sie Christoph von Ulerici überlegen. Sie wußte, wieviel darauf ankam, von vornherein der Stärkere zu sein und sich von dem anderen Teil nicht aus seiner Stellung drängen zu lassen. Dazu brauchte sie, so verliebt wie ihr Bräutigam war, nur ihren kühlen Kopf.

Und bei all dieser Vernunft war ihr so elend zu Mute. Sie hatte solch ein Frösteln in sich. Es wehte so kalt wie aus einem Keller aus der Zukunft zu ihr herüber. Sie schloß die Augen, um nicht daran zu denken. Es mußte ja sein. Aber sie hatte die Empfindung, als sei sie ganz heimatlos auf Erden und es gehöre ihr nichts zu eigen als ihr Kind. An das klammerte sie sich immer fester an, je mehr dies unbestimmte Bangen in ihr wuchs.

Es war verabredet worden, daß sie Karla an diesem Nachmittag wieder im Tiergarten treffen sollte. Sie konnte es kaum erwarten, bis sie endlich neben der Kleinen auf der Bank saß, um mit ihr zu plaudern und ihre blassen Wangen zu streicheln. Inmitten all des Sonnenscheins, der bunten Menschenmenge, der durch das zartgrüne Frühlingslaub leuchtenden weißen Statuen umher, unter dem tiefblauen Himmel, kam sie sich wie eine Gefangene vor. Sie war nie allein mit ihrem Töchterchen! Das Kindermädchen der Gisberts, das mürrische alte Hausmöbel, das Frau Otti von zu Hause in die Ehe mitgebracht, saß dabei und hörte jedes Wort und beobachtete jede Bewegung. Vera hatte still den Kopf gesenkt und ließ die Kleine nach Kinderart schwätzen, und die erzählte ihr, heute kehre Tante Otti zurück! Sie brächte ihr, der Karla, auch etwas Schönes mit. Und Papa könne die Tante nicht auf dem Bahnhofe abholen, weil er zu tun habe – und zugleich mahnte das Kindermädchen schon zum Aufbruch. Der Herr Hauptmann habe gewünscht, daß Karla zu Hause sei, wenn die gnädige Frau käme.

Vera beugte sich nieder und nahm den Kopf ihrer Tochter zwischen beide Hände. Jetzt, wenn die Stiefmutter wieder da war, war es mit dem täglichen Anblick ihres Lieblings aus. Nun konnte sie warten, bis ihr wieder eine Zusammenkunft erlaubt wurde. Mit feuchten Augen frug sie: »Mein Herz – wirst du auch ein bißchen an deine Mama denken – ja? – und sie lieb haben?«

Das blasse, kleine Geschöpf verstand sie nicht recht. Es sagte ziemlich gedankenlos: »Ja« und ließ sich ohne besondere Zeichen von Bewegung fortführen und in einen Wagen setzen. Vera stand noch lange und sah den davonrollenden Rädern nach. Es war ihr, als sei eine Wolke vor die Sonne getreten. Alles war grau geworden. Die Welt trübe.

Während sie heimwärts ging, wollte sie sich dazu zwingen, zu denken, wie gut sie es doch in Zukunft haben würde. Aber als sie, an einem Blumenladen der Tiergartenstraße vorüberkommend, im Schaufenster ihre schlanke, blonde Schönheit sich zwischen Orchideen und Crysanthemen spiegeln sah, wollte es ihr gar nicht in den Sinn, daß sie da drinnen dieselbe Frau sei, die sich noch vor ein paar Monaten so kindisch auf eine glänzende Wohnung, auf Dienerschaft und Equipagen und Berliner Wohlleben gefreut hatte. Das war doch alles so lächerlich gleichgültig. Das hatte nur Wert, solange das Wahre im Menschen schlief. Nun war das wieder wach. Der Schmerz sprach: du lebst...

Und während sie mit einem müden, abwehrenden Befremden an ihren Bräutigam dachte, fiel ihr ein, daß Georg Gisbert möglicherweise gerade um diese Stunde die Tiergartenstraße auf dem Wege von seinem Bureau nach dem Kurfürstendamm passieren könne. Sie war ihm da schon einmal begegnet. Das sollte nicht wieder geschehen. Sie wollte jeden Schein vermeiden und bog rasch um die Ecke in die Hohenzollernstraße ein.

Eine gute Stunde später ging der Hauptmann Gisbert wirklich dieses Wegs und mit raschen Schritten nach Hause. Dort stand seine Frau schon im Flur und erwartete ihn. Sie war sehr erregt. Ihr hübsches, rosiges Gesicht trug einen erschreckten Ausdruck. Sie bot ihm nur flüchtig die Lippen zum Kuß nach achttägiger Abwesenheit und sagte dann sofort: »Georgche ... jetzt hör' ich ja erst, wie arg krank die Karla war! Du liebe Zeit ... das Kind ist ja hart am Tod vorbei!«

Er nickte.

»Und mich hast du dabei ruhig in Köln sitzen und Vivat schreien lassen?«

»Ich hab' dich ja gerufen!«

»Und *sie* war unterdessen da ...!«

»Die Mutter!«

Gegen diese zwei Silben war nichts zu erwidern. Die kleine Frau beherrschte sich und ging wieder ans Auspacken und erzählte inzwischen von der Hochzeit. Schön sei die gewesen, – der Papa habe aufgetrumpft, was das Zeug hielt, und selber vorgetanzt wie ein Jüngling, und auch beinahe so ausgesehen, und habe bei Tisch eine Rede gehalten, daß alle anwesenden Frauenzimmer nicht anders gekonnt hätten und hätten heulen müssen, und die Elfriede, die Braut, ihrem Vater weinend um den Hals gefallen sei. Ja, und nur ein bißchen zu heilig sei die ganze Gesellschaft gewesen. Frau Otti, das schwarzäugige Wormser Bürgerkind, war in der Ehe schon zu sehr norddeutscher Freigeist geworden. Mitten in diesem Redefluß brach sie ab. Es zuckte um ihre Lippen. Sie frug gepreßt: »Ist sie denn wirklich die ganze Nacht hier in der Wohnung gewesen?«

»Jawohl!«

»Ja – aber ...«

Er unterbrach sie schroff: »Kein ›Ja – aber ...‹ bitte ich mir aus! ... Stelle dir vor, von unseren beiden Kindern sei eines zwischen Tod und Leben! Würdest *du* dich dann auch nur einen Augenblick um etwas anderes kümmern?«

»Ich bin auch nicht geschieden! Ich hab' nie mein Kind Kind sein lassen und bin in Nacht und Nebel 'naus! Was sich eines einbrockt, soll es auch essen!«

Diese Härte war ihrer sonstigen Art, die ihn immer an ein vergnügtes Frühlingsvögelchen auf dem Ast erinnerte, ganz fremd. Er wandte sich ab.

»Verschone mich mit dieser trivialen Weisheit! Es gibt Dinge, die dadurch um kein Haar besser werden, daß sie wahr sind!«

Seine Frau erwiderte nichts und fing an, ihre Reisesachen in den Schränken zu ordnen. Plötzlich hörte er sie dabei im Nebenzimmer laut weinen. Er trat ein. »Was hast du denn?« frug er.

Sie deutete auf einen der halboffenen Schränke – ihr Heiligtum.

»Da ist drin herumgestöbert worden! Es ist alles verschoben! Ich merk's wohl!«

»Freilich! ... man hat Laken herausgenommen!«

»Wer denn – ›man‹?«

»Frau von Vogt.«

Otti zuckte zusammen. Dann murmelte sie weiter: »Im Glasschrank hat sie sich auch was geholt ... die Gläser stehen ganz aus der Reihe ... in meiner Küche hat sie sich alles zusammengesucht und selber Kaffee gekocht, sagt das Mädchen! ... Aus unserem Schlafzimmer habt ihr zusammen die Wanne herübergetragen ...«

»Otti – sei doch vernünftig!« Er verlor fast die Geduld. »Das mußte doch alles sein ...«

Aber sie sprang auf einmal auf und schluchzte leidenschaftlich darauf los.

»Ach, du redest mir lang gut! Ich kann mir nit helfe! Ich seh' hier überall auf Schritt und Tritt die fremde Frau! ... Wo ich hinschau', da war *sie*! ... In alles, was mein ist, hat sie hineingegriffe! Das ist mir so, als gehörte das alles jetzt gar nit mehr mir!«

Sie schlug die Hände vor das Gesicht und brach in einen neuen Strom von Tränen aus. Er schwieg. Da schaute sie wieder um sich, als suche sie einen Ausgang aus diesen vier Mauern, und plötzlich, ohne noch ein Wort zu sagen, lief sie über den Flur hinüber in das Kinderzimmer und stürzte am Bett ihrer beiden Kleinen nieder und herzte sie blindlings und leidenschaftlich.

Um Karla, die am Fenster saß und Buchstaben in ihr Schreibheft malte, kümmerte sie sich nicht weiter. Sie hatte sich in diese Ecke geflüchtet, wie in ein Asyl.

Er ging in sein Zimmer. In seinem Ohr klangen ihre Worte: »Ich seh' hier überall die fremde Frau!« Wem sagte sie das? Er wußte das besser als sie. Vera war in diese Räume hereingegangen. Hinaus nie. Und zum erstenmal gestand er sich selber mit einem Schrecken, der ihn von Kopf bis zu Fuß durchrieselte, die volle, schonungslose Wahrheit und sagte sich: Wie ist das denkbar und wie soll das enden, wenn ich mich in meine frühere Frau verliebe? Oder es schon bin, wie es ein Mann nur sein kann? Es vielleicht schon seit Jahren war, ohne es zu wissen und zu wollen, bis ein Luftzug neulich die Flamme entfacht hat ...? Und wie ist es denkbar, daß ich meine Frau hier in diesen Räumen mit jedem Wort, mit jedem Atemzug verrate?

Von drüben, über den Flur her, hörte er ein leises Wiegenlied – Frau Otti sang ihre Kleinen zur Ruh' – und er biß sich auf die Lippen und starrte vor sich nieder.

VII.

Bei Gisberts waren Gäste zum Abendbrot, ein paar befreundete Offiziere mit ihren Damen. Er, der Hausherr, atmete auf, als sie zeitig gingen. Er hatte gefürchtet, es würde sich im Rauchzimmer, wo die Herren nach Tisch beisammen saßen, allmählich eine dauerhafte Bier- und Skatecke zusammenfinden und bis nach Mitternacht bleiben. Aber der zum Großen Generalstab kommandierte Oberleutnant Harold hatte statt dessen die letzte, vom Chef gestellte strategische Aufgabe in die Debatte geworfen. Er begriff das einfach nicht: wenn eine starke rote Armee nicht nur östlich der Elbe stand, sondern sogar schon, nach Meldungen der blauen Aufklärungskavallerie, den Strom oberhalb von Magdeburg überschritten hatte, ja – wie sollte dann um Gottes willen Blau noch dem Berliner Befehl gerecht werden und seinerseits angriffsweise über die Elbe gehen? Darüber stritten sich alle mit roten Köpfen, und in eine Pause ihres Wortwechsels klang vom Salon her die eifrige Stimme einer Dame: »Nein ... ich mache sie nur mit Zucker ein!« – und endlich waren sie von der Fachsimpelei so müde, daß sie an den morgigen Dienst dachten, ihre Frauen von drüben holten und im Flur nach Mütze und Säbel griffen. Und kaum hatten sich die letzten empfohlen, rief Georg Gisbert in das Speisezimmer, wo seine Frau war: »Otti! ... Otti! ...«

»Gleich! Ich muß nur das Silber...« »Du kannst dein Silber nachher zählen! Ich muß jetzt über etwas mit dir reden. Vor der Gesellschaft warst du zu aufgeregt dazu!«

Sie kam, mit immer noch erhitztem Gesicht, noch etwas von Wein und Lachen in den schwarzen Augen, die dunklen Löckchen unordentlich über der Stirne. Sie sah wunderhübsch aus. Ehe er noch zu Worte kommen konnte, meinte sie, in der Siegesstimmung einer jungen Hausfrau nach einem gelungenen Abend: »Du ...'s war fein, nit? Ich mein', der Fasan hat sich sehe lasse könne! ... Und getrunke habe sie! ... Geh nur mal nach hinten und guck dir die leeren Bouteillen an!«

Er zuckte die Achseln. Lieber Gott ja – wenn der Schwiegerpapa Weinhändler war...

Frau Otti berichtete weiter: »Du – und der Weisach, der doch immer so dick tut, hat der Luise einen Taler Trinkgeld gegeben! Ich denk', ich seh' nit recht, wie ihn mir das Mädche zeigt! Das ist doch...«

»Jetzt laß einmal den Kram!« sagte er ungeduldig. »Unsere Gäste sind wirklich nicht so interessant! Diese Nachkritik können wir uns schenken! Setze dich einmal dahin!«

Sie nahm fügsam neben ihm Platz, strich sich mit der einen Hand eine Falte ihrer geschlossenen himbeerfarbenen Abendtoilette glatt und führte mit der anderen die brennende Zigarette zum Munde. Es sah drollig aus, wenn sie rauchte, aber sie tat es mit großem Ernst, und er versetzte: »Dieses Ehepaar Muthardt leidet an chronischer Taktlosigkeit! Damals die Geschichte, daß sie mich und Frau von Vogt zusammen einluden, und heute fragt sie, die Muthardt, mich nach Tische mit großen Augen: Ihr Töchterchen erster Ehe bleibt nun wohl ganz hier im Hause? – ich möchte wissen, was das sie angeht! ... Otti: – schiele doch nicht immer nach deinem Silber hinein ... es fliegt nicht weg...«

»Aber Zachariä trinkt die Weinreste aus!«

»Dann laß den Burschen heute schon in Gottes Namen ... es kommt gerade bei uns doch nicht so darauf an! Hör mir jetzt zu, Otti, ich bitte dich!«

Sie seufzte und setzte sich bereit. Er fuhr fort: »Es betrifft eben Karla! ... Ich war seinerzeit so froh, daß du sie so lieb hast gewinnen können ... wie du so mit ihr warst, da konnte man denken, es wär' dein eigenes Kind ... aber ich fürchte ... ich fürchte: es hat sich da bei dir eine Änderung vollzogen! Du magst Karla nicht mehr so! Du gibst dir alle Mühe, es zu verhehlen – o, ich weiß ... aber du siehst eben in ihr doch wieder das Stiefkind ... es ist ja eigentlich auch ganz natürlich.«

Frau Otti sah zur Seite.

»Geh, Georgche: seit wann wär' denn das?« frug sie.

»Seit deiner Rückkehr aus Worms! ...In der Zwischenzeit ist sie, Karlas Mutter, hier gewesen! Du hast dich so aufgeregt über die Spuren ihrer Anwesenheit! Seitdem werde ich den Eindruck nicht los, daß dir das Kind entfremdet ist ...«

Sie schwieg. Endlich nickte sie trotzig.

Er frug: »Also hast du Karla wirklich nicht mehr lieb?«

Da schaute sie ihn an.

»Doch! Ich hab' sie lieb, weil sie dein Kind ist und weil ich alles liebhaben muß, was von dir kommt! Du weißt ja gar nicht, Georgche, *wie* lieb ich dich hab'!«...

Unwillkürlich neigte sie ihm ein wenig ihren dunklen Scheitel entgegen. Er legte den Arm um sie und küßte sie stumm auf die Lippen. Dann sagte er: »Ich weiß, Otti: du bist gut und rein! Du bist viel besser als ich!...Wegen dir könnte Karla hier im Hause bleiben...Auch wenn es dich Überwindung kostet!«

»Ja, Georgche!«

»Du würdest Mutterstelle an ihr vertreten?«

»Ganz gewiß!«

»Aber nun hat sie doch eine Mutter!«

»Ich tu' meine Pflicht an der Karla grad' so gut wie die. Besser, als die 's getan hat! Dazu gehört nicht viel!...«

»Wir wollen die alten Geschichten nicht aufrühren, Otti, die du doch auch nur vom Hörensagen kennst. Wie dem auch war: sie ist schwer genug gestraft. Und sie ist in sich gegangen. Sie liebt Karla jetzt leidenschaftlich!«

Frau Otti zuckte die Achseln.

»Ich bring' es nicht über das Herz, Otti, ihr den Anblick ihrer Tochter ganz zu entziehen! ... Und sie hier zu dem Kinde zu lassen oder das Kind zu ihr – ja ... ich zerbreche mir schon die ganze Zeit den Kopf – aber ich weiß nicht, wie ich es machen soll, ohne daß es furchtbar peinlich für uns alle wird. Außerdem heiratet Frau von Vogt doch nächstens. Ich kann mein Kind doch nicht ihrem zweiten Mann ins Haus schicken! Das widerstrebt mir nun schon ganz!«

»Mir auch!«

»Und daß sie zu uns ins Haus kommt, ist doch noch unmöglicher! – Zu was für Unzuträglichkeiten solch ein Zustand führt, haben wir doch eben erst erlebt. Und etwas Ähnliches kann sich jeden Augenblick wiederholen! Was dann? Ich kann sie nicht im Regen drunten vor dem Hause stehen lassen, wenn ihr Kind hier oben krank liegt...«

Frau Otti hielt den Kopf gesenkt und antwortete nicht. Er endete: »Deswegen will ich ihr die Möglichkeit geben, es an einem dritten Ort zu treffen – wie bisher – in Schlesien. Das hat sich doch ganz gut bewährt, und ich hab' mich entschlossen, Karla jetzt zu meiner Mutter zurückzuschicken! Beim Arzt hier war sie lange genug. Er sagt es selbst. So ist es für alle Teile vorläufig das beste! Dir aber danke ich, Otti, daß du sie mir ins Haus gebracht hast!«

Frau Otti lächelte nur trübe.

»Was denkst du darüber?« sagte er leise.

»Ja, wenn es sein muß, Georgche, so geb' ich die Karla auch wieder her, wenn auch mit schwerem Herzen. Ich hab' das Gefühl, das ich da immer hab'...ich darf mich da nicht zwischen euch drängen!«

Es klang doch wie ein Ton der Erleichterung aus ihren Worten. Nach einer Pause sagte er: »Willst du mir nun noch einen Vertrauensbeweis geben, Otti? Es ist ein großes Opfer, um das ich dich bitte! Erlaube mir, daß ich noch einmal wegen Karlas mit ihrer Mutter Rücksprache nehme. Ich will, daß das nun alles vor deren Heirat endgültig geregelt wird! Es würde die letzte Begegnung sein, die Frau von Vogt und ich je miteinander haben!«

Er wartete mit Herzklopfen auf ihre Antwort. Er sah, wie sie angstvoll mit sich rang. Sie gab sich Mühe, nicht kleinlich zu sein, gerade weil sie selber immer fühlte, daß das zwei Menschen seien, ihr Mann und jene, die ihr in vielen Dingen über den Kopf ragten, deren Empfindung sie nicht ganz verstand. Endlich war sie tapfer genug. Als er noch einmal murmelte: »Schlag es mir nicht ab! Ich kann es dir nicht so erklären! Aber glaub mir, ich werde nachher viel ruhiger sein als jetzt!« – da nahm sie seine Hand und sagte: »Du bist *mein* Georgche, ich hab' dich und sonst nix! ... Ich bau' auf dich wie auf unseren Herrgott im Himmel! ... Tu du, was du meinst! Es wird schon das richtige sein! ...«

Er drückte ihr die Rechte wie einem Kameraden und hatte das Gesicht abgewandt und wollte ihr nicht in die Augen sehen. Er fühlte einen bitteren Schmerz. Sie war so gut. So ein einfacher, anständiger Mensch. Auf sie konnte man sich verlassen. Sie versagte nie. Sie war für ihn immer da, und ihr Urquell von Liebe. Und eine Verzweiflung war in ihm: warum bin ich denn nicht zufrieden, wo ich doch genug vom Schicksal habe? Warum muß dieses unselige alte Sehnen wieder aufleben – der Irrlichterglanz, der mich in Unrast und Unglück gelockt hat? Warum kann ich nicht vergessen und mich bescheiden wie andere?

Frau Ottis Stimmungen und Gedanken waren flink wie die Eidechsen. Sie blieben nie lange am selben Ort. Ein Geräusch von nebenan brachte sie in das Reich der Alltäglichkeit zurück, und sie glitt schnell aus dem Arm ihres Mannes. »Alleweil hab' ich ihn aber deutlich gluckse höre!« rief sie entrüstet und schoß in das Eßzimmer, wo sie in der Tat den Burschen mit einer Moselflasche am Mund ertappte, und er hörte noch den Anfang ihrer empörten Strafpredigt, ehe er hinüber an seinen Arbeitstisch ging.

Dort setzte er sich hin und schrieb in der Stille der Nacht an Vera – ohne eine Anrede – denn er wußte keine – nur ihre Adresse brachte er wie früher oben über dem Briefe an, und dann begann er unvermittelt:

»Ich hatte das Gefühl, daß, als wir uns jetzt an Karlas Krankenlager trennten, etwas zwischen uns ungelöst und unausgesprochen geblieben ist. Wir beide haben uns in jener schrecklichen Nacht und den Tagen darauf anders gesehen als bisher. Wir wurden nicht wie sonst seit Jahren dessen eingedenk, was uns trennt, sondern dessen, was uns trotz alledem gemeinsam ist.

Viel Schmerz ist uns gemeinsam. Die Vergangenheit steht still. Von ihr können wir uns nicht erlösen. Aber wir können sie mildern – indem wir von ihr das abstreifen, was an Haß und Bitterkeit an ihr haftet. Ich glaube, das sollte für uns die Lehre jener schweren Stunden sein. Wir werden dann um so ruhiger durch das Leben gehen. Und gerade für Sie beginnt doch in nächster Zeit ein neues Leben.

Ich wünsche, mich nur einmal, zum ersten und letzten Male, mit Ihnen auszusprechen. Ich weiß nicht, ob auch Sie so denken! Aber um meinetwillen schlagen Sie mir diese Bitte um diese Zusammenkunft nicht ab, in der ich Ihnen auch Wichtiges über Karlas Zukunft mitzuteilen habe! Ich schicke das Kind zu seiner Großmutter zurück, damit Sie es dort ungehindert besuchen und mit ihm verkehren können. Sie sehen, ich komme Ihnen entgegen. Ich hätte, um eine Aussprache herbeizuführen, ja nur dies als Vorwand zu nehmen gebraucht – aber ich wollte ganz ehrlich sein. *Das* hätten wir schließlich auch schriftlich erledigen können. Aber dies Gefühl, endlich unseren Frieden miteinander gemacht zu haben, das können wir uns nur Aug' in Auge geben ...«

Er mußte sich zwei Tage gedulden, bis die Antwort kam. Sie enttäuschte ihn. Sie lautete kurz:

»Als Karlas Mutter – und vor allem als ihre rechtlose Mutter – bin ich verpflichtet, alle Mitteilungen, die Sie mir über sie zu machen haben, entgegenzunehmen und den Weg, der Ihnen dazu der richtige erscheint, sei es nun der mündliche oder der schriftliche, gutzuheißen. Ich danke Ihnen von Herzen, daß Sie mir die Möglichkeit gewähren, künftighin wieder Karla zu sehen. Sollte zur Festsetzung des Näheren eine persönliche Besprechung unbedingt nötig sein, so finden Sie mich morgen nachmittag zwischen vier und sieben bei meiner Verwandten, Fräulein von der Wersenz, in der Matthäikirche 189, zu ebener Erde, da ich eine Begegnung in meiner Pension aus begreiflichen Gründen nicht wünsche. Ich setze jedoch voraus, daß unser Gespräch sich ausschließlich nur um Karlas Angelegenheiten drehen und mit deren Erledigung sein Ende finden wird. Zu weiteren Erörterungen kann ich mich nicht verstehen, und nur unter dieser ausdrücklichen Annahme erwarte ich Ihren Besuch.«

Das hieß: ›Komme nicht, sondern schreibe, was du zu sagen hast! Es ist ja mit ein paar Sätzen abgetan und ein Widerspruch von meiner Seite ausgeschlossen!‹ Georg Gisbert las das wohl aus dieser großen, steilen, kräftigen Schrift. Finster hielt er den Brief in seiner Hand. Nächstens heiratete sie. Dies hier, das war die einzige, die letzte Möglichkeit, sie noch einmal zu sehen und zu sprechen, solange sie noch nicht die Frau eines anderen war. Er kämpfte schwer mit sich. Er sagte sich, daß es seiner unwürdig sei, auf dieses Schreiben hin ihr seine Nähe aufzudrängen. Aber die unbestimmte Hoffnung, dadurch irgendwie zur Ruhe zu gelangen, die Sehnsucht nach ihr war stärker als alles andere. Er ging doch am nächsten Nachmittag in Helm und Überrock in die Matthäikirchstraße und harrte da mit pochendem Herzen in dem kleinen, muffigen Salon, den Veras Verwandte, das achtzigjährige, alte Fräulein als die letzte aus dem Geschlecht derer von der Wersenz mit tausenderlei Plunder und Moder und Urväterhausrat angefüllt hatte – hier ein alter Stammbaum, in der Franzosenzeit zerhauen und zerstochen, da silberne Rennpreise, die ein längst unter dem Rasen ruhender Wersenz sich einst erritten, da Daguerrotypen von anderen Wersenz in Dreispitz und Zopf, Elfenbeinminiaturen von Frauen mit hohen Perücken, ein verrosteter Sponton des Friderizianischen Bataillons »Garde zu Fuß«, – und er betrachtete müßig und geistesabwesend diese Überbleibsel des Einst, bis Vera über die Schwelle trat.

Sie war ganz gelassen. Wenn sie erstaunt über seinen Besuch war, so zeigte sie das nicht. Gerade dadurch fühlte er sich plötzlich gedemütigt. Er bereute jetzt, gekommen zu sein. Er hatte Angst, sie könne ihm irgend etwas ansehen – Dinge, die er vor sich selber nicht wahrhaben wollte – aber nun war es zu spät, und sie sagte ruhig: »Bitte ... nehmen Sie doch Platz ... wollen Sie nicht ablegen?«

Sie wies auf seinen Helm. Er stellte ihn neben sich auf den verschossenen Smyrnateppich, während er sich niederließ. Vera setzte sich ihm gegenüber und wartete. Es war still. Nur von der Matthäikirche her klangen eintönige schwere Glockenschläge. Dann fing er stockend an und entwickelte ihr seine Pläne wegen Karla. Eigentlich war darüber fast nichts zu sagen. Es blieb alles beim alten, so wie es gewesen, ehe das Kind nach Berlin gekommen war. Und während er sprach, hatte er wieder das Unbehagen: warum bist du überhaupt hier?

Vera von Vogt hatte schweigend zugehört und nur zuweilen in Beistimmung den Kopf gesenkt. Sie bewahrte die Haltung einer, die nichts zu fordern, sondern nur zu empfangen hat, und nun sagte sie, beinahe mit denselben Worten wie in ihrem Brief: »Ich danke Ihnen herzlich, daß ich auch weiterhin Karla sehen darf!«

Es entstand eine Pause. Schließlich versetzte er: »Ich glaube, ich bin es Karla selber schuldig.«

Er sagte das eigentlich bloß, um nicht stumm zu bleiben. Sie erwiderte nichts. Ihre graublauen Augen ruhten auf ihm. Es war wie eine Frage: ›Nun – und? ... Gehst du jetzt?‹ und ihm dünkte, daß er weiter auch wirklich nichts mehr tun könne, als aufzustehen und seine Abschiedsverbeugung zu machen. Und dann war auch dies letzte für immer aus, und ihm graute plötzlich vor seinem künftigen Dasein. Aber während er sich anschickte, sich nach dem Helm zu bücken, sagte Vera, die, die Hände im Schoß, aufrecht vor ihm saß: »Ich habe noch eine Bitte!«

»Wollen Sie sie nennen!« versetzte er möglichst kühl. Sein Herz klopfte. Er war froh, daß er noch eine Minute länger bleiben konnte.

Sie zögerte und suchte nach Worten.

»Ich bin so dankbar für diese ... diese Vergünstigungen, muß ich wohl sagen, die mir hinsichtlich Karlas zuteil werden. Ich möchte nun gerne für mein Teil auch etwas dazu tun...«

»Ich verstehe nicht!«

Sie schaute vor sich zu Boden.

»Das Kind kostet doch schließlich eine Menge! Schon allein jetzt wieder die Ärzte! Ich trage dazu nichts bei!«

»Das ist auch gar nicht nötig!«

»Bisher hätte ich es auch nicht gekonnt, da ich ja finanziell ganz von meinem Vater abhängig war. Aber nun – wo ich bald selbständig über gewisse Summen zu verfügen haben werde...«

Ihre Stimme hatte einen scheuen Klang. Er versetzte schroff: »Das ist ausgeschlossen!«

»Und warum soll ich denn nicht auch mein Scherflein beitragen?«

»Weil diese gewissen Summen, von denen Sie sprechen, doch nur von Ihrem künftigen Gatten kommen können! Ich brauche das Geld Fremder zur Erziehung meiner Tochter nicht!«

Nun blickte sie jäh auf und frug: »Und wovon bestreiten *Sie* jetzt diese Erziehung?« Es war wie eine Rache, wie ein Nadelstich ins Herz: ›Tue nicht so, als ob ich mich allein verkaufte! Du gabst mir das Beispiel‹ ...Er wußte nicht gleich etwas darauf zu entgegnen. Es war ja wahr: sie waren beide aneinander so matt und müde geworden, daß sie ihren Stolz dem Leben gegenüber verloren hatten! ...Sie wollten bloß noch da sein und einen warmen Unterschlupf haben wie andere Menschen...

Wieder fühlte er einen Zorn, daß es so hatte kommen müssen – durch sie! Warum hatte sie ihn so arm gemacht? Ohne Not! Und sich dazu! In diesem Augenblick haßte er sie wieder bitter. Sie war ihm wieder der Mensch, in dem sich für ihn alles Unglück verkörperte. Und seltsam: in ihrem rasch aufleuchtenden, auf ihn gerichteten Blick glaubte er denselben Haß zu spüren. Der brannte sich ihm förmlich in die Seele. Sie saßen sich wieder als Feinde gegenüber.

Endlich sagte er rauh: »Sie spielen auf meine günstige finanzielle Lage an, wie sie durch meine zweite Ehe geschaffen ist. Eben deswegen soll unser Kind nicht unter meinem eigenen Dache bleiben. Den Aufwand für Karla bei meiner Mutter bestreite ich von jeher von meinem bescheidenen Hauptmannsgehalt. Also in dieser Hinsicht ist mein Gewissen rein!«

»Aber ich bin doch schließlich die Mutter, und...« Auf dies Wort hatte er gewartet. Es kam ihm so gelegen, um dem Grimm, der in ihm kochte, Luft zu machen, und ungestüm unterbrach er sie: »Fahren Sie doch fort: ›Ich bin die Mutter, die ihr Kind verlassen hat! ...die sich jahrelang nicht um das Kind gekümmert hat!‹ ...ja ...sehen Sie mich nur so an! Es ist doch wahr ... Sie haben die Mutterpflicht mit Füßen getreten! Ich die meinige als Vater nicht! Das ist der Unterschied zwischen uns beiden!«

Sie war unter seinen Worten zusammengezuckt. Ihr Gesicht wurde ganz fahl. Sie preßte die Lippen aufeinander, um sich zu beherrschen, und stand langsam auf. Eine Sekunde bereute er seine Heftigkeit. Er war doch nicht gekommen, um ihr weh zu tun! Aber es war zu viel auf seiner Seele. Er hatte keine Macht mehr darüber und fuhr blindlings fort, während er sich auch erhob: »Ich habe alles andere eher begriffen, was zwischen uns gewesen ist, als das! ...Ich begreife es jetzt noch nicht! ... Sie wissen nicht, wie die Wohnung an dem Mittag aussah ...nach Ihrer Flucht ...Alle Türen und Schränke offen – die Leute weg – und mitten in dem unordentlichen Zimmer saß ich und hatte das arme zweijährige, kläglich schreiende Wurm auf dem Schoß ... Ja ...ich erwähne absichtlich alle diese lächerlichen Einzelheiten ...ich vergesse diese Stunden nicht, wo ich die Beschämung so weit treiben und bei den Regimentsdamen herumlaufen und sie bitten mußte, sich meines Kindes anzunehmen, bis meine Mutter kam! Ich wundere mich jetzt noch, wie ich das über die Lippen gebracht, wie ich überhaupt den ersten Abend in der leeren Wohnung ausgehalten hab’ ...«

Sie erwiderte nichts. Sie stand mit einem starren Gesichtsausdruck vor ihm. Er schloß: »Und nun kommen Sie auf einmal und sagen: ›ich bin doch die Mutter!‹ Nun werfen Sie mir vor, daß ich mit fremdem Gelde für Karla sorge! ...Nein ...*so* wollen wir doch nicht spielen! Es gibt doch noch eine Gerechtigkeit, und die ist, weiß Gott, auf meiner Seite!«

Sie blieb stumm. Er sah sie finster an. Nach einer Weile frug er: »Haben meine Worte gar keinen Eindruck auf Sie gemacht? Haben Sie gar nichts darauf zu erwidern?«

Und nun versetzte sie leise: »Ja, damals war ich so! Jetzt bin ich anders!«

»Und das ist alles?«

»Weiter kann ich nichts sagen! Weiter weiß ich nichts!«

Es verletzte ihn, daß sie kein Wort von Reue sprach. Er meinte hart – es machte ihm beinahe Freude, gegen sie grausam zu sein: »Jetzt ist’s zu spät! Sie haben eine schwere Schuld auf sich geladen! Die werden Sie Ihr Leben lang nicht mehr los. *Das* müssen Sie vor allem einsehen lernen, um eine richtige Stellung zu den Dingen zu bekommen!«

Sie rang die Hände ineinander. Sie zitterte.

»Also soll ich ewig als Bettlerin dastehen! Wissen Sie denn, was das für mich heißt? Ich hab’ doch auch noch meinen Stolz, wenn er auch im Leben Schiffbruch gelitten hat! Ich will nicht immer gedemütigt sein!«

»Es demütigt Sie niemand!«

»Jeder Mensch! Von überall her bekomm' ich Almosen – von Ihnen, von Ihrer Frau, die für Karla sorgt, von Ihrer Mutter, die es auch tut, von meinem Bräutigam, von meinem Vater ... überall bin ich das fünfte Rad am Wagen! ...Ich bin wie ausgeschaltet ...ich werd' nur so mit durchgeschleppt...Herrgott, wenn ich gefehlt hab', dann hab' ich wahrhaftig genug gebüßt! ... Einmal muß es doch ein Ende haben...«

Er beugte sich nieder und nahm seinen Helm vom Boden. Er wollte jetzt wirklich gehen. Sie folgte mit den Augen seiner Bewegung und sagte aus trockener Kehle: »Lassen Sie Ihren Helm noch stehen! Ich rede noch! ...Sie tun immer, als sei ich damals *in dulci jubilo* von Mann und Kind weg ins Weite gefahren!...An dem Abend, von dem Sie eben sprachen, da hab' ich vor meinem Vater an der Türe in Neetzow gestanden, und er hat mich angeschrien: ›Woher kommst du? ...Wo hast du dein Kind?...Wegen wem bist du fort?‹ – und hat mich über die Schwelle gejagt ...er hat mir nicht geglaubt, daß ich keinen Liebhaber hätte ...er hat sich das alles ganz anders vorgestellt ...ja ...und da stand ich ...und es regnete und wurde dunkel...und ich war den Weg von der Station zu Fuß gelaufen ...Da hab' ich die ganze Nacht im Dorfkrug am Ofen gesessen und gezittert ...früh morgens kam dann Mama und holte mich heimlich ins Haus und schickte gleich nach dem Arzt ...ich hab' wochenlang krank gelegen von der Nacht ...Ganz werd' ich mich von dem allem nie erholen, das weiß ich. Ich bleib' zeitlebens ein geknickter Mensch! Und wenn ich mich dann ein bißchen aufrichten will, einmal ein wenig geben, statt immer bloß zu nehmen ...Ich meinte es gut mit meiner Bitte wegen Karla...«

»Sie hatten auch Gelegenheit, mir eine Bitte zu gewähren!« sagte er schroff. »Es war mir so viel daran gelegen, – in der Stimmung, in der ich jetzt bin –, daß wir uns hier aussprechen und in Versöhnung voneinander trennen sollten. Aber Sie schlugen es mir ja von vornherein ab!«

Sie lachte auf.

»Das ist doch wundervoll! Sie kommen hierher zu mir, wie um sich – ja, ich finde wirklich kein anderes Wort – um sich von mir trösten zu lassen! ...Gerade von mir! Das begreife, wer mag! ...Sie haben sich doch wirklich rasch genug getröstet. Kaum drei Jahre waren vergangen, da las ich Ihre Verlobung in der Zeitung!...Nun haben Sie eine nette Frau, blühende Kinder, viel Geld, sind gesund, machen Karriere – ja, was wollen Sie denn *noch*?«

»Es liegt trotz alledem ein Schatten über meinem Leben...«

»Wenn der das schlechte Gewissen heißt – von dem kann ich Sie nicht befreien! Sie reden so viel von meiner Schuld! ...Natürlich: die ist klar! Die ist genau in den Ehescheidungsakten verzeichnet! Aber was an *mir* gesündigt worden ist...« Ihr Atem ging rascher, ihre Augen leuchteten auf, sie trat mit einer jähen Bewegung vor ihn hin. »Schlägt Ihnen jetzt manchmal das Herz bei dem Gedanken, was Sie aus mir gemacht haben? Ich hab' mir mein Leben nicht wieder so hübsch zurecht gezimmert wie Sie. Dazu war ich viel zu sehr ins innerste Mark getroffen. Ich hab' die sechs Jahre vertrauert und vergähnt ...wissen Sie, was das heißt: die zweite Hälfte der zwanzig für eine junge Frau ganz einsam in unserem elenden Kasten da unten an der Elbe – halb verfemt von der Familie und der Nachbarschaft – ohne einen Menschen – meine Mutter immer krank – Papa den ganzen Tag auf dem Feld, abends still wie das Grab – ach ...diese Abende ...o Gott ...und ein Tag wie der andere! Ich begreif' nicht, wie ich es ausgehalten hab'...Der Mensch ist furchtbar elastisch ...Ich bin ja jetzt auch wieder so weit ...Aber daß Sie da auf einmal kommen und mir Ihre Reue ins Haus tragen...«

»Von Reue habe ich nicht gesprochen!«

»Nennen Sie's, wie Sie wollen! Ich danke dafür! Es ist zu spät! Ich kann kaum mehr eine Genugtuung darüber fühlen! Ich bin zu erstickt von dem allem...«

Sie wandte sich ab. Georg Gisbert hatte jetzt erst nachträglich bemerkt, wie furchtbar erregt sie war. Ihre anfängliche Ruhe bei seinem Empfang war nur Selbstbeherrschung gewesen.

»Geben Sie mir doch die verlorenen Jahre wieder!« sagte sie wild auflachend. »Geben Sie mir doch meinen Mut zum Leben wieder – meinen Glauben an meinen Stern! Lieber Gott – was hatt' ich als junges Ding an Träumen im Kopf! Jetzt bin ich sehr vernünftig geworden! Und daraus leiten Sie sich das Recht ab, sich dahin zu setzen und mit mir ein bißchen in herbstlicher

Wehmut zu schwelgen! Ach nein! Ich habe leider gar keinen Sinn für Sentimentalität! ... Die Mühe ist verloren...«

Sie durchmaß mit ein paar raschen Schritten das Zimmer. Ein matter Abendschein umfloß vom Fenster her ihre schlanke Gestalt. Ihr Blondhaar leuchtete über dem blassen Gesicht. Er dachte sich: wie schön ist sie – wie schön ... Allmählich wurde sie ruhiger. Sie deutete auf seinen Stuhl. »Setzen wir uns doch wieder!« sagte sie. »Wozu das aufgeregte Herumstehen? ... Sie brauchen mir auch gar nichts mehr zu erzählen. Ich weiß es alles selber schon lange. Es war mein Unglück, daß ich, der ich trotz meines Temperamentes Verstandesmensch bin, gerade an Sie gekommen bin, bei dem die Phantasie die Hauptrolle spielte! Ich weiß nicht, wie Sie jetzt sind. Aber damals war das Leben außer Dienst für Sie ein Traum. Sie träumten auf Ihrer Geige – Sie träumten von fernen Ländern und Abenteuern, was Ihnen inzwischen ja auch beschieden worden ist – Sie träumten Ihre künftige Frau. Die war schon fix und fertig, ehe Sie sie je mit Augen gesehen hatten. Dieser Traumgestalt mußte ich armes Wesen von Fleisch und Blut nun entsprechen. Sie maßen mich an einem Ideal, das ich gar nicht kannte...«

»Von alledem weiß ich nichts!« sagte Georg Gisbert.

»Das glaube ich gerne, daß Sie das unbewußt getan haben! Mir ist das alles auch erst nachträglich, nach Jahren klar geworden. Jede Frau ist anpassungsfähig, und wenn sie liebt, ist sie es zehnfach. Ich bin nicht so biegsam von Natur wie andere – aber dafür hab' ich Sie zehnmal mehr geliebt, als andere ihren Mann! Durchs Feuer wäre ich für Sie gegangen. Ich hab' mir alle Mühe gegeben, so zu werden, wie Sie mich nun einmal sahen. Aber das schwankte ja ewig, je nach Ihren Launen und Stimmungen. Ich konnte es nie recht begreifen und mir sagen: ›So! Also das bist künftig du!‹ Es gab immer wieder Mißverständnisse und Enttäuschungen! Ich war nie so, wie ich sein sollte! Ich hab' mich aufgerieben im Kampf mit meinem eigenen Doppelwesen!«

Sie stand in ihrer unterdrückten Erregung wieder auf und schob den Stuhl zurück.

»Da hab' ich schließlich nur noch das Gefühl gehabt: ›Wie ich bin, bin ich genug! ... Wenn dir das zu wenig ist...‹ O ... ich will mich gar nicht beschönigen! Ich war damals wild und launisch und verzogen! Ich hatte eine viel zu hohe Meinung von mir! Man hatte mir wie anderen Mädchen die dumme Idee beigebracht, daß ich dazu da sei, einen Mann so glücklich zu machen, daß er weiter gar nichts vom Schicksal verlangte. Das schien mir damals ein leichtes! ... Mit Stolz im Herzen, mit vollen Händen bin ich in dein Haus getreten! Und dann diese Ernüchterung – diese Demütigung, als unzulänglich empfunden zu werden – zu klein und zu dürftig zu sein. Da konnte man sein Bestes geben ... da hätte ein Engel vom Himmel herunterkommen können – er hätte dir nicht genügt! ... O Gott ... was hab' ich gelitten in der Zeit...«

»Glaubst du, ich nicht?«

Plötzlich merkten sie beide, daß sie in der Aufregung in das »Du« von einst zurückverfallen waren. Sie verstummten. Es war schon so dämmerig, daß sie nur undeutlich die leise, rasche Röte erkennen konnten, die ihre Gesichter überflog und wieder verschwand. Dann begann Vera: »O, das weiß ich, daß Sie gelitten haben! Das hoffte ich damals. Ich war grausam geworden – rachsüchtig. Da sagte ich mir: ›Er soll auch leiden!‹ Man hat ja tausend Nadelstiche bei der Hand. Aber auf die Dauer ist dabei der Mann immer der Stärkere. Er hat ja draußen das Leben. Und als Sie anfingen, nicht mehr an mir herumzumäkeln und mich zu quälen und immer neue Mankos an mir zu entdecken, sondern mich ganz einfach vernachlässigten, als hoffnungslos aufgaben – als Sie die Abende im Kasino zubrachten, kaum von der Jagd und dem Dienst nach Hause kamen ... und ich hatte Sie gegen den Willen der Meinen geheiratet... es war reinste, heißeste Liebe bei mir gewesen – und wie stand ich nun da ...? verschmäht und verlassen ...? Ihre fortgesetzte Schuld an mir, die hat keiner aufgeschrieben! Und was war schließlich mein Verbrechen? Ich war Ich und nicht Ihr Traumbild! ... Und dies Traumbild haben Sie auch späterhin nicht im Leben verwirklicht. Ihre jetzige Frau ist sehr nett und lieb, aber auch ein Mensch! Die hat es gut, weil sie bei Ihnen die zweite ist. Ich als erste mußte dran glauben...«

Es dämmerte immer stärker in dem Zimmer. Eine Weile herrschte Schweigen, Georg Gisbert hatte das Haupt gesenkt und sah vor sich zu Boden. Endlich sagte er: »Ich habe mir gewiß nachher Vorwürfe genug gemacht. Mich hat das Leben inzwischen auch in die Schule genommen und mich gelehrt, daß nicht alle Blütenträume reifen. Ich hab' jetzt wohl erkannt, daß ich zuviel von Ihnen verlangt habe. Aber ich hab' das damals aus viel zu großer, aus ungerecht und anspruchsvoll machender Liebe getan! Das ist meine einzige Entschuldigung...«

»Also das geben Sie doch zu, daß ich damals Unmögliches leisten sollte?«

»Ich glaube, ja!«

Sie seufzte.

»Jetzt, nach sechs Jahren, ist das alles ja gleichgültig!« sagte sie. »Aber schließlich ist es mir doch lieb, daß ich das einmal aus Ihrem Munde gehört habe! Es beruhigt mich doch! Ich danke Ihnen dafür! Denn im gewissen Sinn bleiben wir doch immer gegenseitig unsere einzigen Richter! Was wissen Dritte von alledem...?«

Die Schatten im Zimmer hatten sich vertieft. Im Nebengemach kreischte ein Kakadu. Die Summe einer alten Dame, die selber etwas Papageienartiges im Klang hatte, beruhigte ihn. Vera meinte: »Das ist nur meine Urgroßtante, die da nebenan herumgeistert! ...Sie stört uns nicht. Sie ist über achtzig und stocktaub. Aber eine Lampe könnte sie uns nun schon hereinschicken! Es wird bald Nacht.«

Er machte eine abwehrende Handbewegung.

»Lassen Sie es doch!« sagte er. »Es sitzt sich doch so gut hier im Zwielicht!«

Beide schwiegen. Es war kein Laut in dem altmodischen Zimmer, in dem alles voll war von den Spuren verschollener Geschlechter, von Andenken an Menschen, die niemand mehr kannte, von Dingen, an deren geheimem Sinn einst ein Herz gehangen und die nun kalt und tot geworden waren – und den beiden, die sich da stumm, die Hände über den Knieen gefaltet, gegenübersaßen, war das wie ein Gleichnis ihres eigenen Seins.

Es war eine lange Pause. Ihre beiden Gestalten zeichneten sich nur noch undeutlich im Halbdunkel ab. Dann sagte Vera, mehr zu sich als zu ihm: »So – jetzt hab' ich glücklich mein Wort gebrochen...«

Er hob den Kopf. Sie fuhr fort: »Wir wollten uns doch nicht über das unterhalten, was einmal zwischen uns war. Ich hatte es ...meinem Bräutigam versprochen. Aber es ist einerlei! Es ist so ganz gut! Es reden einem so viele ins Leben hinein und man lebt's doch schließlich selber ... Kein anderer hilft einem dabei...«

Er saß dicht vor ihr. Die Finsternis war ihm willkommen. Da konnte er sie ansehen, so lange er wollte – diese unbestimmten Umrisse ihres Schattens...den Rausch ihrer Nähe fühlen. Endlich versetzte er: »Ich bin Ihnen dankbar dafür. Im Schweigen liegt etwas so furchtbar Hartes. Mit ein paar Worten kann man die Dinge mildern ...Sie haben uns beiden die Sentimentalität verboten. Ich will auch gar nicht mit einer billigen Wehmut kommen. Ich meine nur: den Schmerz, den wir uns einmal zugefügt haben – den sollten wir uns in der Erinnerung wenigstens läutern...«

Wie er so sprach, übermannte ihn doch beinahe die Ergriffenheit. Er kämpfte mit sich. So bat er gedämpft, sich im Stuhl vorbeugend, in das Dunkel hinein: »Vera ...wollen wir uns nicht verzeihen, ehe wir auseinandergehen?«

Es kam keine Antwort von dem Schatten vor ihm.

Und wieder kam das schwere Schweigen.

Dann sagte er leise: »Sie heiraten nun nächstens?«

»Ja«

»Wann?«

»Donnerstag über acht Tage!«

»Ich wünsche Ihnen von Herzen Glück für Ihr weiteres Leben!«

Von drüben klang ein seltsamer Ton. Es war wie ein unterdrücktes Aufseufzen. Dann erwiderte sie ruhig: »Danke.«

»Bleiben Sie in Berlin wohnen?«

»Den Winter in Berlin, den Sommer auf unserem Gut.«

»Ich bin auch an Berlin gebannt. Ich weiß nicht, wie lange mein Kommando hier dauern wird. Es kann sich noch sehr hinziehen...«

»Ich weiß, daß Sie sich Ihren Aufenthaltsort nicht wählen können!«

Sie schien seine Worte als eine Entschuldigung aufzufassen, daß er mit ihr in derselben Stadt blieb. Er fuhr fort: »Es ist jeden Tag die Möglichkeit gegeben, daß wir uns durch Zufall wieder treffen. Vera ... wollen wir da nicht dem für uns Peinlichsten von vornherein die Spitze abbrechen – an allem Äußerlichen ändert das ja nichts – und uns die Hand geben und zueinander sagen: ›Und vergib uns unsere Schuld‹ ...? Es wäre so viel besser ... so viel schöner ... mich wenigstens würde es zu einem ganz anderen Menschen machen – viel lebensfroher und mit mir einiger als bisher...«

Er streckte ihr seine Rechte hin. Er hatte kaum gehofft, daß sie sie nehmen würde. Aber sie legte stumm und zögernd ihre Hand in die seine, mehr, wie es schien, um diesem unheimlichen Flüstern im Dunkeln, dieser schwülen Stimmung zwischen ihnen beiden ein Ende zu machen, als aus innerem Trieb. Er fühlte die Berührung ihrer Hand. Die Erregung übermannte ihn. Er preßte sie mit einem so leidenschaftlichen Druck, daß Vera sie hastig zurückzog und aufstand und mit einer, vor Schrecken ganz tonlosen Stimme sagte: »Es ist wirklich unglaublich ... die alte Wersenz läßt einen hier einfach im Dunkeln sitzen!«

Zugleich schellte sie und beorderte, als eine alte Magd ihren Kopf durch die Türe steckte, ungeduldig: »Bitte, Licht! Der Herr Hauptmann will gehen und kann nicht einmal seine Sachen finden! Man sieht nicht mehr die Hand vor den Augen...«

Die Lampe kam, und bei ihrem Schein merkte er wohl: er hatte sich verraten. Vera hatte Augen für das bekommen, was in ihm war. Sie war ganz fahl geworden und atmete schwer. Sie vermied seinen Blick. Sie hielt sich stets drei Schritte von ihm. Aber sie gab sich alle Mühe, zu tun, als wäre nichts geschehen, und frug, während er Helm und Handschuhe nahm: »Wann reist Karla?«

»Übermorgen mit dem Mittagszug! Vom Zoologischen Garten!«

»Bringen Sie sie an die Bahn?«

»Ich kann nicht. Ich habe Dienst!«

Nun sagte sie schüchtern, in bittendem Ton: »Darf ich dann das Kind nach Schlesien bringen?«

Er schüttelte den Kopf.

»Ich hab' schon meine Frau gebeten, es zu tun...«

Während sie mit einer unwillkürlichen, feindseligen Bewegung das blonde Haupt in den Nacken warf, setzte er gereizt hinzu: »Das Kind geht aus dem Hause meiner Frau in das meiner Mutter über! Also soll es auch meine Frau zu meiner Mutter geleiten! Das gehört sich so.«

Er sagte das absichtlich schroff, so als wollte er ihr von neuem weh tun! Sie zuckte nur die Achseln. Beide sahen sich eine Sekunde bang und suchend in die Augen und gleich wieder weg. Und im selben Moment war es ihm ganz klar: zwischen uns zweien gibt es nie Frieden ...! Immer nur Haß oder Liebe ... oder beides zugleich...

»Bitte, gehen Sie jetzt!« sagte Vera.

Als er nur einen Augenblick zögerte, um seinen Säbel einzuhaken, wiederholte sie hastig: »Gehen Sie!...« und als er sie dabei anblickte, färbte plötzlich eine leise, jähe Röte ihre Wangen. Sie hatte wieder der Alten geklingelt, damit sie ihm draußen beim Anziehen des Paletots behilflich sei. Sie wollte nicht unter vier Augen von ihm Abschied nehmen. Sie stand auch so weit von ihm, daß er nicht auf den Gedanken kommen konnte, ihr noch einmal die Hand zu reichen. Und nun, angesichts des Dienstboten, hatte auch er wieder ganz seine Haltung als Offizier. Er verbeugte sich stumm und höflich und verließ das Gemach.

VIII.

In den folgenden Tagen lag eine Wolke über dem Gisbertschen Hause. Die kleine Karla weinte und bekam wieder ihr spitzes, blasses Krankenstubengesicht. Sie war unglücklich. Sie wollte nicht heim zu der alten Großmama. Sie wollte hier bei Tante Otti bleiben. Hier war es viel lustiger.

Und auch Frau Otti ging verändert herum. Sie sagte nicht viel. Das war nicht ihre Art. Aber ihr Mann merkte wohl, wie es sie kränkte, daß man ihr das Stiefkind, nachdem sie es mit solcher Selbstüberwindung ins Haus gebracht, zum Dank wieder wegnahm. Selbst der Hausarzt machte dem Hauptmann Gisbert Vorstellungen: sein Töchterchen sei doch nun einmal leidend und eine weitere Beobachtung bei dem Spezialisten vielleicht doch ... Und jener erwiderte heftig: »Mein lieber Sanitätsrat ... mit dem ewigen Herumgeklopfe und Herumgehorche an dem armen kleinen Kerl kommt schließlich auch nichts Gescheites heraus. Ich weiß schon, was ich tue!«

Bei sich hatte er gedacht: den letzten Grund kann ich doch dir nicht sagen und keinem: Wenn ich schon meine einstige Frau nicht mehr lieben darf, wie kann ich dann das Unterpfand ihrer Liebe, unser Kind, immer, und überall um mich sehen? Jedes Wort, jedes Lachen meines Töchterchens mahnt mich doch an *sie*, an die ich nicht denken soll und doch ohne Aufhören denke – ruft Erinnerungen wach ... es ist furchtbar, aber wahr: ich ertrage den Anblick meines Kindes nicht mehr, weil ich seine Mutter liebe ...

Daß Vera das nun wußte, erregte ihn nachträglich kaum mehr. Er bereute seine Unvorsichtigkeit nicht. Er war gleichgültig geworden. Das Schicksal ging seinen Gang. Er machte sich auch keine Vorwürfe, daß er Vera, statt in Frieden mit ihr zu kommen, erst recht die Ruhe geraubt hatte. Ihn quälte nur die eine Frage: »Wie steht sie zu mir ...?«

Seine Gedanken gingen hartnäckig immer wieder denselben Weg zurück: Sie war vor sechs Jahren aus seinem Hause geflohen, ohne einen Dritten! Sie hatte diese ganze Zeit für sich gelebt, ohne einen Dritten! Sie heiratete jetzt, aber dieser Dritte zählte nicht mit! Wie man es auch ansah: er, Georg Gisbert, war doch immer *der* Mann in ihrem Leben gewesen – ihr Halt und ihr Hemmnis – sie hatte nie über ihn hinweg den Weg zu einem anderen gefunden – und vielleicht war er noch jetzt ihr Schicksal ...

Sie hatte doch die Wahl unter Bewerbern. Warum nahm sie ganz offensichtlich und trotzig gerade den, bei dem ihr Herz nicht mitsprach? Den angegrauten, dicken Fünfziger? ... Weil sie nicht mehr lieben konnte? Weil alles, was sie je im Leben an Liebe besessen, ihrem ersten Mann gegolten hatte? ... Und noch galt?

Seine Träume verwirrten sich da. Manchmal erschien es ihm wahrscheinlich, ja selbstverständlich – sie war ja auch so seltsam verstört gewesen bei ihrem letzten Abschied – dann wieder ganz lächerlich. Es war wie ein unheimlicher Rausch, der nicht von ihm wich, vor dem ihm selber graute.

Dann beruhigte er sich wieder. Es geschah ja nichts. Es würde auch nichts geschehen. Die Tage flossen einförmig dahin. Die Jahre schließlich einmal auch. Man lebte und verzehrte sich still und war innerlich morsch und blieb nach außen aufrecht. Das war wohl das Schicksal vieler, denen man es auch nicht so ansah.

In dieser Stimmung saß der Hauptmann Georg Gisbert am Mittwoch vormittag in seinem Bureau. Er hatte ausnahmsweise weniger Schreibereien zu erledigen als sonst. Er lehnte sich in seinem Strohsessel zurück und schloß die Augen. Jetzt war daheim in der Garnison wohl Bataillonsexerzieren oder Felddienstübung. Oder die Kompanie hatte Schießen. Das war alles nicht sehr kurzweilig. Und doch beschlich ihn, der alles daran gesetzt hatte, von dort wegzukommen und das Berliner Kommando zu erhalten, auf einmal eine Sehnsucht nach frischer Luft, nach einem Galopp über grüne Haide statt des Aufenthalts in der Aktenstube hier.

Nun merkte er: das war nur der letzte Versuch, sich überhaupt aus Berlin, aus Veras Nähe, hinwegzuwünschen – gleichviel wohin! Und der Wunsch war aussichtslos. Seine Verwendung hier war eine solche Auszeichnung für einen jungen Offizier – so viele beneideten ihn darum – kein Mensch und am wenigsten die Vorgesetzten hätten begriffen, warum er versetzt werden wollte, um im Frontdienst Staub zu schlucken. Und gar den Abschied nehmen – vom Geld des zweiten Schwiegervaters irgendwo faulenzen – ihm schauderte bei der bloßen Vorstellung.

Seltsam – sein erster Schwiegervater, der alte von Vogt auf Neetzow, war immer knurrig, karg und mißtrauisch gegen ihn gewesen. Und doch hatte ihm, der als Bürgerlicher in der Armee alle Kasteninstinkte des Adels in sich eingesogen, der verwitterte altmärkische Edelmann innerlich viel näher gestanden als jetzt der warmherzige und leichtlebige, schöne Schwiegerpapa am Rhein. Überhaupt: seine ganze erste Ehe war ihm so unheimlich nahe, so greifbar vor das Auge gerückt, daß ihm manchmal das, was nachher gekommen, wie ein Traum dünkte und jenes erste wie das wirkliche Leben.

Er fuhr erschrocken zusammen und beugte seinen dunklen, energischen, trotz des Berliner Aufenthalts noch sonnengebräunten Kopf wieder über die Schriftstücke. Sonst pflegte er meist weit über die vorgeschriebene Dienstzeit hinaus zu arbeiten. Aber heute war er gerade um Mittag fertig und es fiel ihm ein, daß er, wenn er sich eilte, noch vielleicht zurechtkommen konnte, um seiner Frau, die jetzt eben mit Karla zu der Großmutter nach Schlesien reisen sollte, und dem Kinde selbst auf dem Bahnhof Lebewohl zu sagen.

Er fuhr mit der Stadtbahn nach der Station Zoologischer Garten. Als er dort ausstieg, rollte eben von Westen her der Breslauer Schnellzug langsam in die Halle nebenan, und er sprang die Treppe hinunter, die Treppe zum Fernbahnhof wieder hinauf, und fand Otti und ihr Stieftöchterchen, wie sie sich gerade von dem Burschen das Handgepäck in ein Damenabteil reichen ließen. Er hatte noch Zeit gefunden, in fliegender Hast bei dem Blumenhändler in der Halle einen Busch Rosen zu erstehen. Den gab er Otti. Sie sollte ihn der Mutter mitbringen. Sie nahm ihn und sagte, sich aus dem Coupéfenster vorbeugend, zu ihm, der unten stand, mit leiser Summe: »Eben war sie hier...«

Zugleich bemerkte er, daß Karla auch ein paar Blumen und ein Körbchen mit Früchten in der Hand hielt. Er folgte der Richtung, die die Augen seiner Frau nahmen. Dort, ganz hinten, ging gerade eine große, schlanke Dame durch die Bahnsteigsperre hinaus. Sie trug einen schwarzen Tuchrock und ein schwarzes, ärmelloses Samtjäckchen, aus dem das Altrosa ihrer Blusenärmel leuchtete. Sie schritt langsam, etwas müde und mit vorgebeugtem Kopf, wie es sonst nicht Veras Art war. Aber er erkannte sie doch sofort. Er mußte in der Eile dicht an ihr vorbeigestürmt sein. Stumm und betroffen sah er, wie sie auf der abwärtsführenden Treppe im Gewühl der Reisenden verschwand. Dann frug er: »Was wollte sie denn?«

»Nichts. Sie hat halt Karla noch einmal sehen wollen. Sie ist nur gekommen und hat mich wortlos gegrüßt und der Karla die Sachen gegeben und sie geküßt und ist gleich wieder fortgegangen ... Zachariä ... machen Sie, daß Sie heimkommen...«

Sie sagte das zu dem Burschen, der als müßiger Zuhörer daneben stand, und als der sich trollte, versetzte ihr Mann erregt, so als müsse er sich und jene rechtfertigen: »Frau von Vogt konnte nicht ahnen, daß ich auf den Bahnhof kommen würde! Ich hatte ihr ausdrücklich gesagt, ich könnte nicht, wegen dem Dienst...«

Die kleine Frau verstaute innen geschäftig ihr Handgepäck. Sie hörte nicht recht zu. Sie hatte ein bißchen Reisefieber, wie immer, wenn sie ohne ihr Georgchen fort sollte. Schon setzte sich der Wagen in Bewegung. Noch einmal streckte sich Karlas magere Kinderhand und die Frau Ottis, die auch nicht viel größer war, dem da unten entgegen, noch ein: »Auf Wiedersehen morgen!... Grüß die Mama!...« dann rollte der Zug nach dem Inneren Berlins davon, und der Hauptmann Gisbert, der noch eine Zeitlang dagestanden und ihm nachgeschaut hatte, wie er in der Entfernung immer kleiner wurde, wandte sich um und trat durch das erste Bahnhofsportal hinaus ins Freie.

Man war da in einem Seitenwinkel. Vorn leuchtete das Grün des Zoologischen Gartens. Links führte ein schmaler Fußpfad längs der Stadtbahnbogen durch den Tiergarten zum Hippodrom. Georg Gisbert hatte sehr scharfe Augen. Und wie er in dieser Richtung hinunterschaute – sein Weg nach Hause lag in der anderen – da sah er ganz in der Entfernung eine Dame gehen. Wer es war, wäre durchaus nicht mehr zu erkennen gewesen. Aber die rosa Ärmel leuchteten in dem hellen Maisonnenschein deutlich aus dem dunklen Kleid.

Im selben Augenblick hatte er mit zwingender Gewalt die Vorstellung, an dem Scheidewege seines Lebens zu stehen! Alles bisher zwischen ihm und Vera war Zufall oder Notwendigkeit gewesen, nie reiner Wille. Alles hatte sich noch irgendwie erklären und entschuldigen lassen. Aber wenn er jetzt, wie er unwillkürlich wollte, wie seine Füße ihn schon halb trugen, denselben Weg einschlug wie sie, dann gab es kein Beschönigen vor sich und anderen mehr. Dann begann in seinem Leben die Schuld. Er hatte dort nichts zu suchen, im Tiergarten. Er verhehlte sich das auch gar nicht. Er machte sich das ruhig klar, wie ein Mann, der sich plötzlich mitten in einer Gefahr befindet und jeden Ausweg prüft und nur darauf achtet, nicht den Kopf zu verlieren. Denn sein Kopf war betäubt. Er sah Frühling, Sonnenschein, Baumgrün, Menschen umher wie durch einen brausenden Schleier.

Die Gestalt in der Ferne war längst unsichtbar geworden. Sie mußte jetzt schon die Schleuse am Kanal überschritten und sich in einem der vielen Pfade des weiten Parks da drüben verloren haben. Es war gar keine Aussicht, sie wiederzufinden, selbst wenn man sich Mühe gab – selbst wenn man lief, was er als Offizier auf offener Straße doch gar nicht konnte.

Und nun sagte er sich in Ärger und Trotz: Warum soll ich nicht schließlich auch hier gehen? Mein einsames Strohwitwerfrühstück in der Meinekestraße läuft mir nicht davon! Ich kann doch schließlich tun, was ich will.

Ihm war nicht wohl dabei zu Mute. Er fühlte schon: er betrog sich selbst. Dieser Pfad, den er nun absichtlich langsam und öfters stehenbleibend hinabschritt, war kein Weg wie andere. Den war *sie* vor kurzem gegangen. Es war, als sei da noch etwas von ihrer Nähe. Diese Vorstellung benahm ihm den Atem. Sein Herz hämmerte heftig. Er machte halt und schritt wieder zögernd weiter, wie auf einer verbotenen Spur. Und sagte immer wieder sich selber zur Beruhigung: Wenn es auch närrisch ist, was du tust und unwürdig – Folgen hat es keine! Du kannst sie ja nicht mehr einholen. Sie hat einen viel zu großen Vorsprung...

Zum Überfluß redete ihn auch noch auf dem Sandfeld des Hippodroms ein ihm bekannter Offizier an, der zwischen dem Wasserturm und dem Eisenbahnviadukt hin und her ritt, um sein Pferd an den Lärm der Züge zu gewöhnen. Sie sprachen eine Weile miteinander über den Gaul, und Georg Gisbert klopfte dem ohrenspitzenden und prustenden, schweißbedeckten jungen Tier aufmunternd auf den Hals. Dann wandelte er weiter und war nun ganz ruhig. Diese Zeitversäumnis tat das Letzte! Warum sollte er sich nicht im Grünen ergehen? Er zwang sich, an Fernliegendes zu denken – an die Stute, die er eben gesehen – an den verfluchten australischen Pony, den er im Chinafeldzug geritten und der die Manie gehabt hatte, einem, wenn man beim Aufsitzen den Fuß in den Bügel schob, blitzschnell in die Stiefelspitze zu beißen. Sonst eine zähe Rasse! Im Berliner Tattersal drüben stand jetzt auch solch ein gescheckter brasilianischer Mustang zum Verkauf, der viele Kämpfe in Indien, den ganzen Burenkrieg und den Aufstand in Südwestafrika mitgemacht hatte. Dieser uralte, klapperdürre Hengst erinnerte ihn immer an einen greisen Landsknecht des Mittelalters...

Im selben Augenblick sagte zu ihm ein weißhaariger Herr mit einem Zylinder und mit einer Aktenmappe unter dem Arm, offenbar ein Geheimrat oder so etwas, der auf dem Heimwege von seinem Bureau war: »Ich glaube, Herr Hauptmann ... der Dame dort scheint nicht wohl zu sein...«

Dabei wies er auf eine Bank am Wege. Es schien, daß er, in Ermanglung eines in der Nähe befindlichen Schutzmannes, es für seine Pflicht hielt, die Ritterlichkeit des Offiziers für die Erkrankte in Anspruch zu nehmen. Er selbst setzte nach flüchtigem Gruß eilig seinen Weg fort. Sonst war niemand umher, der Tiergarten überhaupt um die Mittagstunde wie ausgestorben. Georg Gisbert trat auf die Bank im Grünen zu. Da saß Vera. Er wunderte sich eigentlich nicht. Er hatte das ja herausgefordert. Er war ja in derselben Richtung gegangen wie sie. Er merkte jetzt, daß es sein innerster Wunsch und Wille gewesen war, sie zu treffen. Der hatte sich nun erfüllt.

Er stand vor ihr und sah, daß sie weinte, krampfhaft in das Taschentuch schluchzte, das sie vor das Antlitz gepreßt hielt. Deswegen hatte der Herr sie für krank gehalten. Georg Gisbert wußte nicht, ob sie ihn schon bemerkt hatte. Sie lag halb auf der Bank, den Arm auf die Lehne, den

Kopf in die Hände gelegt. Er hätte schließlich behutsam umdrehen und zurückgehen können. Aber er tat es nicht. Er trat auf den Fußspitzen näher, und nun schaute sie auf.

Ihr schönes Gesicht war ganz blaß und naß, die Augen feucht. Es zuckte um ihre Lippen. Sie machte, als sie ihn erkannte, eine Bewegung, als ob sie ihm entfliehen wollte, und blieb doch sitzen und sah ihn hilflos an.

Dann sagte sie, ohne eine Frage von ihm abzuwarten, langsam aufstehend und müde die Arme nach unten dehnend: »Ach … ich wollte, ich wäre tot…« »Um Gottes willen, Vera… was haben Sie denn?«

Sie schwieg.

»Ist Ihnen ein Unglück geschehen? … Nehmen Sie sich doch ein bißchen zusammen. Die Leute bleiben ja alle stehen und betrachten Sie…!«

Sie beachtete seine Worte gar nicht.

»Wozu bin ich denn eigentlich auf der Welt?« sagte sie. »Ich bin doch rein zu gar nichts nutze. Ich bin nur dazu da, mich und andere unglücklich zu machen. Sind Sie eben auch über die Schleuse gegangen…?«

»Ja. Aber…«

»Da hab' ich mir gedacht … aber es ist eben das Pech, daß Reetzow so nah an der Elbe liegt. Da hat Papa mich doch schon als kleines Mädchen schwimmen lernen lassen. Es würde gar nichts helfen, wenn ich da auch plötzlich einmal hineinspränge … oder sonstwo hin…«

»Vera … um Himmels willen!«

Sie senkte den Kopf und lachte plötzlich.

»Es ist ja auch nur so eine Idee!« sagte sie. »Ich tue es ja gar nicht! Ich denke nicht daran. Ich bin gar nicht so.«

»Das hoff ich!«

»Ich leb' gar nicht so furchtbar gerne! … Ich hab' nur so einen Trotz in mir! Ich will mich vom Leben nicht unterkriegen lassen, obwohl es sein Bestes dazu tut – nicht?«

Sie schaute ihn fragend, immer noch mit nassen Augen und einem spöttischen Zug um den Mund, an. Er antwortete nicht. Er war zu betroffen. Sie erschien ihm ganz fremd. Das war nicht ihre sonstige Schroffheit, ihre herbe und kühle Art. Diese Mischung von Weichheit und Hohn war ihm neu, als sähe er da tiefer in ihr Inneres als je zuvor.

Sie schien es auch schon zu bereuen, daß sie sich so hatte vor ihm gehen lassen. Sie sammelte sich. Ihr Antlitz nahm seinen gewohnten Ausdruck an.

Jetzt glaubte er selbst, er müsse diesem sonderbaren und gefährlichen Zusammensein ein Ende bereiten, und frug gedämpft: »Soll ich Sie nicht zu einer Droschkenhaltestelle bringen? Wollen Sie nicht nach Hause?«

Vera beachtete seine Worte nicht. Sie sagte rasch und leidenschaftlich: »Sie kennen mich doch genauer als alle anderen Menschen: Bin ich denn wirklich so? … Verdiene ich denn das?…«

Die beiden gingen mechanisch des Weges weiter, auf dem sie sich getroffen. Er schaute fragend zu ihr hin, und sie fuhr fort: »Muß denn das alles so mit mir sein?… Mein Kind fährt von mir in die Fremde… und ich laufe jetzt zu Gerson und lege die letzte Hand an meine Ausstattung … ich weiß nicht … bei mir kommt immer alles so wahnsinnig heraus – so anders als bei anderen Menschen … so herzlos … gerade entgegengesetzt, wie ich es meine .,.!«

Wieder quollen ihr die Tränen aus den Augen. Sie blieb stehen und trocknete sich mit ihrem Spitzentuch die Wimpern.

»Das dumme Geheule!« sagte sie. »Sonst behalte ich es bei mir! Da sieht es keiner, was ich Quälerisches in mir hab'! Angeboren. Es ist eine verwünschte Mitgift im Leben…«

Und während sie ihren Weg fortsetzten, meinte sie auf einmal: »Ich glaube, ich hätte jeden anderen Mann damals auch unglücklich gemacht – nicht nur Sie! … Ich war so angelegt. Es war ein Mißverständnis zwischen mir und dem Schicksal. Und an was kann sich da eine Frau halten? Nur an den Mann…«

Er erwiderte nichts. Er war zu überrascht von diesem plötzlichen Zugeständnis. Um sie beide her grünten die Sträucher und Bäume. Die Sonne schien in goldenen Lichtern hindurch. Selten

kam ein Mensch vorbei. Sie schritten langsam dahin, und sie sagte unter ihrem weißen Sonnenschirm, der ihr schönes Gesicht beschattete: »Neulich, als Sie von mir weggingen, da hatt' ich
das Gefühl: Es war mit auch meine Schuld, daß das seinerzeit so gekommen ist. Oder auch nicht.
Ich kann nichts dafür. Ich habe so eine unbefriedigte Sehnsucht. Die trag' ich mit mir herum.
Ich wollte von Kind an immer alles besser haben als andere Leute. Das ist mein Fehler. Und ich
glaube, es war auch so viel Äußerliches dabei. Ich habe solch einen Ekel vor allem Kleinlichen.
Und wenn man so wenig Geld hat wie wir damals ...ich bin überzeugt: Wären Sie schon damals
nach Ostafrika gegangen und hätten mich mitgenommen, ich hätte mich tapfer benommen wie
ein Mann und mich vor Löwen und Wilden nicht gefürchtet! ...Das ist lange nicht so schlimm,
als selber Staub wischen und sich in der Wirtschaft mit einem einzigen Mädchen behelfen! ...
Die Sparsamkeit ist solch ein kleinbürgerlicher Heroismus ...eine gräßliche Tugend! Ich mußt'
sie ja üben, aber ich hielt sie nicht aus.«

Sie brach ab. Er lächelte bitter. Es kam ihm ja selber ganz unwahrscheinlich vor, daß diese
elegante, luxuriös gekleidete Weltdame, die da neben ihm ging, die demnächstige Baronin und
Millionärin, je die bescheidene Frau Infanterieleutnant Gisbert gewesen sei! Das war ein Wunder
gewesen, das nur die Liebe fertig brachte, und war mit der Liebe geschwunden. Und trotzdem
verletzte ihn diese oberflächliche Auffassung ihres gemeinsamen Unglücks. Er schwieg. Da sagte
sie mit jenem ihm so wohlbekannten, melancholischen Lächeln, das zuweilen die klassische
Strenge ihrer Züge erhellte: »Ja – nicht wahr ., ich bin ein äußerliches Geschöpf? Das denken
Sie sich jetzt. Aber vielleicht war das damals auch nur der Deckmantel für andere, unerfüllbare
Ansprüche, die ich ans Leben stellte. Vielleicht bilde ich mir das nachträglich auch nur so ein.
Wer wird sich über sich selber klar?«

Nein: Sie hatte da schon recht, mit ihrer Verschwendung! Sie hatte von vornherein einen
junkerlichen Zug in die kargen und nüchternen Verhältnisse gebracht, in denen die Gisberts
noch von Großvaters Zeiten her zu leben gewohnt waren, Schulden gemacht wie ein Edelmann
und sich so wenig wie jetzt ihre Brüder, die Ulanenleutnants, darum gekümmert, wer sie zahlte.
Lieber Gott – sie war ja damals auch eine junge Frau von kaum zwanzig Jahren gewesen! Mit
einer Erbitterung gegen die Dumpfheit des Schicksals dachte er sich: An dem bißchen Geld
mehr oder weniger ist unser Lebensglück zum guten Teil mit zerschellt, sind zwei Seelen aneinander gescheitert. Sie war von ihrer Familie zu einer großen Heirat erzogen und hingestellt.
Sie sollte doch ganz Reetzow wieder flott machen! Man hatte sie absichtlich verwöhnt, damit
ihre Wahl von selber auf einen reichen Mann fiele. Ich habe sie in eine viel zu enge Lebenslage
geführt. Das Schicksal gibt einem immer nur die Hälfte dessen, was man braucht...

Mit einer spöttischen Resignation, die ihm selber, der sich reich vermählt hatte, so gut galt
wie ihr, versetzte er: »Nun machen Sie ja eine glänzende Partie...«

Sie nickte.

»Ich bin ein Querkopf. Wie ich das vor zehn Jahren tun sollte, hab' ich mich in das Gegenteil
verbissen. Jetzt, wo mich die Meinen schon als hoffnungslos aufgegeben haben, tue ich auf
einmal meine Hand auf und überrasche sie mit dem goldenen Regen. Ich finde es ja auch selber
ganz nett. Ich gebe furchtbar gerne viel Geld aus. Nur...«

Sie brach ab, fröstelte in sich zusammen und schwieg. Vor ihnen lag der weite Spiegel des
Neuen Sees. Sie gingen langsam an dessen Ufer entlang. Er dachte sich, mit einem dumpfen
Staunen: Wie kommt sie dazu, mir das alles zu sagen? Sie weiß doch von neulich, daß ich sie
nicht mit gleichgültigen Augen ansehe. Sie muß es ahnen, daß sie noch so stark in meinem
Leben ist wie je zuvor. Oder gibt ihr das vielleicht gerade Zutrauen, daß sie fühlt: hier fällt
nichts auf steinigen Boden? Klammert sie sich an mich an, jetzt eben, wo ihr die Stunde der
Entscheidung näher und näher rückt? Ist das auch stärker als sie? *Muß* sie mir das sagen, weil
auch sie...?

Er konnte nicht weiter denken. Sein Herzschlag stockte. Ein Druck, halb Grauen, halb Jubel, benahm ihm den Atem. Inzwischen versetzte die junge Frau neben ihm: »Sie kennen ihn
nicht, aber...«

»Wen?«

Sie zuckte die Achseln über die Frage.

»Herrn von Ulerici natürlich! – Aber er ist ein guter Mensch. Ich glaube, ich werde es leicht bei ihm haben! Ich erwähne das nur, weil Sie die ganze Zeit so ein Gesicht machen, als ob Sie mich bemitleiden wollen! Das haben Sie gar nicht nötig. Ich weiß ganz genau, was ich tue...«

Und mit einer Ausführlichkeit, die ihr sonst in solchen, von ihr von oben herab behandelten Dingen fremd war, begann sie zu erzählen, wie sie wohnen, wie sie sich einrichten, wo sie verkehren würden, und schloß wie zur Erklärung: »Ich hab' mit meinem inneren Menschen zu schlechte Erfahrungen gemacht. Dem trau' ich nicht mehr. Der macht nur Dummheiten. Ich will jetzt lieber das Äußere pflegen. Dazu ist jemand wie ich auch mehr geschaffen...«

Sie wurde nicht müde, von sich zu reden, so, als sei er der einzige auf der Welt, bei dem sich das lohne. Es war wie eine Schlußbeichte, die sie nicht mehr bei sich behalten konnte, wie eine letzte Absage an ihr bisheriges Leben, unter das sie nun den großen, dicken Strich der zweiten Ehe zog. Er hörte stumm zu und glaubte dabei immer einen wunderlichen Unterklang aus ihren eifrigen, halblauten Worten heraus zu vernehmen, so als müsse sie sich rechtfertigen und um Gottes willen verhindern, daß er etwa sich Sorgen um ihre Zukunft mache!

Er mußte finster darüber lächeln, in dem Zwiespalt, in dem er sich befand. Nun schloß sie – sie hatten inzwischen schon einmal den ganzen Neuen See umkreist und fingen ein zweites Mal an: »Wissen Sie, daß mir etwas fehlt, seit neulich? Es ist etwas aus meinem Leben weg, dadurch, daß wir uns ausgesprochen haben...«

»Der Haß gegen mich?«

»Das glaub' ich nicht! – Das war es kaum mehr. Früher wohl. Schließlich: Wenn glückliche Leute ihren Halt im Leben an der Liebe haben, warum nicht unglückliche am Haß? Wenn man nur überhaupt etwas hat, etwas Wirkliches ...etwas, wovon man voll ist. Das gibt einem das innere Schwergewicht! Aber so ganz mit leeren Händen dazustehen ...Sie haben mich neulich eigentlich viel ärmer gemacht, mit Ihrer Friedenstifterei...«

»Das bilden Sie sich doch nur ein, Vera!«

»Doch! Man muß das Gefühl haben: irgend etwas auf der Welt ist einem eigen! Ein Schmerz oder ... nun wird einem das nachträglich auch noch genommen! Es ist schrecklich, wenn um einen herum nichts mehr ist – aber auch rein gar nichts mehr – rä, in der Vergangenheit ... nicht in der Gegenwart...«

Von der Zukunft sprach sie nicht. Aber er konnte sich denken, was sie dachte. Wenn man den Freiherrn von Ulerici einmal gesehen hatte, wußte man genug. Er hatte eine heiße Lust, diesen behäbigen, gutmütigen Mann durch einen Druck auf einen Pistolenhahn in das Jenseits zu befördern, ehe er seine täppische, seine verständnislose Hand auf dies schöne, leidenschaftliche, widerspruchsvolle Kleinod der Schöpfung, diesen Edelstein da neben ihm, legte! Es zuckte ihm in den Fingern. Er frug sich: Was mache ich denn da überhaupt? Träume ich oder gehe ich da wirklich mit meiner geschiedenen Frau, am helllichten Tag, allen bösen Zungen zum Trotz spazieren? Das heißt doch wirklich das Schicksal offenkundig herausfordern...

Dabei schritten sie doch noch immer nebeneinander her. Keiner von beiden hatte jetzt den Mut oder die Kraft, sich von dem anderen zu trennen. Sie waren wie durch einen fremden Willen zusammengebannt. Eine Weile hatten sie geschwiegen. Nun sagte Vera mit Überwindung: »Ich weiß, ich bin heute anders wie sonst! Verargen Sie mir meine plötzliche Kameradschaftlichkeit nicht. Sie kommt aus einem gequälten Herzen. Ich bin so trostlos einsam auf der Welt. Ich bin ein Mensch, der offenbar nie seinen richtigen Platz findet. Ich hab' einmal gelesen: ›Glück und Unglück sind nur Eigenschaften!‹ Das gilt auch von mir. Ich hab' entschieden das Talent, unglücklich zu sein! Immer lang' ich nach mehr, oder nach etwas anderem, als mir beschieden ist, und stoße mich an den Dingen wund. Und helfen kann mir keiner. Und trotzdem hab' ich eine Bitte!«

»An mich?«

»Ja. Erzählen Sie mir ein wenig von sich! Wie es Ihnen jetzt geht. Innerlich, mein' ich! Daß Sie's nach außen hin gut haben, das ist mir ja bekannt. Aber wir möchten doch beide voneinander wissen, was aus uns geworden ist, wo wir uns doch von heut ab nicht mehr wiedersehen.

Es ist ja schon wahnsinnig genug, daß wir uns hier zusammen zeigen! Wir liefern den Leuten ja den Klatsch direkt in die Mäuler. Ich wundere mich die ganze Zeit, daß Sie es tun. Mir ist es gleich. Mich wandelt manchmal solch eine unwiderstehliche Lust an, irgend eine Dummheit zu machen, den anderen zum Trotz. Das kennen Sie ja von früher...«

Er nickte halb lächelnd. Sie fuhr fort: »Ich bin ja ohnedies jetzt so gräßlich vernünftig. Ein bißchen Unvernunft muß mal dazwischen sein – sonst ist das Leben gar nicht zu ertragen, für eine Natur wie mich. Und zudem: – in sechs Tagen geht es ja doch in den goldenen Käfig! ... Schauen Sie mich nicht so an, als redete ich da Frivolitäten! Es sollen keine sein. Es geht mir nur so vieles im Kopf hin und her. Wir wollen gar nicht mehr von mir reden. Sagen Sie mir etwas von sich!«

»Was ist da viel zu sagen?« versetzte er. »Ich habe mich eingerichtet, wie es alle Leute tun. Ich lebe mein Leben. Es geht alles still seinen Gang!«

»Früher haben auch Sie an Wunder geglaubt!« murmelte Vera. Sie waren jetzt wieder am Ende des Neuen Sees gegenüber der Löwenbrücke angekommen und blieben stehen und sahen auf die weite Wasserfläche, in der die begrünten, überhängenden Baumriesen des Ufers und die weißen Frühlingswolken am Himmel sich spiegelten, und er erwiderte: »In meinem Leben sind die Wunder ausgestorben. Das ist auch ganz gut so! Ich bin bescheiden geworden, seit wir uns getrennt haben, Vera! Ich glaube, es liegt ein gutes Stück Selbstüberschätzung in der Sehnsucht nach allzuviel Glück oder Unglück...«

»Ja. Sie sind offenbar sehr klug geworden!« sagte sie. Sie gab sich gar nicht Mühe, einen schwermütigen Spott zu verhehlen. Nach einer Pause setzte sie seufzend hinzu: »Hoffentlich werde ich auch einmal wie Sie! Das heißt, eigentlich fürchte ich mich davor...«

In ihm regte sich ein Ärger über sich selber. Was er da gesprochen, war nicht wahr! Es war nur eine instinktive letzte Abwehr gegen die Gefahr gewesen, die auf einmal so jäh wie ein Feuerschein vor ihm leuchtete – die Gefahr, daß sie beide sich zu gut verständen! Er fühlte wohl: Seine Worte klangen resigniert und nüchtern gegenüber dem heißen und ungestümen jungen Herzen, das an seiner Seite schlug. Aber er konnte dies Ahnen einer leisen Entfremdung, das wieder zwischen ihnen aufstieg, nicht bannen. Er wollte nicht. Sie mußten ja auseinander...

Die leise Enttäuschung äußerte sich bei ihr nur in ihrer wiedergewonnenen Ruhe. So sagte sie: »Verzeihen Sie mir meine Neugier! Ich wollte ja bloß wissen, wie Sie sich mit dem Leben abgefunden haben ...ich bin manchmal so müde vom Leben ...danken Sie Ihrem Schöpfer, daß Sie keine Frau sind! Wir haben's wahrhaftig manchmal viel schwerer...«

Damit streckte sie ihm gleichmütig die Rechte entgegen.

»Und nun also viel Glück für die Zukunft...«

»Ihnen auch, Vera.«

»Und Ade für immer!«

Er fühlte ihren kräftigen Händedruck. Es war ganz ihre frühere, herzhafte Art. Dann wandte sie sich ab und ging. Der Tiergartenstraße zu. Er sah zwischen den Bäumen ihre hohe, schlanke, straff und elastisch schreitende Gestalt. Sie schaute nicht rechts und links. Es war, als blickte sie bewußt und geradeaus vor sich, in ihr neues Dasein hinein. Noch einmal tauchte der Schein der rosa Ärmel in der Wegbiegung auf. Dann war sie verschwunden.

Als er daheim war in der Einsamkeit seines Strohwitwertums, in den stillen Zimmern, in denen auch nicht mehr das Lachen und Springen seines Töchterchens Karla erklang, da erfaßte ihn plötzlich mit einer wahren Verzweiflung der Gedanke: Nein! So geht das nicht weiter! Das treibt alles unaufhaltsam dem Unheil zu. Die Versuchung weicht nicht. Sie wird immer von neuem aufwachen, solange ich und Vera von Vogt oder Vera von Ulerici die gleiche Stadt bewohnen. Das Schicksal wird immer wieder Mittel und Wege finden, uns beide geschäftig wie ein Kuppler zusammenzuführen. Gute Freunde, böse Zungen werden das übrige tun...

Und das schlechte Gewissen schläft nicht. Er ging in seinem Gemach auf und nieder und ballte die Hände und sagte sich: Morgen kommt Otti zurück! Harmlos und heiter wie immer. Sie ist ein guter und anständiger Mensch. Ich habe sie lieb. Aber wie kann ich ihr ins Gesicht sehen, wenn ich sie immer und immer wieder mit meinen Gedanken an die andere verrate? Das macht mich ja verrückt! Wie halte ich das auf die Dauer aus?

Er blieb jäh stehen: einen Ausweg gab es! Auf einmal sah er das blaue Meer vor sich, den weißen, eintönig rauschenden und rollenden Gürtel der Brandung am Ufer, darüber, hinter gelben Dünen die Büschelkronen der Palmen – er war doch schon einmal draußen in der weiten Welt gewesen. Er konnte auch wieder hinaus und alles hinter sich lassen.

Blindlings, in einem förmlich willenlosen Entschluß setzte er sich an seinen Arbeitstisch, kramte einen vorschriftsmäßigen Bogen in Privatdienstformat heraus und schrieb einen Brief an den Oberst seines Regiments.

Der Anfang ging rasch:

»Hochwohlgeborener Herr!

Hochzuverehrender Herr Oberst und

Regimentskommandeur!

Euer Hochwohlgeboren erlaube ich mir ganz gehorsamst folgende Anfrage zu unterbreiten.«

Da stockte er schon. Aber er besann sich und fuhr fort:

»Würde es Euer Hochwohlgeboren genehm sein, wenn ich mich, zunächst außerdienstlich und unter der Hand, hier in Berlin danach erkundigen würde, ob für mich eine Aussicht auf Wiederversetzung in eine unserer Kolonialtruppen besteht, und würden Euer Hochwohlgeboren geneigt sein, ein derartiges Gesuch höheren Ortes zu befürworten? Ich ginge überall hin, auch nach Kamerun.«

Er machte eine Pause, nahm noch einen Anlauf und schrieb, schon mit sinkender Kraft:

»Ich bin mir der Auszeichnung voll bewußt, die mein hiesiges Kommando für mich bedeutet, und in hohem Maße dankbar dafür. Aber ich glaube und fühle es jeden Tag mehr, daß ich für den Bureaudienst weniger geeignet bin und ihm geringere Lust und Liebe entgegenbringe als der praktischen Betätigung vor...«

Da ließ er die Feder sinken und dachte sich: ›Lüge du nur zu! Lüge auch deine Vorgesetzten an, wie du deine Frau und die Deinen anlügst! Sehr zufrieden wärest du hier in Berlin, wenn Dinge anders lägen, die mit deinem Dienst und mit den deutschen Kolonien nicht das geringste zu tun haben!‹ – Dinge, die man nicht schreiben, höchstens im Gespräch ahnen lassen konnte, und auch das nur einem anderen Mann gegenüber als gerade diesem in seiner Art wohlwollenden, aber trockenen und hölzern-pedantischen Oberst, der derlei doch nie in seinem Leben begriff. Der hatte noch vor einem halben Jahr, in Georg Gisberts Anwesenheit, bei einer ganz anderen Gelegenheit hoch vom Roß herab zu dem versammelten Offizierkorps gefügt: »Nee, meine Herren ... im Dienst Seiner Majestät jibt's nichts von Lenz und Liebe! Was würde denn aus der Armee, wenn wir alle jleich bei jeder Herzensaffäre wie die Lerchen in die Höhe jehen wollten?« Nein – mit dem Oberst war nichts zu machen.

Der Hauptmann Gisbert zerriß sein angefangenes Gesuch und warf es in den Papierkorb und holte es wieder hervor, weil er fürchtete, es könne jemand die Fetzen lesen, und verbrannte die in dem Ofen. Während er vor den züngelnden Flammen kniete, dachte er sich: ›Ich kann nicht von hier weg in die Kolonien wie einst. Es wäre unrecht. Ich bin nicht mehr frei. Ich hab' jetzt Weib und Kind...‹ Und als ein Gluthauch wehte es ihm aus dem feurigen Ofen entgegen: ›Lüge nicht schon wieder! Belüge nicht auch dich! Nicht wegen Weib und Kind bleibst du hier, sondern weil du dich von *ihr* nicht trennen kannst! Du mußt in ihrer Nähe bleiben. Du bist wie die Motte am Licht. Du hast keinen Willen mehr...‹

IX

In der Wohnung In den Zelten, die in wenigen Tagen das neue Ehepaar von Ulerici aufnehmen sollte, arbeiteten noch die Tapezierer. Vera und ihr Mann wollten gleich nach der Trauung einziehen. Sie hatten das Gefühl, daß es, wenn ein alter Junggeselle und eine geschiedene Frau sich heirateten, am besten ohne viel Gepränge und all das Drum und Dran abginge. Er wollte sich ursprünglich Veras Wunsche fügen, die Hochzeit im engsten Kreise zu feiern. Aber allmählich war die Liste der Eingeladenen unter seinen Händen immer mehr angeschwollen. Er konnte seinen späten Triumph nicht ganz unterdrücken, und schließlich ward es klar, daß es doch das herkömmliche Familienfest mit großer Tafel, Zusammenströmen der Verwandten und massenhaften Blumen, Toiletten und Reden werden würde. Und Vera selber durfte ja auch den Angehörigen ihres zweiten Mannes die Möglichkeit nicht nehmen, gerade sie, die geschiedene Frau, in ihrem Kreise willkommen zu heißen.

Der Freiherr von Ulerici befand sich in diesen Tagen in einer steigenden Erregung. Die Schweißtropfen perlten ihm auf der kahlen Stirne und sein gutmütiges Gesicht war gerötet, während er in der Maienhitze unten im Hof von dem neu gebauten Pferdestall her seiner Braut, mit der er sich hier verabredet hatte, bis zum Gittertor der Straße entgegeneilte und unterwegs noch zu dem Maurermeister zurückrief: »Nee, nee, Herr Dubberke – so taugen die Boxen den Deubel was! Das sag' ich Ihnen, als vereidigter Pferdemensch! Also das nu fix geändert! In einen Schweinestall stell' *ich* meine Tausendtalergäule nicht!«

Damit stieg er mit Vera, der er galant die Hand geküßt hatte, die Treppe hinauf. Sie waren nach jenem kurzen Zank vor Wochen längst wieder äußerlich einig. Sie hätten auch gar keine Zeit gehabt, sich auf die Dauer zu grollen. Es gab zu viel zu tun, und er sagte vergnüglich: »Na – nun setzen sich unsere Gäste schon so sachte in Trab … Prerows sind seit gestern im Lande, Vater, Mutter und die drei Mariellen – die wollen sie wohl noch hier in der Eile 'n bißchen 'rausmustern – denn was so die Schneiderkünste um Ostrowo 'rum sind … Ist dein Vater gekommen?«

»Ja. Heute früh! Ich komm' eben von ihm!«

Er keuchte und trocknete sich mit seinem Tuch das Gesicht. Sie mußte langsam steigen, um mit ihm gleichen Schritt zu halten, und sah ihn dabei von der Seite an und dachte sich: ›ob er immer so transpiriert oder ist das nur die Aufregung?‹ – und ärgerte sich über sich selber, daß sie auf solche dumme Einfälle kam, und mußte doch immer wieder innerlich etwas überwinden und eine zitternde Gereiztheit, zu der er ihr gar keinen Anlaß bot, unterdrücken, während sie vor ihm in die Wohnung trat und das alte, erkältende Gefühl hatte: ›Was tu' ich hier in den fremden Räumen?‹

Die ganze Einrichtung war noch so funkelnagelneu. So unpersönlich. Vera dachte sich, während sie beide die Flucht von Gemächern durchschritten: ›Wer ist nun hier bei dem anderen zu Gast?‹ Ihr Verlobter war nicht so. Der fühlte sich schon als den Hausherrn, rückte Stühle und Tische zurecht und ließ seine massige Gestalt bald da, bald dort behaglich nieder, daß sie ihn einmal ganz geistesabwesend musterte und es ihr durch den Kopf ging: ›Wer ist nur der korpulente Herr, der in all den Zimmern da hintereinander Probe sitzt?‹ – Und in diesen Zimmern sollte sie von nun ab ihr Leben verbringen. Christoph von Ulerici rüstete sich schon, mit ihr hier vor Anker zu gehen. Er dehnte sich wohlgefällig in einem Klubsessel – ihr schien in ihrer Stimmung beinahe feindseliger Neugier, mit der sie ihn prüfte, als fange er schon an, sich nach Art bequemer älterer Herren gehen zu lassen – und dann begann er wieder mit einer bei ihm ungewohnten Lebhaftigkeit von dem Festessen im Kaiserhof zu sprechen. Dessen Arrangement hatte er Veras Vater unmöglich überlassen können! Danke gehorsamst! Da hätte es günstigsten Falls Rinderbrust mit Brühkartoffeln gegeben und deutschen Schaumwein dazu! Ein Glück, daß ihm jetzt ein Vetter das abnahm, auch ein Ulerici, der in der Familie der Intendant genannt wurde, weil er seit zehn Jahren die vergebliche Absicht hatte, es zu werden, seit er Dolman und Attila an den Nagel gehängt. Der machte so was tadellos, durchaus erstklassig – Hungerpoten saugen wollte der Freiherr Christoph von Ulerici an seinem Ehrentag nicht! Er schmunzelte und fing von der Tischordnung an, die ihm auch viel Kopfzerbrechen machte. Da war zum Beispiel der eine Verwandte, der sogenannte polnische Blumenau, dessen Sandklitsche bei den Kassuben lag. Der hatte doch nun mal die unterkittige Heirat gemacht! Wo verstaute man nur die Unglücksfrau bei Tisch? Ob vielleicht der kleine Fähnrich, der Joseph-Dietrich, der doch ohnedies ganz unten saß...

»Lasse mich jetzt endlich mit diesen Leuten in Ruhe!« sagte Vera. Sie hatte sich ihm gegenüber hingesetzt, den Sonnenschirm quer über den Knieen, und war etwas blaß.

Er wechselte fügsam das Gespräch.

»Na ja – die Hauptsache ist ja auch nicht, wie die Gäste sitzen, sondern was sie futtern!« er fuhr mit einem vielverheißenden Gesichtsausdruck nach seiner Brusttasche. »Willst du einmal das Menü sehen, mein Herz?«

Sie biß sich auf die Lippen und blickte ihn wieder forschend und sonderbar grausam an. Er begriff, etwas verdutzt, daß dies auch kein glücklicher Vorschlag von ihm gewesen war. Er machte ihr nichts mehr recht in den letzten acht oder vierzehn Tagen. Was er auch sprach oder tat, alles mißfiel ihr. Nun versetzte sie: »Du ... hör mal...«

»Ja?« Er rückte eifrig näher. Er war schon froh, wenn sie einmal selber von etwas anfing. So sehr sie sich den ganzen Winter hindurch für den neuen Hausstand interessiert hatte, so groß war jetzt ihre Gleichgültigkeit gegen alles, was ihre Zukunft betraf.

»Ich muß dir mal was sagen, Christoph!«

»Bitte, mein Herz!«

»Wir hatten doch vor etwa vierzehn Tagen eine Auseinandersetzung wegen deines Verwandten, des Baron Sybold, der es für nötig hielt, mich auszuspionieren...«

»Ach, rede mir nur nicht von *dem* Kerl!« sagte ihr Verlobter verdrießlich. »Mit dem hab' ich mehr Ärger, als er wert ist. Ich hab' ihn doch 'rausgeschmissen. Gestern schickt mir das Gewächs seinen Kartellträger! Hat ihn in irgend einem Krähwinkel ein Ehrenrat, oder was sich dafür hält, glücklich für satisfaktionsfähig erklärt. Was sagst du nun? Das kostet mich ein schönes Stück Geld!«

Die junge Frau hatte kaum zugehört. Sie schob mit einer Handbewegung diesen Gesprächsstoff zur Seite und fuhr fort: »Ich hab' dir doch damals versprochen, daß ich mit meinem ersten Mann nur in Angelegenheiten Karlas verkehren würde.«

»Ja.«

»Also: dies Versprechen hab' ich gebrochen, Christoph!«

»Was? Wieso?«

»Ich weiß auch nicht, wie es sich gemacht hat. Er besuchte mich, nur wegen des Kindes. Das hatte ich mir ausbedungen. Aber dabei gab ein Wort das andere. Schließlich haben wir uns gründlich ausgesprochen, wohl zwei Stunden lang...«

Der Freiherr von Ulerici hatte sich erhoben und war im Zimmer hin und her gegangen. Jetzt stand er, die Hände auf dem Rücken, vor dem offenen Balkon und sah über die grünen Wipfel des Tiergartens hinweg. Er war sehr ärgerlich. Aber er fürchtete sich vor neuen Szenen, jetzt, ein paar Tage vor der Hochzeit. Seine künftige Frau war ohnedies in letzter Zeit so rätselhaft und launisch. Er hatte auch seine natürliche Gutmütigkeit in sich, und so sagte er: »Hm! ... Nett ist das ja nun nicht...«

»Das hab' ich ja auch nicht behauptet, Christoph!«

»Aber vielleicht war dir eine solche Aussprache, gerade im gegenwärtigen Zeitpunkt, Bedürfnis. Ich will da nicht urteilen. Ich versteh' zu wenig davon. Ich war doch bisher 'n oller Hagestolz! Und da du es mir so offen sagst – also gehen wir darüber weg, Kind – nicht wahr?«

Er kam sich sehr großmütig vor in seiner Rolle des Verzeihenden. Es gab ihm endlich einmal das Wohlgefühl der Überlegenheit über sie, der er sich sonst immer weniger gewachsen fühlte. Er stand auf, schaute sich ängstlich um, ob keiner der in der Wohnung arbeitenden Handwerker es bemerke – dann neigte er sich zu ihr hernieder und küßte sie behutsam auf die Stirne. Sie war sitzen geblieben und ließ es ruhig geschehen. Gleich darauf versetzte sie hartnäckig: »Ja, aber am Mittwoch darauf haben wir uns wieder im Tiergarten getroffen.«

»Wa – was?«

»Ich weiß auch wieder nicht, wie sich das gemacht hat. Auf dem Bahnhof, wo ich Karla Adieu sagte, war er nicht. Das wußt' ich. Aber wie ich eine halbe Stunde später auf einer Bank im Grünen saß, stand er plötzlich vor mir...«

»Nun – und da?«

»Da sind wir dann miteinander herumgegangen!«

Der Kürassier a. D. beugte seinen massigen Oberkörper vor und legte die rechte Hand aufmerksam an die Ohrmuschel. Diese Bewegung hatten früher auf dem Exerzierplatz seine Rittmeister und Leutnants wohl gekannt. Da zog sich jedesmal ein Donnerwetter zusammen.

»Verzeih!« sagte er höflich, während sich sein Gesicht dunkelrot färbte. »Ich weiß nicht ... aber mein Gehör fangt an zu leiden ... ich verstehe immer: Der Hauptmann Gisbert und du, ihr seid zusammen sozusagen spazieren gegangen...«

»Ja. Zweimal um den Neuen See herum und dann bis an die Tiergartenstraße...«

»Ja, bist du denn verrückt!« plötzlich brüllte er los, daß sie doch ein wenig erschrak und sich erhob. »Himmeldonnerwetter ja ... was ist denn in dich gefahren? ... Entschuldige das Gefluche ... aber da möchte man ja wirklich ... Nee, weißt du ... nee ... ich bin ein guter Kerl ... aber wenn du anfängst, mir *so* auf der Nase 'rumzutanzen – lächerlich machen lass' ich mich nicht! ... ich begreif' das alles gar nicht! Auch nicht, daß du es mir so ruhig erzählst...«

»Gerade! – Das muß ich!«

»Und was habt ihr euch denn zu erzählen gehabt? Heraus mit der Sprache, wenn ich bitten darf! ... Jetzt will ich doch mal klar sehen...«

»Ich hab' von mir geredet – die längste Zeit – lauter unnützes Zeug!«

»Und er?« »Er hat zugehört! Dann haben wir uns getrennt! Weiter nichts!...«

Der Freiherr von Ulerici schlug sich mit der flachen Hand vor die Stirne und starrte fassungslos auf die schöne, junge Frau, die gelassen vor ihm stand. Dann stampfte er auf und schrie: »Das lass ich mir aber nicht gefallen, Vera! Zu einem Popanz machst du mich nicht! Wie ich um dich angehalten hab', hast du ›ja‹ gesagt! Na – gut! Dann ist das aber auch zwischen anständigen Menschen abgemacht. Was dann noch dein verehrlicher erster Gatte zwischen uns herumzugeistern hat, das mag der Kuckuck wissen, aber ich nicht!«

Vera schwieg, als ginge sie die Sache, nachdem sie sie einmal mitgeteilt hatte, nichts weiter an. Das erboste ihn noch mehr, und er keuchte mit rotem Kopf: »Aber ich werde mir den Herrn mal kaufen! ... Ich werde ihn fragen, was er sich denn eigentlich denkt? Er ist doch auch Offizier, wenn auch man nur 'n Infanteriste! ... Er soll sich auch als Offizier benehmen...«

»Ich weiß nicht, inwiefern er anders gehandelt hat!...« sagte Vera kalt. »Laß ihn nur in Ruhe! Wenn du was willst, dann halte dich bitte an mich!«

»Ja – du! Mußte denn immer genau das tun, was andere Leute nicht tun? Wenn du nur Gott und die Welt herausfordern kannst, dann bist du schon froh! Aber als meine Frau hast du dir das abzugewöhnen – verstehst du – sonst...«

»Was denn ... sonst?«

Er sah an ihrem Blick, daß sie zum Äußersten entschlossen war, daß es ihr vielleicht auf die Lösung ihres Verlöbnisses nicht mehr ankam. Sie versetzte: »Sag es mir nur ruhig ins Gesicht! Ich hab' ja sonst eine Unmasse Fehler – alle Welt versichert es mir einstimmig – aber feig bin ich nicht!«

»Und wenn mir das zu bunt wird –

»Du kannst ja tun, was du willst ... Im übrigen: es war das letzte Mal...«

»Das soll dir einer glauben...«

»Dann glaub es nicht!«

Es entstand eine Pause nach ihrer schroffen Antwort. Der Freiherr von Ulerici glättete mechanisch seinen schwarzen Zylinder, den er trotz der Maihitze trug, zwischen den Händen. Endlich frug er: »Und die Gründe?«

»Welche Gründe...?«

»...daß du neuerdings so merkwürdig viel mit deinem früheren Mann verkehren mußt? ...
Das kann nicht das Kind allein sein! Das Kind ist doch schon seit acht Jahren auf der Welt und
hat euch doch nicht verhindert, euch zu trennen. Vera ... es ist doch auffallend ... du gibst es
doch zu ... ihr könnt euch doch eigentlich nichts zu sagen haben ... du und er ... Oder doch?«

»Ach – bitte, laß mich!«

»Weiter bekomme ich keine Antwort? ... Und dabei kannst du dir doch vorstellen, Vera, daß
man schließlich auf Vermutungen kommen muß, bei denen einem einfach der Verstand still
steht ...«

Vera setzte sich am Fenster auf einen der eben vom Möbelhändler gekommenen, noch nach
Firnis riechenden Stühle, sah hinaus und blieb stumm.

»Vera – wenn du mir nicht antwortest, geh' ich!«

»Bleib oder geh! Mir ist alles recht!«

Da nahm der Freiherr von Ulerici seinen Hut und lief davon, spornstreichs in das Hotel, in
dem sein künftiger Schwiegervater wohnte.

Der alte von Vogt auf Neetzow rasierte sich gerade, als der Kürassier hastig bei ihm eintrat,
in seinem Zimmerchen im vierten Stock, das er sparsam wie immer bewohnte. Er stand etwas
unwirsch über die Störung auf. Das Messer zitterte in seiner unsicheren Hand.

»Na – wo brennt's denn, Christoph?« frug er. »Herrgott ... du siehst ja aus wie ein Puter-
hahn ...«

Der andere setzte sich. Er war erschöpft. Er bebte wie ein überheizter Dampfkessel. »Ich
bin kein Popanz!« schrie er und wiederholte nach einer Weile, als habe jemand das Gegenteil
behauptet: »Ich bin kein Popanz, Schwiegerpapa! Verhohnepiepeln lass' ich mich nicht! Auch
von der Vera nicht!«

»Was ist der denn wieder in die Krone gestiegen?«

Während er in fliegendem Zorn berichtete, malte sich zunehmender Ärger auf den verwitterten Zügen des Alten, die auf der einen Seite faltig und braun, auf der anderen von der Seife
weiß und schaumig waren, und er sagte endlich bedächtig: »Na – wenn sie dir jetzt ihr Wort
gegeben hat, daß künftig ...«

»Veras Ehrenwort kenn' ich nun!« Der Freiherr von Ulerici hielt es auf seinem Platz nicht
aus. Er sprang erregt auf und schlug mit der Faust auf den Tisch: »Ich bin kein Popanz!«

»Das hast du schon ein paarmal gesagt! ... Beweis es doch! Wenn du deine Braut nicht mal
bei der Stange halten kannst ...«

Der andere reckte sich in den Schultern. Er war beinahe einen Kopf größer als sein alter
Schwiegervater, der klein und kriegerisch wie ein Kampfhahn zu ihm hinaufblinzelte.

»Jetzt wollen wir einmal deutsch reden!« versetzte er. »Ich pass' euch in euren Kram mit
meinem Geld. Ach, rede nicht ... deine Hypotheken auf den Dächern von Neetzow ... die sieht
man schon von der Station aus, wenn man ankommt. Die zeigt einem jeder Gänsejunge am
Weg. Aber wenn du jetzt den Harmlosen spielst und den ganzen Unfug auf die leichte Achsel
nimmst, bloß damit die Partie nicht in die Brüche geht ...«

Der Alte riß die Augen auf.

»Die ... Partie ... in die ... Brüche ... geht ...« wiederholte er, als habe er nicht recht gehört. »Ja,
erlaub mal: übermorgen ist Hochzeit ...«

»Oder auch nicht! ... Malträtieren lass' ich mich nicht ... verschimpfieren las' ich mich nicht ...
Kinder ... reizt mich nicht zu sehr ... ich bin in einer Wut ... wenn ich nicht heute noch ausrei-
chende Genugtuung bekomme, dann könnt ihr was erleben ...«

Der alte Junker ihm gegenüber wurde plötzlich gelassen.

»Weißt du, Christoph!« sagte er. »Daß meine Tochter ihrem ersten Mann davongelaufen ist,
hat mir gar nicht gepaßt. Aber daß der zweite Mann ihr davonläuft, paßt mir noch viel weniger.
Was ich mir nur auf alle Fälle ganz gehorsamst anzudeuten erlaube ...«

»Dann sorge dafür, daß deine Tochter sich vernünftig benimmt!«

Der Freiherr von Ulerici setzte sich und trommelte mit den Fäusten einen Düppeler Sturmmarsch auf dem Tisch. Otto Leberecht von Vogt sagte achselzuckend: »Ja – glaubst du, ich kenne meine Tochter nicht? Vera war von jeher meine Crux ... Prachtexemplar, aber stät'sch! Genau, was man bei Pferden 'nen Verbrecher nennt!...«

»Da hattest du mich beizeiten darauf aufmerksam machen sollen...«

»Hab' ich oft genug...«

»Ach wo! – Mit beiden Händen habt ihr zugegriffen! ... Ihr wart froh! Ihr habt mich einfach...«

Er sprach das Wort »hereingelegt« nicht aus, aber sein künftiger Schwiegervater schien etwas Ähnliches zu erraten. Seine hagere, kleine Gestalt wuchs förmlich um einen Zoll. Er fürchtete den großen, dicken Schwiegersohn nicht.

»Was heißt denn das, daß wir so aufeinander einschreien?« sagte er. »Wir sind doch nicht beim Pferdehandel, sondern reden von meiner ältesten Tochter. Soll ich etwa die Gäste wegschicken – die Musik abbestellen – mich vor der ganzen Altmark und halb Preußen bis auf die Knochen blamieren? – mein lieber Christoph – ich bin ein schlichter, alter Mann ... aber das tu' ich nicht! Und nun Schluß – was?«

»Ja – allerdings Schluß!« Der Freiherr von Ulerici wurde immer wütender. »Eine Frau, die mich verspottet, mag ich nicht! Soll ich dir mal was sagen: Sie hat ihren früheren Mann im Kopf!«

»Bist du verrückt?«

»Sie hat ihren früheren Mann im Kopf! ... Sie hat etwas mit ihm...«

»Hör mal ... zum Donnerwetter...«

»Ich meine – wenigstens in Gedanken ... sie beschäftigt sich fortwährend mit ihm...«

»Sie ist froh, daß sie ihn los ist! ... Christoph ... ich verbitt' mir diese Hirngespinste...«

»Es sind keine! ... Er steht zwischen ihr und mir. Ich fühl' es ganz deutlich. Da bin ich ja überflüssig. Da kann ich ja gehen! Sei so gut und fuchtele mir nicht immer mit deinem Rasiermesser so vor der Nase herum ... das macht einen ganz nervös...«

»Ja – meine Hand ist zitterig!« sagte der Alte harmlos. »Das macht, wenn man so sachte über die sechzig kommt. Aber wenn ich das Messer mal an der Backe habe, dann schneid' ich mich *nie!* Das ist Übungssache – gerade wie bei der Pistole! Der Schießprügel – der wackelt bei mir auch hin und her wie besoffen. Aber die Kugel sitzt nachher doch immer im Schwarzen...«

Das hieß mit anderen Worten: ›Aufgepaßt, Herr von Ulerici! Stehen bleiben, oder ich schieße! Schwiegersöhne, die im letzten Augenblick durch die Lappen wollen, riskieren ihre Haut.‹

Dann setzte Otto Leberecht von Vogt noch freundlich hinzu: »Und was das merkwürdigste ist, Christoph: meinen drei Jungen geht's ebenso. Die Bengels schießen wie die Deibel.«

Dem anderen wurde schwül zumute. Er war nicht feige, aber von Natur zum Frieden geneigt. Und nun sah er auf einmal vier schwarze Pistolenläufe auf sich gerichtet. Die Neetzower, der Alte und die drei Söhne, hielten ihn umstellt. Die ließen nicht locker. Der Fang war zu gut. Friß, Vogel, oder stirb!

Und der alte Vogt meinte herzlich: »Christoph ... sei doch vernünftig! Du bist doch mit Gottes Hilfe konfirmiert und aus dem Schwabenalter heraus. Du weißt doch, was die Welt und die Weiber sind, und daß man nicht alles ernst nehmen muß, was sie tun und sagen. Komm heut' abend wieder! Bis dahin hab' ich die Geschichte schon in Ordnung!«

Der Freiherr von Ulerici war hilflos. Er wußte nicht, was beginnen. Er verbrachte den Tag in einem dumpfen Nichtstun und ließ die Dinge gehen, wie sie wollten, und fand sich bei Einbruch der Dämmerung wirklich wieder bei seinem Schwiegervater ein. Der hatte seine drei Sprößlinge um sich versammelt, die beiden Ulanen und den Bonner Korpsstudenten. Sie waren ganz besonders höflich und respektvoll gegen den werdenden Schwager, der bequem ihr Vater sein konnte. Aber sie sahen ihn dabei immer so merkwürdig an –, wie die jungen Wölfe, wie es ihm in seinem Unbehagen dünkte. Beim Kaffee nahm ihn der Alte beiseite und sagte ihm, während er ihm eigenhändig Feuer für die Zigarre bot: »Ja, da kenne nun einer die Weiber aus!

Ich habe ernstlichst mit der Vera geredet – nun lacht sie auf einmal und meint: Lieber Gott, was wäre denn eigentlich so Furchtbares an der ganzen Sache! Zwei Menschen, die einander so nahe gestanden wie Mann und Frau, könnten doch schließlich so und so viel Jahre später einmal ein paar hundert Schritte am hellichten Tage nebeneinander hergehen, ohne daß darüber gleich der Himmel einstürzte ... Na, ich finde, Christoph – wenn man es so ansieht, hat es auch eine gewisse Berechtigung in sich – von ihrer Seite! Schuld an der ganzen Geschichte ist offenbar nur der Gisbert. Der läuft ihr nach – das ist klar – aus Gründen, die ich nicht untersuchen will! Dem muß das Handwerk gelegt werden, und zwar schleunigst! Der ist das Karnickel! Der tut in aller Gemütsruhe, als ob du gar nicht vorhanden warst! Dem würd' ich an deiner Stelle mal sofort jemand recht Ungemütlichen auf die Bude schicken!«

Zu so langen Reden schwang sich der Alte selten auf. Den Freiherrn von Ulerici beschlich, während er zuhörte, plötzlich eine Sehnsucht nach seinem behaglichen, früheren Leben, wo er aus dem Bett in die Badewanne, aus der Badewanne in die Kleider, aus dem Hause in den Klub gestiegen war, ohne den lieben langen Tag irgend einem Menschen auf die Hühneraugen zu treten und Ärger zu haben. Warum mußte er mit seinem Grauschädel noch auf Brautschau gehen? Und dann nicht ein stilles, ernstes, älteres Mädchen wählen, sondern diese wilde junge Frau, aus der man nie klug wurde? Aber nun war es geschehen. Ein Glück noch, daß nicht Leberecht von Vogt-Neetzow selber der ungemütliche Herr sein konnte, von dem er sprach. Denn mit seinen fixen Ideen von Pistolen hätte sich der alte Mann womöglich noch den Spaß gemacht, seine beiden Schwiegersöhne, den vergangenen und den zukünftigen, sich über das Schnupftuch schießen zu lassen! Immerhin – Christoph von Ulerici war Edelmann und alter Offizier! Er konnte auch höllisch unangenehm werden, wenn man ihm zu hanebüchen begegnete. So sagte er entschlossen zu dem grauen Junker: »Du hast recht! Da muß ein Riegel vorgeschoben werden. Morgen, in aller Herrgottsfrühe, lange ich mir den Kunden ...«

Er trank in seinem Grimm ebenso tapfer wie die jungen Leute um ihn. Bis nach Mitternacht blieb er mit seinen künftigen Verwandten zusammen und vergaß schließlich völlig, daß er doch hier halb und halb als ein Staatsgefangener der Neetzower saß. All sein Zorn richtete sich jetzt gegen den Hauptmann Gisbert. Die anderen wollten ihm doch nur zu seiner Frau verhelfen, wenn ihre Mittel ihn auch etwas rauh anmuteten. Jener aber trat zwischen ihn und seine Braut. Dem wollte er es besorgen! Noch auf dem Heimweg war er ganz kriegslustig, trällerte und schwang sein Stöckchen. Deubel auch! Wenn das auch kein Pallasch war, an Schwadronshieben sollte es bei einem alten Kavalleristen wie ihm nicht fehlen.

Am anderen Morgen, als die Geister des schweren roten Burgunders verflogen waren, sah er die Sache weit nüchterner an. Draußen war grauer Regen. Er lag in seinem Bett und gähnte – gähnte. Gähnte nervös. Der andere, mit dem er anbinden wollte, war im Krieg gewesen. Der schoß sicher auch vorzüglich – gerade wie die Neetzower! Auf andere Leute stieß er, Christoph von Ulerici, überhaupt nicht mehr! Es war ausgemacht, daß er in den schwarzen Kasten sollte. Dann war Vera, wenn es gut ging, Witwe. Ihre Angehörigen hatten das viele Geld, ohne die Last der persönlichen Ulericischen Beigabe, und lachten sich ins Fäustchen. Auf einmal wurde er wieder von einem blinden Zorn gegen die Vogts, gegen die Gisberts, gegen alle Welt erfaßt und klingelte seufzend und schickte seinen Diener zu seinem Vetter von Ulerici, dem sogenannten Intendanten, und sagte, als der bald bei ihm eintrat, und ihn noch im Bette fand, wehmütig aus den Polstern heraus: »Mein lieber Magnus ... ich bin in des Deubels Küche ... Fünfzig Jahre lang bin ich mit jedermann ausgekommen. Seine Majestät und alle Welt war mit mir zufrieden. Im Dienst hab' ich geflucht wie 'n Wilder und außer Dienst keiner Fliege ein Haar gekrümmt. Und nun, zwei Tage vor meiner Hochzeit, hab' ich gleich ein halbes Dutzend Duelle auf dem Buckel. Setz dich mal und höre!«

Der Vetter rückte sich einen Stuhl heran. Er glich äußerlich Veras Bräutigam, nur daß er kleiner war und sehr schlau dareinblickte. Diese Verständnisinnigkeit gegenüber dem Chor und Ballett hatte auch bisher alle seine Versuche, auf irgend einer kleinen Hofbühne festen Fuß zu fassen, vereitelt. Er lauschte, innerlich voll Wonne über die Nöte des Dicken, der sich da vor der bösen Welt draußen in den Kissen geborgen hatte, bis jener schloß: »Der Kuckuck hol die ganze Pistolenwirtschaft! Zum Donner ... ich bin doch keine Neuruppiner Scheibe! Ich komme mir schon bald vor wie der Vogel auf dem Schützenfest! Aber das hilft nun nichts! Sei so gut, Magnus, und fahre sofort in die Meinekestraße oder telephoniere vorher, wann du Herrn Gisbert zu Hause triffst, und stelle ihn in meinem Namen zur Rede. Aber gründlich! Ich bin kein Popanz!«

Der Vetter versprach es und trat gegen Mittag in den Salon der Gisbertschen Wohnung ein. Er liebte, in seiner fuchsartig verkniffenen Weise, schwärmerisch solche Geschäfte, bei denen man aus den gedämpften Andeutungen und dem halben Augenzwinkern nicht herauskam und sich gegenseitig die Winkelzüge durchkreuzte. Aber Georg Gisbert, der ihm gegenübersaß, unterbrach ihn sehr bald.

»Verzeihung ... Um diese für beide Teile peinliche Unterhaltung abzukürzen: Ihr Herr Auftraggeber wünscht zu wissen, warum ich in letzter Zeit wiederholt mit Frau von Vogt zusammengewesen bin ...«

»Ja, allerdings – und zwar ...«

»Es geschah in dem Wunsche, endgültig von meiner Vergangenheit Abschied zu nehmen!«

»Ja, aber ...«

»Bitte – lassen Sie mich ausreden! Was für Gefühle ich dabei empfunden habe, darüber bin ich, glaub' ich, niemandem Rechenschaft schuldig. Die Hauptsache ist wohl, daß nun alles abgeschlossen ist. Herr von Ulerici kann sicher sein, mich nie wieder auf seinem Wege zu finden ...«

»Das würde ihm lieb sein, zu hören!«

»Ich werde auch den Schein vermeiden, als ob ich irgendwie seinen Rechten zu nahe treten wollte. Ein solcher Schein könnte nur dadurch entstehen, daß zwischen Frau von Vogt und mir wegen unseres Kindes zuweilen ein Meinungsaustausch nötig sein wird. Ich habe mich entschlossen, auch in diesen Fällen künftig nur noch schriftlich mit Frau von Vogt zu verkehren, so daß jede Möglichkeit einer ferneren Begegnung zwischen uns ausscheidet, und habe das Frau von Vogt auch gestern bereits brieflich mitgeteilt.«

Der Abgesandte erhob sich von der Stuhlkante, auf der er, seinen Zylinder auf den Knieen, gesessen. Ein liebenswürdiges Lächeln überglitt sein Gesicht.

»Ich danke, auch im Namen meines Mandanten!« sagte er, »und darf wohl für ihn die Versicherung abgeben, daß er nach Ihrer loyalen Erklärung die Angelegenheit als erledigt betrachten wird.«

Und wirklich brummte der Major a. D. von Ulerici, als ihm der andere Bericht erstattete, sehr befriedigt: »So ... so? ... Er zoppt auf der ganzen Linie zurück? Na schön!« und klopfte ihm dabei wohlwollend auf die Schulter. Er konnte seine innerliche Erleichterung kaum verbergen. Es war doch ein Segen, daß dieser schwarze Krähenschwarm von Zweikämpfen, so rasch wie er am Himmel aufgestiegen, auch wieder verflogen war. Man kam noch früh genug unter die Erde. Da brauchten sich die lieben Mitmenschen gar nicht so zu bemühen. Jetzt siegte seine behagliche Weltauffassung. Nachdem er selber mit heiler Haut durchgekommen, war er auch gar nicht mehr recht böse auf Vera. Er kaufte Unter den Linden die teuersten Orchideen, die er finden konnte, und machte ihr mit denen nachmittags seinen Besuch am Lützowplatz.

Sie empfing ihn, als wäre nichts geschehen, sagte dankend: »O Gott ... die schönen Blumen ...« tat sie in Wasser und rückte sie am Fenster hin und her, bis die glühende Leuchtkraft der seltsam gefaserten und geäderten Pantoffelblüten voll zur Geltung kam. Dabei meinte sie obenhin: »Du, Christoph ... ehe ich's vergesse: Vorhin hat mich der Tapezierer antelephoniert. Die gelbseidenen Rouleaus im Salon werden natürlich um zehn Zentimeter zu kurz ...«

»Liebe Vera ... ich möchte etwas anderes ...«

»Ich hab's euch ja von Anfang an gesagt, daß sie nicht passen würden. Aber ihr wollt ja immer die Klügeren sein ...«

Der Freiherr von Ulerici räusperte sich ungeduldig. Er hatte schon wieder das verzweifelte Gefühl, daß seine künftige Frau über ihn zur Tagesordnung überging. Laut und nachdrücklich sagte er: »Laß diese Lappen nu hängen, wie sie mögen! Das ist ganz gleich, wenn wir uns nach einem Gespräch wie gestern zum erstenmal wiedersehen ...«

»Ja – was willst du denn noch?...«

Sie saß da, die Hände nervös im Schoß verschlungen, und warf den blonden Kopf zurück.

»Ich hasse diese nachträglichen Leichenbitterreden!« sagte sie. »Wenn was begraben ist, dann laßt ihm doch seine Ruhe! Es liegt solch ein Segen im Schweigen ... Solange die Leute still sind, sind sie immer einig! Da kann jeder vom anderen denken, er dächte dasselbe.«

»Das ist aber nicht sehr amüsant, liebe Vera!«

»Ich hab' schon lange bemerkt, daß man nicht zum Amüsement auf der Welt ist,« sagte die junge Frau.

»Vera ... das ist aber wirklich keine Stimmung für eine Braut!«

»Ich bin auch keine Braut wie andere ...«

»Das sollst du jetzt doch vergessen!«

»Das tu' ich ja und will durch nichts daran erinnert sein, und du fängst immer wieder davon an! Und dann wunderst du dich, daß ich schon wieder gereizt und aufgeregt bin! ... Herrgott ja ... laßt mir doch ein bißchen Frieden ... ich hab' doch so wahnsinnige Arbeit, ihn mir zu erhalten ... greift mir doch nicht immer in die Seele ... es tut so weh ... und ihr greift doch daneben!... Du nun einmal ganz gewiß, Christoph ...«

Sie war mit einer raschen Bewegung aufgesprungen und hatte sich an das Fenster gestellt. Von da, den Rücken ihm zugewandt, setzte sie hinzu: »Lieber Christoph ... bei manchen Dingen bei mir ... da mußt du dir gar nicht erst die Mühe geben, sie zu verstehen! Es wird doch nichts! ... Ich bin da anders, als ich erklären kann! ... Geh mit mir darüber nicht ins Gericht ... Hab da Mitleid mit mir ... denk dir: ich hab' es schon schwer genug im Leben gehabt...«

Ihr Ton war sehr weich, ganz anders als sonst. Er wagte nicht, weiter zu fragen. Überall trat er mit seinem Fuß in den Nebel. Er konnte Vera nie recht fassen. Immer wieder entzog sich ihm scheu gerade das, was sie eigentlich war. Nach einem langen Schweigen versetzte er: »Du, Vera?«

»Ja?«

»Ich hab' gehört, dein erster Mann hat dir einen Brief geschrieben, ihr solltet euch in Zukunft unter keinen Umständen wiedersehen!«

»Ja. Das hat er getan!«

»Und was hast du darauf geantwortet?«

»Was soll ich darauf antworten? Nichts!«

Sie drehte sich zu ihm herum. Er sah ihr schönes, in den letzten Tagen sehr blasses Gesicht. In den großen, graublauen Augen war ein kalter, feindseliger Schein. Er wußte nicht recht, wem der galt.

»Das ist doch ganz selbstverständlich,« sagte sie. »Natürlich gehen wir uns aus dem Wege, so weit wie wir können. Das ist unsere Pflicht und unser Wunsch – bei mir – und ebenso auch bei ihm. Das hast du schon gestern von mir gehört, daß dieser Gang durch den Tiergarten das letzte gewesen ist. Warum du ihm das heute glaubst und mir gestern nicht, das weiß ich nicht!«

Er trat auf sie zu und streckte die Arme aus.

»Ich bin ein bißchen ungelenk in so Dingen!« sagte er treuherzig. »Verzeih mir ... Mir ist die Hauptsache, daß es nun ganz vorbei ist...«

»Vorbei ...«

»Na – dann ist ja alles in schönster Ordnung...«

Sie zuckte leise unter den banalen Worten zusammen. Er bemerkte es nicht. Sie dachte sich: ›Er bemerkt nie etwas.‹ Sie nahm auch seine Hände nicht. Aber sie wich ihnen auch nicht aus. Sie hatte nur die Vorstellung: ›Übermorgen werd' ich seine Frau!‹ und ließ es schweigend geschehen, daß er seinen schweren Arm um sie legte und sie an sich zog.

X.

Zu seltsam...« sagte Vera von Vogt am nächsten Nachmittag zu ihrer aus Ostpreußen gekommenen Schwester, mit der sie in deren Hotelzimmer im »Kaiserhof« beisammen saß. »Ist es nicht schrecklich, daß sich die Leute aus allem ein Fest machen – sogar aus meiner Hochzeit...?«

Und während sie die Augen halb schloß und sonderbar lächelte, fügte sie hinzu: »Es ist doch kein so gewaltiger Anlaß, zu springen und zu tanzen, weil eine Frau, die schon einmal in der Ehe unglücklich war, den Mut hat und es noch einmal probiert! Wenn man darauf Wetten einginge, wie es ausfällt, das verstände ich ... aber dieser tolle Verwandtenjubel, diese verzückten Gesichter heute schon ... es geht mir direkt auf die Nerven...«

Frau Anna von Greffern-Riest, ihre Schwester, schüttelte den Kopf. Sie war neunundzwanzig, ein Jahr jünger als Vera, aber sie sah älter aus. Der königlich schlanke Wuchs der anderen hatte sich bei ihr in hochaufgeschossene Magerkeit verwandelt, die Schönheit war ausgeblieben. Sie war nicht einmal hübsch zu nennen, und ihre ländliche, im fernen Ostpreußen gefertigte Toilette tat nichts dazu, den etwas altjüngferlichen Eindruck, der von ihr ausging, zu mildern, während Vera ihr in einem Schneidertraum, einem Frühjahrskleid von rostfarbenem Voile und einem gleichfarbigen, mächtigen Glockenhut, der ihr schmales, strenges Gesicht beschattete, gegenüber saß. Anna von Greffern dachte sich – und es war dabei eine leise Regung von Neid in ihrer sonst treugeschwisterlichen Seele: ›Nun kann sie endlich ihrer Leidenschaft für luxuriöse Toiletten voll die Zügel schießen lassen‹ – aber gleich darauf sagte ihr selber die Gerechtigkeit: ›Es ist doch wirklich kein Wunder, diese Verschwendungssucht, bei einer so bildhübschen Frau!‹ – und nun versetzte sie besorgt: »Weißt du, Vera ... offen gestanden: du gefällst mir nicht recht!«

»Ich mir auch nicht!« gab Vera bereitwillig zu und entwaffnete dadurch einen Augenblick die andere, bis die fortfuhr: »Du bist nicht in der rechten Stimmung für eine Braut, Vera!«

»Spring du mal mit geschlossenen Augen ins Dunkel hinein, Annachen! Du hast gut reden, mit deinem Mann und deinen vier Kindern!«

Sie blickte dabei nach dem Nebenzimmer, dessen Türe offen stand. Dort unterhielt sich Annas Gatte, Herr von Greffern-Riest auf Kwitschkallen und Nautzitten in Ostpreußen, mit dem alten Vogt-Neetzow und ein paar anderen Verwandten. Er war ein riesenhafter, blondbärtiger Mann mit etwas slawisch breiten Nasenlöchern und sprach in dröhnendem Ostpreußisch. An ihm gemessen, waren die Agrarier um ihn zahme Leute.

»Appelsinen mögen in Gottes Namen zollfrei zu uns 'rein!« sagte er. »Und Datteln und ähnliches Gemüse! Das kann ich bei mir da oben nicht pflanzen. Aber sonst: Grenzen zu ... Maul zu ... Taschen auf ... *Was* sagen Sie? ... So rasch ginge das nicht? ... Aber trautstes Mannchen ... wir verkümmern!« dabei hob sich der Bärenmensch in den Schultern und verstärkte noch sein donnerndes Organ. »Wir können nicht warten ... wir verlieren die Puste ... wir werden zu Vogelscheuchen, wenn...«

»Lutz, schrei nicht so!« sagte Frau Anna sanft aus dem Nebenraum, und das Ungetüm parierte sofort. Dann wandte sie sich wieder an ihre Schwester.

»Du erschreckst mich wirklich, Vera! Du mußt doch wissen, was du tust!«

»Nein. Das weiß niemand. Und ich am wenigsten.«

»Aber wenn du dich einmal entschlossen hast...«

»Das kommt auf die Stunden an. Die haben ihre Macht. Mal so ... und mal so ... Die treiben einen hin und her. Aber wohin schließlich: das weiß nur der liebe Gott! ... Man muß eben die Augen zumachen und schauen, wie's auskommt!«

»Das mein' ich auch!«

»Aber ich bin unter einem bösen Stern geboren. Ich hab' immer schon so eine Vorahnung im Leben, daß alles schief geht...«

»Geh, Vera ... sei doch nicht so furchtbar nervös! Nimm dich doch ein wenig zusammen!«

»... oder mehr ein Gefühl, Annachen: Alles im Leben kommt wieder...« Die junge Frau erschauerte leicht. »Es geht alles immer rundum ... immer dasselbe ... und man muß es immer

wieder so tun, weil man eben so ist ... Es dreht sich nur ... und rächt sich ... und mir dreht sich
auch schon der Kopf...«

»Du solltest dich wirklich ein bißchen hinlegen!«

»Ich wollte, ich könnte mich ganz hinlegen! Schau – da bringen sie dir endlich den Karton
von Wertheim!«

Ein Bote kam herein. Überall in dem Hotel, in dem die meisten von auswärts gekommenen Verwandten Christoph von Ulericis und der Neetzower Wohnung genommen hatten, war
das geschäftige Hin und Her vor einer Hochzeit, ein Telephonieren nach dem Schneider, ob
das Kostüm noch nicht unterwegs sei, ein Gehusche der jungen Mädchen, die sich gegenseitig
besuchten, eilige Friseurgehilfen, ein Trappen von Burschen mit Blumen und frisch aufgebügel-
ten Fräcken und neuen Lackschuhen. Und neben dem Raum, in dem die beiden Damen saßen,
donnerte wieder der Erbherr auf Kwitschkallen...

»Nein, Mannchen, das Wasser ist nicht das beste, wie der alte Esel im Altertum gesagt hat!
Ein bißchen in den Grog – in Gottes Namen! ... Aber keine Kanäle! ... Keine Zukunft auf dem
Wasser ... Wenn ich Wasser sehen will, geh' ich an meinen Karpfenteich! Das ist genug – nicht
wahr, Schwiegerpapachen?«

Der alte von Vogt auf Neetzow nickte erfreut. Der Kwitschkaller war ein Mann nach seinem
Herzen. Man merkte ihm ja ein wenig die Nähe der russischen Grenze an, aber Leisetreter und
Wadenstrümpfler gab's anderswo genug. Hier war wenigstens echtes Schrot und Korn. Und kein
Blatt vor dem Mund. Nebenan sagte Vera nachdenklich zu ihrer Schwester: »Christoph wird
nie so brüllen wie deiner! ... Aber vielleicht wäre es ganz gut ... Er ist furchtbar phlegmatisch! ...
Und wenn er dann einmal wild wird, wirkt er direkt komisch...«

»Aber Vera!«

»Doch! Deiner wäre ja auch nicht mein Fall! ... Aber er haut doch mit der Faust einen Stier zu
Boden! Da kann man sich doch wenigstens fürchten, während so...« Sie sprang auf und kämpfte
die Finger durch die Luft. »Jesus, Kinder – gebt mir doch etwas, woran ich mich halten kann ...
Aber das ist mein alter Fluch: Ich brauche eine Anlehnung so notwendig wie nur eine – und
dann stoße ich sie jedesmal wieder von mir...«

Anna von Greffern hatte sich ihr genähert und legte den Arm um sie. Sie hatte einen weichen,
schwesterlichen Ton: »Sag, Vera: bereust du am Ende, daß du dein Wort gegeben hast...?«

Die junge Frau schüttelte heftig, ohne sie anzusehen, den Kopf.

»Nein! ... Nein! ... Nein! ... Ich muß durch! ... Blindlings durch, Annachen! Kost' es, was es
wolle! Was wird denn sonst aus mir? Laß mich nur mich mit mir selber 'rumquälen! Helfen
kann mir doch keiner!«

Ruhiger fuhr sie fort: »Bloß die allgemeine Begeisterung über meinen Entschluß, Frau von
Ulerici zu werden, kann ich nicht teilen! Es ist geradezu beschämend für mich – diese freude-
trunkenen Blicke, weil ich zum erstenmal in meinem Leben etwas halbwegs Vernünftiges tue:
Lieber Gott: man erfüllt Notwendigkeiten! Daraus besteht das Leben! Und solch eine Notwendigkeit ist es auch, daß ich morgen mittag um zwölf ... Ich kann doch nicht ewig in Neetzow
vermuffeln ... O, guten Tag, Christoph! ... danke schön! ... Die wundervollen Blumen...«

Der Freiherr von Ulerici hatte geklopft und war eingetreten. Er hatte seiner Braut die Hand
geküßt und einen Busch langstieliger weißer Lilien aus dem feuchten Seidenpapier gewickelt,
und sie hielt sie lächelnd vor das Gesicht, so daß nur ihre großen, kalten, graublauen Augen
über die leuchtenden Kelche hinaussahen, und sagte freundlich vorwurfsvoll: »Christoph ... du
ruinierst dich wirklich! Das ist schon das zweite Mal heute...«

Vom Nebenzimmer her rief eine Stimme – es war die des wegen seiner Taktlosigkeit berühmten Onkels Kaspar aus Schlesien: »Na ... das geht nun zu Ende ... nach der Hochzeit ist's mit
den Blumen alle!«

Vera gab dem alten Taugenichts, der sich nur durch seinen Reichtum in der Familie hielt,
keine Antwort. Aber vor ihren Augen war plötzlich wieder alles grau in grau, der Anflug einer
weichen Stimmung, zu der sie sich gezwungen hatte, verwischt. Natürlich: man verkaufte sich,
und nach dem Kauf hatte man nichts mehr zu fordern...

Sowie sie wieder in dieser Verfassung war, äußerte sich das nach außen hin in Gereiztheit gegen ihren Bräutigam. Er stand vor ihr, ein großer, stattlicher, ergrauter Herr, sauber rasiert, sorgfältig angezogen, gepflegt von Kopf bis zu Fuß, von einem kaum merklichen, sanften Duft von Kölnischwasser umweht, sein rotes gutmütiges Gesicht strahlte in verlegenem Glück – er sprach nichts, sondern musterte sie zärtlich, in der Angst, daß, was er auch sage, ihr wieder nicht recht sei, und sie preßte die Lippen zusammen, wandte sich ab und versetzte halblaut: »Sieh mich nicht so an!«

Es klang schroff. Nur sie beide hörten es. Er war verwundert.

»Aber, Vera ... ich werde dich doch noch anschauen dürfen!«

Er erhielt keine Erwiderung und schüttelte verdutzt den Kopf. In ihr bäumte sich plötzlich ein Widerwillen: ›Er ist ein alter Junggeselle von fünfzig! Gott weiß, was er alles ... Ich hab' ihn nie danach gefragt. Aber das ist sicher: *Ich – ich* mit meinem Stolz – bin da gerade gut genug, die letzte zu sein! Und späterhin seine Pflegerin in seinen alten Tagen...‹

In diesem Augenblick verachtete sie sich selber auf das tiefste. In einer Art Hellseherei sah sie in sich alles, was da schwach und unzulänglich war. Sie dachte sich: ›Und wenn in mir nur eine Leere wäre und ich füllte die irgendwie aus – meinetwegen auch so – aber da in mir ist etwas ... Etwas Gewaltiges – verboten Heiliges – gegen das kämpf' ich – das verrat' ich und mich dazu ... und um mich machen sie dumme Witze ... und ich lache mit...‹

Denn inzwischen war es im Zimmer laut geworden. Die Herren waren von nebenan hereingekommen. Man begrüßte den Bräutigam, scherzte mit ihm, der in diesen Tagen immer mehr etwas feierlich Hölzernes an sich hatte, und steckte ihm ein Veilchensträußchen in das Knopfloch seines schwarzen Gehrocks. Vera schloß halb die Augen und hörte nach einer Weile, wie Christoph von Ulerici leise und weich neben ihr murmelte: »Vera ... warum bist du denn nur jetzt immer so unfreundlich gegen mich?«

Sie hob die Wimpern und sah ihn lange, fast schuldbewußt an, und er fuhr im gleichen Tone fort: »Das hab' ich doch nicht verdient, Vera! Ich geb' mir doch alle Mühe, dir deine Wünsche an den Augen abzulesen...«

Sie nickte halb in Gedanken.

»Und dann sieh, Vera: Was macht das für einen Eindruck auf die Verwandten, wenn du so bist! Die müssen sich ja Gott weiß was denken – nicht wahr?«

Die Verwandten! Sie haßte sie in dieser Stunde – diesen Haufen gleichgültiger Menschen, die von ihm aus allen Ecken und Enden zusammengetrommelt worden waren, um Zeugen seines Triumphes über sie zu sein! Alles, was ihr dies schwere Opfer ihres Selbst, dies »Ja« vor dem Altar geheiligt hätte, ward vor diesen neugierigen, blitzvergnügten, alltäglichen zwei Dutzend Augenpaaren zunichte. Alles sank in das Bereich des Gewöhnlichen hinab und war da unerträglich. Und ebenso wie die Verwandten war schließlich auch er. Er war ihres Geistes und Fleisches, aus dem Lande der Philister. Ihre Weichheit war geschwunden. Sie sagte kurz: »Verwandte sind das Gräßlichste, was es gibt! Ich hab' keine eingeladen! Alle du – gegen meinen Wunsch! Also sieh du auch, wie du mit ihnen auskommst...«

Da machte er ein bekümmertes Gesicht und ging kopfschüttelnd zur Seite. Sie sahen sich an diesem Tage bis zum Abend nicht mehr. Vera verstrichen die Stunden in ihrer Wohnung in einem ununterbrochenen Trubel von Anproben, Anfragen, Besuchen, dem nichtigen und geschäftigen Hin und Her, in das ihr vom Vater ab bis zu dem entferntesten Vetter hundert Leute hineinredeten, sie wie eine Sache, wie ein Eigentum, das man hin und her schob, behandelten. Sie ließ es geschehen. Sie war froh, daß sie eine Zeitlang keinen eigenen Willen zu haben brauchte. Es war am besten, sich mit geschlossenen Augen in das Unvermeidliche hineintreiben zu lassen. Aber des Nachmittags schickte der Standesbeamte. Es war immer noch etwas an ihren Papieren in Unordnung – an jenen unseligen Ehescheidungsakten, die jetzt wieder hatten beigeschafft werden müssen. Es gab da noch eine Unterschrift zu beglaubigen. Sie mußte zum Notar und saß da todmüde zwischen anderen Leuten lange Zeit wartend in dem heißen Vorzimmer, wahrhaftig allem anderen eher ähnlich als einer Braut am Vorabend ihrer Hochzeit, und war ganz erschöpft, als sie nach Hause kam und zu ihrer Pensionsinhaberin sagte: »Wissen

Sie, liebe Frau von Borchersheide, was ich jetzt am liebsten täte, wenn's nach mir ginge? ...Ich legte mich jetzt langhin ins Bett und kümmerte mich um nichts mehr auf der Welt...«

Frau von Borchersheide war die Witwe eines Majors. Sie wußte ziemlich genau Bescheid mit Veras Verhältnissen und versetzte besorgt: »Sie sehen auch recht angegriffen aus, gnädige Frau!«

Die junge Frau seufzte und trat in ihr Zimmer. Als sie dort Hut und Schleier ablegte, befiel sie auf einmal ein heftiges Zittern. Sie wußte nicht, was das war. Es war nicht nur körperlich, ein Beben von Kopf bis zu Fuß – auch alle Nerven – alle Fibern der Seele schwangen mit, und auf einmal wußte sie: Das war einfach Angst – wahnsinnige Angst vor der Zukunft ...Sie bekam keinen Atem mehr. Sie riß das Fenster auf und schaute hinunter auf den Lützowplatz, auf dem die Abendsonne lag. Da gingen die Menschen ...es war unheimlich, daß das alles wie sonst war ...da drüben kaufte sich ein dicker Herr eine Zeitung ...ein paar Damen blieben stehen und plauderten miteinander ...sie sah sich das verwirrt an, wie eine Verbrecherin ...wie eine, die aus dieser harmlosen Alltagsgemeinschaft ausgestoßen war. Das Herzklopfen wurde immer stärker. Sie streckte sich auf die Ottomane. Es wollte nicht vergehen. Sie sprang wieder auf und durchmaß das Zimmer. Es half nichts. Die tödliche Angst blieb. Sie machte auf einmal halt, rang die Hände ineinander und frug sich ganz ungläubig: ›Warum hab' ich das eigentlich nur getan? Wie bin ich denn nur darauf gekommen? Großer Gott im Himmel, war das denn möglich, daß ich mich selber so wenig kannte, – daß ich glaubte, daß das gehen würde?...‹

Sie und die junge Frau, die sich im vorigen Herbst mit dem Freiherrn von Ulerici verlobt hatte, schienen ihr jetzt zwei ganz verschiedene Menschen. Sie begriff sich einfach hinterher nicht mehr. Zuvor war man unglücklich und frei – jetzt unglücklich und gebunden dazu...

Dann setzte sie sich an den Tisch, stützte den Kopf in die Hände und zwang sich, ganz klar und nüchtern zu denken. Sie stellte sich vor, daß so etwa ein Kaufmann, der Sorgen habe, des Abends bei der Lampe sitzen würde. So zog sie die Bilanz ihres Lebens. Sie sagte sich: ›Ich bin eine geschiedene Frau. Ich habe keine zweite Mitgift zu erwarten. Ich bin auch schon dreißig. Ich besitze kein rechtes Heim mehr. Mein Vater ist mürrisch und alt. Stirbt er, so lebe ich von der Gnade meines ältesten Bruders auf dem Gut und mache schließlich, wenn ich schon verblüht bin, aus Verzweiflung irgend eine ganz tolle Heirat. Und die Partie hier ist glänzend! ...Also...‹

Also in Gottes Namen vorwärts! Es blieb ja gar keine Wahl. Sie erhob sich entschlossen und begann, Toilette für den Abend zu machen. Es sollte nur ein zwangloses Beisammensein der Familienmitglieder im Kaiserhof stattfinden, ein »sich Anschnuppern«, wie ihr Schwager aus Kwitschkallen es genannt hatte. Ihr graute davor. Als sie fertig war, blieb sie wieder sitzen und preßte die Hand auf das hämmernde Herz, in dem die sinnlose, grundlose Angst rumorte, und fühlte einen Abscheu davor, ihre Einsamkeit hier zu verlassen.

Es war nun schon halb acht. Um die Zeit sollte sie bereits bei der Henkersmahlzeit im Kaiserhof sein. Sie ließ sich einen Wagen holen und fuhr fort – absichtlich des Umwegs halber durch die Tiergartenstraße. Aber dort ertrug sie es plötzlich wieder nicht mehr. Sie befahl zu halten, stieg aus, entließ den Kutscher und ging zu Fuß weiter. Sie gewann auf diese Weise noch eine Viertelstunde. Sie kam schließlich immer noch zurecht. Mochten die anderen nur warten, bis sie ihnen als Schaustück vorgesetzt würde.

Sie schritt langsam an dem warmen Maiabend unter dem tiefen Grün der Parkseite des Weges dahin und blieb dazwischen immer wieder stehen, als ob sie umdrehen wollte, und zwang sich vorwärts und dachte sich: ›Du mußt! Eine Umkehr jetzt ist eine Umkehr überhaupt. Das verzeihen dir die Deinen nie. Die anderen Leute auch nicht. Damit ruinierst du dein so schon verpfuschtes Leben ganz und in alle Ewigkeit. Und wofür?...‹

Und wieder war in ihr dies wilde, atemlose Zittern. Ihr schien, als zittere alles um sie – der Himmel – – die Bäume ...ganz Berlin. Auch die Menschen machten jetzt im Vorübergehen so sonderbare Gesichter – so als wüßten sie etwas von ihr. Die Luft war so schwül, von Glut und Staub gesättigt. Das Laub lastete so dicht und schwer über ihrem Haupte – es dämmerte dahinter – es war so recht die Zeit, allerhand Tollheiten zu machen ...es war der Mai...

Drüben im Kaiserhof harrte der Herbst. Sie ging wieder zögernd auf den zu und fühlte einen Stich im Herzen. Sie sah ihren ersten Hochzeitstag vor sich – damals in Neetzow. Es war eine karge Feier. Der alte Vogt, der den Schwiegersohn nicht leiden konnte, tischte nur das Nötigste aus Küche und Keller auf – an der kleinen Tafel herrschte eine gedrückte Stimmung – bloß sie lachte, sie war übermütig, sie wollte den anderen zeigen, wie wahnsinnig glücklich man im Leben werden konnte ... Vera von Vogt machte halt – es war ihr jäh dazwischen eingefallen: ›Hoffentlich hat der Notar meine Ehescheidungsakten noch vor Torschluß an das Standesamt zurückgeschickt. Der Bureauvorsteher hat mir's hoch und heilig zugeschworen...‹

Sie setzte sich auf eine Bank am Wege. Ihr war so weh und zum Weinen. Und das das Ende ... Und das der Anfang ... nein – eigentlich erst der Schluß ... Sie dachte sich: ›Morgen um diese Zeit heiße ich Ulerici! Komisch: schon das dritte Mal im Leben, daß ich meinen Namen ändere. Aber nun kommt nichts mehr. Man lebt und ißt und trinkt und schläft. Schließlich stirbt man.‹

Sie hatte gar keine Lust, zu sterben. Es hungerte sie nach dem Leben, so stark, so stürmisch wie nur damals an jenem Tag vor zehn Jahren. Ja, noch heißer! Denn damals war sie ein Kind. Jetzt war sie eine Frau. Und das Leben hob die Hand und sagte: ›Nein. Andere wohl. Du nicht.‹

Am Ende der Bank hatte sich schleunigst ein Herr niedergelassen. Er äugte herüber. Er rückte einen Zoll näher. Sie stand auf. Es fiel ihr jetzt erst ein, daß sie in ihrer lichten Abendtoilette auffallen mußte. Zum Glück war es noch ziemlich hell. Sie beschleunigte ihre Schritte durch die Voßstraße, bis sie den Kaiserhof vor Augen hatte. Da überquerte sie noch hastiger als bisher den Wilhelmsplatz und trat in den kleinen Saal, in dem die Ihren versammelt waren.

Ein allgemeines, etwas ungeduldiges »Ah!« empfing sie – Vorwürfe – Gelächter – sie lachte mit und erzählte irgend etwas von einer säumigen Schneiderin und drückte nach allen Richtungen Hände und nahm dann an der Seite ihres Bräutigams Platz, der sehr verdrossen aussah. Er hatte den Zank von heute morgen noch nicht vergessen und war nun wieder über ihr Zuspätkommen verschnupft. Das reizte sie, gerade heiter zu sein. Sie wurde liebenswürdig mit ihrem anderen Nachbarn, dem Pastor Freiherrn von Remern, um Christoph von Ulerici zu zeigen, daß seine Laune nicht die ihre sei – weder jetzt, noch in Zukunft – sie nickte sich über den Tisch hinüber mit Lieblingscousinen zu und richtete herablassend freundliche Worte an die paar jungen Kavallerieleutnants und Bonner Korpsstudenten, die ihre Brüder mitgebracht, und hatte dabei doch immer wieder, wenn ihr Auge die beiden Doppelreihen lachender, schwatzender und kauender Gesichter zu ihrer Rechten und Linken überflog, das fröstelnde Grauen: ›Herrgott – wie komm' ich denn hierher?‹.

Dann war plötzlich Stille. Auf manchen Zügen peinliche Überraschung. Vetter Kaspar, der ewig Taktlose, den kein Mensch um einen Toast gebeten hatte, riß diesen unangemeldet, schon zwischen Fisch und Braten, an sich. Das schlimmste war: seine Tischreden waren scherzhaft. Selbst diese ...! Den Sektkelch vor dem runden Bäuchlein, sprach er in einer schelmischen Art, mit verständnisinnigem Augenzwinkern nach dem Bräutigam hin. Er begann: »Was Gott zusammengefügt, das soll der Mensch nicht scheiden,« und jeder dachte daran, daß Vera ja schon einmal geschieden war – er rechnete nach, daß die künftigen jungen Eheleute zusammen achtzig Jahre zählten, und ergänzte, »wovon aber ein gutes halbes Jahrhundert auf Konto von ihm ...!« Auch ein Graukopf, ein hartgesottener Junggeselle sei vor Amor, dem Schalk, nicht sicher – die jungen Mädchen unten am Tisch bissen vor Kichern in ihre Servietten. »Und wenn man dann gar eine so schöne, so junge Frau bekommt ... gut aufgepaßt, mein alter Christoph ...: › *toujours en vedette*!‹« Und der Freiherr von Ulerici brummte mit rotem Kopf: »Was ist denn das für eine verfluchte Fatzkerei? ... Warum verbindet denn niemand diesem Ochsen das Maul? ... Ich glaube, Vera, du amüsierst dich noch darüber?«

Es hatte in der Tat belustigt um Veras Lippen gezuckt. Es war Hohn bei ihr. Sie war diesem ungesalzenen Gesellen da drüben förmlich dankbar, daß er, ohne es zu wissen, ihr Schicksal ebenso verspottete, wie sie selber es bei sich tat. Es lag eine Art Befreiung in diesem bösen inneren Lachen. Dem Freiherrn von Ulerici aber wurde es zu bunt, und als jener wieder schäkernd anhub: »Alt gefreit, hat auch nicht immer gereut!«, da stand er auf und schnitt ihm mit seiner hölzernen, breiten Kommandostimme das Wort ab. »Na schön! Danke jehorsamst! ... Danke! ... Aber nu Schluß – nicht wahr? Prost!« und sagte, nachdem er dem Vetter Kaspar zugetrunken und sich wieder gesetzt, erbost zu Vera: »Wer hat denn den Kerl von der Strippe gelassen? Das ist ja Unfug!«

Sie erwiderte nichts. Sie dachte sich: ›Daß wir zwanzig Jahre auseinander sind, werden wir noch oft hören, und noch öfter fühlen. Daran werden wir uns gewöhnen müssen!‹ Auch er blieb stumm. Er grollte in sich hinein. Sie merkte, daß er mit ihr unzufrieden war – daß er noch irgend etwas gegen sie auf dem Herzen hatte. Es war ihr gleichgültig. Sie saß gelassen neben ihm und sagte nur, als sie sah, wie er ein Glas nach dem andern hinunterstürzte, um seinen Ärger zu betäuben, und dadurch ein immer röteres Gesicht bekam: »Christoph ... trinke doch nicht so viel! ... Was sollen denn die Leute denken?«

Er erwiderte leise und unwirsch: »Ach was ... ich tu', was ich will!«

Sie zuckte die Achseln und schwieg. Das fing ja gut an! Es ging ihr wieder durch den Kopf: ›Besser noch ein Mann, der tobt und schreit, als einer, der sich in die Ecke setzt und mault!‹ und weiter: ›Wenn das bloß der Unterschied zwischen meinen beiden Ehen ist...‹ Wieder war die tolle Angst da. Sie konnte keinen Blick in einen Spiegel werfen, aber sie dachte sich: ›Wenn ich nur nicht zu elend aussehe, wie ich hier als Glanzpunkt des Ganzen sitze! Sie machen alle so betretene Gesichter. Sie reden auch wenig. Das kommt von dem lächerlichen Vetter! Der hat ihnen die Stimmung verhagelt.‹ Und sie war dem Onkel Kaspar beinahe dankbar, daß er diese sie zur Verzweiflung bringende, allgemeine Vergnügtheit von dem Tisch verbannt hatte.

Aber da klopfte neben ihr einer an sein Glas und erhob sich. Es war der Pastor Freiherr von Remern aus Schleswig, der ursprünglich überhaupt sie hatte im Namen des Ulericischen Familienverbandes begrüßen sollen. In dem spielte er eine große Rolle. Auch Vera, die ihn heute erst kennen gelernt, hatte er von Anfang an gefallen. Er stand kirchlich auf der äußersten Rechten. Er war ein feuriger alter Christ. Sein Gesicht hatte eigentlich etwas Klobiges. Es war wie aus einem alten Holzschnitt. Die Nase plump, die Lippen aufgeworfen, die ganze Gestalt stämmig und dick. Sein Haar und sein Rundbart waren so weißblond, daß man die Silberfäden darin kaum merkte. Man sah ihm seine sechzig Jahre nicht an.

Der hatte nun die Aufgabe, gutzumachen, was Onkel Kaspar verdorben. Er sprach laut und schlicht, beinahe väterlich, und ließ dabei seine freudigen, blauen Augen voll eines warmen Vertrauens auf Vera ruhen, die still dasaß und vor sich niedersah. Ein bißchen pastorenhafte Salbung war in seiner Stimme – aber es machte doch Eindruck, als er die Hand gegen sie erhob und das Bibelwort sagte: »Ich will dich segnen, und du sollst ein Segen sein!« Und nun deutete er leise, schonend das große Leid ihres Lebens an: Sie hatte schon einmal geliebt. Und es war ein Unglück geworden. Aber das durfte sie nicht verbittern – wie der Dichter sagt: »Weh' dem, der sich Menschenhaß aus der Fülle der Liebe trank!« Nein – die Liebe sollte sich immer wieder aus sich erneuern – den Weg zu anderer Liebe finden – es war ja solch eine überquellende Fülle von Liebe in der Welt...

Die junge Frau hatte die Hände im Schoß gefaltet und rührte sich nicht. An der ganzen Tafel war es still. Nur das Stiftsfräulein, Christoph von Ulericis Schwester, schluchzte stoßweise und krampfhaft. Der Freiherr von Remern schloß: »Wie ich es vorhin sagte: Keiner lebt sich selber. Die Liebe kommt und spricht: Wer tauscht mit mir? ... Sie kommt immer wieder, so wie jetzt auf den langen trüben Winter der Mai gefolgt ist. Sie ist das Leben, sie ist die Welt. Es sind ernste und schwere Pflichten, die Sie, liebe Vera, übernehmen – Pflichten gegen sich und gegen ihn. Aber es sind Pflichten der Liebe. In denen liegt schon die Gewähr der Erfüllung. Und was wir, Ihre künftigen Verwandten, tun können, um Ihnen den Eintritt in die neue Lebensbahn zu erleichtern, das soll redlich geschehen, und wir heißen Sie von Herzen in unserer Mitte willkommen!«

Vera hatte feuchte Augen, als sie aufstand und dem Pfarrer von Remern entgegenging, um mit ihm anzustoßen. Sie sagte dabei nichts, sondern drückte ihm nur stumm und heftig die Hand. Dann waren all die gleichgültigen Leute um sie, deren Sektkelche sie mit dem Rande des ihren berühren mußte – da ihr Vater, ihre Brüder, ihre Schwester – viel fremde Gesichter, und auf allen ein freundlicher Schein, ein Abglanz der Rede eben...

Aber als sie dann wieder neben Christoph von Ulerici saß und allmählich um sie das Alltags-
gespräch, Stimmengewirr und Gelächter seinen Gang ging, da klang diese Rede erst in ihrem
Ohr nach – das, was der Freiherr von Remern von der Liebe gesprochen, und der alte Schrecken
war wieder in ihr wach: ›Ja, begehe ich denn nicht morgen ein Verbrechen an dem da neben mir,
der mir arglos vertraut? Handele ich denn nicht geradezu ehrlos? Es ist vielleicht nicht meine
Pflicht, zu lieben, ihn zu lieben! Aber dann ist es meine Pflicht, überhaupt nicht zu lieben, und
am wenigsten…‹

Sie brach in ihren Gedanken ab. Ihr graute vor ihr selber. Mit wirren Augen schaute sie über
die lachende und lärmende Tafelrunde, und es zuckte ihr auf den Lippen, zu rufen: »Nein –
nein – es ist alles nicht wahr! Der gute Pastor aus Schleswig hat sich geirrt! Folgt ihm nicht!
Nehmt mich nicht mit offenen Armen auf! Ich betrüg' euch alle in dem da neben mir! …Ihr
wißt nicht, was meine Gedanken jetzt sind! Ich weiß es selber nicht! Ich will es nicht wissen
und nicht wahr haben! Aber ich fürchte mich davor…«

Sie fühlte eine Art Reue gegen ihren Bräutigam. Sie tat ihm ein großes Unrecht. Sie verriet ihn im Geiste, ohne daß er es ahnte, schon seit Tagen, seit Wochen. Diese Gewissensbisse
erzeugten in ihr eine weichere und versöhnlichere Stimmung gegen ihn als seit langem. Sie
ersehnte sich eine Gelegenheit – recht bald –, ihm zu zeigen, daß das alles nun hinter ihr lag –
daß sie damit abgeschlossen hatte für immer…

Um sie krachten die Knallbonbons und perlte der Sekt. Der Kellner beugte sich immer wieder
über den Stuhl ihres Bräutigams, um ihm neu einzuschenken. Es konnte natürlich einem alten
Gentleman, wie dem Major a. D. von Ulerici, nicht passieren, daß er sich wirklich im Weine
übernahm, so daß man es nach außen merkte. Er wurde nur hitziger. Sein gewohntes Phlegma
löste sich. Seine bläßlich-blauen Augen hatten einen unruhigen Glanz und sein Atem ging
rascher, während er Vera nach aufgehobener Tafel in eine Ecke zog und ihr heftig zuraunte:
»Sag mal, was heißt denn das?«

Sie merkte: jetzt kam seine während des Essens unterdrückte Aufregung zum Durchbruch –
und erwiderte ruhig: »Was denn, Christoph?«

»…Du kommst da dreiviertel Stunden nach der Zeit und…«

»…man kann sich doch an einem Tage wie heute mal verspäten!«

»Aber das ist nicht wahr!« Er versetzte es so schroff, daß sie von ihm zurücktrat. »Ich hab'
fünf Minuten nach halb acht an dein Pensionat telephoniert, wo du seist? Da hat Frau von
Borchersheide geantwortet, du wärest eben in einem Taxameter weggefahren…«

»Nun – und?«

»Erst eine starke halbe Stunde später kamst du eiligst, zu Fuß – ich hab' es durch das Fenster
gesehen – über den Wilhelmsplatz hierher! Wo warst du denn in der Zwischenzeit?«

Jetzt wußte sie, worüber er in der Stunde, da sie still an der Tafel nebeneinander gesessen,
gebrütet hatte. Er sah ihr finster und gespannt in die Augen. Sie sagte gleichgültig: »Ich bin
eben eine Strecke zu Fuß gegangen!«

»Mit wem?«

Sie zuckte zusammen und blickte ihn starr an. Er beharrte in unterdrücktem Zorn: »Man
springt doch nicht so mir nichts, dir nichts aus dem Wagen, wenn man eilig irgendwohin will.
Hast du vielleicht zum allerletztenmal Abschiednehmen gefeiert…?«

»Christoph…«

Sie sagte nur das, zwischen den Zähnen. Weiter nichts. Ihr Gesicht versteinerte sich. Der
Anflug von Milde war ganz verschwunden. Es war nur Schmerz darauf, daß er so plump und
in der falschen Stunde ihr wieder an das Herz griff. Und eine harte Abwehr…

Er merkte es wohl. Ohne den Zank am Tage, den Wein am Abend hätte er sich davor gehütet.
Aber nun quälte ihn eine blinde, wütende Eifersucht.

»Ich werde doch noch fragen dürfen!« versetzte er aus trockener Kehle. »Nachdem du schon
zweimal dein Versprechen nicht gehalten hast…«

»Darauf gebe ich dir keine Antwort!« sagte sie ruhig und trennte sich von ihm. Es fiel nicht weiter auf, daß sie sich heute, am Vorabend der Hochzeit, zeitig zurückzog, zumal sie so angegriffen aussah.

Der Freiherr von Ulerici seufzte, als sie gegangen, tief auf, trocknete sich die Stirne, wanderte, ohne in seiner Erregung recht zu wissen, was er mit sich anfangen sollte, zwischen den Gruppen der Gäste hin und her und rückte endlich mit ein paar alten Kameraden seines einstigen Kürassierregiments, die zur Feier nach Berlin gekommen waren, in einem Seitenzimmer vor der Rotsponpulle zusammen. Dort traf ihn zwei Stunden später der Pastor von Remern und hörte, wie sein Vetter Christoph, nun wirklich ein wenig im Weinnebel und trübe seinen grauen Kopf wiegend, zu den anderen sagte: »Kinders ... Kinders ... ich glaub', ich hab' meinen letzten ruhigen Tag heut' hinter mir! ... Und ich bin doch ein Mensch, der Ruhe im Leben braucht, wie das tägliche Brot!«

Der eine der Kürassiere klopfte ihn lachend auf die Schultern. »Du hast schon viel zu viel Speck als Zivilist angesetzt, Christophel! Nu wirste wieder dünner werden! Das ist dir sehr gesund ...«

Und der zweite meinte aufmunternd: »Na, Mut, oller Krippensetzer! Wer so 'ne Frau kriegt ...«

Aber der Freiherr von Ulerici weinte beinahe.

»Ich lieb' sie ja auch gräßlich! Aber ich hab' Angst vor ihr! So 'ne Ehe mit Blitz und Donner ... ja – lacht nicht so dämlich 'raus, ihr lieben Leute! ... Wenn man so auf seine alten Tage mit vieren lang fahren will und plötzlich umschmeißt und im Graben liegt ...«

In diesem Augenblick bemerkte er seinen Vetter, den Pfarrer, tat, als sei nichts geschehen, und dankte ihm noch einmal herzlich für die schöne Rede, die ihm ein wahres Labsal gewesen sei. Der Freiherr von Remern sagte recht nachdenklich Gutenacht und stieg kopfschüttelnd die Treppe zu seinem Hotelzimmer empor.

Früh am anderen Morgen – es war eben erst acht Uhr vorbei – wurde er durch ein Pochen an der Türe geweckt. Ein Radfahrdienstmann brachte einen Brief. Er nahm den in Empfang, öffnete ihn und las mit Erstaunen:

»Hochverehrter Herr Pastor!

Könnten Sie mich sobald als irgend möglich besuchen? Spätestens bis zehn? Mir läge unendlich viel daran! Dank im voraus!

Ihre ergebene

Vera Vogt.«

Der Freiherr von Remern zog sich an und machte sich ungesäumt auf den Weg. Er wußte nicht, was das bedeutete – er ahnte nur mancherlei nach dem Schluß des gestrigen Abends, und als er in dem Pensionat am Lützowplatz angekommen war und vor Vera stand, fand er durch ihr bleiches und übernächtiges, fast geisterhaftes Aussehen seine unbestimmten Befürchtungen bestätigt, und der treuherzige Mann sagte, sie anblickend, unwillkürlich: »O weh!«

Sie drückte ihm die Hand und wies auf einen Stuhl. Dann meinte sie, sich ihm gegenübersetzend: »Ich danke Ihnen herzlich, daß Sie gekommen sind, Herr von Remern! Aber warum denn: ›O weh‹ ...?«

»Ach, meine liebe gnädige Frau: Eine glückliche Braut schaut anders darein als Sie!«

Vera warf einen Blick in den Spiegel. Der hatte ihr heute im Morgengrauen schon gesagt, daß sie tiefe blaue Schatten unter den Augen habe und totenblasse Wangen. Sie nickte.

»Ich hab' schlecht geschlafen. Und wissen Sie, was ich mir gewünscht hab', wie ich da so wach lag? Wie schön es doch manchmal wäre, wenn man katholisch ist!«

Der Mann Luthers runzelte die Stirne:

»Und da lassen Sie *mich* rufen, gnädige Frau?«

»Ich mein', wenn man so einfach über die Gasse in die Beichte laufen kann und sein Herz ausschütten – vielleicht weiß man gar nicht, wem. Es antwortet nur eine Stimme hinter dem Vorhang. Die ist wie das Schicksal selber. Da hat man keine Verantwortung mehr! ...«

»Auch unsere Kirche lehnt die Beichte nicht ab! Das wissen Sie doch, gnädige Frau. Sie stammen doch aus einem gläubigen Hause!«

»Ja eben … Deswegen hab' ich Sie hierher gebeten. Nicht, um Ihnen etwas zu gestehen – ich habe nichts verbrochen, obwohl ich ja seit sechs Jahren als eine Art Todsünderin gelte, – sondern um von Ihnen etwas zu erbitten – nur ein Wort – einen Rat – vielleicht nur einen Blick – ich weiß selber nicht was …«

Sie schaute etwas verwirrt auf. Eine leise Röte der Erregung überzog einen Augenblick ihre Wangen. Der Pastor von Remern war ein alter Mann und ein strenger Christ. Aber er mußte sich in dieser Sekunde doch denken: ›Was ist das für eine wunderschöne Frau.‹ Er sah sie an, wie man ein schönes Bild betrachtet. Dann sagte er sanft und rückte ein wenig näher, wie der Arzt am Krankenbett: »Da bin ich! Wie kann ich Ihnen helfen?«

»Ich kenne Sie ja erst seit gestern. Aber vielleicht ist das ganz gut. Eben wie bei der Beichte … das Geheimnisvolle … Unpersönliche … Zu keinem meiner Verwandten könnte ich über das reden, worüber ich jetzt mit Ihnen reden will! Zu Ihnen hab' ich Zutrauen, gerade, weil Sie mir fremd sind!«

»Dann sprechen Sie, liebe Cousine! Ich darf Sie doch schon so nennen?«

Nun wandte sie ihm rasch den Kopf zu.

»Das weiß ich eben nicht! … Sehen Sie – da drüben liegt mein Brautkleid. Mein Kleid fürs Standesamt hab' ich schon an. Um elf Uhr holt er mich dorthin ab. Um drei ist die Trauung in der Kirche. Jetzt ist's neun! Ich hab' noch die paar Stunden Galgenfrist, um mich zu besinnen, was ich tu' …«

»Das heißt: Ihnen sind im letzten Augenblick Zweifel aufgestiegen?«

»Nicht im letzten Augenblick, – die ganze Zeit schon! Aber je näher die Entscheidung rückt – und gerade gestern Ihre Rede – vielleicht wäre es auch ohne das gekommen – gewiß sogar … ich will nicht lügen … ich bin nicht so stark, als ich dachte …«

»Was quält Sie denn nun eigentlich, liebe Cousine?«

Sie richtete sich auf.

»Sie haben gestern von den Pflichten gesprochen, die ich übernehme. Das ist mir zu Herzen gegangen. Sie sagten, es seien Pflichten der Liebe. Die sind es bei mir nicht. Ich liebe den Mann nicht, den ich heirate. Ich nehm' ihn nur, weil er mir eine sorglose und glänzende Lebensstellung bietet. Ich bin ganz offen! Und nun peinigt mich der Gedanke, daß ich damit ein Unrecht begehe – an ihm – und daß das auch meiner nicht würdig ist – daß das überhaupt nicht würdig ist … ach Gott … ich versichere Sie … ich bin in einer so verzweifelten Stimmung … ich habe geradezu nur Lust, das alles hinzuwerfen und …«

Sie brach ab und zog langsam die Spitze ihres Taschentuchs durch die Zähne. In ihren graublauen Augen lag ein irrer, feindseliger Schein. Sie zitterte am ganzen Körper. Der Pastor von Remern bewahrte seine Ruhe. Er war keineswegs überrascht – höchstens über die Annahme der jungen Frau, daß irgend jemand glauben könne, sie reiche wirklich aus Leidenschaft seinem guten, dicken, ältlichen Vetter Christoph die Hand. Er dachte sich mit einem Aufatmen: ›Wenn es nur *das* ist!‹ – und frug: »Haben Sie Christoph denn je gesagt, daß Sie ihn lieben?«

»Nein – so direkt nicht!«

»Auch nicht, als er um Sie anhielt?«

»Nein. Da bat ich mir Bedenkzeit aus und schrieb ihm dann, ich würde ganz gerne seine Frau! Aber ich könnte ihm vorläufig nur Achtung und Zutrauen entgegenbringen! Zu mehr reiche es noch nicht!«

»Und was meinte er da?«

»Er meinte, das mache nichts, wenn ich nur ›Ja‹ sagte. Er liebe mich so sehr, daß ich schließlich auch schon noch lernen würde, ihn lieb zu haben!«

Der Pfarrer rieb sich erfreut die Hände.

»Nun also, Cousine … Wo ist da eine Hinterlist? … Ich hab's ja gestern gesagt: die eine Liebe geht und sucht die andere und entzündet sie an sich. So wird es auch Ihnen ergehen. Die stille, geduldige Liebe unseres Christoph wird ihre Wirkung nicht verfehlen. Auch Ihr Herz wird schließlich warm werden. Ich glaube ja auch nicht dabei an Sturm und Glut. Aber wem frommt denn das? Das stille Feuer am häuslichen Herd ist das beste. Das verlöscht nicht und wärmt uns bis in unsere alten Tage!«

Er war ein wenig in den Pastorenton verfallen. Das erkältete sie. Sie sah ihn an und frug mit leisem Mißtrauen: »Sie meinen, ich soll es doch versuchen?«

»Aber gewiß, Cousine! ... Haben Sie nur Mut! Arbeiten Sie an sich! Glauben Sie mir: das große Wunder wird auch an Ihnen geschehen, wenn Sie nur ernstlich wollen...«

Er lächelte und streckte ihr seine große, schwere Hand entgegen. Sie legte zögernd ihre schmalen Finger hinein und sagte mechanisch: »Danke!«

Und er wiederholte tröstend: »Wenn es weiter nichts ist, Cousine – darüber kommen wir im Leben schon hinweg! Nur immer tapfer an das Beste in sich selber glauben! Dann hilft einem Der da oben!«

Sie sah ihn stumm an. Sie dachte: ›Ja – wenn es weiter nichts wäre! ... Aber es ist doch eben mehr! Das mußt du doch erraten! Dafür bist du doch ein Arzt der Seele! Ich kann doch nicht davon anfangen! ... Ich bring' es nicht über die Lippen!‹ Aber der alte Mann ihr gegenüber blieb arglos. Er kam eben vom Lande. Er war an die einfachen Probleme des Lebens gewöhnt. Ja, es schien ihr jetzt sogar, als sei er in seiner Schlichtheit ihr, der eleganten Weltdame, der geschiedenen Frau gegenüber, beinahe ein wenig verlegen und rüste sich nur deswegen gegen sie mit dem schweren Geschütz seines Bibeltons. Jedenfalls war er weltfremd. Er half ihr nicht. Er ahnte nichts von einem Dritten, und sie sagte in einer leise-zitternden Ungeduld: »Sie sprachen aber doch gestern gerade so schön von der Fülle der Liebe ...«

»... weil Ihnen diese Fülle der Liebe schon einmal beschert war und leider wieder verging und Sie naturgemäß an jenen Ersten in Ihrem Leben nur mit bitteren, vielleicht immer noch feindseligen Gefühlen denken können! Das ist nur menschlich. Aber bleiben Sie nicht deswegen auf dem Wege der Enttäuschung! Ergreifen Sie die ausgestreckte Hand, die sich Ihnen bietet! Es wird Sie nicht gereuen!«

Er verstand sie nicht. Sie seufzte tief auf. Es war auf einmal ein Hochmut, ein zorniger Überschwang in ihr: ›Warum stell' ich mich so arm und bin doch so reich? ... Reicher als ich sein möchte, von der Fülle der Liebe...?‹ Dann musterte sie wieder den Pastor von Remern. Er enttäuschte sie heute. Auch äußerlich. Da war noch das gute, kluge, etwas grobe Gesicht mit dem silberblonden Rundbart, den feurigen Blauaugen über der kolbigen Nase – aber seine Hände dünkten ihr nun nicht gepflegt genug – er hatte so große, vorn viereckige Schuhe – einen schlecht sitzenden Rock – es ärgerte sie selber, daß sie diese Einzelheiten bemerkte, aber sie konnte sich nicht helfen – es entstand eine Pause – eine leichte Ernüchterung wehte durch das Zimmer – dann erhob sie sich, streckte ihm beide Hände entgegen und sagte herzlich: »Haben Sie tausend Dank! Es war recht unbescheiden von mir, Sie mit meinen Nöten zu behelligen!«

»Ich bitte, liebe Cousine! Wenn es nur etwas genutzt hat...«

»Ja.«

»Wirklich?«

Er sah ihr fest ins Gesicht. Es war doch viel prüfende Kraft in seinem Blick. Wieder fühlte sie etwas von der Macht dieses altfränkischen, schlichten Mannes über sich.

»Ich werde bei dem Worte bleiben, das ich Christoph gegeben hab'!« sagte sie.

»Das versprechen Sie mir?«

»Das versprech' ich!«

Er schüttelte ihr noch einmal die Hand und ging. Als er fort war, sagte sie sich in einer seltsamen Ruhe, die plötzlich über sie kam: ›Was bleibt mir denn sonst auch übrig? ... Ich mache mich da matt und elend an Dingen, die ich ja gar nicht mehr ändern kann. Ich zappele ja nur wie der Schmetterling an der Nadel. Das geht nun alles seinen Lauf. Jetzt ist es halb zehn. Jetzt handelt es sich nur noch darum, anderthalb Stunden nicht mehr zu denken und zu wollen! Dann fahren wir zum Standesamt. Das Tor fällt zu – es gibt keine Umkehr mehr...‹

Sie war jetzt auch nicht mehr allein. Ihre Schwester, Frau von Greffern-Riest, und ihre künftige Schwägerin, das Stiftsfräulein von Ulerici, kamen, um ihr bis zur Trauung Gesellschaft zu leisten. Allen anderen Besuch hatte sie sich verbeten. Die beiden Damen brachten einen Stoß

Glückwunschbriefe mit. Auch die ersten Depeschen waren schon eingetroffen, von vorsichtigen Leuten abgesandt, die sicher sein wollten, nicht zu spät damit zu kommen. Die meisten waren schon an den Freiherrn und die Freifrau von Ulerici adressiert. Vera wog sie nachdenklich in der Hand. Wieder kam es ihr so traumhaft unwahrscheinlich vor, daß sie wirklich in einer Stunde so heißen sollte. Im Nebenzimmer ging ihr Mädchen mit Wasserkrügen ab und zu. Es kamen so viele Blumen, daß sie gar nicht wußte, wo sie damit bleiben sollte. Man konnte sie nicht hier im Wohngemach lassen. Der Duft war zu stark. Und es klingelte draußen immer wieder. Ein Bote gab dem anderen die Türe in die Hand. Dann verlangte einer, persönlich vorgelassen zu werden. Es war kein Hausdiener, sondern ein feiner Herr, der im Auftrag des Freiherrn von Ulerici ein kleines Kästchen auf den Tisch stellte, um Quittung für sein Juweliergeschäft bat und mit einer tiefen Verbeugung wieder verschwand.

Auf Veras Bitte öffnete die Stiftsdame die Verschnürung. Sie wußte schon, was darin war. Eigentlich hatte es ihr Bruder heute persönlich überreichen wollen. Aber er war noch mißgestimmt vom gestrigen Tage. Er grollte ein wenig und gedachte das dadurch zu zeigen, daß er erst bei der Fahrt zum Standesamt in Erscheinung trat.

Der Deckel des Kästchens sprang unter Veras Händen empor. Sie fuhr zurück. Die beiden Damen machten ein langes »Ah!« der Bewunderung. Dies fünffache, von schmalen Diamantagraffen unterbrochene Perlenhalsband, das matt auf dem Atlaspolster schimmerte, stellte ein Vermögen dar. Es verschlug allen zweien einen Augenblick die Sprache. Dann sagte Fräulein von Ulerici mit dem Stolz der Schwester: »Es ist nach einem Muster gearbeitet, das sich im russischen Kronschatz befindet!«

Und Frau von Greffern, die ostpreußische Agrarierin, meinte mit einem leisen Neid: »Herrgott ja – mit dem, was das da wert ist, könnt' man bei uns auf ein Rittergut anzahlen! ...Verachen – was bist du für ein Glückspilz...«

Vera erwiderte nichts. Sie stand vor dem Schmuck, der auf dem Tisch glitzerte, die Arme herabhängen lassend, und starrte ihn an. Auf ihren Zügen war der Ausdruck eines tiefen, sonderbaren Grübelns – einer Unentschlossenheit – sie hob halb die Hand, wie um das Geschmeide zu nehmen und sich einmal vor dem Spiegel anzuprobieren, wie es jede andere getan haben würde, und ließ sie wieder sinken...

Es war eine etwas beklommene Stille. Dann meinte Anna von Greffern: »Du bist doch immer närrisch, Vera ...Ich tat' überhaupt Kopf stehen vor Entzücken, wenn ich so was bekäme ... und du...«

Und Agathe von Ulerici frug ein bißchen pikiert: »Vera – freust du dich denn nicht?«

»Ich weiß nicht!« sagte Vera langsam. Sie schaute immer noch den Schmuck an, so, als sähe sie an dem etwas ganz anderes als andere Leute. Dann streckte sie wieder den Arm aus. Aber sie ergriff das Kästchen nicht. Sie schob es mit den Fingerspitzen ein Stück weit auf der Tischplatte von sich fort.

Das wurde der Stiftsdame doch zu viel.

»Ist dir das Halsband etwa nicht schön genug?« forschte sie spitz.

»Es ist *zu* schön!« Die junge Frau trat ein paar Schütte von dem Tisch zurück. »Es ist *zu* kostbar. *Zu* deutlich.«

»Zu deutlich wofür?«

Vera atmete tief auf und machte eine Bewegung mit den Schultern, als wollte sie etwas von sich abschütteln.

»Für das, was ist!« sagte sie.

»Das versteh' ich nicht!«

»Ich fang' auch erst an, es ganz zu verstehen! ...Dies hier ist ja nur das Sinnbild dafür, liebe Agathe! Es wirkt so stark, weil es so übertrieben ist! ...Ich verkaufe mich, und da auf dem Tisch liegt der Preis...«

»Was!«

Das Stiftsfräulein prallte von ihr zurück und hob abwehrend die Arme. Solche Worte hatte sie noch nicht gehört. Vera aber versetzte: »Liebe Agathe – ich habe eine Bitte: ich hab' etwas mit meiner Schwester zu besprechen, was dir weh tun könnte. Sei so gut und gehe ein bißchen ins Nebenzimmer. Oder noch besser hinüber in den allgemeinen Salon! Wir sind gleich fertig!« Und als jene ganz verstört und ratlos die Klinke hinter sich in das Schloß gedrückt hatte, wandte Vera sich an Frau von Greffern: »Anna ...du mußt schon so gut sein und selber Christoph das Perlenhalsband zurückbringen! Ich kann doch das kostbare Ding keinem Fremden anvertrauen! Da wird es am Ende noch gestohlen.«

»Ich soll ihm den Schmuck zurückgeben?«

»Den Schmuck und *das* da!«

Vera streifte mit einer kurzen, harten Bewegung den Verlobungsring vom Finger und legte ihn neben das Kästchen.

»Sag ihm, es ginge nicht, Anna! ...Und wenn ich all meine Kraft aufböte – ich könnte nicht!...«

»Um Gottes willen!«

Die junge Frau ließ sich schwer auf einen Stuhl sinken.

»Ich hab' zu viel anderes in mir ...ich kann mich nicht verkaufen ...er wird mich schon verstehen ...ich werd' ihm noch einmal schreiben ...später ...jetzt nur Ruhe ...Ruhe ...die Ohren zugehalten. Die Augen zu ...nichts sehen und hören, wenn der Lärm losgeht...«

Sie schauerte in ihrem Stuhl zusammen, sie duckte sich wie ein gehetztes Wild. Die Schwester kniete entsetzt neben ihr nieder. Sie legte den Arm um Vera und bat mit hilfloser Stimme, ganz benommen – ihr war in ihrer Überraschung, als drehte sich das Zimmer um sie und alle Möbel tanzten: »Vera ...komm doch zu dir! ...Vera ...sei doch vernünftig...«

Die andere lachte wild auf: »Das erste Mal war ich unvernünftig ...da wurd' es nichts. Diesmal wollt' ich recht vernünftig sein – da wird es wieder nichts! Mit mir wird überhaupt nichts ...Da gib dir keine Mühe, Anna...«

»Aber Ulerici verzeiht dir das doch nie! ...Der kommt doch nie wieder!«

»Natürlich nicht...«

»Vera ...denk doch ein bißchen an dich ...du ruinierst dir ja mutwillig alles!«

»Ich tu', was ich muß!«

»Und denk doch auch ein bißchen an uns,...«

Die Anspielung auf den Eigennutz der Familie erbitterte Vera.

»Ich kann euch nicht helfen!« sagte sie schroff. »Papa soll sich seine Scheunendächer selber flicken! Dazu bin ich nicht da! Dazu bin ich zu gut. Ich gehöre mir ...mir allein...«

Da die Schwester in ihrer Betäubung nicht gleich eine Antwort fand, sondern immer noch wie aus den Wolken gefallen, mit offenem Munde und weit aufgerissenen Augen dastand, schob sie ihr heftig Schmuck und Ring über den Tisch hin zu.

»Hier nimm...« sagte sie zwischen den Zähnen. »Und hier ...und schau, daß du fortkommst, Anna ...sonst wird's zu spät!«

Frau von Greffern fing an zu weinen.

»Aber was soll ich denn um Gottes willen dazu sagen?«

»Nichts! Es geschieht ihm recht. Warum wollt' er mich kaufen! Jetzt wird er mir jeden Augenblick verhaßter ...hinterher ...Gott sei Dank, daß ich noch rechtzeitig ...Herrgott ...Anna ... heule nicht so ...! Es ist ja kein angenehmer Auftrag für dich ...freilich ...aber...«

Anna von Greffern packte sie mit beiden Händen an der Schulter und schüttelte sie in ihrer Verzweiflung.

»Vera – warum tust du's denn nur...?« schluchzte sie. »Erkläre doch nur mit einem einzigen Wort...«

»Geh und gib ihm den Ring!«

»Vielleicht ist alles nur ein Mißverständnis...«

»Geh und gib ihm den Ring!«

»Überleg dir noch einmal...«

Nun fuhr auch Vera auf.

»Schau mich doch an!« sagte sie mit lauter, bebender Stimme. »Ich seh’ mich doch im Spiegel! …Ich seh’ ja aus wie eine Leiche! …Glaubst du denn, so was fliegt einem an, so mir nichts, dir nichts, und wieder weg? Was weißt denn *du* von derlei, in deinem Ostpreußen? Mach rasch! Geh! …Geh! …«

»Verachen!«

»Gib ihm den Ring!«

Sie preßte der tränenüberströmten, an allen Gliedern zitternden Schwester Kästchen und Goldreif in die Hand, die sich krampfhaft darüber schloß, und schob sie zur Türe hinaus. Als jene sich auf der Schwelle noch einmal umwandte, sah sie, wie Vera mitten im Zimmer stand, den Kopf hintenüber legte, die Arme weit ausbreitete und aufatmete – aus tiefster Brust…

XI

Es wurde an diesem Tage im Hause des Hauptmanns Georg Gisbert etwas später als sonst zu Mittag gegessen, wie häufig, wenn ihn der Dienst über die Zeit hinaus im Reichskolonialamt festhielt. Als dabei die Wanduhr über dem Büfett drei schlug, sagte er sich plötzlich, in einer tiefen, seltsamen Ruhe: ›So. Jetzt ist meine erste Frau gestorben.‹

Er wußte, daß um diese Stunde Veras Trauung in der Kaiser-Wilhelm-Gedächtniskirche – ganz nahe von hier – stattfinden sollte. Er wunderte sich sogar, daß man nicht durch die offenen Fenster das tiefe, feierliche Brummen der Glocken vernahm. Das kam wohl daher, daß der Wind vom Grunewald her wehte. Und er hielt in seiner Einbildung daran fest: ›Nun ist Vera von Vogt für mich abgeschieden! ... Mag der Freiherr von Ulerici eine Frau haben – *meine* einstige Frau ist nicht mehr ... sie ist ausgelöscht aus meinem Dasein und nur die Erinnerung geblieben – viel Glück – mehr Leid – und nun das Nichts ...‹

Das hatte er sich so zurechtgedacht, sich mit Gewalt in diese Vorstellung hineingelebt, um endlich, endlich vor Vera Ruhe zu finden. Er wunderte sich selber, welchen Frieden ihm das brachte. Er fing an, im Laufe der nächsten Tage sich daran zu gewöhnen. Er fühlte, wie eine Hoffnungslosigkeit von ihm Besitz ergriff, die etwas Milderndes und Tröstendes hatte. Nun kam die Stille nach dem Sturm. Er genoß diese Schwermut – dies Träumen – dies schmerzliche Lächeln – eine trübe, letzte Dankbarkeit gegen *sie*, die es ihm auch nicht unnütz schwer gemacht, sondern ihn im Gegenteil immer und immer wieder zu seiner Pflicht zurückverwiesen, und ein wenig Stolz über sich, der schließlich den Kopf oben und den Nacken steif gehalten hatte ...

So nahm er drei Tage später, als er und Otti zusammen am Frühstückstisch saßen, den Kopf seiner Frau zwischen beide Hände, sah ihr ernst in die dunkeln Augen und küßte sie auf die Stirne. Es war, als wolle er seine letzten Gedanken sühnen durch diesen Kuß, und sie, die in der Morgenzeitung und Briefen blätterte und nun, seit alles mit Vera zu Ende schien, ganz ihre rosige Laune wiedergefunden hatte, blickte heiter auf und lachte: »Männe ... was hast du denn?«

Er schaute sie immer noch an und sagte nur langsam: »Du ... du ...« und dabei dachte er sich: ›Das ist die Mutter meiner Kinder. Das ist der Mensch, der mich liebt ...‹

Die kleine Frau schmierte ihm inzwischen unbekümmert ein Butterbrötchen, und er setzte sich wieder und frug im leichten Alltagston: »Briefe?«

Jawohl – es waren welche da! Einer von der Mama aus Schlesien. Der kleinen Karla ging es soweit ganz gut. Sie hatte nur immer wieder Heimweh nach Berlin. Bei der Tante Otti sei es doch viel schöner! – Dann ein zweites Schreiben von Ottis Vater, dem Weingroßhändler. In dem stand nicht viel Neues. Hauptsächlich nur eine vertrauliche Anfrage, ob die Tochter auch wirklich in dem teuren Berlin mit dem Gelde auskäme – sonst ungeniert: – der rotversiegelte Monatsbrief aus Worms könne ruhig auch ein bißchen dicker gemacht werden, und Georg Gisbert lachte und sagte,: »Dein Papa ist klassisch! Er meint immer, wir verhungern! So einen Schwiegervater kann man sich wahrhaftig mit der Laterne suchen! Was hast du denn da noch?«

»Eine Postkarte von Albert.«

Georg Gisberts jüngster Bruder, der Kriegsakademiker, war vor einer Woche bei einem Spazierritt gestürzt und hatte sich das Bein gequetscht. Er mußte noch das Zimmer hüten. Auf der Karte standen nur ein paar Zeilen:

»Lieber Georg! Komm doch, wenn Du heute irgend kannst, einmal bei mir heran! Ich habe Dir etwas sehr Wichtiges zu erzählen! Gruß! Albert.«

»Was das Kerlchen nun wohl wieder für wichtig hält!« sagte der Hauptmann gutmütig und zerriß das Blatt. Er hegte gegenüber dem jungen Infanterieleutnant, den er sehr gern hatte und der ihm in vielem so ähnlich war, das dreifache Gefühl der Überlegenheit als Vorgesetzter, als älterer Bruder und als verheirateter Mann. Frau Otti meinte: »Das arm' Bürschle mopst sich halt! Gelt, Georgche, du schaust heut nach ihm! Grüß ihn von mir, und wenn er brav stilliegen tät', kriegt' er bald wieder von mir Quittenmarmelade!«

»Ich kann ja heute nach dem Dienst mal hin!« sagte ihr Mann.

Es war gegen ein Uhr mittags, als er in die möblierte Stube in der Luisenstraße trat, die der Leutnant Gisbert vom preußischen Infanterieregiment Nr. 300 bewohnte. Der junge Mensch, der brünett und dunkeläugig war wie sein Bruder, lag angekleidet, nur den verletzten Fuß weiß bandagiert, mit aufgestütztem Ellbogen auf dem Kanapee. Um ihn war alles voll von Karten und kriegswissenschaftlichen Werken. Er benützte die unfreiwillige Muße, um einmal gründlich den ersten Teil von Napoleons Donaufeldzug von 1805 und die Kapitulation von Ulm zu studieren, und sagte, den Kopf noch ganz heiß von Märschen und Gefechten, gleich nach der ersten Begrüßung: »Du – der Murat hat sich da doch am linken Donauufer höllisch verhauen! Wenn dieses neunmal vernagelte Mordsvieh, der General Mack, ein bißchen die Augen aufgesperrt hätte, dann könnt' er noch am letzten Tag bequem aus der Mausefalle 'raus! ... Na – wie geht's dir denn, Georg?«

»Danke! Und dir?«

»Gott ... draußen scheint die Sonne und die Spatzen piepen und man liegt hier krumm! ... Wie ich das im Hörsaal nachholen werde ... na ... du, Georg ... nu hör mal zu ... nu kommt was ganz Verrücktes...«

Sein Bruder setzte sich, und der Leutnant fuhr fort: »Bei mir im Hörsaal ist doch einer von den 30. Ulanen, wo auch die beiden Vogts stehen. Der war nun neulich auch zu der Hochzeit – du weißt schon – geladen – und weißt du, was er da erzählt ...? Heut hat mir's ein Kamerad mitgebracht!«

»Das ist mir ganz gleich!« sagte der Hauptmann Gisbert, indem er brüsk aufstand und den Stuhl zurückstieß. Da fingen die Geschichten schon wieder an! Er wollte nichts mehr davon hören. »Wenn du mich deswegen hierhersprengst! ... Damit laß mich zufrieden! Die Hochzeit hat stattgefunden und damit ist...«

»Nein – sie hat eben nicht stattgefunden!« sprach der Leutnant auf dem Sofa. »Denk dir nur um Gottes willen, Georg: eine halbe Stunde vorher alles abgesagt! ... Die Forellen schon im Kessel – die Tafel gedeckt – die Damen frisiert und angezogen – alles fix und fertig – und nun auf einmal ... der Ulan sagt, sie wären im Kaiserhof durcheinandergelaufen wie die gescheuchten Hühner! ... Eigentlich war' es komisch gewesen! Und der alte Vogt, dein seliger Schwiegervater, hätte geflucht ... geflucht, daß sich die Balken bogen! Endlich hätt' ihn der Pastor vorn an der Frackklappe genommen und gefragt: ›Herr – sind Sie ein Christ oder ein Heide?‹ ... na ... aber...«

»Aber wie ist denn das möglich?«

»Sie wollte auf einmal nicht mehr – nicht ums Totschlagen nicht! ... Weiter weiß kein Mensch was!«

»Ja – und der Ulerici ...?«

Der Leutnant lachte.

»Die Damen behaupten: Wie der alte Knabe sich ein bißchen von dem Schrecken erholt hatte – so etwa nach einer Stunde – da hätt' er im vertrauten Kreise auf einmal aus Herzensgrund ›Uff!‹ gesagt! Dem war schon lange unheimlich bei der Geschichte zu Mut! Ich glaube, der ist ganz froh, daß er mit guter Manier 'raus ist...«

»Ja – und wann soll denn nun die Hochzeit sein?«

Sein Bruder sah ihn verdutzt an.

»Bist du aber komisch!« meinte er dann. »Hochzeit? ... Ich erzähl' dir doch eben: Es ist alles in die Brüche – unwiderruflich! Der Ulerici ist schon abgereist. Nach dem Süden. Er will sich erholen, nach all den Aufregungen! Hat ganz recht! Hier lachen sie ihn ja doch nur aus!«

Dabei gewann in dem Leutnant selber die Heiterkeit wieder die Oberhand.

»Weißt du, wen er sich zum Trost mitgenommen hat, damit er nicht ganz allein ist? Seine Schwester, das alte Stiftsfräulein! ... Das ist 'ne Idee von Schiller: mit der macht er seine Hochzeitsreise, statt mit seiner Frau! ... Furchtbar komischer Knopf ... aber er kann einem doch leid tun – nicht?«

Georg Gisbert hatte sich etwas beruhigt. Er fuhr sich mit der Hand über die Stirne und sagte: »Hör mal, Albert! ... Du mußt noch 'n ganzes Ende dazulernen ... da haben sie dir einen Bären aufgebunden, und du dummer Junge glaubst auch richtig daran, mit deinen fünfundzwanzig Jahren!«

Der Leutnant drehte sich mühsam auf seinem Lager zur Seite und suchte etwas zwischen den Plänen der Gefechte von Elchingen.

»Wo hab' ich's nur?« murmelte er. »Au! … Donnerwetter … das verfluchte Bein … so … da … da lies …«

Er zeigte ihm eine Zeitungsnummer. Die enthielt eine Rubrik: »Hof und Gesellschaft«. Da stand es schwarz auf weiß, daß die in letzter Stunde unterbliebene Trauung des Freiherrn von Ulerici das Tagesgespräch in den beteiligten Kreisen bilde. Der Hauptmann Gisbert ließ das Blatt sinken und frug mit trockener Kehle: »Und wo ist sie jetzt … meine frühere Frau?«

»Das weiß ich nicht! Ich hab' meine Nachrichten doch nur aus dem Ulericischen Lager!«

Georg Gisberts Bruder kannte seine ehemalige Schwägerin wenig. Zur Zeit dieser Ehe war er Primaner und Selektaner im Lichtelfelder Kadettenkorps gewesen und hatte nur zwei- oder dreimal im Hause der alten Exzellenz Vera gesehen. So ging ihm die Sache jetzt nicht so sehr nahe, wie es schien, und Georg Gisbert saß vor ihm und wunderte sich selber, wie ruhig auch er äußerlich blieb. Er war imstande, gelassen dem Leutnant zuzuhören, der ihm noch erzählte, der dicke Ulerici habe, vom Pech verfolgt, auch noch eine Förderung eines Vetters, eines verbummelten Kammerherrn, auf dem Halse gehabt, den Kerl aber durch genügend Pinke-Pinke – er machte dabei eine Bewegung mit der hohlen Hand – friedlich gestimmt, um nur von Berlin wegzukommen – und als der Bruder damit geendet, war es Georg Gisbert sogar möglich, das Gespräch noch auf ein paar gleichgültige Dinge zu bringen – noch einmal Napoleons Donaufeldzug, Ottis Marmelade, der verfluchte Schinder von Gaul, mit dem dem Leutnant neulich das Malheur passiert war – bis der Hauptmann aufstand, ihm sagte: »Ich danke dir schön für deine Mitteilungen! Gute Besserung!« und mit einem Händedruck hinausging.

Aber draußen auf der Straße, im Gerassel der Wagen, im Gewimmel gleichgültiger Leute, packte es ihn mit voller Macht. Er schritt wie im Traum seines Weges, die Karlstraße hinunter, am Lessingtheater vorbei dem Tiergarten zu. Er glaubte immer noch nicht an das, was er gehört. Er konnte es sich nicht im Kopf zurechtlegen. Denn in dem war doch schon eine ganz andere Ordnung der Dinge – alles an seine Stelle gerückt, alles mit ängstlicher Gewissenhaftigkeit aufgeräumt, um jede Spur des Früheren zu verwischen, und nun stürzte das wieder jäh in sich zusammen – die alte Not war da.

Er war so aufgeregt, daß er seine Hand krampfhaft zittern fühlte, die er mechanisch beim Begegnen von Offizieren zum Gruß an den Mützenrand hob, er hatte Mühe, wenigstens seine Gesichtszüge einigermaßen in der Gewalt zu behalten, immer wieder bäumte sich in ihm der Gedanke auf: ›Was ist nur in sie gefahren? … Warum hat sie das getan?‹ – und er ging rascher, mit angstvollen Augen, als könnte er so der Antwort auf diese Frage entfliehen …

Ohne darauf zu achten, hatte er den Tiergarten schräg durchquert und die Friedrich-WilhelmStraße hinter sich gelassen. Das war der nächste Weg nach seiner Wohnung. Aber da war der Lützowplatz. An einem der vordersten Häuser blinkte neben dem Eingang ein weißes Schild. Er wußte genau, was darauf stand, aber er trat, von einem inneren Zwang getrieben, näher, um es noch einmal zu lesen: »Frau von Borchersheide, Pensionat ersten Ranges für In- und Ausländer, drei Treppen.« Er war nie da oben gewesen. Aber wer da oben wohnte, das war ihm wohlbekannt. Ganz plötzlich kam ihm der Einfall, hinaufzugehen und Vera einfach zu fragen, was denn eigentlich geschehen sei!

Über diesen wahnsinnigen Gedanken erschrak er so, daß er sich umwandte und mit großen Schritten davoneilte. An dem Brunnen inmitten des Platzes blieb er stehen. Er sagte sich: ›Das ist ja Unsinn, was du da vorhast!‹ Aber er fühlte zugleich: ›Du hast ja doch keine ruhige Stunde und Minute mehr, bis du nicht weißt, wem diese Absage am Traualtar gegolten hat!‹ – und er schritt wieder zögernd auf das Haus zu, wich zur Seite, nahm sich vor, nun einfach rasch am Kanal hinunter bis zum Kurfürstendamm zu gehen, ohne noch einmal den Kopf zu drehen, und blieb doch stehen und starrte geistesabwesend auf das schmutzige Wasser, die Orangenschalen und Holzstücke, die da langsam, unendlich langsam vorbeitrieben, und war auf einmal wieder an der Türe mit dem Schild und sein Herz hämmerte, seine Nerven bebten, irgend etwas in ihm befahl ihm: ›Du mußt! Du mußt!‹ und er klingelte und eilte so hastig die drei Treppen hinauf, daß er ganz atemlos oben ankam.

Der Eingang zu der Pension war offen. Ein paar Männer von der Paketfahrt waren eben beschäftigt, große Koffer wegzubringen. Auf jedem von diesen war eine kleine Krone und ein V. v. V. Er erkannte Veras Initialen und frug ohne Einleitung eine ältere Dame, die beaufsichtigend daneben stand: »Reist Frau von Vogt denn ab?«

Die Dame sah ihn sehr reserviert an und sagte nur: »Ja.«

»Wohin?«

»Zu ihrem Vater, auf das Gut Neetzow.«

»Kann ich sie sprechen?«

»Nein.«

»Warum nicht?«

»Frau von Vogt ist für niemanden zu sprechen!«

Er stieß zornig seinen Säbel auf den Boden.

»Ach was, für mich schon!« versetzte er barsch. »Bitte – hier ist meine Karte!«

Die Dame ihm gegenüber nahm sie nicht, warf auch keinen Blick darauf, sondern sagte kühl: »Ich bin Frau Major a. D. von Borchersheide, Herr Hauptmann! – die Inhaberin der Pension. Ich halte mich strikt an Frau von Vogts Wünsche. Es waren in den letzten Tagen eine Masse Leute da. Sie hat niemanden empfangen. Sie will unbedingte Ruhe!«

Georg Gisbert nahm, als ihm klar war, daß er einer Dame der Gesellschaft gegenüberstand, unwillkürlich eine andere Haltung an.

»Verzeihen Sie, gnädige Frau!« versetzte er höflich. »Aber ich glaube – ich mache eine Ausnahme! ...Ich weiß nicht ...ob Sie über die Lage der Dinge orientiert sind...«

»Ziemlich genau, Herr Hauptmann!«

»Nun gut: ich bin der Hauptmann Gisbert – meine Beziehung zu Frau von Vogt ist Ihnen also vielleicht bekannt...«

Die andere trat überrascht zurück und musterte ihn mit einem Blick unbewußter Neugier.

»Sie werden es mir ja nicht glauben!« sagte sie dann. »Aber Frau von Vogt ist wirklich nicht zu Hause. Sie ist zu einem Juwelier gefahren. Und selbst wenn sie daheim wäre – ich dürfte Sie doch nicht vorlassen!«

»Nun – dann werde ich hier im Flur auf sie warten!« Georg Gisbert fiel es ein, daß das ja so viel besser sei. Vera hätte ihn ja doch vielleicht auf seine Anmeldung hin abgewiesen. Nun entging sie ihm nicht. Indem er sich neben die Tür stellte, versetzte er: »Nein, gnädige Frau – Sie vertreiben mich von hier nicht! Die Sache ist mir zu wichtig...«

Dabei fühlte er doch in sich ein Zittern – eine Reue: Was tust du denn hier, wo aus allen Türspalten neugierige Gesichter auf dich lugen? Wo diese magere Majorin unschlüssig vor dir steht und dich am liebsten eigenhändig an die Luft setzen möchte? Ist das eine Lage, die deiner würdig ist?‹ – Aber er war willenlos. Er blieb, wo er war, und ehe Frau von Borchersheide sich ihrerseits entschlossen hatte, was sie tun solle, klangen auf der Treppe rasche Schritte – er hob den Kopf – er kannte diesen straffen, leicht wiegenden Gang – Vera kam die Stufen hinauf.

Sie sah ganz aus wie sonst, um keine Spur bleicher. Sie trug den Kopf hochmütig im Nacken. Sie bemerkte Georg Gisbert erst, als er bei ihrem Eintritt dicht vor ihr stand, und machte halt und warf, ohne seinen Gruß zu beachten, einen Blick auf Frau von Borchersheide, der deutlich hieß: ›Warum hast du ihn hereingelassen?‹ Die zuckte die Schultern und zog sich stumm zurück.

Er war gereizt und gedemütigt durch diesen Empfang. Er hatte sich Vera auch ganz anders vorgestellt. Nun sagte er schroff und aufgeregt: »Ich muß Sie sprechen!«

Sie schaute ihn an. Dann meinte sie: »Ich verstehe nicht ...Sie haben mir doch neulich gerade das Gegenteil geschrieben ...wir sollten uns nicht mehr sprechen...«

Es klang wie ein kaum merklicher Spott in ihren Worten. Sie hatte ihm damals auf dem Spaziergang ihr Innerstes gebeichtet. Tags drauf war jener Brief gekommen. Die Wunde blutete in ihr.

Er runzelte die Stirne und versetzte, indem er alle Kraft zusammennahm, um ruhig zu erscheinen: »Damals waren Sie nicht frei – im Gegenteil – Sie standen im Begriff, sich für immer zu binden …da hielt ich es für meine Pflicht …aber nun höre ich zu meinem Erstaunen, daß Sie doch noch frei sind …und es vorläufig bleiben…«

Er sprach gedämpft. In solch einem Pensionat hatten die Wände Ohren. Ebenso halblaut erwiderte sie: »Nun – und was ist mit Karla?«

Er blickte sie verständnislos an. Sie fuhr fort: »Ich nehme natürlich an, daß Sie gekommen sind, um mir etwas wegen des Kindes zu sagen. Andere Dinge haben wir nicht miteinander zu besprechen. Darin sind wir doch beide einig…«

Die Türe ihnen schräg gegenüber öffnete sich leise, wie zufällig. Einen Moment sah man ein weibliches Gesicht – zwei Augen, die neugierig das Paar musterten – dann schnappte die Klinke wieder in das Schloß, und Vera sagte nervös zusammenzuckend: »Wenn ich doch schon in Neetzow wäre! …Es ist gräßlich, wie sie mich ausspionieren – in diesen Tagen…«

»Ja eben …hier stehen bleiben können wir doch nicht! Und weggehen tue ich nicht, Vera – da seien Sie sicher…«

Sie überlegte. Dann öffnete sie die Türe zu ihrem Wohnzimmer, trat ein und sagte, indem sie ihm überließ, ihr zu folgen: »Also in Gottes Namen! Es geht nun schon alles in einem hin!«

Er hatte die Schwelle überschritten und schloß die Türe hinter sich. Sie bot ihm keinen Stuhl an. Stumm blieb er am Eingang stehen und sah ihr zu, wie sie die Nadel aus dem Haar nahm, den Hut absetzte und sich glättend vor dem Spiegel mit der Hand über das blonde Haupt fuhr. In ihren Bewegungen war Leben und Jugend. Sie war ungebrochen – eher elastischer als bisher.

Sie kramte noch einen Augenblick an einem Tischchen, schloß sorgfältig eine kleine, graue Ledertasche, die sie in der Hand mitgebracht, in eine Schublade – dann drehte sie sich plötzlich zu ihm herum. Eine ganz leise Röte war auf ihren Wangen.

»Nun?« sagte sie und schlug die Fingerspitzen ineinander. »Ihre Nachricht muß doch sehr wichtig sein, da Sie sie durchaus persönlich überbringen wollen, statt sie dem Papier anzuvertrauen, was an sich zwischen uns gewiß besser wäre! Also bitte!«

»Ich komme nicht mit einer Nachricht, sondern mit einer Frage.«

»An mich?«

»Ja. Warum haben Sie Ihre Verlobung gelöst?«

Da sie betroffen den Kopf hob, machte er ein paar Schritte in das Zimmer hinein und setzte hinzu: »Vera – wir wollen doch einander keine Komödie vorspielen! Vom ersten Augenblick ab, wo Sie mich sahen, haben Sie genau gewußt, daß ich Sie das fragen würde…«

»Und mit welchem Recht?«

Sie legte die Arme auf den Rücken und sah ihn fest an. Beide standen einander wie Feinde gegenüber und blieben eine Sekunde stumm. Dann hub sie wieder an: »Ich möchte wirklich wissen, inwiefern ich Ihnen eine Erklärung über irgend etwas schuldig bin, was ich tu' oder lasse!«

»Nur insoweit, als es mich betrifft…«

»Sie? …Wenn ich Herrn von Ulerici? …ich verstehe Sie nicht…«

»Sie verstehen mich wohl, Vera!« Er trat noch näher zu ihr heran und dämpfte seine Summe, um nicht nebenan gehört zu werden. »Die Nachricht hat mich so erschüttert, weil ich das Gefühl nicht loswerden kann: Ihre Entlobung hängt damit zusammen, daß das Schicksal uns beide wieder zusammengeführt hat! …Darüber mach' ich mir Vorwürfe. Sie waren doch im Begriff, sich ein neues Leben einzurichten, nachdem unser erstes …Sagen Sie mir nur das eine: ›meine Entlobung hat nichts mit unserem Zusammentreffen zu tun – das sind andere Dinge‹ – so frage ich kein Wort mehr und geh'!«

Vera schwieg.

Er war so erregt geworden, daß er kaum mehr zusammenhängend hatte sprechen können. Jetzt atmete er schwer auf. Das Zimmer um ihn war in der vollen Unordnung der bevorstehenden Abreise. Halbfertiges Handgepäck lag und stand regellos herum, und der Gedanke, daß sie in wenigen Stunden fern von ihm sein, ihr Geheimnis mit sich nehmen würde, brachte ihn in eine leidenschaftliche Ungeduld. Angstvoll stieß er hervor: »Vera...«

Sie machte sich scheinbar mechanisch an einem Handtäschchen zu schaffen und drückte das Schloß zu. Dabei vermied sie seinen Blick.

»Warum haben Sie es getan?«

Sie zuckte nur die Achseln. Er drängte: »Vera ... Sie mußten sich doch klargemacht haben, was Sie da preisgeben!«

Nun sah sie ihn an und sagte ruhig: »Wieso denn? Ich geh' einfach wieder aufs Gut und lebe, wie ich die letzten sechs Jahre auch gelebt hab'! Dort ist's ganz schön – oder wenigstens...«

Er wurde zornig.

»Schön? Herrgott ... ich kenn' doch Neetzow!«

»Wenigstens hat man doch sein eigenes Dach über dem Kopf. Denn dies elende Pensionsstübchen hier...« Sie machte mit der Hand eine Bewegung des Widerwillens durch das Zimmer. »...Sorgen Sie sich nur nicht um mich! Ich krieche einfach bei meinem Vater unter! ...Gut...«

Sie wurden unterbrochen. Ein Bursche kam mit einem Paket. Sie zahlte und sagte: »Stellen Sie die Stiefelchen da in die Ecke!« und schaute dann, als der Bote sich entfernt hatte, Georg Gisbert mit einem Blick an, in dem deutlich lag: ›Nun – gehst nicht auch du?‹ – und er blieb stehen und frug hartnäckig wieder – es war bei ihm wie zu einer fixen Idee geworden, gegen die er selber nicht mehr ankonnte: »Vera – warum haben Sie's getan?«

Er sah die Gereiztheit über ihr Gesicht zucken, aber sie beherrschte sich und erwiderte gleichmütig: »Ist es denn wirklich solch ein Wunder, wenn man noch zwischen Tür' und Angel schließlich zur Vernunft kommt?«

»Daß es eine Vernunftheirat war, das wußten Sie doch von vornherein!«

»Ganz macht man sich die Folgen doch erst im letzten Augenblick klar!«

Veras Jungfer kam in das Zimmer. Es war irgend etwas in ihr Büchlein mit den Versicherungsmarken hineinzuschreiben. Ihre Herrin tat es und sagte, als jene gegangen: »Schade! Eine so brauchbare Person! Aber ich hab' sie entlassen müssen...«

»Warum?«

»...Sonderbare Frage ... sie ist mir nun zu teuer...«

Er fuhr auf: »Eben! Sehen Sie! ...Sie ruinieren sich alles ...Sie machen sich Ihr Leben ganz jämmerlich! Das kann doch nicht der reine Mutwillen sein! ...Sie müssen doch einen Grund für solch einen Akt der Selbstvernichtung besitzen!«

Er merkte, wie ihre Augen zornig aufleuchteten. Aber er mußte Gewißheit haben und bat, die Hände ineinanderschlingend, zwischen den Zähnen: »Vera ...geben Sie mir doch Antwort!«

Nun war es auch mit ihrer Selbstbeherrschung zu Ende. Sie warf den Kopf zurück. Sie stampfte mit dem Fuß auf: »Quälen Sie mich nicht! ...Ich hab' es satt! ...Ich bin wahrhaftig schon elend genug! ...Was dringen Sie hier ein? Was belästigen Sie mich mit Fragen, die Sie nichts angehen? Wieso soll ich Ihnen auf einmal Red' und Antwort stehen, als hätten Sie noch irgend ein Recht auf mich? ...Gar keines haben Sie! Niemand auf der Welt!«

Sie ging um ihn herum zur Türe und legte die Hand auf die Klinke, als ob sie sie öffnen wollte.

»Da!« sagte sie. »Da ist Ihr Weg. Gehen Sie zu Ihrer Frau!«

Und da er zurücktrat, verblüfft, daß dieser Name aus ihrem Munde klang, wiederholte sie: »Gehen Sie zu Ihrer Frau! ...Es ist eine gute Frau ...ich hab' sie gern! ...Sie verdienen sie gar nicht ...Sie sollten froh sein, daß Sie sie haben! ...ja ...schauen Sie mich nur so an ...das ist die Wahrheit ...ich bin nicht kleinlich...«

Er wußte nicht, was er ihr erwidern sollte, aber er rührte keinen Fuß. Vera stand immer noch an der Türe und versetzte ruhiger, mit dem Ton leiser Ironie wie zu Anfang: »Ihre Frau wartet mit dem Essen auf Sie! Lassen Sie die Suppe nicht kalt werden! Was stehen Sie denn noch hier herum? Was wollen Sie denn von mir?«

»Die Wahrheit!«

»Was für eine Wahrheit? Ich hab' Ihnen keine zu sagen! ...Ich habe gar nichts in Ihrem Leben zu tun...«

»Aber ich vielleicht in Ihrem …«

Da war es heraus. Ein plötzlicher Schrecken machte die beiden verstummen. Er hub leise wieder an: »Ich habe die Angst, daß *ich* Ihnen, ohne es zu wollen, das alles zerstört hab'! Es ist mir furchtbar, daß ich immer wieder Ihr Schicksal sein soll! Sie haben mehr als genug an mir und durch mich gelitten!«

Sie blieb an die Türe gelehnt. Er merkte, wie sie mit sich kämpfte, um den Kopf oben zu behalten. Dann sagte sie in einer fast geringschätzigen Art: »Woher wissen Sie, daß das so ist …?«

»Ich weiß es ja nicht … ich will ja nur das Gegenteil von Ihnen hören …«

»Und selbst wenn es so wäre – seinem Schicksal entgeht keiner! Aber stärker als das Schicksal kann man immer sein! Ich verstehe nicht, warum Sie nicht höher von mir denken, Georg! … Ich bin doch schließlich ein anständiger Mensch! Es ist doch ganz gleich, aus welchem Grund ich dies oder jenes tu' oder lasse! Das soll keinen anderen beunruhigen … Ich sage Ihnen noch einmal: Ihre Suppe wird kalt …«

Er wollte sprechen, aber sie schnitt ihm ungestüm das Wort ab: »Lassen Sie's! … Das hat alles gar keinen Zweck! … Sie hatten ganz recht, als Sie neulich schrieben, daß wir uns nie mehr sehen sollten! Warum befolgen Sie denn Ihre eigenen Ratschläge so schlecht?«

»… Weil sich alles inzwischen wieder geändert hat!«

Sie schüttelte ungeduldig den schönen Kopf.

»Ach was! Das war nur ein Zwischenakt … Daß ich mich verlobt und entlobt hab' – daß wir uns wiedergesehen haben – das geht vorüber … und Sie … gehen Sie zu Ihrer Frau …«

Nun öffnete sie ihm wirklich die Türe und sagte leise, um nicht draußen gehört zu werden: »Gehen Sie! … Nein … geben Sie mir nicht die Hand! … Versprechen Sie mir lieber, stark zu sein – ja?«

»Ich will es versuchen!«

»Und nun leben Sie wohl für den Rest unserer Tage!«

»Leben Sie wohl!«

XII.

Das niedere und bescheidene Herrenhaus von Neetzow, in dem die Vogt schon seit zweieinhalb Jahrhunderten wirtschafteten, lebten und starben und wiederkamen, zeigte jetzt an solch hellen Juniabenden seinen altfränkischen, ein wenig melancholischen Reiz, wenn Flieder und Rosen im Garten blühten und dichtes Baumgrün die morschen Mauern überschattete, daß nur der Giebel über die Parkwipfel hinaus in die Altmark ragte. Die dehnte sich ringsum, flach und eintönig, von Edelhöfen übersät, ein Stück Altpreußentums, noch mancher Weg und Steg, auf dem der Deichhauptmann von Bismarck dereinst nach seinem nahen Schönhausen geritten. Dort unten streckte sich weithin der Damm der Elbe. Der breite Strom, mit seinem hohen Ufer drüben, seiner Niederung hier, war es, der neben Bismarcks Schatten der nüchternen Gegend etwas Gewaltiges gab, sie aus der Alltäglichkeit des Flachlandes heraushob, wenn er auch jetzt sommerlich ruhig in seinem tiefen Bett dahinflutete. Auf dem Überschwemmungsland stand das Gras bis zu einem Drittel Manneshöhe, die Heuernte war in vollem Gang, und Vera von Vogt, die gegen Abend eine einsame Wanderung über die Felder gemacht hatte, sah von oben her überall trotz der achten Stunde die hochbeladenen Wagen, die bunten Kopftücher der Sachsengängerinnen, das lustige Wirbeln der halbtrockenen Halme hinter den eilig rollenden Graswendern. Es war Not am Mann, den Segen heimzubringen. Der alte von Vogt auf Neetzow hielt seit ein paar Tagen von Sonnenaufgang bis zur Nacht zu Pferde hinter den Seinen wie ein Feldherr in der Schlacht. Auch jetzt konnte Vera seinen hageren, vornübergebeugten Schattenriß auf dem mageren, hochbeinigen Klepper in der Ferne deutlich vor dem glühenden Abendrot unterscheiden, das Roß und Reiter gespenstig groß erscheinen ließ, und dachte sich im Weitergehen: ›Ich bin gespannt, wann Papa sich entschließen wird, ein Wort mit mir zu sprechen! Vier Wochen sind's doch nun schon her, daß ich wieder hier bin, ohne daß er sein Schweigen gebrochen hat...‹

Sie hatte sich einen großen Feldblumenstrauß gepflückt. Den trug sie in der Hand. Ihr weißes, einfaches Kleid leuchtete über die Wiesen. Um sie war der süße, schwere Duft der Sommerblüte, ein tausendfaches Schwirren und Zirpen im Grase, trotz des Abends, sonst tiefe Stille, und in ihr das schläfrige, einlullende Behagen jener Zeit, in der die Sonne am höchsten am Himmel steht, die Nächte am kürzesten, die Tage heiß sind. Sie sagte sich: ›Eigentlich schlaf' ich ja immer – nicht des Nachts – da lieg' ich wach und hör' draußen die Katzen schreien und die Kühe im Stall an den Ketten klirren, und manchmal sogar wirklich die Nachtigall im Garten schlagen – aber bei Tag – da schlaf' ich mit offenen Augen, beim Essen und Trinken, im Gehen und Stehen, im Reden und Schweigen...‹

Dabei fühlte sie deutlich: ›Das bin nicht *ich*! Ich sehe mich da wie einen anderen Menschen. Aber ich werde mich hüten, mich zu erwecken! Daraus ist noch nie etwas Gutes für mich und meine Umgebung gekommen...‹ und zugleich war sie doch gespannt, wie lange dieser Traumzustand der Erschöpfung nach Berlin wohl dauern möge, und sagte sich: ›Es ist ja bequem, wenn man seine Seele so an den Nagel hängen und in warmer Luft und Vogelgezwitscher unter blauem Himmel spazieren gehen kann. Aber die Wolken werden auch einmal grau, die Vögel ziehen gen Süden, die Tage werden kalt – das Leben – das unerbittliche Leben kommt wieder...‹

Das Herrenhaus von Neetzow, in dessen dämmerigen Flur sie eintrat, war still und öde. Voll nur von Erinnerungen. Lebende Menschen wenig mehr darin. Die Türen der Zimmer, an denen die junge Frau auf dem langen Korridor vorbeikam, waren fest geschlossen. Wer darin gewohnt, hatte längst ein anderes Heim gefunden, sei es in der Welt draußen, sei es unter dem Rasen. Hier in diesen Gemächern hatten die Großeltern gelebt. Vera entsann sich ihrer noch dunkel aus ihrer frühesten Kindheit – zwei steinalte Leutchen, die ganz kurz nacheinander gestorben waren. Über diese Schwelle hatte man ihr jüngstes Schwesterchen, das nur sechs Jahre alt geworden, zu Grabe getragen, über jene vor fünf Vierteljahren Veras Mutter. Da waren die Stuben, in denen die drei Brüder mit dem Erzieher gehaust – wie oft hatte sie mit dem, einem knochigen westfälischen Theologen, und den Jungen als Kind im Garten getollt – da wohnte die Schwester

Anna, ehe sie das Schicksal bis an die russische Grenze verschlug – alles fort – alles in die vier Winde verweht.

So wie hier, so leerten und füllten sich auf allen Edelhöfen im Lande die Häuser in regelmäßigen Zwischenräumen, im Gehen und Kommen der Generationen. Aber hier blieb vielleicht alles leer, und sie, Vera, ganz allein zurück. Sie sah sich schon durch die verlassenen Räume schreiten, hoch, grauhaarig und verwittert, von zahmen Katzen gefolgt, wie eine Art Ahnfrau. Sie lachte bei dem Gedanken, während sie sich zur Tafel umzog. Auch gut so. Vorläufig war ihr alles auf der Welt gleichgültig.

Ihr Vater dankte stumm auf das: »Guten Abend, Papa!«, mit dem sie sich ihm gegenüber an den Tisch setzte. Die ganze Mahlzeit verlief im tiefsten Schweigen. So war das immer, seit sie heimgekehrt. Sie war schon daran gewöhnt. Sie dachte sich nur: ›Papa hat's gut! Den Tag über wettert er sich auf dem Felde stockheiser! Dann ist's kein Kunststück, sich abends nach Noten auszuschweigen! Aber ich – wenn ich mich nicht noch entschließe und mich mit der Mamsell über Räucherwurst und Putenzucht unterhalte, so werde ich hier der reine Trappist!‹

Neben dem alten von Vogt auf Neetzow lagen zwei Briefe. Die hatte er schon mitgebracht und las sie während des Essens noch einmal, was ganz gegen seine guten Sitten war, und nach Tisch wieder und schob sie ihr dann anscheinend gleichgültig über das Tuch hin. Es zuckte auf seinem hundertfach gefältelten, von Wind und Wetter braun gebrannten Gesicht, während er sich bedächtig eine Zigarre anbrannte. Sie merkte, sie sollte die Briefe lesen. Sie erkannte die Handschrift ihrer beiden Brüder, Ewald und Dietloff, und kam gleich, wie sie nach den Schreiben griff, auf die richtige Vermutung: Schulden ... Schulden ... alle drei ... in Bonn und Hannover!

Ewald berichtete auch im Namen des anderen Ulanen. Die jungen Leute waren übereingekommen, es dem Vater gleichzeitig beizubringen, damit sich sein Zorn auf alle drei verteile. Sonst galt das Sprichwort: »Den letzten beißen die Hunde!« Sie hatten ja sämtlich bisher ganz solide gelebt und nun alle die gleiche Entschuldigung: – den bombenreichen künftigen Schwager, der ihnen wiederholt in seiner gutmütigen Art gesagt hatte: »Kinders – 's kommt mir auf die paar Kröten nicht an! ich tue euch gern mal 'nen Gefallen!« und der nun wie eine Luftspiegelung verschwunden war. Vera war an allem schuld! Welcher Christenmensch konnte denn im hitzigsten Fieber ahnen, daß sie sich im Brautkleid noch entloben würde ...?

Während sie las, hatte Otto Leberecht von Vogt sich den Inspektor und den Förster kommen lassen und sagte zu dem ersteren nur: »Na, Bennemann, – für heute ist nu weiter nischt, als daß mir alles morgen zeitig auf dem Posten ist! Heute war's schon wieder beinah halb vier! Die Kerle sollen losmähen, sowie sie überhaupt im Morgengrauen die Sense erkennen können. Ich bin morgen selbst draußen. Wir müssen uns dies Jahr höllisch dran halten. Höllisch! ... Gute Nacht!«

Dann wandte er sich an den stramm stehenden Förster, kaute an seinem grauen Schnurrbart und sagte in seltsam trockenem Ton: »Ja, Krause ... bisher hab' ich noch immer gedacht, ich dreh' mich dran vorbei! Aber nun hilft's nischt: unsere Mönchsforst muß herunter! ...«

Die Mönchsforst war der Stolz des Gutes. Ein Waldbestand von fünfzig- bis hundertjährigen Fichten, unter deren Geäst ganze Generationen der Vogts auf Neetzow gewandelt waren. Der Alte widersprach gereizt dem Förster, der sich gar nicht geäußert hatte, sondern nur erschrocken zusammengezuckt war: »Nee – nee – lieber Krause – das verstehn Sie nicht! Ich hab' drei Filii draußen! Und ich hab' ...«

Er warf einen finsteren Blick nach Veras Stuhl. Sie hatte schon bei seinen ersten Worten das Zimmer verlassen und kam erst wieder, als der Förster weg war. In der Hand trug sie einen weißen Briefumschlag, legte ihn vor ihrem Vater hin und sagte: »Nun nimm doch schon die viertausend Mark, Papa! Deswegen hab' ich doch noch schnell vor der Abreise in Berlin meinen Schmuck verkauft, weil du unnütz so große Ausgaben mit mir gehabt hast! Ich bitt' dich doch alle paar Tage drum! Ich brauch' ihn doch wahrhaftig nicht!«

Der Alte schob ihr das Kuvert wieder zu.

»Ach, behalte du dein Geld!« versetzte er grämlich. Aber er sprach doch wenigstens. Das gab ihr Mut, und sie bat: »Nimm nur! ...Ich hab' ja jetzt alles im Überfluß! – Auf Gott weiß wie lange! Wo soll ich überhaupt hin mit all den Sachen?«

»Ja – nicht wahr?« sagte ihr Vater und stand auf. »Jetzt, wo der Milchtopp entzwei ist, geht das Geklöne los! So warst du immer. Vorgetan und nachbedacht! ...Nichts wie Sorgen und Kummer hab' ich mit dir – seit zehn Jahren! ...Nu wieder die Briefe von den Bengels! ...Ich kann sie nicht einmal recht schelten! ...Wenn man eine Verrückte zur Schwester hat ...Ich bin ja auch auf dich 'reingefallen, ich alter Esel! ...Ich steh' blamiert da! Der Ankauf von Birkenhagen und Klein-Züst war ja schon halb perfekt – Der Ulerici gab's Geld – Da hatten wir die alten Familiengüter wieder beisammen ...Und nun...«

»Ihr kommt nicht davon los, daß ich so eine Art Tauschobjekt bin!« sagte Vera und steckte das Geld, das ihr Vater nicht haben wollte, wieder ein.

»Nein, mein Kind, es handelt sich nicht um uns, sondern um dich selbst! ...Denke doch mal: Wie schön säßest du jetzt in der prächtigen neuen Wohnung in Berlin, In den Zelten...«

»Gott sei Dank, daß ich da nicht bin!«

Der alte Vogt-Neetzow sah sie mißtrauisch an und schüttelte den Kopf.

»Deine Wetterwendigkeit – da ist auf den Hahn auf unserem Kirchturmknopp noch mehr Verlaß! – Sag mal: *stellst* du dich nun so töricht, oder bist du wirklich ganz vergnügt?...«

»Gott ...vergnügt ...Papa ...ich danke nur meinem Schöpfer, daß es *so* ausgegangen ist und nicht anders!«

»So! Und warum hättest du denn mit dem Ulerici nicht auskommen können – wenn man sich schon so die Hörner abgelaufen hat wie du? ...Ich war auch vierzehn Jahre älter als deine Mutter und bin auch kein Kirchenlicht – genau wie der Ulerici – und sie war doch mit mir zufrieden! Das liegt alles an dir!«

»Ich widerspreche ja auch gar nicht! Ich halte ja zu allem still, was man sagt!«

Der alte Junker ging, seine Zigarre rauchend, durch das Zimmer und warf ab und zu einen Blick auf seine schöne Tochter, die, die Hände im Schoß, vom Lampenlicht hell beschienen, ruhig auf einem Stuhl saß. Endlich blieb er stehen und versetzte gereizt, als müsse er ihr ins Wort fallen: »So? Und was nu weiter? ...*Die* Partie ist nun heidi! ...Und die nächste ...? Ja, dem ersten Mann entlaufen – dem zweiten vor dem Standesamt davon – da möcht' ich mal den dritten sehen, der's wagt! ...Wenigstens aus unseren Kreisen! Nun schau du mal, daß sich vielleicht noch irgend ein Pastor deiner erbarmt!«

Vera mußte lachen.

»Ich und 'ne Pastorsfrau!« sagte sie. »Papa – das hieße doch nun wirklich den Bock zum Gärtner machen!«

»Dann heirate 'nen Inspektor!« schrie der Alte wütend. »Alles schon dagewesen! ...Töchter, die ihren Eltern Kummer machen, hat's immer gegeben, und sie haben's noch immer bereut! ...Wen willste denn nu schließlich zum Mann?«

»Ich hab' noch mit keiner Silbe gesagt, daß ich je wieder heiraten will, Papa! Im Gegenteil. Ich bin fest entschlossen, es nicht zu tun! Ich hab' jetzt genug davon!«

»Ich leb' aber nicht ewig, meine Tochter! Über kurz oder lang komm' ich mit den Füßen voran aus dem Haus! Willst du dann hier verhutzeln?«

»Ja.«

Der Trotz ihrer Antwort verblüffte ihn. Er meinte langsam: »...Geld haste nicht mehr! Dein Kommißvermögen hast du in den paar Jahren deiner Ehe zum größten Teil verjuxt – wie, ist eigentlich jetzt noch ein Rätsel...«

»Herrgott ja, Papa ...ich weiß ja, daß ich leichtsinnig in Geldsachen bin...«

»Der Rest und mehr ist auf deine zweite Aussteuer draufgegangen ...Also mußt du hier so durchgefüttert werden, wenn sich die Jungen mal hier ihren Hausstand gründen...«

»Ich kann mich doch auch nützlich machen...«

»Jawoll! ...Pilze trocknen und Himbeergelee einmachen ...na ...ich bin ja dann tot ...ich brauch' es nicht mehr zu essen ...aber die anderen tun mir leid ...du verstehst ja die blaue

Bohne vom Wirtschaften ... du warst ja immer 'ne Prinzessin! Du hast ja doch nur dagesessen und gewartet, bis einer sechsspännig um die Ecke kommt ... Nu sprich mal selbst: wie denkst du dir denn eigentlich deine Zukunft?«

»Gar nicht, Papa!«

Ihr Lächeln erzürnte ihn. Er hob die Hand: »Sei ernst! Gib dir keine Mühe, dich zu verstellen! Du hast ein schlechtes Gewissen – weißt es auch! Und weil du's weißt, gehst du am liebsten über dich selber zur Tagesordnung über. Nur alles so obenhin abmachen, wie's dir gerade einfällt, das paßt dir! Da brauchst du nicht erst zu untersuchen, was eigentlich in dir da drinnen steckt! ... Da hast du Angst davor ... Da denkst du lieber drum herum und betrügst dich und andere. Aber ich hab' dich jetzt lang' genug beobachtet! Ich will dich jetzt einmal auf Herz und Nieren prüfen...«

Vera schickte sich an, das Zimmer zu verlassen. »Bitte, schone mich, Papa,« sagte sie schroff. Aber ihr Vater stellte sich einfach vor die Türe.

»So haben wir nicht gewettet, mein Kind! Vier Wochen hab' ich geschwiegen. Jetzt red' ich! ...«

»Über was denn – um Gottes willen ...?«

»Über das, was der Grund von all deinen Verrücktheiten ist ... Vielleicht wird's besser, wenn wir mal das Gespenst aus der Nähe beschauen!«

Die junge Frau sah, daß sie sich den Ausgang nicht erzwingen konnte. Sie trat an die Wand gegenüber zurück. Sie vermochte ein plötzliches heftiges Zittern nicht zu unterdrücken. Ihre Stimme klang gepreßt, als sie sagte: »Rede ... Papa ... wenn du durchaus mußt ... Aber erwarte, bitte, nicht, daß ich dir irgendwie antworte!«

»Ich will nicht reden, sondern dir etwas zeigen!« Der alte Landjunker ging an den Bücherpult neben der Türe. Da standen die vergilbten Klassiker, die Rang- und Quartierliste – vornean die Bibel. Auf der lag kein Stäubchen. In ihr las er oft. Er nahm sie heraus und schlug sie auf, während er sich bedächtig den Zwickel vor den greisen Augen zurechtrückte: »Kennst du noch das Buch Moses, meine Tochter? Die zehn Gebote? ... Siehst du – hier heißt's: ›Laß dich nicht gelüsten deines Nächsten Weibes!‹ ... Das gilt für dich, aber umgekehrt: ›Laß dich nicht gelüsten des Mannes deiner Nächsten...‹ auch wenn es einmal dein eigener Mann war! Du hättest ihn ja behalten können! Warum bist du von ihm weg? ... Und warum willst du nun wieder zu ihm?«

Vera war ganz fahl geworden. Sie sah den Vater mit starren Augen an. Er fuhr fort: »Du hast mir hier meinen ganzen Krempel ruiniert – ich fahr' in die Grube und hinterlass' Neetzow gerade so verschuldet, wie ich's von meinem Vater übernommen hab' ... Ich dank' dir schönstens dafür, meine Tochter, aber dann erlaube mir dafür auch einmal ein Wörtchen Deutsch!«

Der Alte hatte seine hagere, schmächtige Gestalt aufgereckt. Er stand steif und starr vor der Türe und sperrte den Ausweg. So sagte er laut und drohend: »Du liebst deinen früheren Mann!«

Das Wort hallte an den niederen Wänden wider. Vera schwieg. Sie zitterte immer stärker. Er wiederholte: »Du liebst deinen früheren Mann!«

Sie stöhnte leise auf, hielt sich die Ohren zu und wich in einer plötzlichen Todesangst vor ihm zurück. Er folgte ihr mit geschwungener Bibel. Er trieb sie vor sich her bis in die Ecke und schrie, als sie da verstört stehen blieb, weil sie nicht weiterkonnte: »Halt! Und die Hände runter! Dir *sollen* die Ohren klingen! Hier wird jetzt Farbe bekannt! Ich würde mich schämen, so davonzulaufen! Hab wenigstens den Mut und sieh mir ins Gesicht!«

Sie tat es nicht. Sie schaute bebend zu Boden. Er tobte auf einmal los. Aller Ingrimm seiner enttäuschten Hoffnungen entlud sich.

»Hier in dem Hause war Zucht und Ordnung! Seit Generationen! Hier haben christliche Hausväter das Regiment geführt, wie ich selber einer bin, und haben ihre Kinder in Gottesfurcht und Ehrbarkeit erzogen! Hier ist nie jemand geschieden worden! Hier hat sich nie eine Frau zur Liebe zu 'nem verheirateten Mann vergessen ...!«

Veras Augen wichen, einen Ausgang suchend, irr durch das Zimmer. Die flachen Hände hielt sie an die Wand hinter sich gepreßt. An der und gegenüber und über der Türe hingen verdunkelte Bilder der verstorbenen Vogte auf Neetzow, Männer und Frauen, und all die Ahnen blickten abweisend steif und ehrbar auf sie herunter, und sie schwieg, und der Alte keuchte weiter: »Durch dich ist ein unreiner Geist in dies Haus gekommen! Ich hätte dich am liebsten gar nicht wieder aufgenommen! ... Aber eine Frau wie dich draußen in der weiten Welt zu lassen – *die* Verantwortung könnt' ich nicht übernehmen! Ich hab' dir das Vaterhaus wieder geöffnet. Da magst du bleiben! Aber tue Buße – das sag' ich dir nur ... tue Buße ...«

Jetzt hatte sie sich von ihrem ersten betäubenden Schrecken erholt. Die Ungerechtigkeit seiner Vorwürfe empörte sie. Sie richtete sich auf und stieß zwischen den Zähnen hervor: »Wofür?«

Da er sie verblüfft ansah, daß sie überhaupt zu reden wagte, fuhr sie atemlos fort: »Was hab' ich denn verbrochen? Das möcht' ich nur wissen! Was ich denke und fühle, ist meine Sache. Das geht niemand etwas an. Aber getan hab' ich nie etwas! ... Im Gegenteil – ich hab' ihn von mir gewiesen, wo ich nur konnte! ... Ich hab' ihm gesagt: ›Gehen Sie zu Ihrer Frau! ...‹ In meiner Wohnung haben wir vor vier Wochen für immer voneinander Abschied genommen! Herrgott im Himmel!« Ihre Leidenschaft brach durch. »Was soll ich denn mehr tun? Ich bin doch schon verzweifelt und elend genug! Was wollt ihr denn noch von mir?«

Otto Leberecht von Vogt hob wieder die Bibel.

»Die Leviten will ich dir lesen!« schrie er. »Es tut not. Denn du bist verstockt! Du bist hoffärtig in deiner Sünde! Du bist ...«

»Bitte, Papa ... fuchtele mir doch nicht immer so mit dem Buch vor dem Gesicht herum! Ich versteh' dich auch ohne das! ... Und auch, wenn du leiser sprichst ...«

Der Alte ließ die Bibel sinken und versetzte gedämpft und drohend: »Du rühmst dich, du seist nicht schuldig! Hier steht geschrieben: ›So einer ein Weib anschaut, ihrer zu begehren, so hat er schon die Ehe mit ihr gebrochen in seinem Herzen!‹ – Dies furchtbare Wort, mein Kind, dies Donnerwort unseres Herrn und Heilands – das trifft umgekehrt auf dich! Oder willst du es leugnen? Du *hast* deinen früheren Mann angeschaut – du *hast* seiner begehrt in deinem Herzen ... du tust es jetzt noch und machst dir und uns hier alles kaput – nein – davon will ich jetzt nicht reden, ... nur von deinem Seelenheil ...«

»Das laß meine Sorge sein! Was auch gewesen ist – ich war stärker! ... Mehr sag' ich dir nicht ...«

»Ja. Das fehlte noch, daß noch mehr passiert wäre! ... weiß Gott ... es ist so genug ... es ist ein Scheuel und Greuel ...« Der alte Mann umklammerte mit seinen mageren Fingern das schwarze Buch, das er vor dem Leib hielt. Er brach ab und schloß, um eine Kleinigkeit milder: »Ich hab' jeden Abend, seit du wieder hier bist, für dich gebetet. Du bist doch schließlich meine Tochter. Vielleicht hilft's! Wir haben nun genug geredet für heute! Gib mir nur die Hoffnung, daß ein Körnchen davon bei dir auf fruchtbaren Boden gefallen ist ...«

Er schwieg und wartete. Er kannte dies eigentümlich leblose Gesicht an Vera, wenn sie sich völlig in ihr Inneres zurückzog. So sagte sie gleichgültig: »Gut, daß du zu Ende bist! Wir wollen schlafen gehen, Papa! ... Du mußt ja morgen doch so furchtbar früh hinaus ins Heu ...«

Der alte von Vogt auf Neetzow legte die Bibel weg und rang die Hände.

»Und das ist alles, was du mir nach einer solchen Unterredung zu sagen hast?«

»Es war wohl eigentlich kaum eine Unterredung, Papa! Du hast gesprochen, und ich hab' zugehört ...«

»... und du hast dir kein Sterbenswörtchen davon zu Herzen genommen?«

»Gute Nacht, Papa!«

Der alte Mann erwiderte nichts. Er stand bocksteif da und rührte sich nicht und sah sie nicht an. Vera wußte: Nun war wieder das große Schweigen zwischen ihm und ihr – wochen-, vielleicht monatelang. Er war zähe in solchen Dingen. Sie drückte leise die Klinke ins Schloß und ging den Flur entlang. Das Haustor stand offen, um etwas von der Kühle des Sommerabends hereinzulassen. Draußen lockte der Vollmond. Ihr bangte vor der Schwüle und Enge ihrer Zimmer. Sie trat in den Garten und durchschritt ihn, bis sie drüben die Weite der Wiesen um sich sah. Ihr Herz klopfte immer noch in rasenden Schlägen. In ihrem Ohr dröhnte es in einem fort: ›Du liebst deinen früheren Mann!‹ – Und alles in ihr schrie und die Blutwellen brandeten, die Nerven zitterten, die Fibern der Seele schwangen mit: ›Ja ... ja ...!‹

Sie schaute bang um sich. Die Nacht um sie war still. Nur die Frösche quakten tausendstimmig in der Elbniederung. Von dort brachte der Wind den würzigen Duft der Mahd. Er wehte kühl und stark um ihre bleichen Wangen, und sie dachte sich in all ihrer Verstörung plötzlich: ›Morgen kriegt Papa sein Heu endlich trocken herein!‹ Durch diese Berührung mit der Wirklichkeit wurde sie wieder ruhiger und ging weiter. Dieser Weg, den sie da schritt, der umfaßte eigentlich ihr ganzes Leben. Dort an der Parkmauer hatte sie zuerst an einem sonnigen Herbsttag dem Leutnant Gisbert und den anderen Offizieren der Einquartierung die Hand geschüttelt – kameradschaftlich zutraulich und ein wenig burschikos, wie sie es als junges Mädchen gegen Herren war. Da an der Elbe waren sie in der Dämmerung einsam miteinander gegangen, und in der Fliederlaube hier hatte sie sich eine Woche später, an einem kalten klaren Abend wie heute, mit ihm verlobt und ihn zum erstenmal geküßt ... Sie wandte im Heimgehen noch einmal den Kopf nach rückwärts – weißer Nachtnebel lag über all den Stätten und stieg empor und löste sich in nichts – und nichts war von alledem geblieben – und sie schritt wie eine Fremde durch die einsame Nacht...

Sie sagte sich: ›Ich bin hier heimatlos. Ich kann hier nicht bleiben. Dies kurze Rasten und Träumen hier – das war nur eine Schonzeit des Schicksals. Nun packt es mich wieder und rüttelt mich mit aller Gewalt. Ich habe hier nur Erinnerungen, aber kein Gegenwartsrecht mehr. Es treibt mich fort von hier. *Er* treibt mich fort. Überall.‹

Und als sie in ihrem Zimmer war, dachte sie noch einmal: ›Mein ganzes Leben ist eigentlich nur eine Flucht vor ihm! Und muß es sein! Sonst behielte mein Vater ja furchtbar recht mit Moses und seinen Propheten.‹ Sie setzte sich hin und schrieb in dem tiefen Schweigen des Hauses, in dem jetzt zur Heuernte alles mit den Hühnern zu Bette ging und aufstand, mit rascher Hand:

»Lieber Papa!

Ich will uns eine neue Szene ersparen. Die heute abend hatte das Gute, daß sie mir die Augen gründlich geöffnet hat. Ich sehe jetzt ganz klar, daß ich von hier weg muß! Ich will Dir nicht weiter zur Last fallen und auf der Tasche liegen, wo Du ohnedies schon so große Ausgaben mit mir gehabt hast. Ich werde auch draußen keine Unterstützung von Dir verlangen. Vorläufig hab' ich ja noch das Geld für meinen Schmuck, das Du nicht haben wolltest, und inzwischen will ich die Zeit benutzen und mich nach einer passenden Stellung für mich umsehen. Da ich nicht viel gelernt habe und nichts Besonderes kann, wird es natürlich auf einen Posten irgendwo als Gesellschafterin hinauslaufen. Den werde ich freilich nicht leicht bekommen – als geschiedene Frau – aber anderseits habe ich doch meinen Namen und meine Herkunft und genug Empfehlungen, die Ihr mir hoffentlich, wenn ich mich nun auf eigene Füße stelle und etwas Nützliches tue, nicht vorenthalten werdet. Ich finde: wenn schon, wie Du meinst, Buße getan werden muß, dann ist es besser, ich leiste dabei etwas, als daß ich daheim Trübsal blase und mich mit Bibelsprüchen füttern lasse. Aber ich will gar keine Buße, sondern einfach eine Tätigkeit.

Ich denke, ich gehe zunächst, bis ich eine Stellung habe, zu Pfennigreuters. Du weißt, sie – die Tochter – war meine Schulfreundin. Die alte Pfennigreuter ist Witwe. Der General ist vor einem Jahr gestorben. Sie haben sich in Zehlendorf eine Villa gemietet und nehmen Pensionäre, um sich aufzubessern. Das hat mir Klara geschrieben. Zehlendorf ist von Berlin schon ziemlich entfernt, gut eine Viertelstunde mit der Eisenbahn. Dadurch ist ein zufälliges Zusammentreffen mit meinem früheren Mann ausgeschlossen. Und ein absichtliches – das will ich Dir zum Schluß noch einmal heilig zuschwören – erst recht! Wir werden uns nie wieder sehen – er und ich!

Nun laß es Dir gut gehen. Ich weiß nicht, wohin mich nun das Schicksal verschlagen wird. Ich habe mir mein Leben auch anders vorgestellt. Aber es muß auch so gehen. Lebe wohl und behalte trotz alledem noch ein bißchen lieb

Deine Tochter Vera.«

Diesen Brief trug Vera am nächsten Nachmittag, als eine glühende Gewitterschwüle über der Erde lastete, und der alte Vogt-Neetzow, der vom Morgengrauen ab auf dem Felde gewesen, sein gewohntes Schläfchen machte, aus ihrem Zimmer hinunter in den Flur und gab ihn dort dem alten Diener: »Friedrich – das bekommt der Herr, sowie er aufwacht!« Dann schritt sie hinüber in den Stall und befahl dem Kutscher: »Karl, angespannt! ... Meinen Koffer herunter! ... Zum Zweiuhrzug! Ich muß in Stendal den Berliner D-Zug bekommen! Was? Keine Pferde wegen der Heuernte? Es wird die Füchse nicht gleich umbringen! ... Vorwärts – oder soll ich selber anschirren?«

Sie hatte ihre Gründe, so zu eilen. Denn es war kein Zweifel, daß ihre Absicht, sich in irgend eine abhängige, bezahlte Stellung zu begeben, bei dem in all seiner Schlichtheit rückgratsteifen alten Junker da oben auf ein bündiges »Nein!« gestoßen wäre. Sie atmete auf, als sie endlich im Wagen saß und wegfuhr, und wandte kaum den Kopf nach dem Haus ihrer Eltern, das, niedrig und ehrenfest, wie es seit Jahrhunderten gewesen, an der Biegung der Landstraße hinter weißen Staubwolken verschwand.

Am Bahnhof in Berlin erwartete sie, durch ein Telegramm benachrichtigt, Klara von Pfennigreuter, ein großes, schlankes Mädchen schon zu Mitte der dreißig. Es war für Vera immer eine Art Wehmut, das allmähliche Verwelken dieser einstigen strahlenden Schönheit zu sehen, die keinen Groschen Geld besessen und keinen Mann bekommen und umsonst als Generalstochter anderthalb Jahrzehnte vertanzt und vertan hatte. Jetzt ging sie sehr einfach angezogen. Sie rüstete sich zur alten Jungfer. Sie hatte auch schon ein bißchen etwas Umständliches und Fahriges an sich. Sie weinte sofort, als sie Vera sah, und die frug gelassen, einem Träger ihr Gepäck gebend: »Klara – wohnst du immer noch so nah am Wasser? ... Wenn du etwa wegen mir gleich so loslegst, dann sei so gut und laß es unterwegs!«

Die beiden, die geschiedene Frau und das späte Mädchen, fuhren zusammen vom Friedrichstraßen- zum Potsdamer Wannseebahnhof. Vera ließ den Kutscher absichtlich den Weg durch die Leipzigerstraße einschlagen. Sie wollte wenigstens für ein paar Minuten, nach der Stille von Neetzow, das fiebernd farbige Bild des abendlichen Berlins in sich aufnehmen, dies Brausen und Rollen, dies Jagen und Hasten, das Aufzucken der bunten Reklamezeichen am schwarzen Nachthimmel, der Glanz der Warenläden ... Leben ... Leben überall. Und auch in ihr ward das Leben wach – ein trotziger Übermut, es noch einmal mit dem Schicksal zu probieren! Sie hatte plötzlich ein merkwürdiges Kraftgefühl, eine Siegerstimmung. Sie hörte nicht, was die arme Pfennigreuter neben ihr von den teuren Fleischpreisen erzählte und wie wenig das Pensionat bisher ihr und der Mutter, den beiden unpraktischen Frauen, einbrächte. Sie schaute rechts und links in die flimmernden Schaufenster und berauschte sich förmlich an diesem Wogen der Menschenmassen und dachte sich: »Herrgott – ich bin doch noch jung – kaum dreißig – und hab' doch schon so viel durchgemacht, im Vergleich zu dem guten, verwelkten Geschöpf da neben mir, das sich wie ein Schaf in sein Schicksal findet – und hab' doch noch Spannkraft für zehn! ... Das muß sich doch noch einmal lohnen! ... Es wird schon werden! Irgendwie...‹

Der Vorortzug, den sie bestiegen, war beinahe leer. Um diese Zeit fuhr alles nach Berlin, niemand hinaus. Die Wagen rollten langsam dahin. Der Lichterglanz der Weltstadt vor den Scheiben hatte aufgehört. Draußen brütete tiefes Dunkel über den märkischen Feldern. Dies Dunkel kam durch die offenen Fenster herein und über Vera. Ein unbestimmtes Grauen. Eine tiefe Trostlosigkeit. Die Räder rasselten eintönig: ›Allein ... Allein ... Allein...‹ Auf einmal zuckte sie zusammen: Nun wußte sie, was sie belebt hatte – da drinnen in der Stadt: Eine kurze Spanne Zeit waren in diesem steinernen nächtigen Meer sie und Georg Gisbert einander nahe gewesen. Kaum drei Viertelstunden vom Potsdamer Bahnhof war im Westen, in Charlottenburg, seine Wohnung. Nun führte der Zug sie wieder von ihm weg – immer weiter in die Ferne. In der stockfinsteren Nacht draußen hätte man auch glauben können, unterwegs nach Peking oder Lissabon zu sein – es wäre ganz ebenso gewesen.

Klara von Pfennigreuter klagte eben über die Schikanen ihres Hauswirts. Vera unterbrach sie darin brüsk und sagte aus ihren Gedanken heraus: »Vor allem muß ich im ›Daheim‹ inserieren, Klärchen! ... Am liebsten ging' ich ins Ausland! Vielleicht mit einer alten Dame nach dem Süden ... oder so ... Je weiter von hier fort, desto besser...«

XIII.

Frau Otti Gisbert war so verwirrt, daß sie beim Eintreten in die Vorhalle des Hotelpalastes Unter den Linden nur frug: »Ist mein Vater schon angekommen?« und erst auf die Antwort des Portiers: »Ja – wer soll es denn sein, gnädige Frau?« sich besann: »Ach so ... Herr Weingroßhändler Dörsam aus Worms.«

Jawohl, Jean Baptiste Dörsam war seit einer Stunde da. Oben in seinem Appartement. Einem der schönsten des ganzen Hauses. Er trat auf Reisen immer fürstlich auf. Es spielte keine Rolle bei seinen Geschäftsabschlüssen. Als seine Tochter im Zimmer stand, erschien er eben auf der Schwelle des anstoßenden Badekabinetts, ein auffallend schöner, wenn auch etwas zu korpulenter Mann in der Vollkraft seiner Jahre, in einen purpurdurchwirkten und bis zu den Knöcheln reichenden Bademantel gehüllt, der ihn einem verwöhnten, verweichlichten Römer aus der Cäsarenzeit ähneln ließ. Es fehlte nur noch ein Kranz in dem schwarzen krausen Haar, ein goldener Becher in der Hand. Er schritt, sein Gewand leicht raffend, auf die kleine Frau zu, küßte sie und sagte: »Geniert's dich, Otti, daß ich da wie die selige Venus eben aus dem Seifenschaum steig'? Aber ich wußt' ja gar nicht, wann du kommen würdest. Da du nicht aus dem Bahnhof warst ...«

Um Frau Ottis Mund zuckte es. Ihr zartes, hübsches Gesicht war sehr blaß. Die dunklen Augen, die so auffallend denen des Vaters glichen, füllten sich langsam mit Tränen. Sie setzte sich und erwiderte, immer mit dem Weinen kämpfend: »Ach, Papa ... ich war' ja so gern gekommen! Aber ich hab' mich nit getraut!«

»Geh – warum denn nicht?« Herr Dörsam nahm vor dem Spiegel Platz und begann sorgfältig seinen spitzgeschnittenen, dunklen Vollbart, über dem die ausrasierten Wangen einen ganz bläulichen Schein hatten, durchzukämmen.

»Weil ich doch nit vor allen Leuten herausheule möcht'!« schrie die kleine Frau plötzlich verzweifelt und warf sich über das Sofa, auf dem sie saß, und nun war kein Halten mehr. Es war ein völliger Weinkrampf. Sie drückte den Kopf in die Polster, ohne darauf zu achten, daß Hut und Frisur in Unordnung gerieten, sie preßte die Hände vor das Gesicht und schluchzte jammervoll in die hinein, und Jean Baptiste Dörsam zog sich seinen Stuhl heran und saß still in seinem Bademantel neben ihr, das eine Bein mit dem bunten chinesischen Strohpantoffel am Fuß über das andere geschlagen.

Jetzt war zu Reden und Fragen noch nicht die Zeit. Zu vernünftigem Zuspruch auch noch nicht. Jetzt brauchte die Otti nur Güte. Er streichelte ihr – so zart, wie man es seinen großen weißen Händen gar nicht zugetraut hätte – den schwarzen Scheitel, er strich ihr sanft von der Schulter her die Falten der Blusenärmel glatt und versetzte dabei mit weicher Stimme: »Heul du nur, mein Püppche! ... Heul du dich nur aus! ... Das ist gesund! ... 's hört es niemand als dein guter Papa! Vor dem brauchst du dich nicht zu schämen ... der sagt's nicht weiter!«

Je mehr er ihr zuredete, doch noch weiter zu weinen, desto mehr versiegten ihre Tränen, und endlich hob sie das verwaschene, sanfte Gesichtchen, schaute ihn einen Augenblick verstört und verwirrt an und warf sich dann plötzlich angstvoll wie ein gescheuchtes Vögelchen an seine Brust.

»Gott sei Dank, daß du da bist!« keuchte sie. Immer noch liefen ihr dicke Tropfen über die Wangen.

»Du hast mir geschrieben, ich müßte kommen! Da hab' ich mich auf die Bahn gesetzt! Ich bin kein Rabenvater. Aber erzähl mir noch nichts, mein Ottiche! Du bist noch viel zu aufgeregt!«

Wie er erwartet hatte, fing sie nun sofort entschlössen an: »So halt' ich's nit länger aus! ... Jesus, Maria und Joseph – das ist mir zu arg! Da pack' ich einfach die Kinder auf und geh' fort! Gelt, Papa – du nimmst mich, wenn ich mit den Kindern komm'? Das Haus ist ja groß genug – jetzt gar, wo die Elfriede auch weg ist ...«

Ob die Mutter einverstanden sein würde, frug sie nicht. Die war nur um ein Jahr jünger als ihr Mann, aber sie sah mit ihren grauen Haaren und ihrer Schwerfälligkeit wie seine ältere Tante aus und ließ jedem seinen Frieden, wenn man ihr den ihren ließ. Die kleine Frau Otti ballte die Fäuste, in einem Zorn, der die samtenen Augen in ihrem schmalen Kindergesicht aufleuchten ließ: »Das hab' ich nit um ihn verdient – das nit! ...Ich bin ihm doch immer eine gute Frau gewesen – ich hab' ihn doch so schrecklich lieb. Und war so froh ...ich hab' mir gesagt: ›da hab' ich meinen Mann und meine Kinder ...und daheim die Eltern ...mir fehlt nix im Leben ...ich bin ein glücklicher Mensch‹...«

»Ja – und jetzt, mein Ottiche?«

»Jetzt ist er rein wie verhext! Ich frag' mich immer: hab' ich noch einen Mann oder is das ein Fremder, der mir da in der Wohnung 'rumgeht und bei Tisch sitzt und gar nicht hört und sieht, was um ihn los ist! Du merkst nit, ob er wacht oder schläft, so geistesabwesend ist er – immer mit den Gedanken da ...da ...in der Luft ...Ich glaub', wenn du ihn fragst, wieviel Kinder er hat oder wie ich mit dem Vornamen heiß', so spricht er, das wüßt' er nit! Er hätt' jetzt Besseres im Kopf! ...Es ist eine Sünd' und Schand', und ich hab's nit verdient. Ich hab' Langmut genug gehabt – mit ihm ...und mit ihr...«

»...mit ihr?«

Die kleine Frau beugte sich zum Ohr ihres Vaters und flüsterte: »Sie ist wieder da! ...schon seit drei Wochen...«

»Frau von Vogt?«

»Ja.«

»Hier in Berlin?«

»In Zehlendorf draußen!«

»Und du glaubst, er kommt wieder mit ihr zusammen?«

»Ich hab' ihn einmal direkt gefragt. Da hat er mich angeschaut, daß es mir ganz kalt über den Rücken gelaufen ist, und hat nur gesagt: ›Wenn was tot ist, dann will's seine Ruhe haben! Da laß du die Hände davon! Das begreifst du nicht!‹ – No – da hatt' ich mein Teil ...aber der Rest, Papa...«

Frau Otti lachte erbittert auf. Sie hatte wieder nasse Augen.

»Kann ich wissen, was er den Tag über in Berlin treibt? Jeden Sonntag ist er von zu Hause weg! Er sagt, er fährt zu seinem Töchterle nach Schlesien. Es ist ja wahr, mit der Karla geht's immer schlechter! Die Ärzte sind arg bedenklich mit dem Angstkind in letzter Zeit! ...Aber ob er nit die Mutter statt dem Kind trifft – hier und nit in Schlesien? Du liebe Zeit – der Grunewald ist groß! ...und Zehlendorf liegt dicht dabei...«

Jean Baptiste Dörsam stand auf und ging nach seinem Schlafgemach.

»Warte!« sagte er rasch. »In zehn Minuten bin ich fix und fertig! Ist dein Mann zu Hause?«

»Ja.«

»Schön! ...Dann lad' ich mich bei dir auf 'nen Löffel Suppe und hinterher gehen wir mal gleich ins Geschäft!« Der Weingroßhändler stülpte sich nebenan ein frisches Hemd über und rief dabei durch die nur angelehnte Türe: »Wie ist er denn im Dienst?...«

»Da wundern sie sich auch schon – sagt sein Bruder Albert! Es ist, als ob ein ganz anderer Mensch aus dem Georgche geworden wär'! Und dazu bin ich zu gut, daß ich für 'en fremden Mann koche und Wirtschaft führe soll!«

Sie brachte vor dem Spiegel Anzug und Frisur in Ordnung und knöpfte sich entschlossen die Handschuhe zu. Aus den zehn Minuten wurde bei Jean Baptiste Dörsam eine halbe Stunde. Er trat nie anders als in tadellos gediegener, etwas zu jugendlicher Eleganz in die Welt. Aber endlich war er fertig, und sie fuhren zusammen nach der Meinekestraße.

Gerade heute hatte Georg Gisbert sich Gäste zu Tisch mitgebracht – zwei frühere Kameraden von der ostafrikanischen Schutztruppe. Mit denen unterhielt er sich während des Essens. Die Anwesenheit seines Schwiegervaters fiel ihm nicht auf. Es kam sehr oft vor, daß Jean Baptiste Dörsam in Geschäften nach Berlin reiste. Sein Schwiegersohn begegnete ihm dann stets so höflich und ein wenig förmlich wie jetzt. Diese Zurückhaltung lag in seiner Art. Es war immer, als geniere er sich im stillen, das viele Geld von jenem anzunehmen. Der fand den Gatten seiner Otti wirklich verändert. Müder. Bleicher. Der Blick irrte zuweilen unruhig ab und verlor sich in der Ferne, und gleich darauf setzte sich Georg Gisbert wieder straff auf dem Stuhl zurecht und redete mit den Kameraden weiter – lauter Namen von Schutztrupplern, Stämme und Orte auf –ehe und –oro, von denen Jean Baptiste Dörsam nie etwas gehört hatte und die ihn nicht im geringsten interessierten. Am meisten verdroß es ihn, daß die beiden Herren Abstinenzler waren! Sie tranken nur gemeines Berliner Leitungswasser, während vor ihnen die edelsten Schloßabzüge der Firma Dörsam, Fröhlich und Kompanie prangten, und der eine von ihnen, ein kleiner, schroffer, glattrasierter Leutnant, der keine Ahnung hatte, daß der Schwiegervater des Hauses Weinhändler war, sagte: »Nee – nee – mit dem verfluchten Alkohol schnappt's doch bei unseren guten Landsleuten allmählich allgemein!« Das gab Jean Baptiste Dörsam einen Stich ins Herz. Er würde es ja nicht mehr erleben – ihn würde der Niedergang geschäftlich nicht mehr treffen – aber was sollte denn aus der Loreley am Rhein werden und den sagenumwobenen Klippen des deutschen Stroms und den kühlen Kellern mit goldenem Naß, wenn alle Welt zum Pumpenschwengel schwor oder in den Kuhstall an den Milchkübel lief? Er seufzte innerlich und schwieg und benutzte nur einmal die Gelegenheit, als sein Schwiegersohn wieder einen Augenblick düster und traumverloren dasaß, um ihn jäh, ganz überraschend, zu fragen: »Georg – woran denkst du eben?«

Und jener antwortete völlig ruhig, ohne Blick und Kopfhaltung zu ändern: »An meine Karla! ... Das arme Ding ist wieder ganz herunter! Ich hab' heute früh recht trübe Nachrichten von Mama!«

Als die zwei Offiziere aufbrachen, wollte der Hausherr sie eine Strecke weit begleiten. Den Schwiegervater überließ er Otti und den Kindern. So glatt sie auch miteinander auskamen, so hatten doch die beiden, der preußische Hauptmann und der Weinhändler aus Rheinhessen, einander unendlich wenig zu sagen. Sie versuchten es sonst auch gar nicht. Aber diesmal versetzte Jean Baptiste Dörsam mit einer ungewöhnlichen Bestimmtheit: »Bitte, bleib hier! Ich hab' mit dir zu sprechen!«

Und an dem kurzen Blick, der zwischen ihnen hin und her flog, erkannte der andere, daß es Ernst war.

Nun saßen sie einander in Georg Gisberts Arbeitszimmer gegenüber. Die Zigarren qualmten, und Jean Baptiste Dörsam streifte die Asche der seinen ab, schaute flüchtig nach einem Antilopengehörn, das gerade über ihm an der Wand hing, und sagte: »Georg ... ein offenes Wort: Es tut mir leid ... ich dräng' mich ungern in so Geschichten ... aber es muß sein ... Was hast du mit deiner ersten Frau?«

»Nichts!«

Das klang schneidend kurz. Der andere war eine Sekunde verdutzt. Dann hub er an: »Verzeih! Es war nur eine bescheidene Anfrage. Die darfst du mir als dem Vater deiner jetzigen Frau nicht übelnehmen! Im allgemeinen heißt doch eine Scheidung: ›Geh du rechts und ich links!‹ ... Daß diese Wege dann wieder irgendwie zusammenführen ...«

»Wo denn?«

Georg Gisbert legte seine Zigarre weg, stand auf und trat vor seinen Schwiegervater hin.

»Nun bitte, heraus mit der Sprache! ... Wo waren wir denn zusammen, Frau von Vogt und ich?«

»Rege dich nicht auf, Georg! ... Ich habe nur gehört ...«

»Du hast von Otti Dinge gehört, die nicht sind! Das weiß ich, daß sie sich mit diesen Hirngespinsten plagt! Ich kann ihr nicht helfen! Wenn sie es nicht von selber versteht – reden kann ich über gewisse Sachen nicht! Mir ist nur bekannt, daß meine frühere Frau sich in Zehlendorf aufhält ...«

»Woher denn?«

»Herrgott – sie muß doch meiner Mutter schreiben und Bescheid bekommen, wenn sie Karla besuchen will – gerade damit wir uns dort nicht einmal durch Zufall treffen ...«

»Ach so, ja ... verzeih ...«

Der Hauptmann Gisbert setzte sich wieder. Es war, als bereute er seine kurze Aufwallung. Er fügte in ruhigem, fast gleichgültigem Tone hinzu: »Sie sucht eine Stellung als Gesellschafterin – aus welchen Gründen, entzieht sich meiner Kenntnis. Ich hab' es nur aus einer Anzeige im ›Daheim‹ ersehen. Die Nummer ging mir von irgendwoher anonym zu. Weiter weiß ich von nichts!«

Der Weinhändler schwieg nachdenklich. Der andere fuhr fort: »Vor beinahe sieben Wochen, unmittelbar nach ihrer Entlobung, hatten Frau von Vogt und ich unsere letzte Unterredung. In der beschlossen wir, uns nie wieder zu sehen. Wir waren darin einig, auch den Schein zu meiden, als ob ... Die Welt dreht einem ja aus dem Kleinsten einen Strick ... Otti bringt das sogar ohne jede Unterlage fertig ...«

»Und dabei ist es geblieben?«

»Dabei ist es geblieben!«

»Du gibst mir dem Wort darauf?«

»Mein Wort als Offizier!«

»Dann habe ich dich zunächst um Entschuldigung zu bitten!« sagte Jean Baptiste Dörsam. Georg Gisbert machte nur eine müde, ablehnende Bewegung mit der Hand. Beide blieben stumm. Der Weingroßhändler drehte sich langsam seinen dunklen, krausen, kaum merklich parfümierten Spitzbart. Der andere war ihm dankbar, daß er nicht weiter mit Fragen in ihn drang.

»Die eigene Fügung ist nur die,« versetzte der Schwiegervater nach einer langen Pause so, als hätten sie beide in der Zeit das gleiche gedacht, »... daß dein Kind aus erster Ehe immer noch eine Art Band zwischen dir und deiner einstigen Frau schafft. Das führt euch wider Willen, auch in der Entfernung, zusammen. Das öffnet sogar Mißverständnissen das Tor, wie wir das eben leider bei mir erlebt haben! ... Ohne das Kind wärst du viel freier. Man könnte auch mehr von dir verlangen – Entschiedeneres in gewisser Hinsicht, als jetzt, wo du immer auf den einen Punkt zurückkommst ...«

Er stockte. Georg schwieg und wartete: Er begriff nicht, wo der andere hinaus wollte. Da schlug ihm Jean Baptiste Dörsam plötzlich mit der Hand fest auf die Schulter und sagte laut und entschlossen: »Georg ... gib ihr das Kind ...«

Der Hauptmann Gisbert wandte sich jäh zu seinem Schwiegervater, und sein braunes, scharfgeschnittenes Gesicht drückte unverhohlenes Erstaunen aus. Er sagte nur langsam: »Was?«

Der Weinhändler wiederholte entschlossen: »Gib ihr das Kind! ... Überlaß es ihr ein für allemal!«

»Mein Kind?«

»Es ist doch auch das ihre!«

»Aber mir zugesprochen ...«

»Ja – nach Paragraph so und so. Da mögen die Juristen schon recht haben. Aber die Kleine ist nicht bei dir! ... Und bei dem Vater oder bei der Mutter sollt’ ein Kind doch sein – statt jetzt bei deiner verehrten Frau Mama in irgend einem fernen polnischen Krähwinkel. So ein heranwachsendes Mädelche – das braucht doch gerade die Mutter! ... Überleg doch mal – was soll denn schließlich aus ihr werden, wenn sie mal groß ist – in zehn Jahren?«

»Alles im Leben,« sagte Georg Gisbert, sich an die Stirne greifend. »Alles im Leben hätt’ ich eher erwartet, Schwiegerpapa, als von dir diesen Vorschlag zu hören ...«

Herr Dörsam ließ sich nicht beirren. Er fuhr fort: »Da steht das arm Dingerche mit seinen achtzehn Jahren und keinem Groschen im Sack mutterseelenallein auf der Welt. Weißt du, was sie tut? Sie geht doch zur Mutter, sobald sie nach dem Gesetz wählen darf! Da halten sie keine zehn Pferde! Da lehr du mich die Welt kennen! ...«

Georg Gisbert sah seinen Schwiegervater schweigend an. Der ließ noch immer die Hand auf seiner Schulter ruhen und sagte: »Es wär’ mir auch, ehrlich gestanden, so lieber, als daß die Karla in zehn Jahren plötzlich wieder bei dir auftaucht und nachträglich wieder alle Welt daran erinnert, daß du meine Tochter erst zur Frau genommen hast, nachdem dir eine andere davongegangen ist. Aber das nur nebenbei! Nein – denke gerade an diese andere! Im Ehescheidungsprozeß Gisbert wider Gisbert ist sie für den schuldigen Teil erklärt worden. Gut. Ich kenn’ sie nicht. Aber was ich so gehört hab’ über sie und dich ... Vielleicht denkt man im stillen Kämmerlein bei sich doch über manches anders! Oder hältst du dich für gar nicht schuldig, Georg?«

Der Hauptmann Gisbert hob den Kopf und sagte: »Ich war viel, viel schuldiger als sie!«

»Nun also! ... Die Frau ist unglücklich. Ein ganz gewöhnlicher Mensch kann sie nicht sein. Sonst hätte sie nicht die Verlobung mit dem reichen Kerl wieder gelöst! ... Sie steht ganz einsam da. Sie hat nichts auf der Welt. Sie weiß auch nichts mit sich anzufangen. Warum wollte sie sonst jetzt eine armselige Gesellschafterin werden? Gib ihr einen Lebensinhalt! ... Gib ihr das Kind ... kauf dich von dem Schicksal los, Georg!«

Er hatte die letzten Worte mit erhobener Stimme gesprochen. Sein Schwiegersohn saß da, stützte den Kopf auf die Hand und murmelte nur: »Mein Gott – was ist das für 'ne Idee!«

»Ihr seid erst dann wirklich getrennt, Georg, wenn die Karla nicht einen von euch an der rechten und den anderen an der linken Hand festhält, sondern einem ausschließlich gehört! Dann ist erst alles zwischen euch zu Ende – und auf eine gute und anständige Weise – gerade von dir aus! Und weißt du, Georg – ganz im Vertrauen als Geschäftsmann gesprochen: Wenn ich schon weiß, daß mir etwas später doch wegkommt, dann schenk' ich es lieber gleich freiwillig her! Dann steh' ich doch wenigstens groß da!«

Georg Gisbert hatte sich erhoben und war an das Fenster getreten. Er antwortete nicht mehr. Es kämpfte heftig in ihm. Der andere blieb sitzen und wiederholte sehr ernst: »Kauf dich von dem Schicksal los, Georg! Es ist hohe Zeit. Deine erste Frau hast du unglücklich gemacht – das gibst du selbst zu – deine zweite bist du auf dem Punkt, unglücklich zu machen. Deine erste Frau geht mich nichts an, deine zweite sehr – denn es ist meine Tochter – und wegen der zweiten verlange ich: mache ein Ende!«

Eine Weile schwiegen beide. Jean Baptiste Dörsam trat zu seinem Schwiegersohn an das Fenster und sagte zum letztenmal: »Gib ihr das Kind! ... Schieb einen Riegel vor die ganze Vergangenheit! ... Du wirst sehen: solch ein Opfer tut Wunder. Es reinigt die Beziehungen zwischen zwei Menschen. Es läßt gar keine Wahl mehr. Da fügt man sich dann drein ...«

Über den Flur her tönte einen Augenblick Kindergeschrei und Ottis Stimme. Dann schloß sich eine Türe und es war wieder still, und der Weingroßhändler sagte: »Du hast noch mehr Kinder und wirst noch mehr haben. Sie hat nur das einzige. Sei also nicht grausam und ungerecht. Enthalte es ihr nicht vor! Was meinst du? ... Du hättest die Kleine lieb? ... Ja, mein bester Junge – wenn das nicht weh täte, dann wäre es auch keine Kunst!«

Das Mädchen kam und brachte ihnen den Kaffee. Als sie gegangen, machte es sich Jean Baptiste Dörsam auf dem Sofa bequem und nahm seine Zigarre wieder zur Hand. Die Feierlichkeit, die an sich seinem leichtlebigen, rheinischen Naturell nicht entsprach, war für ihn abgetan. Er sagte in seinem gewöhnlichen Ton: »Überleg es dir! Es braucht ja nicht von heute auf morgen zu geschehen! ... Aber etwas muß geschehen! Darauf bestehe auch ich! ... Du wirst mir zugeben, daß ich sonst kein Moralprediger bin. Ich hab' nicht das Zeug dazu. Wenn man selber ein bißchen im Glashaus sitzt ...«

Er machte eine Handbewegung, wie um ein paar trübe Gedanken zu verscheuchen. Auf einmal sah er müde aus.

»Du weißt ja gar nicht, wie gut du's hast,« versetzte er. »Ob man sich nun mit den Weibern verträgt oder sich mit ihnen kratzt und beißt – wenn nur Leben da ist! ... Aber wenn das so neben einem altert – so ganz langsam, weißt du, aber unerbittlich – und man soll mitaltern ... und fühlt sich doch noch so jung und vergnügt ... da schau her, ob du ein graues Haar findest!«

Er neigte seinen dunkelgelockten Kopf gegen den anderen, und der sah nicht den schönen, jungen Schwiegervater vor sich, sondern drüben am Rhein dessen Frau, die graue, rundliche Matrone, die vor der Zeit dumpf und stumpf geworden war.

»Bleigewichte gibt's im Leben!« sagte Jean Baptiste Dörsam langsam. Es klang, als wolle er dem anderen zum Entgelt sein Vertrauen schenken, weil er sich in dessen Vertrauen eingedrängt. »Und wenn man dann ein bißchen über die Schnur haut, dann ist gleich Zetermordio! ... Und vor sich selber steht man dann auch gar nicht so berühmt da! Aber, Maria und Joseph, ich kann halt noch keinen Schlafrock anziehen und den guten Großpapa spielen, wenn ich's auch bin. Es rumort noch zu sehr in mir!« Er lachte wieder ein wenig. »Gerad' wie der Wein in meinen

Fässern! ...Ich spreche auch viel lieber zu dir als Kamerad, als als Schwiegervater! Das hast du nun schon bemerkt...«

Georg nahm stumm die Hand, die der andere ihm bot. Jean Baptiste Dörsam war ihm auf einmal näher gerückt. Dieser weltlich-heitere, geschäftsschlaue Mann, der Mitglied des Großen Rates der Narrhalla seiner rheinischen Vaterstadt und ein berühmter Büttenredner der Faschingszeit war und sich überall mit seinem prächtigen Tenor in die Herzen der Frauen sang, schaute ihm in die tiefsten Gründe der Seele und begriff sie...

Otti kam herein, die beiden Kleinen an der Hand. Sie war in Angst, weil die Unterredung gar so lange dauerte. Sie fürchtete, die beiden Männer würden hintereinander gekommen sein, und machte große Augen, als sie sie ruhig auf dem Sofa beisammensitzen sah. Jean Baptiste Dörsam warf seinem Schwiegersohn über dessen Kinder hin einen Blick zu, der warnend sagte: ›Du bist reich, jene ist arm. Gib ihr. Gib!‹ Das klang in Georg Gisbert nach: ›Das Schicksal will etwas von dir! Es greift nach dir! Wirf ihm etwas vom Liebsten hin, damit es von dir läßt!‹ Der Gedanke verfolgte ihn diesen ganzen Sonnabend, an dem er nachmittags keinen Dienst hatte. Er versuchte zu lesen, aber die Buchstaben tanzten vor seinen Augen. Er ging gegen drei Uhr in die Universität, wie er es viermal in der Woche tat, um ein Kolleg über Friedrich den Großen in der zweiten Hälfte seiner Regierung zu hören, aber die Worte des berühmten Historikers verhallten unvernommen an seinem Ohr, und draußen im Menschenfluten der Linden und der Friedrichstraße, im Rollen des Stadtbahnzugs hörte er immer einen fernen Ruf: ›Gib ihr das Kind.‹ Und als er daheim, was er schon lange nicht getan, seine Geige zur Hand nahm, da legte er mitten im Phantasieren den Bogen wieder hin und dachte sich: ›Mein Schwiegervater hat recht! Man kann nur eine Frau, nur einmal Kinder haben ... Es klingt lächerlich ... es klingt furchtbar zugleich: zweimal Weib und Kind. Wer zwischen beiden steht, der geht zugrunde ... Eins von ihnen muß er opfern!‹

Am Abend war Jean Baptiste Dörsam mit seinen Kindern zusammen in einem Berliner Restaurant. Er versuchte die beiden Gatten, die in diesen Wochen das Reden miteinander schon halb verlernt hatten, denen die Sprache fast im Halse eingerostet war, wieder zur Unbefangenheit gegeneinander zu bringen – er plauderte absichtlich nur von Dingen, die ihnen beiden gemeinsam waren – von den Kleinen – dem Verkehr mit befreundeten Familien – ihrem vorjährigen Sommeraufenthalt, und wo sie dies Jahr hingingen – am besten wieder in die Schweiz, da holten sie sich unterwegs in Worms gleich von ihm das Reisegeld! Er lachte dabei pfiffig und sah zu seiner Befriedigung, daß Otti auch ein paarmal unwillkürlich lächeln mußte wie sonst, daß sie und ihr Mann so miteinander ins Gespräch gerieten, sich ins Wort fielen, im Moment vergaßen, was war – und als Georg Gisbert und seine Frau in der warmen Sommernacht nach Hause gingen, setzten sie unter vier Augen ihre Unterhaltung fort, aus bloßer Angst, daß das alte tötende Schweigen wieder zwischen ihnen Platz greifen könne – eine Unterhaltung, die sich um Nichtigkeiten drehte und für sie doch so viel mehr bedeutete als den bloßen Klang der Worte. Georg Gisbert war in einer seltsam weichen, traurigen Stimmung und neben ihm ging, bemüht, mit ihm gleichen Schritt zu halten, die kleine Frau. Er hatte ihr den Arm geboten. Sie sah zuweilen scheu zu ihm auf und er nach ihr. Dann schmiegte sie sich fester an ihn, und es war ein leises, schmerzliches und hoffnungsvolles Zucken um ihren Mund. Aber sie beherrschte sich tapfer und schwatzte weiter, wie es ihrer Schwester in Köln ginge, und wie gut der Vater aussähe und wie schade es doch sei, daß er hier nie ordentlich zum Verschnaufen käme, sondern morgen schon wieder heim nach Worms müsse.

Jean Baptiste Dörsam hatte nie viel Zeit. Sein Weingeschäft war zu groß. Früh am nächsten Tag trat er, schon zur Reise gerüstet – er wollte in einer Stunde fahren – zu seinem Schwiegersohn in das Zimmer und frug ohne viel Umschweife: »Nun, Georg, hast du dir die Sache beschlafen?« Der wies ihm stumm eine Stelle aus einem Brief seiner Mutter, den er eben erhalten: »...Karlas Befinden macht mir täglich mehr Sorge und den Ärzten auch. Sie verlangen für das Kind frische Luft – fortgesetzten Aufenthalt im Freien – heitere und unermüdliche Pflege ohne viel Bewegung – denn die bedrohlichen Anfälle von Herzschwäche haben sich in letzter Zeit gar zu oft wiederholt – ja – lieber Sohn – wie soll ich alte Frau in meinem stillen Hausstand das leisten? Was ich kann, das tu' ich ja von Herzen gern. Aber, offen gestanden, es wird mir zu viel, diese furchtbare Verantwortung vor Dir und Frau von Vogt auf die Dauer zu tragen. Meine Kräfte lassen in letzter Zeit recht nach. Ich bin jetzt über sechzig. Es muß, gerade um Karlas willen, da über kurz oder lang irgend eine Änderung eintreten. Ich kann das bedenkliche Gesicht des Doktors gar nicht mehr sehen...«

Der Hauptmann Gisbert war in grauem Sommerzivil. Er sah auf die Uhr und versetzte: »Komm, Schwiegerpapa! Wir wollen gehen!«

»Du auch?«

»Ich möchte mit dem Zehnuhrzug nach Schlesien fahren. Ich muß nach Karla sehen! Und dann ... Inzwischen hab' Dank, daß du gekommen bist – daß du mir einen Rat gegeben hast, den mir kein anderer gegeben hätte – daß du...« Er drückte plötzlich dem Schwiegervater vom Rhein die beiden Hände. »...Ich hab' dich jetzt ganz anders kennen gelernt – weißt du – ich schäme mich ordentlich...«

Jean Baptiste Dörsam lachte.

»Das Vergnügen hättest du schon lange haben können! ...wenn ihr Preußen nicht so furchtbar steif wärt ...aber man darf euch ja nicht anschauen, so werdet ihr schon bös! Das ist ein Gotteswunder, daß ich dir mal durch ein Hintertürchen beigekommen bin! ...Na ...hoffentlich bleibt's dabei! Gute Fahrt! ...Gute Besserung für dein Kind! ...Und ein gutes Ende mit allem!«

Die beiden Männer, der von fünfunddreißig und der von fünfundvierzig Jahren, schüttelten sich noch einmal in Kameradschaft, als zwei Freunde, die Hände, ehe sie sich an der Gedächtniskirche trennten und Georg Gisbert rasch die paar Schritte bis zum Bahnhof Zoologischer Garten hinabging.

XIV.

Der Hauptmann Gisbert hatte seinen Besuch in Schlesien nicht angemeldet. Seine Mutter verließ ihr niedriges, altes Wohnhaus in der ostelbischen Kreisstadt ohnedies fast nie mehr, und am Sonntag nachmittag am wenigsten. Sie saß, als er eintrat, gerade mit Karla beim Vieruhrkaffee. Das Kind hatte kurz vorher das Bett verlassen. Es ging heute ein wenig besser mit dem schwanken, wie im Winde flackernden Flämmchen. Aber auf wie lange? Der Arzt dränge immer wieder: ›Nur nicht laufen – nicht springen!‹ und die Kleine sei doch jetzt immer so unruhig und aufgeregt, erzählte die alte Exzellenz. Das habe sie aus Berlin mitgebracht, aus dem Gisbertschen Hause. Sie sei von dem vielen Lärm und Leben dort angesteckt worden und glaube nun, hier bei der Großmutter müsse es ebenso sein.

Karlas Vater legte die Hand auf den blonden Kopf seines Töchterchens, während die vor ihm, zwischen seinen Knien stand. Freilich – hier war es ruhig – nur zu ruhig in dem ganzen Hause mit seinen ausgetretenen Stiegen, seinen wurmstichigen Dielen und niederen Decken. Der Greisin, die hier lebte, stand die Zeit still, die Zeiger ihrer Uhr wiesen rückwärts, in die Vergangenheit hinein, alles war hier Erinnerung, verkörpert in den vielen Photographien auf den Tischen, an den Wänden – der verstorbene Generalleutnant z. D. Gisbert als Leutnant im böhmischen Feldzug und, vier Jahre später, einen Fuchspelz um den Mantelkragen gewickelt, mit Stummelpfeife, hohen Stiefeln und fremdwildem Vollbart im Winter 1870 vor Orleans, und weiter auf der Stufenleiter des Friedens bis zur ordenübersäten Exzellenz. Neben ihm seine Söhne, vom Kadetten und Fahnenjunker bis zum Leutnant und Hauptmann und dem schon verstorbenen Major, dem Ältesten, und dahinter wieder neunjährige Knirpse im Waffenröckchen, die nächste Generation. Draußen vor den Fenstern grünte der Sommer. Hier war der Winter. Sein Schweigen. Seine Müde. Georg Gisbert dachte sich, während er stumm die welke Hand der Mutter in der seinen hielt: ›Darf ich denn Karla hier lassen, wo alles spricht: Komm, ältele du mit mir…?‹

Welch einen fiebrigen, seltsamen Glanz die Blicke der Kleinen hatten, mit denen sie, sich an sein Knie schmiegend, ihn anschaute! Es war ihm unheimlich. Das waren keine Kinder-, sondern Menschenaugen, wissend, an Vera erinnernd – ein stummes Forschen in ihnen: Vater, was tust du?

Er stand auf und schob Karla sanft von sich.

»Hast du denn keine kleinen Freundinnen zum Spielen, die dich besuchen?« frug er. »Ich hab' jetzt mit der Großmama zu reden!« Die Kleine blieb verdutzt stehen und schüttelte den Kopf, und die alte Exzellenz seufzte und meinte: »Die anderen Kinder tollen doch immer so! Das soll sie doch nicht!« – Und er sagte sich wieder: ›Was ist das für ein trübseliges Herumgehocke! Wie soll das arme Kerlchen da in Saft und Kraft kommen? Wenn sie in Neetzow bei der Mutter wäre, da auf den weiten Wiesen, in Hof und Garten, bei Kuhmilch und in frischer Luft, würde sie sich gewiß erholen.‹

Das blasse kleine Geschöpf war das Alleinsein schon gewohnt. Es kauerte sich im Nebenzimmer in seiner Puppenecke hin, hielt ein Bilderbuch auf den Knieen und schien ganz zufrieden. Nun frug Georg Gisbert gedämpft: »War ihre Mutter in letzter Zeit einmal da?«

Die alte Exzellenz bejahte das beinahe ängstlich. Sie fürchtete sich, wie sie sagte, förmlich vor der leidenschaftlichen Zärtlichkeit, mit der Vera neuerdings ihr Kind geradezu erstickte und es, wenn sie jede Woche einmal von Berlin herüber kam, mit Küssen und Näschereien überhäufte. Stundenlang saß sie neben ihm am Boden, und sie spielten zusammen mit den Puppen und zogen sie aus und an und brachten die eine davon, die kleine Luise, die so krank war, zu Bett und pflegten sie, bis sie wieder gesund wurde, und Vera kämmte ihrem Töchterchen selbst das Haar und hatte ihm aus Berlin ein apartes Kleidchen mit russischer Leinwandstickerei mitgebracht und dabei, während sie, dies kaltherzige Geschöpf, sonst doch nie eine besondere Rührung verriet, mit Tränen in den Augen zu der alten Exzellenz gesagt: »Jetzt, wo mir alles wieder in Scherben gegangen ist, jetzt hab' ich auf der weiten Welt nur noch mein Kind! …Und wenn mich das Schicksal immer wieder hin und her beutelt, das ist alles die Strafe dafür, daß ich es damals verlassen hab'!«

Und besonders der letzte Abschied Veras von ihrem Töchterchen, jetzt eben vor drei Tagen, war schon bald herzzerreißend gewesen! Da hatte sie vor Karla auf den Knieen gelegen und sie an ihre Brust gepreßt und verzweifelt geschluchzt: Nun kam sie nur noch einmal wieder, in einer Woche, und dann sah Karla lange, lange die arme Mama nicht mehr. Die hatte, wie sie der Generalin Gisbert erzählte, eine Stellung als Gesellschafterin angenommen, bei einer etwa vierzigjährigen, an Melancholie leidenden Baronin, die einmal ein Jahr oder länger von Mann und Kindern getrennt leben sollte, um ihre Nerven zu beruhigen. Diese Baronin sollte mit ihrer Begleiterin für den Sommer nach einem Kurort in Ungarn gehen und dann im Winter nach dem Süden. Am ersten Juli hatte Vera ihren Posten anzutreten. Ihr Vater, der alte Vogt-Neetzow, habe gerast und ihr geschrieben, ob sie denn den Glauben erwecken wolle, er lasse seine Kinder verhungern, daß sie sich bei fremden Leuten ihr Brot suchen müßten, und sie habe ihm geantwortet: »Ja, Papa – Du hast mich verhungern lassen in Neetzow! Brot ohne Liebe ist Stein!«

Sie war jetzt merkwürdig mitteilsam geworden, meinte die alte Dame, sie hatte einen Drang, ihr Herz auszuschütten, wo sie nur im leisesten hoffte, daß man sie verstand. Wie kühl und zugeknöpft hatte sie früher sich vor der alten Exzellenz auf dem Weg zum Zimmer ihres Kindes verbeugt und sich ebenso stumm und hastig wieder entfernt, und jetzt –? Hatte sie sich nicht das letzte Mal eine Stunde freiwillig zu der alten Generalin hingesetzt und ihr zutraulich, als sei sie noch ihre Schwiegertochter, allerhand krauses Zeug erzählt – auch was sie für Sorge mit ihren Toiletten habe? Die seien alle für den Berliner Winter und sommerliches Landleben im großen Stil berechnet gewesen. Jetzt als Gesellschafterin müsse sie doch viel einfacher gehen und alles mit schrecklicher Mühe wieder umändern lassen...

»Sie ist ja furchtbar oberflächlich!« sagte die alte Exzellenz. »War es immer! Toiletten ...Geldausgeben ...heidi! ...na ...wir wissen's ja, mein Sohn! ...Aber trotzdem ...ich halte ihr jetzt mehr als früher die Stange! Sie ist doch ein tapferes Geschöpf! Läßt sich nicht klein kriegen! ...Sie hat Gott sei Dank bei ihren vielen Fehlern gar nichts Sentimentales an sich. Immer rasch und energisch und eigentlich ganz guter Dinge. Sie spricht dir und lacht manchmal, als wäre alles in schönster Ordnung. Das ist das gräßlichste, wenn Frauen der Art auch noch Heulliesen sind und sich ewig mit ihren Geschichten *haben*! Das kann ich in den Tod nicht leiden! Nein – so ist sie gar nicht!«

Nach einer kurzen Pause fügte die Generalin Gisbert hinzu: »Und dann, mit dem Kinde, da meint sie's ehrlich! Sie hat sich von ihrer trübsinnigen Baronin ausgebeten, daß sie einmal den Sommer hier herüberführen darf. Sie meint, es wäre ja nur ein Katzensprung von Ungarn nach Schlesien! ...Ein merkwürdiges Frauenzimmer ...wenn sie was will, dann ist sie biegsam wie eine Gerte! Sie schnellt immer wieder nach oben. Ich möchte ja beileibe ihr Mann nicht sein – aber immerhin ...Und dazwischen will sie dann der Karla regelmäßig schreiben, und ich soll dem Kind erklären, was es nicht versteht, und dafür sorgen, daß es hübsch antwortet. Nun, ich hab' es ihr in die Hand versprochen. Sie bleibt doch schließlich die Mutter...«

Die alte Exzellenz redete nun schon fast eine Stunde ausschließlich von Vera von Vogt. Es war kein Wunder. Die Besuche der jungen Frau waren ja so ziemlich das einzige, was das stille Gleichmaß ihrer Tage hier in diesem Hause noch unterbrach. Ihr Sohn hörte schweigend zu. Die Worte seines Schwiegervaters gingen ihm nicht aus dem Kopf. Der kluge Weltmann vom Rhein hatte recht: Immer wieder schlangen sich hier unsichtbare Fäden, gleich den Seidensträhnen auf Karlas blondem Haupt, um ihn und seine frühere Frau. Er entging ihr nicht. Er hörte immer neu von ihr. Er sah sie, vor sich an der Türschwelle stehen, die sie erst vor drei Tagen überschritten. Der Hauch ihrer Nähe haftete noch an allen Dingen umher. Es war, als sei sie selber noch im Zimmer und lehnte hinter seinem Stuhl und hörte, was man sprach, und wußte, was man dachte – und so blieb das, solange sie beide, jeder an einer Hand, die Gesichter voneinander abgewandt, ihr Kind zusammen durch das Leben führten...

Er erhob sich und ging in das Nebenzimmer zu Karla. Dort setzte er sich ihr gegenüber auf einen Schemel und frug halblaut, so daß die schon etwas schwerhörige Exzellenz nebenan ihn nicht verstand: »Karla ... möchtest du gerne wieder fort von hier?«

»Ja, Papa!«

»Wohin denn am liebsten?«

»Zu Tante Otti!«

Immer Tante Otti! Er unterdrückte eine Bewegung der Ungeduld – was konnte denn das unschuldige, kleine Geschöpf dafür? – und sagte in sanftem Tone: »Gewiß ... die Tante Otti hat dich auch sehr lieb. Aber ... schau, Karlachen – vor allem ist doch deine Mama so gut zu dir – nicht wahr? Sie kommt doch so oft her und spielt mit dir und bringt dir immer was Schönes mit. Möchtest du nicht auch gern zu der Mama?«

Das Kind nickte. Es schien ihm alles recht zu sein, wenn es nur aus dem einsamen, dämmerigen Hause der Großmutter herauskam, und er tröstete sie weiter: »Weißt du, Karla ... bei der Mama ist's wunderschön ... da geht ihr spazieren über ganz, ganz große Wiesen mit vielen scheckigen Kühen darauf und pflückt euch Blumen – und da ist ein Hof mit kleinen Hühnchen weißen und Ziegenböcken ... paß auf, was die für Sprünge machen ... da wirst du lachen – und abends gibt es gute, dicke Milch und ...«

»Kommt da Tante Otti auch hin?«

Er seufzte.

»Nein, mein Kind,« sagte er. »Tante Otti nicht. Man kann nicht alles im Leben haben! Dafür hast du deine Mama!«

»Aber *du* kommst hin, Papa ...«

»Wir wollen sehen, Karla! Wahrscheinlich nicht!«

»Warum denn nicht, Papa?«

Er legte ihr leise die Hand auf den Mund.

»Pscht, Kind! Frage nicht immer! Hast du denn deine Mama nicht lieb?«

»Doch. Ich hab' die Mama lieb und ich hab' dich lieb und ich hab' die Tante Otti lieb ...«

»Und wen hast du denn am liebsten?«

»Die Tante Otti!«

Es war nichts zu machen. Er stand auf und nickte trübe und dachte sich: ›So rächt sich die Schuld der Eltern. Unser Kind liebt die Dritte, die Fremde mehr als Vater und Mutter ...‹

Er nahm wieder neben der alten Exzellenz Platz und fing an, vorsichtig von der Möglichkeit, Vera das Kind zu überlassen, zu sprechen. Er hatte auf heftigen Widerstand bei ihr gerechnet. Es war seine heimliche Hoffnung gewesen, daß sie entgegnen würde: ›Das Kind muß fort von hier – freilich – aber zurück in dein Haus!‹ Jedoch die alte Dame sagte zu seinem Erstaunen, indem sie tief aufseufzte und die Hände faltete: »Wenn du glaubst, daß du's kannst – wenn du glaubst, daß du's mußt – dann tu's in Gottes Namen, Georg! Ich hab' nicht den Mut, dir abzureden. Ich bring' es nicht übers Herz. Ich weiß zu sehr selber, wie es tut! Ich bin auch Mutter. Wenn ich denke, *ich* hätte eines von euch aus den Händen geben müssen ...«

»Sie hat es doch so gewollt!«

»Ja, ja, mein Kind! Ich kann sie nicht leiden. Ich hab' wenig Frauen kennen gelernt, die mir so gegen die Natur gegangen sind wie sie, mit ihrem Hochmut und ihrer Selbstsucht und ihrer Verschwendung und ihrem ganzen blinden Hin und Her durchs Leben ... aber trotzdem ... wenn die Mutter wieder in ihr erwacht ist ... oder vielleicht war sie nie ganz weg ... schau .. wir Frauen sind doch anders als ihr ... wir tun manches und meinen das Gegenteil und können uns und euch nicht klar machen, warum, sondern wir müssen ... auf *dem* Umweg ist sie da wieder angelangt, wo sie hingehört! Georg – was du vorhast, das ist mir schon manchmal, wenn ich da so still über meiner Häkelei gesessen bin, durch den Kopf gegangen – gerade wegen Karla ... daß das Kind noch in die rechte Pflege kommt, ehe es zu spät ist ... glaub mir: viel Zeit ist dazu nicht mehr ...«

Er preßte die Lippen zusammen und schaute vor sich hin.

»Also du meinst dasselbe wie mein Schwiegervater!« sagte er.

Wie immer bei der Erwähnung Jean Baptiste Dörsams nahm das Gesicht der greisen Dame einen abweisenden Ausdruck an.

»Das kann sein!« versetzte sie frostig. »Ich weiß es nicht! Ich bin aus der alten Schule. Dein Vater trank Moselwein sehr gern. Aber wir haben den Lieferanten immer nur geschrieben. Gekannt haben wir sie nicht!«

»Herrgott ja – Mama – ich weiß, daß mein Schwiegervater Weinhändler ist...«

»Ich mach' ihm auch keinen Vorwurf daraus, Kind! Ich möchte nur nicht gerade so durchaus mit ihm Hand in Hand ... ich kann mich so wenig in diese neuerfundenen Leute schicken. Aber immerhin – wenn zwei so verschiedene Menschen wie der Herr Dörsam und ich dasselbe denken, dann ist es vielleicht gerade das richtige...«

Ihr Sohn sprach nicht mehr weiter darüber. Er meinte nur noch: »Bitte – laß Otti nichts von der Sache wissen. Wenn es geschieht, sag' ich es ihr besser hinterher!« Dann brachte er die Rede auf das weite Gebiet der Familienangelegenheiten, das einzige, an dem die alte Exzellenz noch mit Anteilnahme hing, auf die Versetzungen und Beförderungen in dem hundertköpfigen Vettern- und Verwandtenkreis, – was Gustavs in Memel trieben und Leopolds in dem teuren Frankfurt am Main, und ob sich Karl auf dem Schweizer Urlaub vom Sturz mit dem Pferde erholt, und so verflossen die Stunden, bis es für ihn Zeit war, der Mutter die Hand zu küssen, noch einmal seinem blassen Töchterchen, das er stumm an sich zog, die Lippen auf die Stirne, zwischen Veras große blaue Augen, zu drücken und nach Berlin zurückzufahren.

Als er dort den abenddunklen Kurfürstendamm entlang schritt, den heute, am Sonntag und bei dem schönen Wetter, Tausende von verspäteten Grunewaldausflüglern, Schwärme eilig flitzender Radler, Kremser mit bunten Papierlaternen, knatternde Automobile und schlank trabende Schlächterequipagen erfüllten, da klang es ihm inmitten der festlich heiteren Gesichter, des gemächlichen Gewühls wie eine eherne Stimme des Schicksals ins Ohr: ›Deine erste Frau, dein erstes Kind müssen für dich tot sein, damit du leben kannst...‹

In den folgenden Tagen blieb in ihm dieser leise Schauer vor dem Opfer am eigenen Fleisch und Blut, diese Abschiedsstimmung. Sein Verhältnis zu Otti hatte sich schon seit der Aussprache mit dem Schwiegervater geändert. Sie waren weich und nachgiebig zueinander – sie redeten nicht viel zusammen, ja der eine schaute wohl noch unwillkürlich weg, wenn ihn unverhofft der Blick des anderen traf, aber sie behandelten sich mit stummer, schonender, leise wieder erwachender Liebe – sie waren wie zwei Kranke, die sich gegenseitig pflegten und gemeinsam Genesung erhofften.

Und die Genesung hieß: ›Tu von dir, was dein Eigenstes ist – lasse das Kind büßen für das Irren der Eltern!‹ Der Hauptmann Gisbert hatte in diesen Tagen, wenn er durch die Straßen ging, in dem fiebernden Pulsschlag des Lebens um ihn her immer seltsam, ganz aus dem Zusammenhang heraus, wie eine dunkle Erinnerung aus der Schulkinderzeit, einen Bibelspruch im Kopf: ›...dies ist das Lamm, das der Welt Sünde trägt...‹ und dachte dabei an sein blasses, blondes Töchterchen in Schlesien, das Vater und Mutter hatte und doch keines von beiden.

Von der alten Exzellenz hatte er nur eine Postkarte, daß es Karla wieder weniger gut ginge und sie das Bett hütete. Am Freitag abend, nachdem beinahe eine Woche seit seinem Besuch bei seiner Mutter verstrichen, stand er plötzlich von dem Tisch auf, an dem er neben Otti unter der Hängelampe gesessen hatte, küßte sie rasch auf die Wange und ging, ohne der Erstaunten ein Wort der Erklärung zu geben, hinüber in sein Arbeitszimmer. Dort setzte er sich hin und schrieb an Vera von Vogt, und es schien ihm in diesem Augenblick selbstverständlich, daß er seine frühere Frau mit ›Du‹ anredete – Eltern, die um ihr Kind litten und stritten ... was sollte zwischen denen in letzter Stunde das ›Sie‹? – und er kam ohne Umschweife sofort zu dem entscheidenden Wort:

»Ich habe mich entschlossen! Ich gebe Dir zurück, was Dein ist, unsere Tochter! Dein trotz alledem! Die Menschen sagen das Gegenteil. Sie geben mir recht. Ich gebe mir unrecht. Ich bin schuldig, in der Vergangenheit, noch mehr in der Gegenwart – ich will nicht in der Zukunft am schuldigsten sein. Ich muß ein Stück von mir preisgeben, damit ich nicht ganz untergehe. Dies Stück ist Karla. Ich schenke es Dir als Sühne. Nimm es hin, wie ich es meine, ich sage nicht mehr! Zwischen uns war immer eine Art Verstehen, in Liebe und Haß. Du verstehst mich auch jetzt. Du weißt, warum ich es tue, tun muß. Es gilt Dir. Ich opfere zwei in einem.«

Er ließ die Feder sinken. In ihm vollzog sich, wie er da sein Innerstes niederschrieb, eine seltsame Umsetzung der Gedanken. Nicht mehr Vera sollte für ihn tot sein – nein, umgekehrt, er selbst für sie – und er fuhr in dem Briefe fort:

»In Ostafrika hat mich einmal im Buschgefecht eine Negerkugel gerade in die Herzgegend getroffen. Es war ein Prellschuß vom Boden her. Sie drang nicht durch die Haut. Und auf dem Marsch nach Peking wollt' ich eben Wasser aus einem verseuchten Brunnen trinken, da riß mir ein britisch-indischer Soldat den Becher vom Munde. In beiden Fällen war ich um ein Haar dahin – in manchen anderen auch. Dann wärest du nun ohnehin schon lange in Karlas unbestrittenem Besitz. So mußt Du auch jetzt Dir vorstellen, ich sei nicht mehr. Und auch so handeln. Wir dürfen in Zukunft voneinander so wenig wissen, sehen, hören, denken, als wenn ich nicht mehr unter den Lebenden wäre. Das ist die Bedingung, unter der ich Dir Karla gebe.

Für andere Eltern ist das Kind das, worin sie sich, einer im anderen, erkennen. Für uns ist es das letzte Mittel, einer den anderen zu vergessen. Ich sehne mich so nach Frieden für Dich und mich. Ich hoffe auf ihn. Es liegt eine erlösende Kraft im Opfer! Möge sie auch an uns ihre Reinheit bewähren.

Nimm Karla! Führe Du sie ins Leben! Lehre sie, Dich zu lieben und ihren Vater zu vergessen. Sie soll nicht wissen, daß er sie in der Stunde am meisten liebte, als er sie weggab. Und gib Karla Deine Liebe mit. Sie soll von uns beiden das erben, was wir füreinander nicht bewahren konnten, und nicht wieder fühlen durften, die Liebe. Widme Karla Dein ganzes Leben. Ich verlange das nicht von Dir. Du tust es von selber, in Neetzow oder wo es Dir sonst gut erscheint.«

Eine Sekunde zögerte er noch. Dann schrieb er hastig die letzten Sätze nieder:

»Ich will von Karla keinen Abschied mehr nehmen. Es würde mir zu schwer fallen. Ich will sie auch nicht wieder sehen, höchstens in zehn, fünfzehn Jahren, wenn sie ein erwachsener Mensch und mir fremd geworden ist. Sie soll mir auch nicht schreiben. Du auch nicht! Danke mir mit keiner Zeile! Ich bitte Dich nur um das eine: mache es schnell! Fahre sofort nach Schlesien – meine Mutter ist unterrichtet – und hole Dir das Kind. Und dann soll Schweigen sein. Wenn ich wieder einmal in das Haus meiner Mutter komme, soll das Zimmerchen nach dem Hof zu leer stehen und mich nichts mehr an Karla erinnern. Und nun lebt wohl, ihr beide...«

Er adressierte den Brief an die Wohnung Veras in Zehlendorf und trug ihn selbst zum Postkasten und hörte den leichten Schlag, mit dem er durch dessen Spalt auf den Boden glitt. Nun war es entschieden. Er drehte um und ging langsam die jetzt um die zehnte Abendstunde stille und menschenleere Straße zurück. Sein Schritt hallte dumpf an der Hausmauer wider. Die Luft war heiß und schwer und in ihm war nicht, wie er heimlich gehofft hatte, ein befreites Aufatmen, ein Stein vom Herzen – nein – eine unendliche Leere. Und er merkte wohl, daß es nicht die Trennung von dem Kinde, sondern die von seiner Mutter war, die ihm das kommende Leben als nicht mehr lebenswert erscheinen ließ. Man lebte es ja trotzdem, man hauderte seines Wegs und tat seine Pflicht, aber im Grunde war das alles einerlei...

Diese tiefe Gleichgültigkeit gegenüber den Dingen beherrschte ihn auch am nächsten Tage so, daß ihm alles recht war, was geschah oder nicht geschah, sogar der Ausflug zu den Verwandten nach Magdeburg, den ihm Otti für morgen, Sonntag, vorschlug. Seine Schwester dort hatte er ganz gern, nur sein Schwager, der Amtsrichter Weigand, war ihm unsympathisch. Aber heute brauchte die kleine Frau gar nicht lange zu predigen, Weigands seien alle Fingerlang in Berlin und nähmen es ihnen, den Gisberts, krumm, wenn sie nie kämen – er sagte nur melancholisch: »Übelnehmen ist das halbe Familienleben!« und fuhr mit.

Als er dann wirklich in Magdeburg zu Tisch saß, da dachte er nicht daran, wie fatal doch der Schwager sei, der in jeden Satz ein juristisches Schlagwort verwob und dazwischen Bierwitze vom Skat- und Kegelabend erzählte, und was dies halbe Dutzend unbekannter Herren und Damen bedeute, die die Weigands in Eile eingeladen, um ihren nächsten Freunden die bunte Uniform und die schicke Sommertoilette des Ehepaares Gisbert vorzuführen – er sann im stillen immer wieder: Heute vor einer Woche riet mir der Schwiegervater – er ist klug ...ein rechtes

Weltkind – ein Mensch unter Menschen – sein Rat wird mich nicht reuen … kann es nicht … aber doch … die Gefahr hat er mir noch nicht aus der Seele gebannt – das geht wohl langsam … langsam … das ist noch nicht der große, der heilige Schmerz, in dem alles versinkt – das ist noch Trübsinn … grauer Tag … und Begehren …‹

»Also du verstehst,« sagte der Amtsrichter über den Tisch herüber eifrig. »Vorhand spielt die blanke Karozehn. Ja, ich hatt’ das As nicht und könnt’ doch nicht zum Oberlandesgerichtsrat sagen: ›Herr, Sie schustern!‹ … Und was schmeißt Mittelhand? … ’ne Sieben! Das As im Skat! Höllendusel – was? … ja, solche Abende hab’ ich manchmal … es grenzt schon an unerlaubte Bereicherung …«

Georg Gisbert ließ den Skatfreund schwatzen und dachte weiter: »Vielleicht kommt es daher, daß noch nicht alles entschieden ist! … Gestern hatte Vera meinen Brief. Heute fährt sie hin. Oder sie muß vielleicht noch warten, mit dem Alten in Neetzow sich ins Benehmen setzen, der trübsinnigen Dame schreiben, daß sie nicht kommen könne, sondern selber eine Gesellschafterin gefunden habe, ihr eigenes Kind – es können noch ein paar Tage vergehen, bis sich das klärt. Ehe ich nicht eine Nachricht meiner Mutter erhalten habe: ›So – nun ist alles in Ordnung und Karla weg!‹ – bis dahin ist es ja ganz natürlich, daß ich keine Ruhe finden kann …‹

»Ottilie!« schrie der fidele Schwager, der ihn beobachtet hatte, »… ist dein Mann immer so? … Was ist mich das mit dir, mein Sohn? Du ißt mich nicht, du trinkst mich nicht … du stippst mich nicht … Hat unsere Bewirtung Mängel, die du arglistig verschweigst? … Nein? … Nu also! … hör’ mal: Weißt du schon den Unterschied zwischen …«

»Ja!« sagte Georg Gisbert, so daß dem anderen das Wort im Munde still stand, und knüpfte ein Gespräch mit seiner Nachbarin an. Sie erzählte ihm ein langes und breites von ihrer Kinderstube, er hörte nicht recht darauf hin, aber es erinnerte ihn doch immer wieder an sein eigenes Kind. Natürlich war Vera heute schon dort in Schlesien! Wie hatte er vorhin glauben können, daß sie auch nur einen Augenblick zögern würde? Sie setzte sich sofort auf die Bahn und holte sich, was wie ein Geschenk vom Himmel in ihr verwildertes und verödetes Leben fiel. Vielleicht zog sie in diesem Augenblick schon der Kleinen ihr Jäckchen an und setzte ihr den Hut auf und ermahnte sie: ›Nun sag der Großmama noch einmal schön Adieu …‹ und führte sie an der Hand mit sich hinaus über die ausgetretenen Steintreppen auf das spitze Pflaster des Gäßchens und durch das weiter … immer weiter … Mutter und Kind verloren sich in blauer Ferne …

Er fuhr empor. Es wurde Sekt eingeschenkt. Man stand auf, und der Gastgeber schrie: »Das Getränk des armen Mannes – schlichter deutscher Schaumwein – keine Serviette schamhaft um die Marke Matthäus Müller – keine Vorspiegelung falscher Tatsachen … der Versuch wäre strafbar … na Prost, alter Kronensohn! Nett, daß ihr da seid!« – und Georg Gisbert stieß mit ihm an und mit all den anderen, und ihm war es, als wandele er nur im Traum hier im Lande der Philister …

Am Nachmittag hatte er dann eine ruhige Stunde mit seiner Schwester. Sie war eine kluge kleine Frau, unheimlich mager, mit glänzenden, ewig beweglichen, eichhornbraunen Augen – ein bißchen mokant – das machte der Mann, der sie ihre eigenen Wege gehen ließ, und die Abgeschlossenheit ihres Lebens hier. Sie hatte schöngeistige Neigungen und war der Mittelpunkt eines kleinen Kreises verwandter Seelen. Dadurch besaß sie einen sanften Dünkel. Aber wenn man sie mit ihrer stillen Ironie ein bißchen duckte, kam man sehr gut mit ihr aus. Sie war für Georg Gisbert die eigentliche Vertraute unter seinen Geschwistern. Nur heute fiel sie ihm zur Last. Sie hatte natürlich auch schon etwas läuten hören und kam ihm mit vorsichtigen, bohrenden Fragen näher, und er war jetzt am wenigsten in der Stimmung, irgend einem Dritten Einblick in sein Inneres zu gewähren. So brach er ab und mischte sich wieder unter die Banausen und war froh, als es spät abends und Zeit zur Heimkehr war.

Man sollte gegen zwei Uhr nachts in Berlin ankommen. Aber Otti fühlte sich von dem langen Tag zu angegriffen, um sich jetzt noch auf drei oder vier Stunden in den D-Zug zu setzen. Nach langem Hin- und Herreden nahm sie das Anerbieten der Verwandten an, die Nacht hier zu bleiben und erst am nächsten Morgen zu reisen. Ihr Mann, der Montag früh wieder Dienst hatte, fuhr allein voraus. Er verabschiedete sich und atmete auf, als er für sich im Zug war und seinen Gedanken nachhängen konnte.

Der Zufall wollte, daß er im Abteil einen anderen Offizier von der Infanterie traf. Sie kamen ins Gespräch und stellten sich vor. Es ergab sich, daß jener auch drüben in China mitgewesen war. Nun fanden sie eine Menge gemeinsamer Bekanntschaften und Erlebnisse aus der Boxerzeit, und die Stunden verstrichen ihnen rasch, bis sie sich mit einem Händedruck auf dem Bahnhof in Berlin trennten. Georg Gisbert hatte das bißchen Pulvergeruch und Seeluft ihrer Unterhaltung wohlgetan. Es hatte ihn abgelenkt, auf das äußere Leben hinaus. Das war ja auch der rechte Weg. Es war ein Wink des Schicksals gewesen. Den Kopf fester im Genick, als die Tage bisher, trat er in seine stille mitternachtdunkle Wohnung, hing Mütze, Mantel und Säbel an den Haken und warf, wie er es immer vor dem Schlafengehen tat, einen Blick in sein Arbeitszimmer, ob irgendwelche Briefe oder Nachrichten angekommen seien.

Er und Otti waren an diesem Morgen so früh gefahren, daß sie die Post nicht mehr hatten abwarten können. Es war ganz natürlich, daß die Zeitungen und ein paar Schreiben und Drucksachen unberührt dalagen. Aber was sollte der Pack uneröffneter Depeschen daneben bedeuten? Sie lagen übereinander geschichtet, wohl fünf oder sechs, offenbar der Reihe nach, die letzte zu oberst. Die riß er auf und überflog die paar Worte und begriff gar nicht:

»Das gute Kind soeben sanft entschlafen. Gott starke Dich. Deine Mutter.«

Welches Kind? … Wer war gestorben? Heute abend um sieben Uhr dreißig, nach dem Datum des Telegramms …? Sein Kind …? Die Buchstaben der Maschinenschrift der Depeschen tanzten ihm vor den Augen, wie er sie atemlos der Reihe nach aufriß – vereinzelte Worte schlugen ihm entgegen – hafteten ihm im Hirn – es rollte sich nach rückwärts auf, was diesen Tag geschehen: »Zunehmende Herzschwäche – Doktor gibt wenig Hoffnung mehr. Warum kommst Du nicht? Antwort! Mutter.« – »Herzschwäche eingetreten. Komme Du sofort. Mutter.« – »Karla schlimmer. Erwarte Dich heute hier.« – und endlich das erste, kaum eine halbe Stunde nach seiner Abfahrt eingetroffene Telegramm:

»Wollte Dich nicht unnötig beunruhigen. Depeschiere jetzt doch auf Rat des Arztes. Karla seit gestern, Sonnabend, mittag recht krank. Liegt zu Bett. Ernste Symptome. Deine Mutter.«

Dem Hauptmann Gisbert war es immer noch wie ein Traum. Er schichtete die Telegramme wieder zusammen, glättete sie mechanisch mit der Hand und las noch einmal das oberste: »Das gute Kind soeben sanft entschlafen!« Und da begriff er plötzlich, daß seine Tochter gestorben war, und sank auf dem Stuhl vor seinem Schreibtisch zusammen.

XV.

Das große Staunen – das große Nichts – die Dumpfheit gegenüber dem Schicksal ... Georg Gisbert schaute aus trockenen Augen ins Leere, als er am nächsten Morgen in Zivil im Schnellzug nach Schlesien saß, dem ersten, den er nach rasch eingeholtem Urlaub benutzen konnte. Um ihn waren allerhand Fahrtgenossen. Die schwatzten vom Wetter – von Spirituspreisen – vom Schweidnitzerkeller in Breslau – draußen zog das Land vorbei – Wassergeglitzer und Buchengrün, Heumahd und Roggenreife – das alles war so unwahrscheinlich ... irgend jemand sprach ihn an ... er antwortete zuerst nicht, und als dann sein Gegenüber, ein Schnittwarenreisender, gereizt sich verbeugte: »Verzeihen Sie ... ich wußte nicht, daß man mit Ihnen nicht reden darf!« sagte er mechanisch vor sich hin; »Meine Tochter ist gestern abend gestorben!« und nun erst, bei dem Klang seiner eigenen Stimme, dem plötzlichen Schweigen, das ihr in dem Abteil folgte, einem gemurmelten: »Verzeihen Sie!« von drüben, glaubte er selbst wieder daran und hielt die Hände zwischen den Knieen zusammengepreßt, den Kopf vornübergeneigt, den Blick am Boden, und horchte auf das eintönige Rattern der Räder, die unermüdlich mit ihm in der Richtung nach dem Sterbehaus rollten.

Dort empfing ihn vom im Eingang die Mutter. Die alte Exzellenz fiel ihm weinend um den Hals. Eine Weile konnte sie vor Schluchzen nicht sprechen. Auch er stand stumm und sah die offenen Fenster, die offenen Türen, das verweinte Hausmädchen mit einem Totenkranz in dem dämmerigen Flur und dachte sich das Unbegreifliche: ›Wir hier sind Lebensende und Lebensmitte. Warum hat sich der große Schnitter gerade den Lebensanfang geholt – das, was nach uns kommen und auf Erden atmen sollte?‹

Neben ihm sagte die greise kleine Generalin, das Tuch vor den nassen Augen: »Mein armer Georg ... sei mir nicht böse ...«

»Dir, Mama?«

»Ich bin so unglücklich ... ich mach' mir solche Vorwürfe ... ich hätte dir abraten sollen, das Kind aus dem Hause zu geben ...«

Er zuckte zusammen. Sie fuhr fort: »Der Finger Gottes, Georg! Wir haben die Karla gehen heißen! Da ist sie gegangen. Weiter, als wir selber wollten!«

Er nickte nur: Das war die Last, die seit Mitternacht auf ihm wuchtete, dies furchtbare: ›Dein Kind war dir zu viel. Nun bist du von ihm frei. Warum mußte auch ein zwiespältiger, schwerblütiger Mann gleich dir den Rat eines lachenden Lebenskünstlers wie des Schwiegervaters vom Rhein befolgen?‹ Aber er blieb aufrecht. Er versetzte aus trockener Kehle: »Wenn es eine Schuld ist, ist es nur meine! ... Und geschehen ist geschehen!«

Damit ging er nach der Flurtüre, zu Karlas Zimmer. Auf der Schwelle blieb er noch einmal stehen und frug mit erstickter Stimme: »Hat sie noch nach mir gefragt?«

»Ja. Gewiß. Auch nach der Mutter. Aber vor allem nach Tante Otti. ›Tante Otti‹ – das waren beinahe ihre letzten Worte ... Das Kind muß sie furchtbar lieb gehabt haben ...«

Die alte Exzellenz begleitete ihren Sohn nicht in das Sterbezimmer. Sie schloß sacht die Türe hinter ihm. Er stand allein vor seinem toten Töchterchen, das auf dem Bette aufgebahrt lag, die mageren Hände gefaltet, vom Fenster her ein sommerlicher Lichtschein über dem spitzen, wachsfarbenen Gesicht, das so sonderbar ernst und reif, beinahe wie das einer Erwachsenen aussah, so als sei sie nun Mitwisserin eines großen Geheimnisses. Ihre Augen waren geschlossen. Er beugte sich nieder und küßte sie auf die Stirne, auf dieselbe Stelle wie beim Abschied gestern vor acht Tagen, und richtete sich wieder auf und blickte geistesabwesend auf sie hinab und fühlte den kühlen Hauch der Eiskübel unter dem Bett und den kränklich-süßen Duft rasch welkender Blumen und sah draußen auf der Straße die Leute gehen ... zwei dicke Herren, die sich prüfend beäugten, dann plötzlich erkannten und einander mit offenen Armen entgegenliefen ... da eine Dame ... ihr winziges, weißes Hündchen gehorchte ihr nicht ... sie lachte und bückte sich und klapste es – es war Sonnenlicht auf ihrem weißen Strohhut ... wie Goldgefunkel in den grünen Bäumen dahinter ... da sangen die Vögel ... Leben ... Leben ... Und hier drinnen lag dies kleine Geschöpf ... dies wissende ... dies stumme ... und schwieg ...

Der Atem hob sich ihm schwer aus der Brust. Noch konnte er nicht weinen. Er war noch zu betäubt. Er schaute ungläubig um sich. Da erhob sich in der Ecke eine Dame, die da still gesessen, ohne daß er sie bemerkt hatte. Seine frühere Frau stand vor ihm.

Er hatte nicht an sie gedacht. Er hatte überhaupt an nichts gedacht. Nun ward ihm erst klar, daß er ja durch die Fahrt nach Magdeburg beinahe einen ganzen Tag verloren hatte, daß sie also einen großen Vorsprung vor ihm haben mußte. Es war ganz natürlich, daß sie schon längst da war.

Sie trat langsam auf ihn zu. Ihre großen blauen Augen schwammen in bitterem Naß. Der Schmerz hatte die Strenge und Kühle ihrer Züge vergeistigt. Sie nahmen sich schweigend bei der Hand. So standen sie vor ihrem Kinde. Plötzlich brach sie, deren Lider schon ganz gerötet waren, in ein neues, leises, klagendes Weinen aus, und nun flossen auch ihm die Tränen. Und dies halblaute Schluchzen war lange Zeit der einzige Laut in dem Gemach.

Endlich versetzte er gedämpft, immer noch Veras Rechte festhaltend und ohne sie anzusehen: »Wann bist du denn gekommen?«

Es schien auch ihr ganz natürlich, daß er »du« zu ihr sagte – zwei Menschen, die ihr eigen Fleisch und Blut beklagten – und sie erwiderte: »Gestern nachmittag um fünf.«

Er hob den Kopf. Wie war das möglich? Sie ergänzte: »Ich war in der Nähe, in Breslau, bei der Dame, bei der ich nächstens Gesellschafterin werden sollte. Dorthin haben Pfennigreuters die Depesche aus Zehlendorf nachtelegraphiert! Da bin ich gleich hierher ...«

»Und da hast du sie noch ...?«

Sie nickte unter Tränen.

»Ich bin gerade noch zurecht gekommen ...«

»Und sie hat dich noch erkannt?«

»Ja. Das heißt, ich glaube fast, sie hat mich für deine Frau gehalten!«

Wie seltsam dies ›deine Frau‹ aus ihrem Munde klang! In dem Schweigen darauf kam ihm der Gedanke an das, was er Vera geschrieben. Er frug hastig: »Wann bist du aus Zehlendorf weg?«

»Sonnabend morgen!«

»Da hast du meinen Brief gar nicht mehr bekommen?«

Es reute ihn, kaum daß er es gesagt. Sie wandte ihm jäh ihr blasses Gesicht zu.

»Welchen Brief?«

»Ach, laß nur jetzt!«

»Was stand in dem Brief?«

»Ich sag' es dir später!«

Sie flüsterten beide nur in Gegenwart der Toten. Ihre Summe bebte: »Deine Mutter hat mir davon gesprochen ... heute nacht. Du hattest den Gedanken, mir Karla zu geben ...?«

»Ja.«

»Das steht in dem Brief, der in Zehlendorf liegt?«

»Ja.«

»Ich sollte sie haben – ganz für mich?«

»Ja.«

»Wann denn?«

»Jetzt gleich. Heute!«

Sie schaute ihn fassungslos an. Ungläubig. Dann plötzlich fiel sie mit einem verzweifelten Schrei vor dem Bett auf die Kniee. Sie umhalste die kleine Tote, sie preßte heiße Küsse auf die blassen Lippen, sie sprach den tauben Ohren gut zu – in abgerissenen, atemlosen Worten, in kindischer, hilfloser Zärtlichkeit – nun wurde ja alles gut – nun hatte sie sie ja ... komm, komm, mein Kind ... komm zur Mama! ... und dazwischen wieder ein jähes Schluchzen des Schmerzes, und der Mann hinter ihr stand schweigend und düster da, das Haupt gesenkt, die Hände verschlungen. Er sah das Zucken ihrer schlanken Gestalt, die jetzt noch etwas so Mädchenhaftes an sich hatte, daß es beinahe war, als beweine da eine ältere Schwester die jüngere – er hörte ihren Jammer und kam sich langsam, wie in einer Helle von oben, gleich einem Verbrecher vor. *Er* war der Schuldige. Er hatte Mutter und Kind getrennt. Da lag die kleine Leiche – nicht sein

Wille – aber sein Werk – und sprach in der Stille des Zimmers: ›Ihr liebt mich jetzt zu spät. Der Tod kam dazwischen. Ihr liebt einander auch zu spät. Das Leben kam dazwischen...‹

Zu spät. Dies eine Wort war im Schweigen des Zimmers, und in der Seele des Hauptmanns Gisbert. Es schnitt ihm ins Herz, wie Vera da unten zu seinen Füßen flüsterte: »Mein Karlachen ... mein Karlachen ... komm zu mir ... der Papa ist nicht mehr bös ... er erlaubt's ... mein Liebling ... mein alles ... komm mit zum Großpapa...« Sie preßte das magere Händchen, das so gelb und durchsichtig wie aus Wachs geformt aussah, an ihren Mund und ließ es wieder los, daß es schwer und tot hinabsank, und sprang plötzlich auf die Füße und starrte ihren einstigen Mann an und sagte zwischen den Zähnen: »Warum auch *das* noch? ... Hast du noch nicht genug an mir?...«

»Was hab' ich denn getan? . Ich wollte dir Karla wiedergeben...«

»Ja, jetzt, weil du wußtest, daß sie sterben würde!«

»Vera ... um Gottes willen...!«

»Jeden Schmerz, den du mir zufügst, begreif' ich! ... Aber daß du mir aus meinem eigenen Kind eine Zuchtrute machst, das ist nicht mehr menschlich ... das ist...« sie schrie auf. »Warum hast du sie mir nicht früher gegeben? ... sag ... sag, warum!«

Er streckte die Hand aus und wies auf das Lager.

»Und warum hast du sie früher verlassen? ... sag mir, warum!«

Da ließ sie von ihm. Sie wich einen Schritt zurück. Sie schaute nicht nach dem Kinde, sondern zu Boden und sagte langsam, wie aus einem Traum erwachend: »Ja ... das ist wahr...«

Es war, als wagte sie sich nicht mehr dem Bett zu nahen. Sie sank auf einen Stuhl nieder, der drei Schritte abseits stand, verbarg das Gesicht in den auf die Knie gelegten Händen und brach in heiße Tränen aus, in einer gebrochenen Haltung, die deutlich verriet: sie, die da saß, war die große Sünderin – nicht vor dem Mann, sondern vor dem Kind...

Er versuchte, sie zu beruhigen. Er trat zu ihr, er legte ihr die Hand auf die Schulter, er redete ihr zu – er wußte nicht, ob sie ihn hörte und verstand – aber allmählich wurde ihr Weinen stiller. Sie ließ es geschehen, daß er sie aus ihrer Willenlosigkeit aufrichtete und emporzog, und es war ihm ein seltsames Gefühl, wieder diese Frau im Arm zu halten, ihre Last an seiner Brust zu spüren, die er seit Jahren nicht mehr berührt hatte, und wieder flog ein rascher und unsteter Blick von ihm hinüber nach dem Sterbelager. Es war ihm plötzlich, als sei eine Sünde hier im Zimmer ... als knisterten irgendwo im Hause Flämmchen ... aber dann war das schon vorbei ... und sie sagte matt, mit halbgeschlossenen Augen: »Du hast noch mehr Kinder ... wenn du heimfährst nach Berlin, sind für dich wieder welche da ... Aber ich...«

Dabei sank ihr Haupt gegen seine Schulter. Er stützte sie stumm. Ihre Lippen zuckten.

»Ich sollte ja nicht bei dir Schutz suchen ... ich weiß es wohl ... Wenn das die Leute sehen, dann werden sie wieder ... Aber nur ein bißchen ... bis ich wieder meine Kräfte beisammen hab'! ... Ich bin ja so mutterseelenallein auf der ganzen weiten Welt...«

Sie lehnte sich schweratmend an ihn, die Lider gesenkt. Er stand und rührte sich nicht. Das Kind lag still mit gefalteten Händen. Es war kein Laut im Zimmer. Draußen vor dem Fenster gingen im Sonnenschein die Menschen – ein Wagen rasselte – ein Hund bellte in der Ferne – das war alles wie ein Traum...

Endlich knarrte leise die Türe. Die alte Exzellenz warf einen vorsichtigen Blick hinein. Ihr Gesichtsausdruck bekam unwillkürlich etwas Hartes, als sie Veras Stirne gegen die Schulter ihres Sohnes gebeugt sah. Sie sagte nichts. Aber in ihm erwachte ein Zorn – eine Abwehr. Was in diesem Augenblick zwischen ihm und Vera vorging, daran brauchte niemand zu rühren – das konnte niemand ermessen – diese Stunde war heilig – die gehörte ihnen allein. Er frug rauh: »Was willst du denn, Mutter?«

»Es ist Mittag. Ich habe etwas zum Essen gerichtet!«

»Jetzt essen?«

»Mein lieber Georg! Wir sind Menschen! Und Menschen müssen essen, um zu leben! ... Also komm nur ... Sie auch, Frau von Vogt, wenn ich bitten darf...!«

Sie nannte ihre einstige Schwiegertochter seit der Scheidung stets »Sie« und mit ihrem Mädchennamen. Vera schüttelte den Kopf. Sie wollte hier bleiben. Aber Georg schob sie ruhig mit dem Arm, den er noch stützend um sie gelegt hatte, über die Schwelle und sagte: »Mama hat ganz recht! Mit unserem Kummer allein ist's nicht getan!«

Sie gehorchte. Aber sie rührte keinen Bissen an. Sie saß geistesabwesend da. Niemand sprach ein Wort. In diesem Schweigen ging dem Hauptmann Gisbert eine Erinnerung durch den Sinn, wie er und Vera vor beinahe zehn Jahren zum erstenmal zum Besuch bei der Mutter in diesem Raum gesessen, als jung vermähltes Paar, strahlend, lachend. Jetzt waren drei bleiche Menschen um den nämlichen Tisch, und er hörte die knappe Stimme der alten Exzellenz: »Trinken Sie wenigstens einen Schluck Rotwein, Frau von Vogt!« und draußen im Flur tappte etwas – es war der Tischler – der nahm Maß ... und auf einmal stand der Hauptmann Gisbert auf und trat ans Fenster und hielt sich bitterlich weinend das Tuch vor die Augen. Und ebenso tat es drüben, in der Ecke des Zimmers, seine frühere Frau ...

Die Mutter war hinausgegangen, zu dem Telegraphenboten. Fortwährend kamen Depeschen. Als eine der ersten drahtete Veras Vater: »Gott stärke Dich, mein Kind. Ps. 103, 20«, und die junge Frau nahm das Testament vom Bücherspind der alten Exzellenz und las mit nassen Augen: »Denn er schauet von seiner heiligen Höhe und der Herr stehet vom Himmel auf Erden, daß er das Seufzen der Gefangenen höre und losmache die Kinder des Todes ...« und dann das Nachwort des alten Junkers: »Wenn ich zu hart gegen Dich war, so vergib. Mein Haus steht Dir offen!«

Sie legte stumm das Blatt auf den Tisch zu den vielen anderen. Ihre Geschwister telegraphierten aus Berlin und Hannover und Bonn und Ostpreußen, an Georg Gisbert kamen die Beileidsworte der Brüder und der Schwester aus Magdeburg und endlich auch ein Telegramm von zu Hause: »Bin tief erschüttert. Soll ich kommen? Otti.«

Diese Depesche erhielt er gerade, als er und Vera wieder in dem Sterbezimmer vor ihrer Tochter standen. Sie erschien ihm wie ein Eingriff in ihrer beider Schmerz. Seine Frau war hier eine Fremde. Sie gehörte nicht zu dieser stillen Gemeinschaft: – Vater, Mutter und ihr totes Kind ...

Er antwortete ihr kurz: »Warte bis zur Beisetzung. Schicke Burschen mit Uniform erster Garnitur und allem Zubehör.« Auch daran mußte er denken. Und an viele andere Erfordernisse des äußeren Lebens, die ihm niemand abnehmen konnte. Er mußte zum Arzt wegen des Totenscheins, er mußte zur Polizei und auf das Standesamt und auf die Post. Das alles lenkte ihn ab. Er war ruhiger geworden, als er am Nachmittag wieder in das Haus der Mutter trat. Vera saß da am Tisch und schrieb. Wie zur Entschuldigung, daß sie imstande sei, die Feder zu führen, sagte sie, ihm ihr blasses Gesicht zuwendend: »Ich teile nur eben der Baronin, bei der ich Gesellschafterin werden soll, mit, daß ich zum ersten Juli nicht kommen kann! Ich kann doch jetzt nicht unter fremde Leute! Heiter soll ich ja auch sein! ... Das verlangt man ...«

Dann fügte sie rasch ihrem Brief noch einige Zeilen hinzu und versetzte, während sie ihn schloß: »Ich hab' ihr jetzt gesagt, daß ich überhaupt nicht komme! Sie soll sich nach sonst jemandem umsehen!«

Er machte ein paar Schritte zu ihrem Stuhl hin.

»Wie bist du denn überhaupt nur auf die Idee verfallen, anderer Leute Brot zu essen?« frug er gedämpft. »Du hast es doch nicht nötig!«

Sie erwiderte halblaut wie er –, es war immer, als fürchteten sie, die Schlafende nebenan zu erwecken: »Es war' schon nötig, daß ich irgend etwas aus mir machte! Und bisher hätt' ich es auch unter Fremden ausgehalten. Da ging es in einem hin. Da bildete ich mir ein, ich litte das mit, für das Kind. Aber jetzt bin ich ja frei!«

Sein Auge traf die Depeschen auf dem Tisch.

»Da gehst du zu deinem Vater zurück?« frug er.

Sie schüttelte den Kopf.

»Nein, nie.«

»Aber wohin denn dann?«

»Das weiß ich nicht!«

Nach einer Pause setzte sie hinzu: »Für mich ist nirgends auf der Welt ein Platz! Ich versteh’ nicht, wie das andere Menschen anfangen.«

Das klang müde und matt. Sie ging dabei wieder zum Lager ihres Töchterchens hinüber und ordnete Blumen auf seiner Brust. Als sie da stand, sagte sie zu sich, aber ganz laut: »Hier war mein Platz. Den hab’ ich verlassen. Alles, was nun kommt, das kommt davon allein...«

Er war ihr gefolgt. Ihre Worte hallten seltsam, feierlich wie eine Beichte in dem füllen Raum. Nun wandte sie sich zu ihm und legte die Hände ineinander.

»Georg ... ich habe eine Bitte...«

Es war das erstemal, daß sie ihn wieder bei seinem Vornamen anredete. Er zuckte zusammen. Aber er beherrschte sich und sagte ruhig: »Ist es wegen Karla?«

»Ja. Georg – Ich bitte dich – laß mir ein bißchen von dem Kind! Ich hab’ ja so wenig von ihm gehabt im Leben. Auf dem Grabstein hat es einen anderen Namen, als ich ihn trage. Man weiß kaum mehr, daß ich seine Mutter war. Wenn du es jetzt nach eurem Erbbegräbnis überführen läßt, unter all die vielen Gisberts...«

»Ja, willst du es denn etwa nach Neetzow nehmen?«

Sie verneinte.

»Meine Mutter liegt doch auf dem Invalidenkirchhof in Berlin. Sie war doch die letzte Sieversdorff. Du weißt, das Geschlecht ist ausgestorben. Bitte, bitte, lasse Karla neben ihr ruhen. Dann bist du dem Grab nahe und ich auch. Jeder von uns hat sein Teil daran, und mein Kind ist mir nicht ganz fremd, unter der Erde...«

Sie stand dicht vor ihm, die Hände immer noch gefaltet, und schaute ihm flehend ins Gesicht. Wieder ergriff ihn das alte Schuldbewußtfein vor dem zerstörten Leben, das von da drüben zu ihm sprach. Er sagte: »Es soll geschehen, wie du es willst.«

Sie faßte schweigend nach seiner Rechten und drückte sie. Bisher hatte er nur die eiskalten Fingerchen seines Kindes in den seinen gehalten. Jetzt flutete es wie ein Strom von Leben aus der heißen Hand, die die seinige umspannte, zu ihm hinüber. Er zog langsam seinen Arm zurück. Es flackerte eine Angst in ihm, als dürften sie beide sich nicht berühren ... nicht in diesem Hause, nicht in diesen Tagen ... das war unheilig ... und nebenan war der Tod ... Dabei war in Veras Blick nur Dank, Demut ... in ihrer ganzen Haltung, in allem, was sie sagte, nur ein banges, schüchternes Vertrauen zu ihm – dem einzigen Menschen auf der Welt, der ihr, trotz alledem, nahe stand.

So versetzte sie leise: »Ich hab’ nicht geglaubt, daß du es tun würdest. Ich wußte nicht, daß du so gut bist...«

Er erwiderte nichts. Er beugte sich über die blasse, kleine Karla und legte ihr eine Rose auf der Brust zurecht, die herabzugleiten drohte. Die Türe knarrte leise. Es kamen Damen aus der Stadt, Freundinnen der alten Exzellenz, mit Blumen. Sie schüttelten stumm Georg Gisbert und Vera von Vogt die Hände. Sie vermuteten, daß das die Eltern seien. Sie wußten natürlich auch, daß sie geschieden waren. Es war peinlich für alle Teile. Die beiden fühlten förmlich, was den anderen durch den Kopf ging: ›Da seht ihr die Strafe des Himmels!‹ Sie tauschten unwillkürlich einen Blick und verstanden sich. Es war beklemmend, wie sie jetzt immer das gleiche dachten. Und draußen rauschten schon wieder Rocksäume und klang Geflüster und dazwischen Geknister von Totenkränzen und aus der Vorderstube die Summe des Pfarrers, wie er der Generalin Gisbert Mut zusprach und auf die Eltern wartete. Denen bangte davor. Ihre Seelen waren wund, und Georg Gisbert sagte zu seiner früheren Frau: »Es kennt uns ja hier niemand. Wir wollen lieber ein bißchen aus dem Hause gehen. Dann sind wir wenigstens allein.« Es fiel ihm auf, daß sie ihm überhaupt nichts erwiderte, sondern sofort Hut und Schleier von der Wand nahm. Sie tat einfach, was er sagte. Sie war ganz unter seinem Willen. Leise schritten sie an der geschlossenen Türe vorbei, hinter der sie die Besucher murmeln hörten, und traten ins Freie.

Sonderbar – da war auf den Gassen das Leben im vollen Gange. Die Arbeiter strömten von ihren Werkstätten, die Geschäftsleute standen in ihren Ladentüren, pfeifende Jungen wandten neugierig die Köpfe nach den fremden Gestalten – all diese Menschen taten so, als würden sie ewig auf der Welt sein – das schien ihnen beiden verwunderlich, die eben vom Tode kamen. Sie beschleunigten ihre Schritte bis zu stilleren Straßen und Plätzen des Städtchens, und da sagte Vera nach einem langen Schweigen: »Kann ich dir etwas besorgen? ...Ich muß heute abend nach Berlin zurück ...es ist höchste Zeit für mich – wegen den Trauersachen ...Morgen komm' ich wieder...«

Richtig – sie waren ja beide noch hell angezogen. Er in seinem Reisezivil, sie in einem grauen Kleid, das viel einfacher und bescheidener war, als er sie bisher gesehen. Sie fuhr fort, mit einer matten, schleppenden Stimme, als sei es eigentlich ganz gleich, was man spreche: »Du hast es gut! Du brauchst nur eine Handbreit Flor um die Uniform ...aber unsereins...«

Wieder nach einer Pause setzte sie hinzu: »Überhaupt ...Wenn ich denke, ich käme jetzt vom Begräbnis nach Hause und hätte da Mann und Kinder...«

Sie zog die schmalen Schultern zusammen, als ob es sie fröstelte. Dabei schien die sinkende Sommersonne immer noch glühend heiß durch das Laubgeäst der alten Bäume auf dem Wallgang, über den sie langsam dahinwandelten. Nur selten kam ein Spaziergänger vorbei und stutzte ein wenig und musterte im Vorübergehen die beiden auffallend bleichen Gesichter. Endlich hub Georg Gisbert an ...zögernd ...unsicher: »Vera...«

Als er ihren Namen über die Lippen brachte, war es bei dessen Widerhall in seinen Ohren wie ein Brausen – das Blut, das auf einmal angstvoll, wie gejagt, durch die Adern zum Herzen hinfloh. Sie hob rasch den Kopf, beim Klang des Wortes, und sah ihn an. Zwischen ihnen war ein Zittern. Das lief durch alle Nerven. Sie hatten Angst voreinander. Er sagte: »Vera ... du mußt nicht verzagen ...Du hast doch noch ein langes Leben vor dir. Du wirst auch noch dein Glück finden!«

»So wie du?«

Es spielte dabei sonderbar um ihre Lippen. Nach einer Weile sprach sie halblaut: »Ich danke für das bißchen Glück...«

Und dann: »Alles oder nichts!«

»Und das Ende heißt dann eben: Nichts! Alles bekommt niemand im Leben...«

Sie gingen weiter und weiter. Eine heiße Welle ging mit ihnen in der stillen Luft des Sommerabends und umfloß sie. Im Biergarten des Schützenhauses vor dem Tor saßen die Menschen. Das schwatzte und schmauste und rauchte und drängte sich auf den Bänken. Die Kinder liefen dazwischen. Eine Kirchweihmusik fidelte irgend einen wehmütigen Gassenhauer. Sie eilten, daß sie da vorbei kamen. Das freie Feld umgab sie. Sie waren allein. Vor ihnen dehnte sich weithin im Abendrot der Spiegel des großen Sees, an dem das Städtchen lag. Die Luft war schwer und schwül. Kein Windhauch kräuselte die Fläche. Vera sah über die hin und sagte dann dumpf zu sich – es klang wie vereinzelte schwere Glockenschläge: »Nun hab' ich nichts mehr ...nichts mehr...«

Er erwiderte nichts. Ihm tat das Herz weh.

Sie seufzte auf.

»Schließlich stirbt man ja auch einmal. Das ist ein Trost. Aber daß man so viel vom Leben hätte haben können und so spottwenig davon gehabt hat...«

Es schien ihm seltsam, daß sie beide bei dem Verlust des Kindes immer an sich selber dachten – gerade als wäre dadurch in ihnen etwas frei geworden – eine Schranke, die sie bisher hielt – und sie sagte: »Und es wird immer trauriger, je älter man wird. Du hast es dir besser eingerichtet. Du hast doch etwas! Aber ich...«

»Ich hab' manches und hab' doch nichts, weil ich zu viel haben wollt'! Das ist der Fehler, daß man sich im Anfang so überschätzt!«

Sie neigte den Kopf.

»Ja, nicht wahr? Warum haben *wir* uns gerade herausgenommen, so viel vom Leben zu erwarten? Lieber Gott, ja! Da sitzt man wie die Kinder vor der verschlossenen Türe und denkt, dahinter brennt der Weihnachtsbaum. Aber die Türe tut sich nie auf. Und wenn, dann ist's drinnen erst recht dunkel...«

Ein paar Schritte gingen sie schweigend des Wegs. Kleine Wellen plätscherten in dem toten Schilf daneben. Dann versetzte sie mit erstickter Stimme: »In solch ein dunkles Loch tun sie übermorgen unsere Karla. Sag, um Gottes willen – was mach' ich denn dann auf der Welt? Jeder Mensch füllt doch irgend eine Lücke aus – jeder Steinklopfer an der Straße hat seine Stelle, wo er nötig ist – bloß ich irre herum und weiß nicht, was ich mit mir anfange, und die anderen erst recht nicht. Das kann doch nicht mit rechten Dingen zugehen...«

In ihm bäumte es sich, ihr zu erwidern: ›Warum bist du nicht bei mir geblieben? Das große Wunder im Leben warst für mich du! ...Und ich für dich! ...Nur hatten wir's nicht erkannt. Es war noch zu früh. Wir verstanden die Gnade unseres Herrgotts nicht. Wir haben sie in ihr Gegenteil verkehrt...‹ Aber er hielt an sich. Er wußte: War das heraus, dann gab ein Wort das nächste. Dann sprach er es auch weiter aus: ›Und daß du jetzt rastlos bist und ein unruhiger Gast auf Erden und ich ein Fremdling in meinem eigenen Hause und ein Reiter hinter der Sehnsucht her bis in die fernsten Länder, das ist, weil wir beide zueinander wollen und nicht können und doch müssen...‹

Er biß die Zähne zusammen und sagte sich: ›Was sind das für Gedanken? ...Immer verboten und heute doppelt, am Todestag unseres Kindes ...Wie ist das möglich, daß zwei Menschen sich dann erst recht aneinander geschmiedet fühlen, wenn die Kette fiel, die sie bisher zusammenhielt?...‹ Wieder war ein Schweigen zwischen ihnen. Sie drehten um und schritten langsam auf einem anderen Weg, durch ein Gehölz, zu dem Städtchen zurück. Die Türme und das alte Gemäuer leuchteten im Abendgold. Vera sagte: »Man lebt und lebt ...und weiß nicht, wozu. Und ganz dahinten steht ein Stern. Man erreicht ihn ja nie ...man macht immer nur Dummheiten wegen ihm. Aber es ist doch ein Trost, daß er da ist ...auf dieser langweiligen Welt ... wie hielt' man es denn sonst aus?...«

Sie erschien ihm verändert. Ihre Züge waren so weich, so weiblich-schmerzlich, wie er sie noch nie gesehen. Am Wege stand eine Bank. Da ließen sie sich nieder. Man sah von da weit ins Land ...die Ebene ...friedliche Dörfer ...Wald ...Sie saßen Hand in Hand und rasteten lange, ohne ein Wort zu sprechen. Nur zuweilen umpreßten sich ihre Finger in einem Schmerz, als suche einer bei dem anderen, der ihm so viel Leids im Leben angetan, seinen Schutz. Vera wurde allmählich ruhiger. Auf dem Heimweg, als sie wieder unter Menschen und in den Staub und Lärm der Vorstadt kamen, fing sie von selbst von den äußeren Dingen zu sprechen an – daß man zur Überführung des Sarges sich an die Behörden wenden und viel Papiere haben müsse – das wisse sie vom Tode ihrer Mutter her – und sie sei ihm, Georg, so dankbar, wenn er ihr auch diese schwere Pflicht abnähme – sie redete ganz fachlich mit gleichmäßiger Stimme. Schon waren sie nahe an dem Hause der alten Exzellenz, da bebte sie plötzlich zusammen. Ein Leichenwagen kam um die Ecke – einige Leidtragende zu Fuß hinterher – es war ein ärmliches Begräbnis aus dem Volke – es war schon vorbei – in das Abenddämmern hinein – aber Vera brach unter dem Memento mori mitten auf der Straße von neuem zusammen. Die Leute umher sahen neugierig auf die elegante, verzweifelt schluchzende Dame, und Georg Gisbert legte seinen Arm um sie und führte sie, die erschöpft und willenlos immer weiter weinte, rasch durch ein paar stille Quergassen nach Hause.

Dort drinnen war Ruhe. Die letzten Besucher gegangen. Die alte Dame saß einsam in ihrer Stube, und drüben über dem Flur lag das Kind still mit gefalteten Händen. Georg Gisbert hielt Vera an der Türe zurück.

»Gehe jetzt nicht hinein!« sagte er. »Es erregt dich zu sehr!«

Sie machte eine abwehrende Bewegung und schleppte sich an ihm vorbei in das Zimmer, das ganz hell vom Abendschein war. Da drinnen schrie sie beinahe auf – es war ein gequälter Laut, halb Weinen, halb Stöhnen, so als begriffe sie nicht, daß ihr Töchterchen immer noch tot sei, daß es nicht auf einmal durch ein Wunder aufstand und wandelte und ihr in seinem weißen Linnen wie ein Bote aus dem Jenseits entgegenkam. Dann hob sie das Haupt: »Warum wird mir immer alles zerschlagen?« murmelte sie. »Warum gerade mir?«

»Kein Mensch ist ohne Unglück, Vera!«

»Aber ich hab' nur Unglück! Ich bring' jedem Menschen Unglück, der mir nahe kommt ... Herrgott im Himmel ...wozu bin ich nur auf der Welt?«

»Komm, Vera! Wir wollen hinüber zur Mutter!«

Sie hörte ihn nicht.

»Ich könnte eine glückliche Frau sein!« sagte sie. »Mann, Kinder haben ... alles! Andere haben's! ... Ich nicht! ... Wegen dir! ... Du hast mich unglücklich gemacht! ... Immer und ewig du ...«

Ihre Summe bebte. Er blieb schwer kämpfend einen Schritt vor ihr. Dann traten sie jählings aufeinander zu. Ihr heißer, tränenerstickter Atem streifte sein Gesicht.

»Was hab' ich dir getan, daß ich ewig dafür büßen muß ... an mir und an meinem Fleisch und Blut! Ich bin auch nicht schlechter als andere und werde gestraft wie eine Verbrecherin. Und wenn ich jetzt auch nur ein armseliges Wort des Mitleids von dir hören möchte, dann bist du stumm wie ein Stein ...«

»Ich darf nicht reden, Vera ...«

»Warum nicht?«

»Das weißt du!«

»Und wenn ich's weiß ...«

»Dann schweig ... schweig still ... um Gottes willen!«

Sie hatten nur noch geflüstert. Jetzt brachen sie ab und sahen sich erschrocken in die Augen. Es war eine kurze Pause. Plötzlich sank sie vornüber, ihm wild aufweinend an die Brust. Er fing sie in seinen Armen auf, er sah ihr Antlitz vor dem seinen und küßte es und küßte es wieder und bedeckte es mit Küssen. Sie wich nicht vor ihm zurück. Sie hielt ihm den Mund entgegen. Sie nahm seine Küsse, sie erwiderte sie, immer stürmischer, immer durstiger, je heißer die seinen wurden.

Sie standen und hielten sich umschlungen. Sie hatten die Augen geschlossen und Mund an Mund gepreßt bis zum Ersticken. Sie tranken sich die Seelen von den Lippen. Sie vergaßen sich und Gott und den Tod im Zimmer und die Menschen draußen ... die gingen da ihres Wegs, das Leben lärmte, die Zeit verrann ... hier innen stand alles still. Da war nichts. Nur sie beide!

Dann riß sich Vera plötzlich los. Sie warf einen entsetzten Blick auf das Lager neben ihnen. Aber das Kind lag friedlich in der breiten Sonnenbahn von Gold, die durch die Fenster flutete, und es spielte im Abendlicht wie ein leises, verräterisches Lächeln über das Antlitz der Toten, so, als wollte sie sagen: ›Liebt euch nur, Vater und Mutter! Was sollte *ich* darüber trauern? Ich war ja durch eure Liebe ...‹

Und trotzdem war in ihnen beiden ein Schauer. Sie schlichen auf den Fußspitzen aus dem Gemach. Sie drückten vorsichtig die Türe hinter sich in das Schloß, in einer Scheu, wie das erste Menschenpaar nach dem Sündenfall. Draußen blieben sie stehen, Aug' in Auge. Sie atmeten heiß. Hinter dem großen Flurfenster flammte der Himmel glutrot im Sonnenuntergangsschein. In ihrer beider Augen war ein Schmerz und ein Lachen: ›Es ist geschehen! Am Tod hat sich das Leben entzündet!‹ ... Sie sanken sich wieder in die Arme und suchten ihre Lippen und blieben so stumm, und die Dämmerung kam ...

XVI.

Es waren glühend heiße Tage zu Mitte Juli, und die Frau Amtsrichter Weigand, Georg Gisberts Schwester, fühlte sich durch die wenigen Stunden Eisenbahnfahrt von Magdeburg nach Berlin ganz erschöpft. Sie gehörte nicht zu den Stärksten. Sie war kaum mittelgroß und unheimlich mager. Auf ihrem klugen, spitzigen Gesicht wohnte die Sorge der viel geplagten Hausfrau, die jahraus jahrein in der Tretmühle schafft. Sie war nicht gern in Berlin, so nahe sie es hatte. Es sagte ihr zu viel. Es weckte mit seinem unruhigen Brausen und Leben manches in ihr auf, was besser schlief – womit sie sich allmählich im Einerlei an der Elbe abgefunden. Man dachte darüber nach, wie vieles anders sein könnte, wenn alles anders wäre, und hatte doch den Besorgungszettel für Tietz und Wertheim in der Tasche und ging an seine Pflicht. Diesmal aber ließ Frau Weigand, die in ihrem billigen Strohhut und ihrer einfachen Sommerbluse recht provinzmäßig aussah, Warenhaus Warenhaus sein, stieg sofort in einen Taxameter und fuhr durch die staubig flimmernden Straßen, deren Asphalt sich schon unter der Sonne erweichte und in deren Schattenstreifen längs der Häuser die Menschen wie matte Fliegen dahinkrochen, zum Wannseebahnhof und mit der Vorortbahn bis nach Zehlendorf.

Dort frug sie sich bis zu der Pension der von Pfennigreuterschen Damen durch, die schon außerhalb des Ortes in der Richtung nach der Klein-Machnower Forst als eine Backsteinvilla im Grünen dalag, und wandte sich an das auf ihr Klingeln öffnende Mädchen: »Ach bitte … ist Frau Vera von Vogt für mich zu sprechen?

– Frau Weigand. Ich habe geschrieben, daß ich kommen würde!«

Das Mädchen ging und kehrte nach kurzem zurück: »Gnädige Frau läßt bitten!«

Das Herz der kleinen Frau Amtsrichter klopfte, als sie die Treppe hinaufstieg. Sie war ein paar Jahre älter als ihre ehemalige Schwägerin und hatte, in der Zeit, als sie miteinander verwandt gewesen, ein Gefühl von Gedrücktheit vor deren Eleganz und Hochmut nie völlig ablegen können. Sie mußte sich auch jetzt zusammennehmen, um unbefangen einzutreten. Vera erhob sich, als die Türe ging, vom Schreibtisch und blieb in der Mitte des Zimmers stehen. Die schwarze Trauer hob noch ihre blonde Schönheit, die ihre Besucherin verblüffte. Die hatte gedacht, sie abgehärmt und leidend zu finden, sechs Wochen nach dem Tode ihres Kindes, aber die Wangen der jungen Frau waren kaum merklich blasser, ihre großen, graublauen Augen lebhaft, ihre Bewegungen voll unterdrückter Spannkraft, während sie einen zweiten Stuhl herbeizog und sagte: »Bitte, setzen Sie sich, gnädige Frau! Sie wollen mich sprechen?«

Frau Weigand nahm Platz – in einer unbehaglichen Vorstellung: ›Ich seh' wie eine Motte neben ihr aus – in meiner Leinenbluse!‹ – und erwiderte schnell: »Vor allem, Vera, bitte: nicht ›Sie‹! Wir waren doch einmal Schwägerinnen und nannten uns ›du‹. Und wenn wir uns auch sieben Jahre nicht gesehen haben...«

Vera von Vogt überlegte und meinte dann ruhig: »Wie du willst!«

Sie kam der anderen in keiner Weise entgegen. Die holte Atem und hub an: »Glaub mir, die Reise hierher ist mir nicht leicht geworden. Ich hab' mich auf Herz und Nieren geprüft, ob ich denn gut tu', mich da einzumischen? Und schließlich hab' ich mir gesagt: Ja! … Sonst mach' ich mir nachher, wenn es zu spät ist, Vorwürfe, daß ich meine Pflicht gegen meinen Bruder nicht erfüllt hab' – gerade gegen meinen Lieblingsbruder Georg. Und da bin ich!«

»Ja, da bist du,« sagte Vera.

»Und ich lasse mich jetzt auch durch deinen Spott nicht abschrecken! … Darf ich dich etwas fragen?«

»Was du willst!«

Die Ruhe der jungen Frau war ihrer Besucherin unheimlich. Wenn man, wie Vera, vor kurzem erst sein Kind begraben hatte … Sie streckte ihre Hand aus und murmelte, da jene sie befremdet ansah: »Ich wollte dir nur noch nachträglich mein Beileid … Es hat mir das Herz geblutet, wie ich's gehört hab' … Es gibt doch nichts Schwereres – nicht wahr – als gerade das…«

Vera von Vogt ließ die Rechte der anderen aus der ihren gleiten. »Hast du eigentlich einmal ein Kind verloren?« frug sie.

»Gottlob, nein!«

»Nun, dann wollen wir auch nicht darüber reden. Erzähle mir lieber, weswegen du eigentlich hier bist.«

Die kleine Frau Amtsrichter aus Magdeburg fühlte ihre Befangenheit steigen. Sie hatte sich dies Zusammentreffen schon die ganzen letzten Wochen hindurch ausgemalt, aber sie hatte sich Vera dabei ganz anders vorgestellt – zerrissen – aus ihrem Kreise geworfen – ein Mensch, den man kaum berühren durfte, ohne daß man ihm weh tat, daß er aufschrie – und nun fand sie da eine Frau, die gelassener war als sie und sie gleichgültig, halb fragend, die Hände über den Knieen gefaltet, ansah ... Sie begriff das nicht und fing zögernd und unsicher an: »Es ist eben wegen damals! Von da ab ... seit dem Tod der armen kleinen Karla ... Ihr habt euch doch dort in Schlesien getroffen – mein Bruder und du ...?«

»Gewiß!«

»Ja. Und ... und nun ...«

»Was denn: ›und nun?‹« Vera wurde etwas ungeduldig. »Liebe Ida, wenn du schon aus Magdeburg hierher gekommen bist, dann tu doch wenigstens jetzt den Mund auf! Sonst ist dein Reisegeld doch ganz für die Katze ...«

»... nun höre ich von allen Seiten, daß ihr seitdem überhaupt nicht wieder auseinander gekommen seid!« fuhr es Frau Ida Weigand heraus, und in dem Augenblick, wo dies Wort gesprochen war, bekam sie auf einmal Mut, ihre Wangen röteten sich, es floß ihr von den Lippen: »Vera ... ich hab' mich an den Kopf gegriffen und gefragt: ›Ja, Herr im Himmel ... ist denn das möglich? Ich kann's ja nicht glauben! Ich muß es aus ihrem eigenen Munde hören‹ ... Soll denn das wirklich wahr sein: Er wohnt am Kurfürstendamm bei seiner Familie und du hier draußen, und ihr seht euch jeden Tag, den Gott gibt, und geht miteinander aus und sitzt stundenlang beisammen ...?«

»... oder wir schreiben uns, wenn er zu viel Dienst hat!« sagte Vera und wies auf den angefangenen Brief, der auf dem Tische lag.

Ihre Besucherin rang die mageren, häuslich abgearbeiteten Hände, an denen außer dem Trauring nur ein ganz kleiner, billiger Türkis leuchtete.

»Ja, und das sagst du so ruhig ...«

»Ich bin ruhig.«

»... und gibst ohne Scheu zu, daß ihr als geschiedene Leute tagtäglich ...«

»Unser Verkehr braucht das Tageslicht nicht zu scheuen!«

»Das meine ich auch nicht ... aber die bloße Tatsache, daß ihr überhaupt noch ein Wort miteinander sprechen könnt ...«

»Viele Worte!«

»... daß ihr derart alles herausfordert, – daß ihr der Welt direkt ins Gesicht schlagt ... verzeih ... das war ein Ausdruck so in der Hitze ...«

»Es ist ganz gleich, ob du es so oder so nennst!«

».. das ist alles so ... so unbegreiflich! Es steht einem förmlich der Verstand still! Es muß doch einen Grund geben, warum sich zwei Menschen plötzlich wie die Unsinnigen benehmen und auf ihr Glück und das der Ihrigen losstürmen ...«

»Wir tun's eben, Ida!«

Es war eine Weile still im Zimmer.

Dann sagte Vera noch einmal: »Wir tun's, weil wir müssen! Versteh du das nun oder versteh es nicht ... da kann ich dir nicht helfen ...«

Die kleine, spießbürgerlich gekleidete Frau ihr gegenüber war erschrocken. Aber in einer besonderen Art. In ihre Züge kam ein unbewußter, ängstlicher Respekt vor der Macht des Schicksals, das sich da enthüllte, und sie frug leise, mit klopfendem Herzen: »Ja, aber, Vera: verzeih die Frage: Wie denkst du dir denn da nun die Zukunft?«

»Gar nicht.«

»Wieso?«

»Ich denke überhaupt nicht!«

»Aber du mußt dir doch ein Bild machen, was ...«

»Ich hab’ mir schon viele Bilder im Leben gemacht, und nachher kam immer alles anders. Ich hab’ offenbar kein Talent, die Dinge richtig zu sehen. Ich stoß’ doch immer mit dem Kopf dagegen. Ich bin jetzt müde. Ich lege lieber die Hände in den Schoß. Stillstehen kann nichts auf der Welt. Also wird auch das alles geschehen, wie’s werden muß.«

Die Magdeburgern war ganz entsetzt: »Also du kneifst einfach die Augen zu, gegen ein Verhängnis, das du dir selber einrührst ... und sitzest da in deinem Schaukelstuhl ... Ich bin ganz starr! Einmal, Vera – einmal kommt doch da ein Tag mit Schrecken!«

»Nun, dann kommt er!«

»Das ist freilich auch ein Standpunkt!«

Veras frühere Schwägerin stand auf. Sie empfand plötzlich eine blinde, hilflose Erbitterung gegen diese schöne, junge Frau, die da mit halbgeschlossenen Augen, das blonde Haupt etwas zurückgelehnt, die schlanke Gestalt in die fließenden Falten des schwarzen Trauerkleides gehüllt, scheinbar leidenschaftslos vor ihr saß, und sie versetzte: »Und an die andere denkst du nicht? Du bist schließlich frei. Du kannst mit dir machen, was du willst, und dem Urteil der Welt trotzen, wenn es dir Spaß macht. Aber mein Bruder hat eine Frau ... Hast du denn kein Mitleid mit ihr?«

»Ich will dir einmal etwas sagen, Ida: sie hat Kinder, ich nicht mehr! Und trotzdem hat sie mir mein einziges Kind weggenommen gehabt, zu sich ins Haus, und wie ihr Eigentum betrachtet – das letzte, was ich armes Geschöpf noch auf der Welt besaß – und es mir ganz entfremdet ... ›Tante Otti‹ – das waren seine letzten Worte! Warum soll ich denn ewig Mitleid mit den Leuten haben? Es hat doch auch niemand welches mit mir!«

Frau Ida Weigand setzte sich wieder.

»Gut!« sagte sie. »Du sollst recht haben! Ich hab’ auch keine Legitimation, dir da hineinzureden. Ich bin nur wegen meinem Bruder da. Für den möcht’ ich bitten: ... Ruiniert euch doch nicht ... so blindlings ... so unvernünftig ... ins Blaue hinein ... habt doch Erbarmen mit euch selber, wenn ihr es schon mit uns nicht habt! Schau, liebe, gute Vera: Er ist doch so ein begabter Mensch. Er hat so eine schöne Karriere vor sich. Er ist Offizier. Er ist Ehemann und Vater ... *Muß* denn das alles zerschlagen werden ...? Denn daß das so nicht weiter geht, darüber sind sich nachgerade alle klar ... seine Vorgesetzten ... die Schwiegereltern ... die Seinen ... seine Kameraden ... wen du fragst ... Vera ... Vera ... man möcht’ ja rein aufschreien vor Angst ... die Dinge treiben ja unaufhaltsam einer Katastrophe entgegen ...«

»Laß sie treiben!«

»Vera ... ich bin zuerst zu dir gegangen. Eine Frau zu der anderen! Ich hab’ so sehr gehofft, ich würde irgend ein Wort finden, das zu deinem Herzen geht! Es ist ja schwer. Du siehst einen so kaltblütig an, als müsse alles so sein, wie es ist ... Und das ist doch so eine verzweiflungsvolle, wahnsinnige Verblendung! ... Kann man dir denn nicht die Binde von den Augen reißen?«

Vera von Vogt ließ ihre großen, blauen Augen auf der anderen ruhen.

»Ich trage keine!« sagte sie. »Im Gegenteil: ich bin ganz frei und seh’ ganz klar. Ich hab’ mehr durchgemacht als du! Glaub mir: Es muß sich alles im Leben erfüllen und man muß den Mut dazu haben. Den hab’ ich. Andere nicht!«

Während sie sprach, steckte Fräulein von Pfennigreuter, die Tochter der Pensionsinhaberin, nach raschem Anklopfen ihren Kopf voll verblühter, altjüngferlich verwitterter Schönheit durch den Türspalt herein und zog ihn, da sie den Gast sah, mit einem hastigen: »O ... Verzeihung!« wieder zurück, und Vera versetzte: »Sieh, das ist auch so eine! ... Die stirbt mal und weiß nicht, warum sie gelebt hat. Sie hat den Anschluß ans Glück verpaßt. So viele von uns! Du auch! Es ist ein Verhängnis ...«

Die kleine Frau aus Magdeburg rückte unruhig auf ihrem Stuhl. Sie hatte wieder Furcht vor Vera. Die aber nahm plötzlich ihre Hand und sagte, sie festhaltend: »Du hast mir gleich von Anfang an, wie ich dich damals kennen lernte, leid getan, Ida. Dein Mann mißfiel mir so rasch und so gründlich. Das wäre ja ganz egal gewesen. Aber ich hab’ sofort bemerkt, daß er dir selber auch mißfiel. Und er mißfällt dir noch. Arme Ida!«

»Bitte, rede nicht von mir! Ich bin ganz zufrieden ...«

»Das heißt: Du hast dir ein bißchen Leben für dich beiseite gebracht ... so ein windstilles Eckchen – du und deine Magdeburger Clique ... Georg hat mir davon erzählt ... da sitzt ihr und lest allerhand schöne Sachen und lullt euch übers Leben weg ... Das sind eure Opiate! ... Aber ich brauch' keine. Ich bin sehr wach, Ida.«

Sie gab der schöngeistigen kleinen Frau, die beklommen, wie schuldbewußt schwieg, einen Schlag auf die Schulter: »Sag mal selbst: Ist dir nicht manchmal in deinem Kämmerlein ein bißchen bang ...? Du warst so ein hochherziger, hochfliegender kleiner Kerl! Nun haben sie dich glücklich platt am Boden. Nun jubeln sie alle was von erfüllter Pflicht! ... *Die* Art Pflicht, die heißt Flügelbrechen! Ihr seid feige, Kinder! ... Ihr duckt euch und denkt, das Leben geht vorüber wie 'ne Regenhusche draußen. Freilich geht's vorüber. Aber es war dann auch danach!«

Frau Ida Weigand war wieder aufgestanden. Ihr spitzes, kluges Gesichtchen war ganz blaß geworden.

»Laß doch das!« sagte sie mühsam, und Vera, die sich gleichfalls erhoben hatte und, beinahe einen Kopf größer, vor ihr stand, schüttelte den Kopf: »Ich weiß, man sollte dich lieber schlafen lassen. Aber du bist mir zu selbstgerecht ... Hast du deine unglückliche Ehe nicht schon zehntausendmal verraten, in Gedanken, über deinen Büchern, in Träumereien? Und dann bist du stolz und dünkst dich über mir und kommst zu mir wie der Prediger in der Wüste! Geh lieber in dich, Ida!«

»Ja. Ich werde gehen!« sagte die kleine Frau.

»Und vergiß nicht, was ich sage: Es muß nicht immer ein ungelöster Rest in einem bleiben! Ihr lebt so, wie viele von uns Handarbeiten machen. Die Geschichte bleibt halbfertig liegen oder fremde Hände pfuschen sie zu Ende. Ich will selber zu Ende kommen!«

»Das ist aber kein Ende! Das ist wieder ein Anfang!«

»Ich kann nicht anders!«

Die beiden jungen Frauen verstummten und gaben sich nach kurzem Zögern doch die Hand zum Abschied. Vera stand an dem Fenster und sah, wie ihre Besucherin, das Kleid raffend, ohne den Kopf zu wenden, durch den Vorgarten dahin jagte. Frau Weigand floh förmlich aus diesem Hause, sie eilte mit hastigen Schritten, als würde sie von jemandem verfolgt, die Chaussee entlang und wurde erst etwas ruhiger, als der Zug sie wieder nach Berlin zurückbrachte.

Dort fuhr sie vom Bahnhof hinunter nach der Gisbertschen Wohnung. Gerade vor dem Hause in der Meinekestraße traf sie sich mit ihrer Schwägerin Otti, die von der anderen Seite her, von der Straßenbahnhaltestelle, zu Fuß kam, ein kleines, schwarzes Gebetbuch in der Hand. Sie sah sehr blaß aus. Auf ihrem schmalen, hübschen Kindergesicht war ein Ausdruck von Staunen. Der veränderte sich nicht, auch als sie nun die andere erkannte und ihr die Hand gab und dabei schwach lächelte. Es war eine Art Geistesabwesenheit, die hauptsächlich in ihren dunklen, sanften und tiefen Augen lag, diesen »katholischen Augen«, wie sie ihr Mann früher im Spaß genannt hatte.

»Ich bin so gesprunge, um noch vor dir retour zu komme!« sagte sie. »Es ist so ein arges Ende Weg! Ich war drinn' in der Stadt, in der Hedwigskirche!«

»Heute, am Wochentag?«

»Ich geh' jetzt jeden Tag in die Kirche!« sagte die blasse Rheinländerin, während sie zusammen die Treppe hinaufstiegen. »Ich mein' als, da gehört' ich jetzt mehr hin, als in mein Haus. Wenn es auch nix hilft! Ich beicht' da meine Sünden, und mein Mann begeht sie unterdes...«

Ihrer Schwägerin, der nüchternen Norddeutschen, waren diese Stimmungen fremd, die bei Otti Gisbert mit der Macht alter Jugendeindrücke, des Rauschens der Domglocken über Worms, über die Rebhügel unserer lieben Frau und den Spiegel des deutschen Stromes wirkten. Sie begriff nicht, warum ein ratloses Frauenherz zur Madonna floh und zu den sieben Schwertern in ihrer Brust, aber sie war froh, daß Otti gleich von dem Unglück wie von etwas Selbstverständlichem gesprochen hatte, und sie versetzte, kaum, daß sie oben in den Zimmern waren: »Ja, aber, Otti – armer Schatz – wie soll denn das um Gottes willen werden?«

»Das weiß kein Mensch!«

»Hast du denn gar keinen Einfluß mehr auf deinen Mann?«

»Ich hab' nie welchen gehabt.«

»Aber eure Ehe war doch so glücklich!«

»Ja. Ich war glücklich, daß ich den Georgche gehabt hab', und er hat sich von mir lieb haben lassen! ...Jetzt ist das halt bei ihm aus...«

»Aber du mußt ihn doch einmal ins Gesicht fragen, was er sich eigentlich bei dem allem denkt!«

»Wir reden schon seit vierzehn Tagen nicht mehr miteinander. Wir sehen uns nicht mehr. Ich bin hinübergezogen ins Kinderzimmer! Da kann er drüben kommen und gehen, wie er will...«

»Und soll das so weitergehen?«

»Lang nit mehr, Ida! ...das kannst du mir glauben!...«

»Und das sieht er selber nicht ein!«

»Nimm doch deinen Hut ab! ...'s ist ja so schrecklich heiß! Ob er das einsieht? Lieb's Kind: Der Georgche sieht nix mehr und hört nix mehr und weiß nix mehr und will nix mehr – den hat die da drüben verhext! Der is nur noch ein Schatten von einem Mann. Da laß du nur alle Hoffnung fahren! Ich hab's schon lang getan!«

Frau Ottis Augen waren tränenlos. Sie hatten einen trockenen, fieberigen Glanz. Sie sagte, mit einem verzweifelten Lächeln um die Lippen: »Guck, ich hab' schon 's Weinen verlernt! Das is jetzt schon 's letzte bei mir ...jetzt geht's bald nimmer...«

Und plötzlich sagte sie mit einer leidenschaftlichen Entschlossenheit, die man ihrem sanften, kindlichen Wesen gar nicht zugetraut hätte: »Ich mach' ein End' – und bald! Das halt' ich nimmer aus! ...Man kommt sich ja so dumm und kläglich vor. Warum ich dafür leiden muß, weil andere Leut' Pflicht und Ehre und Gewissen mit Füßen treten, das weiß ich nit! Das hab' ich satt bis *daher*!«

Sie machte dabei eine Handbewegung nach dem Hals und lachte zornig auf. Frau Ida Weigand zögerte. Sie, die das Leben und die Leidenschaft nur aus ihren Büchern kannte, fühlte sich unnütz hier unter all diesen entschlossenen und verzweifelten Menschen. Sie frug: »Kann ich dir nicht irgendwie helfen, Otti?«

Ihre Schwägerin schüttelte den Kopf.

»Dank schön! Hier kann nur noch ein Wunder helfen; daß der Georgche plötzlich vor mich hintritt und sagt: ›So. Ich bin wieder gesund!‹ Bei mir daheim erzählen sie von Wundern. Hier in Berlin lachen sie drüber. Ich fürcht', die Berliner behalten recht!...«

Sie machte wenig Versuche, ihre Verwandte aus Magdeburg zurückzuhalten, als die sich bald darauf, nach einem behutsamen Blick in die Kinderstube, in der die beiden Kleinen schlummerten, in einer beklommenen und unbehaglichen Stimmung empfahl. Sie war das fünfte Rad am Wagen, mit ihrer Reise nach Berlin. Das merkte Frau Weigand nun wohl. Aber sie war jetzt einmal da, das Geld für die Fahrt bezahlt, und sie sagte, als sie eine Stunde später mit ihren Brüdern, dem Spandauer Artilleriehauptmann und dem Leutnant von der Kriegsakademie in einer Weinstube in der Friedrichstadt zusammensaß: »Ich reise nicht ab, bis ich nicht den Georg gesehen und gesprochen hab'! Ich schicke ihm jetzt den Brief da durch einen Dienstmann. Er soll selbst bestimmen, wann und wo ich ihn treffen kann...«

»Dann wirst du einen Verrückten finden!« erklärte ihr Bruder Richard, mit beiden Backen kauend. Sein breites, rotes Gesicht glänzte vor Schweiß. Er litt als starker Biertrinker sehr unter der Hitze. »Ich hab' einmal bei ihm angetippt, wie mir's zu toll wurde – vor vierzehn Tagen! Na, Prost, Kinder – ich danke!...Das nächste mal geh' ich lieber in einen Tigerkäfig als zu meinem verehrten Herrn Bruder in die gute Stube...«

»Ich hab' auch ihm mal davon angefangen!« versetzte Albert, der hübsche, dunkelhaarige Mensch mit den träumerischen Augen, die denen Georgs glichen.

»Na – und?«

»Er sagte sofort: ›Sei still, du Dachs! Setze du dich im Hörsaal auf den Hosenboden und lern da was und red hier nicht von Dingen, die du nicht verstehst.‹ Da hab' ich meine Mütze genommen und bin gegangen!«

Seine Schwester seufzte. Ottis letzte Worte beim Abschied klangen ihr im Ohr: ›Mir ist's wie ein böser Traum! Ich mein' als noch, ich müßt' des Morgens aufwachen und hätt' mein Georgche wieder!‹ – und sie blickte trübe vor sich hin. Neben ihr sagte der Leutnant Albert halblaut: »Neulich hab' ich die beiden beisammen gesehen!«

»Wo denn?«

»Draußen im Grunewald! Ich war mit einem Kameraden gegen Abend hinausgeradelt. Bei Paulsborn schoben wir die Räder, weil Sand war, und da kamen sie uns auf dem Weg zwischen den Kiefern entgegen – ganz gemütlich und ruhig nebeneinander, genau wie ein Ehepaar, das spazieren geht. Sie ist ja eine bildschöne Person. Das muß ihr der Neid lassen. Sie hat mich auch gleich erkannt – ich merkt' es wohl – und mich ganz ruhig aus der Entfernung angesehen...«

»Bist du denn nicht an ihnen vorbei?«

»Nein. Ich bin rasch abgebogen. Es war mir zu toll. Ich schämt' mich förmlich vor dem Kameraden. Es wird ja schon überall davon geredet. Die Bombe ist am Platzen! Mit Georgs schönem Kommando hierher hat's nächstens auch geschnappt. Und was die beiden wahnsinnigen Menschen dann anfangen werden, wenn er von Berlin fort muß, das weiß der Kuckuck. Sie kann ihn doch nicht auch in die neue Garnison begleiten...«

»Na, vorderhand sind sie ja noch beisammen!« sagte der Hauptmann Richard und rauchte.

»Ja, fortwährend! ... In jeder dienstfreien Stunde steckt er bei ihr draußen in Zehlendorf. Er hat auch schon mit seinem ewigen Ziviltragen Unannehmlichkeiten gehabt – er ist ein paarmal Vorgesetzten begegnet ... es ist, als ob den Leuten alles auf der Welt egal wäre, wenn sie nur so miteinander herumschlendern können ...! Da kommt der Dienstmann mit der Antwort, Ida!«

Frau Weigand öffnete den Umschlag. Georg schrieb kurz:

»Liebe Ida!

Wenn ich einen Rat nötig habe, werde ich es Dich wissen lassen. Vorläufig ist das nicht der Fall. Grüße Deinen Mann und Deine Kinder.

Dein Bruder Georg.«

Frau Amtsrichter Weigand las das Zettelchen zweimal durch, dann steckte sie es in ihre Tasche und sagte: »Das soll mir eine Lehre sein! ... Ein andermal verbrenne ich mir nicht wieder die Finger!«

Sie hatte auf einmal Sehnsucht nach Magdeburg, nach ihrem großen Gefängnis, wie sie es sonst nannte – sie wollte zu ihren Kindern – beinahe zu ihrem Mann. Sie war verdrießlich. Auch das viele Fahrgeld reute sie. Sie schämte sich vor ihren Brüdern, daß sie so gar nichts ausgerichtet, und ließ sich ein Kursbuch geben, und als sie fand, daß jetzt eben ein Zug ging, sagte sie eilig den Geschwistern Adieu und stieg in eine Droschke und fuhr nach dem Bahnhof. Die zwei Offiziere blieben noch einen Augenblick sitzen, um zu zahlen. Der Hauptmann lachte nachträglich und meinte: »Die beiden sind ja viel zu hartgesotten! Denen könnte die Ida lang klug schwätzen, das Schaf ... die hörten doch nicht darauf ...«

»Auf uns doch ebensowenig!«

»Freilich!« Der Artillerist gab dem Kellner sein Trinkgeld und griff nach seinen Handschuhen, um aufzubrechen: »Der Kerl, der Georg, ist komplett närrisch! ... nichts zu wollen. Ist nun schon der einzige Reichmeier unter uns vieren, könnte leben wie der Herrgott in Frankreich – nee – muß das Jungchen wieder seine Dummheiten machen! Und immer die Weiber! Nimm du dir's nur zum warnenden Exempel, Albert! Du hast auch so samtene Augen im Kopf! Verplempere dich nicht! Es wär' ja zum Lachen mit dem Georg, wenn es nicht zum Weinen wäre! Na – Mahlzeit!«

Damit schritt er davon und fluchte über die Hitze, die bleiern über Berlin brütete. Kein Gewitter unterbrach sie in den langen, wolkenlosen Tagen, die diesem folgten. Jeden Morgen stieg die Sonne wieder an einem tiefblauen Himmel empor, und spät am Nachmittag noch waren ihre Strahlen stechend, als Georg Gisbert und Vera gegen Ende der Woche gleich hinter der Station Wannsee, bis zu der sie von dem nahen Zehlendorf aus mit der Bahn gefahren waren, das schützende Blätterdach des Dreilindener Forstes erreichten. Da war es still und dämmerig. Nur wenig Menschen, denen man jetzt in der Sommerzeit in der Umgebung Berlins sonst nirgends entging. Es war ihnen eigentlich auch gleich, ob sie jemandem begegneten – selbst Bekannten – oder nicht. Das Laub wölbte sich über ihren Häuptern, goldene Lichter blitzten durch, der Fuß versank in weichem Moos. Ihre Schritte waren fast unhörbar, wie sie da langsam nebeneinander schlenderten. Sie sprachen nichts miteinander. Das kam oft bei ihnen vor. Sie waren zufrieden, beisammen zu sein. Nach einer langen Pause sagte er: »Gib mir deine Hand!«

Sie überließ sie ihm. Sie gingen weiter, dicht nebeneinander, Hand in Hand, die Arme leise schwenkend. Niemand sah sie. Der Wald schwieg. Zur Linken tauchte aus seinem Dämmern das alte Jagdschloß von Dreilinden auf, grau, verwittert, von Erinnerungen an den Prinzen Friedrich Karl und seine Tafelrunde umwoben. Vera sah hin. Er folgte ihrem Blick von der Seite. Dann meinte er langsam: »Was du für schöne Augen hast!«

Und wieder nach einer Weile: »Das Blau darin ist immer wechselnd! ... mal wie Stahl... mal wie das Meer ... ich glaube, da spiegelt sich alles darin, was du denkst!«

»Dann spiegelst du dich darin!« sagte sie. »Weiter nichts!«

Ihre Züge waren weich geworden in diesen letzten Wochen. Wenn sie zu ihm sprach, lag ein sanftes Lächeln darauf. Und auf beider Antlitz eine Versonnenheit ... eine Versunkenheit ... ein Träumen – es gab nichts außer ihnen...

Zwei Radlerinnen kamen um die Ecke und warfen im Vorüberrollen einen flüchtigen Blick auf die große, schlanke Frau, deren tiefes Trauerschwarz mit dem hinten wallenden Flor so seltsam vom Grün des Waldes und ihrem rosig getönten und lebhaft bewegten Gesicht abstach. Er sah ihnen nach und meinte: »Ich begreife die Leute immer nicht!«

»Wieso?«

»Daß sie nicht gleich am Wege stehen bleiben, wenn du kommst, und dich anstaunen. Du bist doch so wunderschön. Es gibt doch nichts Schöneres als dich...«

Sie lächelte nur, in einer leisen, hingebenden Art. Es war Demut in ihren Augen, Glück, während sie den Kopf etwas abwandle und zur Seite schaute, über die Klein-Machnower Haide jenseits des Bahndammes hin, auf der der Abendschein schon blutrot mit gespenstigen langen Schatten lag und das Rehwild scheu zwischen Kiefernstümpfen und Buschwerk herüberäugte. Er schritt neben ihr. Er sah, wie die untergehende Sonne das seine Blondhaar in ihrem Nacken in gesponnenes Gold verwandelte, wie sie vor einer Wurzel am Boden das Kleid raffte und sich im Gehen elastisch hob. Alles an ihr war ihm eine Offenbarung. Ein Wunder. Er hätte dem einzelnen Herrn, der ihnen da entgegenkam, zurufen mögen: ›Da sieh hin! Das ist *sie*!...– Aber der Unbekannte, ein bebrillter, vollbärtiger kleiner Mann, der den Eindruck eines Oberlehrers machte, stapfte achtlos vorbei, und nun waren sie wieder allein und setzten sich unter den Bäumen am Rand der Sandböschung nieder, und er sagte andächtig, in einer Stimmung wie in der Kirche, statt deren sich über ihnen die weite, blaßblaue Himmelskuppel spannte: »Du bist wunder-, wunderschön!«

Sie neigte ihm ihr blondes Haupt zu. Die beiden küßten sich, heiß, inbrünstig. Es dauerte lange Zeit – die Abendschatten wurden immer länger, das Wild kam wie neugierig näher und näher, bis sie Lippe von Lippe ließen. Dann fuhren sie auseinander. Irgend etwas hatte sie plötzlich erschreckt. Kam jemand? Nein! Und doch pochte ihr Herz in der Abendstille. Nichts bewegte sich als eine weiße Birke da drüben, die im Winde seltsam als ein schneeiger Schein schwankte. Es war beinahe unheimlich. Er spähte noch einmal die leere Straße hinab und in den Wald, aus dem nur ein einzelner Vogelschrei klagend durch das Dämmern scholl, und sagte: »Und wenn es jemand gesehen hätte – warum sollen wir uns nicht küssen? Wir sind doch Mann und Frau!«

»Und sind es nicht!«

In beiden war ein plötzliches Bangen. Dumpfe Angst vor Tageshelle und Wahrheit. Ja, wenn nun jemand früge: ›Wer seid ihr, die ihr da, wie ganz junge verliebte Leute, euch so stürmisch und verschwiegen umarmt? Seid ihr Todsünder – seid ihr's nicht?...‹ Sie blickten sich an und küßten sich wieder – sie rückten nicht in bösem Gewissen auseinander, sondern noch enger zusammen, als wieder eine Schar von Ausflüglern vorbeikam, und er sagte, wie um sie beide von jeder Schuld freizusprechen: »Morgen müssen wir wieder auf den Invalidenkirchhof, Vera!«

Sie nickte. Der frisch aufgeworfene, kleine Hügel dort war überreich mit Blumen und Kränzen geschmückt. Erst gestern hatten sie Hand in Hand davor gestanden. Aber es zog sie immer wieder hin. Das war der Ort, der alle Zweifel versöhnte. Dort gehörten sie wirklich vor Gott und der Welt zueinander, die Eltern am Grab ihres einzigen Kindes, und nahmen dies Gefühl als Trotz und Trost wie eine Waffe mit sich hinaus ins Leben. Vera sagte: »Ich weiß nicht, ich hatte deine Mutter so gebeten, wegen der paar Andenken an Karla! Ich hab' sie jetzt noch nicht!«

Er zuckte die Achseln: »Mich darfst du nicht fragen! Meine Mutter schreibt mir schon lange nicht mehr!«

Sie schmiegte sich eng an ihn. Ihre Wange lehnte an seiner Schulter. Nach einer Weile meinte er: »Frag doch mal in Neetzow an, ob die Sachen etwa dort sind!«

»Papa antwortet mir nicht! Für den existiere ich doch nicht mehr seit vier Wochen!«

Beide lächelten schwach, träumerisch. Verstoßen ... verfemt ... die Menschen waren doch zu seltsam. Man wollte nur ein bißchen Glück, und sie gönnten es einem nicht. Vera sprach mit schleppender, schläfriger Stimme und halbgeschlossenen Augen: »Neulich lief mein Bruder, der Kuno, Unter den Linden an mir vorbei und grüßte nur ganz verlegen und steif aus der Ferne! So wie der dumme Junge machen sie's nun alle!«

»Es ist ja auch ganz gleich!«

»Ganz gleich!«

Ihre Hand spielte mit dem weißen Sand zu ihren Füßen. Sie schlug die Augen zu ihm auf.

»Du Lieber!« sagte sie leise. »Du Guter!«

Er beugte sich nieder und legte den Arm um sie und wieder blieben sie Mund an Mund. Dann saßen sie stumm da und sahen in die undeutliche Röte des Sonnenballs zwischen den Föhren und versanken in Träumen. Das Leben war ein Traum. Ein kurzes Wetterleuchten im leeren Raum und wieder das Dunkel ... Sie genossen diese Schmerzlosigkeit, diese wunschlose Stille, und auf einmal sagte Vera aus ihren Gedanken heraus mit erstickter Stimme: »Ich glaube, ich war wahnsinnig ... damals ...«

»Wann?«

»Wie ich *dich* verlassen hab'!«

Sie klammerte sich förmlich an ihn, als könnte ihr ihn jemand entreißen, und so flüsterte sie: »Wenn ich denke, daß wir hätten zusammen sein können, die ganze Zeit, und so glücklich sein! ... Es war meine Schuld ... Ich war so schlecht! Du mußt mich besser machen, Georg, versprich es mir!«

»Und du mich auch!«

In ihrer beider Augen war die Hoffnung. Der Glaube an das Glück. Er sagte: »Wir haben so viel verfehlt! Aber nun kommt alles zurück!«

»Ja, nicht wahr ... nun fangen wir von vorn an zu leben ... wir sind ja noch jung ...«

Sie lehnte sich in seinen Arm zurück, so daß sie gerade in die rotbeschienenen Abendwölkchen des Himmels hinaussah, und murmelte und zählte: »Du bist fünfunddreißig ... ich dreißig ... da lohnt es sich schon noch, es nachzuholen! Und wenn wir es nicht verscherzt hätten, dann hätten wir es jetzt auch nicht. Dann wüßten wir gar nicht, wer wir wären!«

»Du bist mein ganzes Glück auf Erden, Vera!«

»Und du bist der beste, liebste aller Menschen. Wenn ich nur deine Stimme hör', dann möcht' ich immer fromm sein! Dann möcht' ich meinem Schöpfer danken, daß er *dich* geschaffen hat!«

Sie stand auf. Er half ihr auf die Füße. Dabei sagte er: »Ich glaube, Vera, so lieb wie wir hat sich keines mehr auf der Welt!«

»Keines!«

Sie sanken sich in die Arme. Er fühlte ihren schweren Atem an seiner Brust, ihre heißen Lippen. Ein Windstoß rauschte über die Haide und kühlte ihnen das Gesicht. Sie stiegen auf die Straße hinab, den Schein eines geheimnisvollen Glücks auf den Zügen. Unten frug er: »Wohin gehen wir weiter?«

»Wo du willst!« sagte sie. Sie hatte keinen eigenen Willen mehr. Sie tat, was er befahl. So schritten sie die Straße gegen Klein-Machnow zu. Sie hing sich in seinen Arm und ging in gleichem Tritt mit ihm wie ein Kamerad mit dem anderen. Er sagte: »Es ist wundersam! Manche Dinge erlebt man zweimal! Wie ich in Afrika fieberkrank lag, da hatte ich das ganz deutliche Bild, ich ginge noch einmal im Leben mit dir wie jetzt Arm in Arm durch einen deutschen Wald. Und dabei warst du in der Altmark und ich am Kilimandscharo und gab keinen Pfifferling mehr für mein Leben...«

Sie zitterte.

»Du darfst nicht sterben!«

»Da bin ich ja!«

»Ja, Gott sei Dank. Aber ich hab's nicht verdient, daß du je an mich gedacht hast! Und wenn, dann hast du mich hassen müssen!«

Da sagte er ruhig: »Ich hab' nie aufgehört, dich zu lieben! Ich hab's nicht gekonnt! Ich hab' es dir ja jetzt oft gesagt!...Es war eine Zeit, ganz im Anfang unserer Ehe, da hab' ich dich wahnsinnig geliebt! Aber es ist nichts dagegen, wie ich dich jetzt liebe!«

»Und ich dich!«

Sie gingen rasch dahin und sie sagte nach einem Schweigen: »Wir waren blind. Uns hat der Schmerz erst sehend gemacht!«

Und er erwiderte, plötzlich hart und schroff: »Da halt' ich dich!«

Dabei gingen die Augen in seinem dunklen, sonnengebräunten Kopf düster in der Runde, als sähe er irgendwo einen Feind. Aber es war nur harmloses Ausflüglervolk in der Nähe und wurde immer mehr, als sie nach Klein-Machnow kamen und um den See herumgingen, die alte Allee entlang, wo das steinerne Wappen über dem Portal prangte und im Herrenhof dahinter sich das mittelalterliche, verfallene Gemäuer der Hakeburg erhob. Hier, um das graue Dorfkirchlein herum, wimmelte es von Menschen, die von Stahnsdorf oder von der Machnower Schleuse kamen. Die beiden eilten sich, um hindurch zu gelangen; da hörte er plötzlich vor sich eine lachende Baßstimme: »Herrjeses, Gisbert! Sind Sie das oder Ihr Geist?«

Vor ihm stand, sein Spazierstöckchen schwingend, ein riesiger Herr in grauem Sommeranzug, mit aufgedrehtem kleinem Schnurrbart. Er hatte den ersten grauen Schein in den Haaren und lachte über das ganze Gesicht: »Na – ich denke, Sie kennen Ihren ollen ostafrikanischen Kriegskameraden noch!«

»Aber gewiß, Herr Major ... Verzeihung ... jetzt darf ich wohl Herr Oberst sagen!«

»Ja ... ich bin Regimentskommandeur ... in Schlesien! Mal wieder ein Stück Friedensarbeit ... langsamer Schritt ... Schuh- und Stiefelappell ... all die Chosen ... na ... wir haben uns wenigstens 'ne Zeitlang gelüftet ... da draußen...« Der Riese warf einen fragenden Blick auf Vera, als erwartete er, vorgestellt zu werden, und Georg murmelte: »Herr Oberst von Schefflenz!« und Vera kannte den vielgenannten Namen des afrikanischen Truppenführers. Der lachte: »Gratuliere, gnädige Frau, daß Sie Ihren Gatten gesund neben sich haben! Er hat sich manchmal 'n bißchen doll exponiert da draußen! ... Ich hab' ihn öfters direkt andonnern müssen im Gefecht, wenn er wieder ungedeckt dastand: »Herrrr! ... wollen Sie denn partout, daß Sie der Deubel holt?' ... Na ... ich freu' mich von Herzen, lieber Gisbert!« Er schlug dem Jüngeren kräftig auf die Schulter. »... ich hab' Ihre Laufbahn wohl verfolgt...geheiratet... schönes Kommando nach Berlin ... Hauptmann geworden ... nun machen Sie nur mal so weiter!«

Ein paar Damen waren während dieses Gesprächs in einiger Entfernung stehen geblieben. Sie gehörten offenbar zu dem Oberst von Schefflenz, und der schmunzelte: »Ich bin nämlich mit versammeltem Kriegsvolk zur Stelle. Familienrat ... Besichtigung der neuen Bauterrains hier ... gibt vielleicht 'ne nette Villa für meine alten Tage. Na ... wie ist's? ... Wollen wir nicht noch ein bißchen gemütlich beisammen sein? ... Darf ich Sie nicht mit den Meinigen bekannt machen, gnädige Frau?«

Er hatte Georg Gisbert und Vera Arm in Arm kommen sehen. Es war ganz natürlich, daß er sie für ein Ehepaar hielt. Seine Frau näherte sich auch schon mit jenem behaglichen Lächeln, mit dem eine dicke, ältere Dame einer neuen Bekanntschaft entgegensieht. Vera hatte nichts geantwortet. Sie war einen Schritt zur Seite getreten. Sie wurde plötzlich etwas blaß, und Georg Gisbert sagte laut zu seinem afrikanischen Vorgesetzten: »Verzeihung, Herr Oberst! ...Ich möchte kein Mißverständnis aufkommen lassen ...Ich bin hier wohl mit meiner Frau, aber mit meiner früheren...« Der große, breitschultrige Mann vor ihm riß die Augen auf. Er entsann sich wohl, daß der damalige Leutnant Gisbert geschieden und deswegen um seine Verwendung im Kolonialdienst eingekommen war, aber weiter verstand er auch nichts und meinte: »Ja ... aber wie ist mir denn ...? Sie haben mir doch selbst vor ein paar Jahren Ihre neue Vermählungsanzeige geschickt...«

»Jawohl!«

»Ja, hatten Sie denn da Unglück? ...Todesfall? ...Sind Sie denn nicht mehr verheiratet?«

»Doch!«

»Eben! Ich hörte doch neulich erst von dem Dingsda, Sie lebten mit Frau und Kindern in Berlin!«

»Ja.«

»Na ...aber dann...«

Der riesige Feldsoldat warf einen ratlosen Blick erst auf Vera, dann auf ihn. Die Sache war ihm zu hoch. Sie war ihm vor allem unheimlich. Irgend etwas stimmte da nicht. Das sah er namentlich auch an den beiden Gesichtern vor ihm. Er wurde plötzlich sehr kühl und mißtrauisch und trat einen halben Schritt zurück. So reichte er Georg Gisbert die Fingerspitzen.

»So? ...Na ...hat mich sehr gefreut, Herr Hauptmann! ...Lassen Sie es sich gut gehen!«

Er machte Vera eine steife und förmliche Verbeugung und gesellte sich wieder zu den Seinen. Die beiden sahen, wie er denen kopfschüttelnd etwas zuraunte, dann setzten sie in einer gedrückten und beklommenen Stimmung ihren Weg fort.

Sie gaben sich jetzt nicht mehr den Arm. Eine Zeitlang gingen sie längs der niederen Kätnerhäuser auf der Chaussee nach Zehlendorf hin, ohne daß ein Wort zwischen ihnen fiel. Jeder hing seinen Gedanken nach. Die waren unbehaglich. Eine Art Erwachen. Ein Stück Wirklichkeit. Diese Begegnung hatte sie aus dem Traumleben aufgeschreckt, das sie miteinander, Hand in Hand führten. Es waren ja schon oft solche Mene Tekel dagewesen, aber gerade dieses heute empfanden sie schonungslos deutlich – besonders Georg Gisbert. Der Oberst von Schefflenz war einer seiner wenigen Vorgesetzten, die er wirklich verehrt und bewundert hatte. Er wußte auch, daß jener ihm besonders wohl wollte. Die Auszeichnung seines Kommandos nach Berlin, in das Reichskolonialamt, hatte er in erster Linie dessen Fürsprache zu verdanken. Und wieder sah er vor sich, wie vorhin langsam ein Schatten über das Gesicht des anderen lief, wie eine unbestimmte Abwehr sich darauf malte, so ein: ›Ach nee – mit schmuddeligen Geschichten bleiben Sie mir vom Leibe!‹ ...und der Stachel stak in seinem Herzen.

Schließlich brach er das Schweigen und sagte mehr zu sich als zu Vera: »...und wenn man sich in seine Lage versetzt, kann man es ihm nicht einmal übelnehmen...«

Sie meinte nur: »Das kann uns noch oft passieren!«

Es klang ruhig, fast verächtlich. Aber ihnen beiden war doch nicht wohl zumute. Sie waren aus ihren Himmeln gerissen. Die Erde hatte sie, wieder, mit ihren Zweifeln und ihrem Zwang. Einmal mußten einem ja die Augen aufgehen, wenn man sie auch noch so gewaltsam gegen die Tatsachen schloß. Falls nicht heute, dann morgen. Georg Gisbert sagte sich das wohl. Aber er empfand es so bitter, beinahe wie eine Beschämung, daß ihn gerade dieser rauhe Degen, für den er bisher im Felde, vor dem Feind, Mann neben Mann gewesen war, jetzt so steuerlos gesehen hatte – zwischen zwei Frauen – hilflos wie ein treibendes Wrack...

»Der erzählt es natürlich auch wieder überall herum!« sagte er nach einer Weile. Sie zuckte die Achseln.

»Es wissen's doch schon genug! Darein müssen wir uns auch finden!«

Jawohl – den Kopf in den Sand stecken, das half nichts mehr. Den Blick am Boden gingen sie weiter, in einem leichten Frösteln. Die Straße nach Zehlendorf dehnte sich einförmig zwischen Sandböschungen und Kieferwäldern. Es dunkelte schon stark. Er meinte: »Wir hätten den Weg umgekehrt gehen sollen!«

Sie seufzte und sagte: »Wir hätten wahrscheinlich überhaupt vieles umgekehrt machen sollen im Leben!«

Plötzlich überwog in ihm der Ärger über diese jähe Mutlosigkeit alles andere. Er richtete sich auf und versetzte: »Gib mir mal vor allem deinen Arm! So! ... Ob sich da Hinz und Kunz darüber aufregt, das geht nun schon in einem!«

Als er sie wieder dicht neben sich, an ihn geschmiegt, fühlte und sie, sofort elastischer, in gleichem Schritt und Tritt dahinwanderten, fuhr er fort: »Vor allem müssen wir Mut haben, Vera!«

Sie lachte nur: »Ich hab' für drei!«

»Und dann müssen wir uns sagen: So geht das nicht weiter!«

»Nein. So geht das auch nicht weiter!«

Sie waren stehen geblieben und nickten sich zu. Im Fortmarschieren versetzte er erregt: »Weißt du, es ist ja wunderschön, wenn man so hinduselt, wie wir es jetzt tun ... ich wollt', ich könnte mein ganzes Leben nichts anderes, als so mit dir sein – womöglich auf irgend einer wüsten Insel, wo einen kein Kuckuck stört ... aber vorläufig müssen wir uns unserer Haut wehren ...! Ich muß dir mal was sagen, Vera ... aber erschrecke nicht!...«

»Ich erschrecke über nichts mehr!«

»Ich krieg' in den nächsten Tagen meine Versetzung, Gott weiß wohin!«

»Das dacht' ich mir schon!«

»Und auf meinem Tisch liegt ein Brief meines Schwiegervaters! Er kündigt mir an, daß er vom nächsten Ersten ab mir meine Zulage sperrt und seine Tochter und seine Enkel zu sich in sein Haus zurückruft, wenn bis dahin keine Änderung eintritt. Also auch das bricht in wenigen Tagen zusammen!«

Es war ein kurzes Schweigen zwischen ihnen. Über Otti und die Kinder vermieden sie beide, sonst auch nur eine Silbe zu sprechen. Davor hatten sie Angst. Endlich versetzte Vera: »Jetzt will ich dir auch was erzählen! Gestern hat mich Frau von Pfennigreuter ins Gebet genommen. Sie sei ja froh, daß ich bei ihr abgestiegen sei und sie hätte mich auch die ersten vier Wochen nach dem Tod meines Kindes nicht unter fremde Menschen schicken wollen – aber nun müsse sie es mir doch einmal sagen: Die Pension käme durch mich in ein schiefes Licht! Es würde schon überall in der Nachbarschaft davon geredet! Das schade ihr! Und kurz und gut: Ob ich nicht wo andershin wolle?«

»Das kannst du doch!«

»Anderswo ist es doch dasselbe – nach acht Tagen! ... Gott weiß, wo man da schließlich endet! Zu solch einem Herumzigeunern hab' ich keine Lust!«

»Und dann das Geld!« sagte sie noch. »Das Geld! Ich hab' ja noch die paar tausend Mark für meinen Schmuck ... aber ich weiß nicht ... es schmilzt zusammen wie Butter an der Sonne. Ich bin doch jetzt so sparsam! Aber das Geld und ich – wir sind einander nun mal gram...«

»Kurzum, Weltuntergang, wohin man sieht!« sagte er und ließ den Blick im Umkreis über die weiten, nachtdunklen Felder der Mark schweifen, auf die sie jetzt aus dem Walde hinaustraten. Vor ihnen, in der Ferne, glänzten schon die Lichter von Zehlendorf. »Da gibt es nur eines, Vera: einen befreienden Entschluß!«

»Ich bin frei!«

Freilich. Er verstand sie wohl. Sie hatte ihr Verlöbnis aufgelöst, sie hatte ihren Vater verlassen, sie hatte ihr Kind begraben – nun war es an ihm, seine Fesseln zu sprengen. Sie fügte hinzu: »Tu du, was du willst! Ich bin zu allem bereit!«

In dem Schweigen darauf, in dem der Nachtwind ihnen in das Gesicht blies und ihre raschen, gleichförmigen Tritte durch die Stille widerhallten, summte sie, wie aus einer halb unbewußten Erinnerung heraus eine Melodie:

»Ich will dir folgen durch Länder und Meer,
Eisen und Kerker und feindliches Heer!«

Durch Länder und Meer! Er hob jäh das Haupt und sagte: »Siehst du, das ist das Glück, Vera, daß ich kein bloßer Kommißknopf und Stubenhocker gewesen bin! Wenn du solche Kameraden von mir in die weite Welt hinauswirfst, dann schwimmen sie wie die bleiernen Enten! ... Im Handumdrehen sind sie auf dem Grund! Aber ich war draußen! Ich kenne drei Weltteile. Ich weiß, wo und wie sich ein tüchtiger Kerl durchs Leben schlagen kann!«

Er redete sich in Erregung hinein, während sie ihm gläubig zuhörte: »Herrgott ja ... man hat doch seinen Kopf und seine Fäuste – und vor allem Courage! ... Da können einem hier die verehrten Leute sämtlich gewogen bleiben! Wenn es nach denen geht, freilich: da heißt es immer nur: ›Duck dich und sei still!‹ Die sind immer großartig, auf Kosten anderer! Aber jetzt leben wir nur noch für uns!«

Sie nickte, fanatisch wie er, und er wiederholte zornig: »Nur für uns! ... Ich bin jetzt in einer Verfassung ... ich erkenne kein Hindernis mehr an ... ich setze mich über alles hinweg ... ich will nur dich ... ich möchte doch sehen, wenn man etwas so wahnsinnig entschlossen will, wie ich, ob es einem dann nicht gelingt.«

Nach einem kurzen Schweigen setzte er zwischen den Zähnen hinzu: »Ich mache mich frei! ... Koste es, was es wolle! Da verlasse dich darauf!«

Sie waren stehen geblieben. Sie umarmten sich auf der offenen Landstraße, leidenschaftlich und lang. So blieben sie eng aneinandergepreßt, schweratmend, ohne daß ein Wort zwischen ihnen fiel. Sie hörten in der Stille ihr Herz klopfen, und es war ihnen in der tiefen Dunkelheit und Menschenleere umher, als seien sie ganz allein auf der Welt – abgetrennt von allem anderen, in freiem Raum. Es war ein Gefühl von Körperlosigkeit, von Schweben. Endlich fanden sie sich wieder auf der Erde und begannen, während sie weitergingen, hastig und halblaut von ihrer Zukunft zu plaudern, und er sagte, erregt auflachend: »Zunächst gibt es natürlich den allgemeinen Kladderadatsch! Da heißt es eben: die Augen zu und durch! ... Aber dann ...«

Beide schlossen wirklich eine Sekunde unwillkürlich die Augen. Es war da etwas – an das dachten sie lieber nicht – dies Haus in der Meinekestraße – was ihn da hielt und nicht von heute auf morgen losließ. Er übersprang das in seinen fieberigen Gedanken.

»Aber dann, wenn ich ganz frei bin ... dann steht uns die Welt offen. Wir könnten zuerst nach London gehen. Da ist auch eine Ehe rasch geschlossen. Und von da ... Gott ... die Erde ist ja so groß und so schön! Du kennst ja noch so wenig von ihr!«

Sie konnte nur zuhören und bejahen. Sie wußte ja freilich nichts von da draußen. Was war denn ihr Leben gewesen? Die stillen Mädchenjahre auf dem Lande, die Ehe in der kleinen Garnison und wieder die lange Art von Witwenzeit in Neetzow. Er berauschte sie und sich mit all den tausend Möglichkeiten, die sich einem boten, wenn man nur erst einmal hier heraus war.

»Die Gesellschaft hier macht einen so mattherzig,« sagte er. »Ich pfeif' jetzt auf das alles! Begreiflich machen werden wir den Menschen doch nie, was wir tun und warum wir's tun – also mögen sie uns in Gottes Namen verdammen!«

Er begann ihr von seinen Kriegsfahrten draußen zu erzählen. Wie er da und dort Leute gefunden, die fabelhaft rasch zu Reichtum gekommen waren. Zu beneiden waren sie, diese Kerle – wenn man auch ihr früheres Leben nicht gerade unter die Lupe zu nehmen brauchte. Was andere konnten, das konnte er auch! Warum sollte es gerade ihm nicht glücken! Und vor allem, wie es auch in Zukunft war: sie hatten *sich*! Diese Vorstellung machte sie so überglücklich. Die verdrängte alles andere. Sie gerieten in eine übermütige, kraftgeschwellte Stimmung. Sie vergaßen ihr totes Kind und lachten. Sie waren wie trunken. In ihrem Jubel war eine gelassene Grausamkeit gegen die, die zurückblieben – die am Boden blieben. Sie konnten denen nicht helfen. Sie breiteten die Flügel aus und flogen davon ... bald ... bald ... in den nächsten Tagen drohte ja schon der Zusammenbruch – und dabei stand ihnen einen Moment das Herz still – das alles war so unheimlich nahe – man sah schon das Weiße im Auge des Schicksals – aber gleichviel – sie umschlangen sich noch einmal inbrünstig an der stillen Straßenecke, die zu der Pension Pfennigreuter führte – sie sahen sich in die Augen, in einem festen Gelöbnis, und er sagte: »Umbringen kann uns niemand! Unser Glück uns rauben kann niemand, Vera! Und alles andere ist Plunder!« – da tönten Schritte auf dem Pflaster – es kam jemand – er machte sich hastig von Vera los, gab ihr noch einen Abschiedskuß und ging die Straße hinab, dem Bahnhof zu.

XVII

Es war schon beinahe Mitternacht, als der Hauptmann Gisbert vor seinem Hause stand. Er hatte sich, in Berlin angelangt, von den Menschenwellen des Potsdamer Platzes aufnehmen und durch das heute, in der Nacht zum Sonntag doppelt lärmende Gewimmel der Leipziger Straße und der Friedrichstadt dahintragen lassen, einsam unter den Zehntausenden und manchmal förmlich verwundert in diese unendlichen Fluten fremder Gesichter blickend, die weiß und seelenlos im grellen Lichtschein der Bogenlampen und Schaufenster an ihm vorbeitrieben. Dann ward es ruhiger um ihn, – stille Gassen, schweigende Plätze – drüben im Hansaviertel schlug eine Turmuhr elf, und er fuhr im Dunkel des Tiergartens aus dem Zustand wachen Träumens auf, in dem er sich seit dem Abschied von Vera befand, und lenkte seine Schritte der Meinekestraße zu.

Daheim wandte er sich gleich aus dem finsteren Flur in sein Arbeitszimmer zur Linken. Das war jetzt sein ausschließlicher Aufenthalt, wenn er in seiner Wohnung war. In die anderen Räu me ging er nicht mehr. Seit ein paar Tagen erschien er auch nicht mehr zum Essen, sondern trat auf dem Rückweg vom Dienst irgendwo in ein Restaurant, wo er Offiziere sitzen sah, und nahm hastig, zerstreut, eine Zeitung vor dem Gesicht, seine Mahlzeit ein. Auf dem Kanapee in der Ecke hatte ihm der Bursche eine Art Feldbett zurechtgemacht. Da schlief er und erhielt morgens das Frühstück von dem Musketier in das Zimmer gebracht. Otti hatte er seit vorgestern – nein, seit vorvorgestern abend, nicht gesehen. Er wußte auch, sie kam nicht mehr und klopfte an seine Türe. Sie lebte in den Hinterzimmern bei den Kindern. Die Wohngemächer dazwischen standen verödet. Es war zwischen ihr und ihm eigentlich schon alles aus. Es war ein Zustand, der schon der Dienstboten wegen kaum mehr lange so dauern konnte.

In der tiefen Stille, die ihn umgab, hörte er deutlich vom rückwärtigen Korridor her noch Gehen und Türschließen. Dort waren sie noch auf, länger als sonst. Das wunderte ihn einen Augenblick, aber er dachte nicht weiter darüber nach. Er drehte die elektrische Lampe auf dem Schreibtisch zu gelber Helle. Daneben lag eine Depesche. Die öffnete er und las:

»Versetzung in 29. Ostfriesisches Infanterieregiment
Nr. 240 unter Entbindung vom Berliner Kommando.

Regimentsbureau.«

Dies war nur eine vorläufige private Mitteilung des Adjutanten. Das dienstliche Schreiben, das Georg Gisberts Aufenthalt hier den Garaus machte, kam wohl erst morgen oder übermorgen nach. Er ging ohne ein besonderes Zeichen der Bewegung nach dem Bücherpult und schlug die Rangliste auf. Die 240er waren ein ganz neu gebildeter Truppenteil. Adelige Namen? Fast keine. Die Garnison? Elshusen – das zweite Bataillon Dünersum! In einer weltfernen Drostei, nah am Wattenmeer. Dort sagten sich Fuchs und Wolf Gutenacht, an der preußisch-holländischen Grenze. Es war eine Kaltstellung in schönster Form, vielleicht für immer. Man drillte da seine Kompanie, lief noch ein, zwei Jahre als Major so mit und wurde dann nach irgend einem Bezirkskommando abgehalftert. So hatte es, schien es, die Vorsehung in der Behrenstraße beschlossen.

Der Gedanke an solch einen Lebenslauf dünkte ihm lächerlich, die Vorstellung, daß er mit Otti und den Kindern und dem ganzen Hausstand in die Strafgarnison übersiedeln solle, fand überhaupt in seinem Kopfe keinen Platz. Er riß das Telegramm in vier Stücke und versenkte die in den Papierkorb. Er war ganz froh, daß sich das entschieden hatte. Nun brach alles auf einmal zusammen. Nun hieß es nur ebenso kaltes Blut haben, als das Herz heiß war.

Er war müde, todmüde. Er legte sich nieder und schloß die Augen und konnte doch nicht schlafen. Er hörte hinten immer noch Türenknarren und leise Stimmen und frug sich: ›Ob Otti es am Ende schon weiß, daß es hier ein Ende hat?‹ – und dachte weiter: ›Vielleicht steht sie doch noch auf, mitten in der Nacht, und pocht, um mich zur Rede zu stellen!‹ – und das erschreckte ihn so, daß er sich aufrichtete und es ihm durch den Kopf fuhr: ›Natürlich müssen wir miteinander sprechen, morgen. Zum letztenmal!‹ Dabei hatte er ein bitteres Gefühl im Herzen, in der Kehle. Es tat ihm weh, Otti weh zu tun! Er hätte sie so gern geschont, die sanfte, kleine Frau da drüben, die ihn in ihrer Art so sehr geliebt hatte. Aber er wußte keinen Rat.

Wer selbst auf Dornen ging, mußte auch auf Herzen treten. Weder kam ihm der Fatalismus: ›Nicht *ich* handele! Es drängt und treibt uns! Wir haben den Sturm im Rücken, Vera und ich … Mag man uns noch so sehr nachschreien, wir sollten stehen bleiben – wir können nicht … wir müssen weiter …‹

Es rührte sich nichts mehr im Hause. Aber den Schlaf fand er nicht. Nur einen unruhigen Halbschlummer – sonderbare Träume, – ein Zimmer voll Offiziere – seine drei Brüder – auf dem Tisch die Photographie des verstorbenen Vaters mit allen Orden – und der älteste Bruder, der Major, sagte, Georg ansehend, scharf und bestimmt, dabei mit dem Zeigefinger wie bei einer Befehlserteilung auf den Tisch schlagend: »Ich hab' es mir zur Richtschnur gemacht, bei allem, was ich tu' und lasse, mich vorher zu fragen: ›Was würde der Vater dazu sagen?‹ –« aber der Bruder Konrad war doch selber tot – schon seit drei Jahren – jetzt, wo Georg Gisbert wieder ganz wach war, fiel ihm das ein, und er stützte in der tiefen Dunkelheit, die ihn umgab, mit einem leisen Grauen, als seien unbekannte Menschen im Zimmer, den Kopf in die Hand und frug sich: ›Ja – der Vater! … Er war ein nüchterner, ruhiger Mann gewesen. Er würde vor allem fragen: Wovon wollt ihr denn leben – du und sie?‹

Du hast nichts, sie nichts. Er lag mit offenen Augen und sann und sann. Es war immer das gleiche Lied: Die Gisberts waren alle arm wie die Kirchenmäuse. Die konnten nichts geben. Der alte Vogt auf Neetzow biß sich lieber die Zunge ab, als daß er diesen einstigen Schwiegersohn unterstützte, und selbst wenn, so konnte man es nicht annehmen. Und andere hilfsbereite Menschen waren nicht vorhanden.

Er stand auf und trat an das offene Fenster. Es war die stillste Zeit Berlins – am Morgen gegen drei. Ein Automobil huschte blitzschnell mit weißglühenden Augen drüben auf dem Kurfürstendamm vorüber. Dann regte sich nichts mehr. Plötzlich bekam Georg Gisbert einen Zorn gegen sich selbst. Er ballte die Fäuste und frug sich: ›Herrgott – bin ich denn noch ein Mann, daß ich mich vor dem Leben fürchte –? jung – stark, gesund und geliebt – was will man denn noch mehr? Wer da nicht die Kraft für zwei aufbringt – für sie und für sich – der verdient sein Schicksal nicht.‹

Er fühlte in der Finsternis, daß seine Wangen ganz heiß vor Ärger geworden waren. Er sagte sich noch einmal: ›Zum Donnerwetter, ich bin doch keiner von denen, die gleich, wenn's schief geht, auf den Zigarrenfritzen oder Versicherungsagenten geraten, oder schließlich bis auf den Schneeschipper und ins Asyl für Obdachlose! Da hätte doch besser schon früher eine Boxerkugel oder ein Massaispeer mir den Garaus gemacht, als solch eine Misere!‹ Dann dachte er weiter: ›Es kommt alles nur aus der Unklarheit unserer Lage, weil Vera und ich noch nicht wieder vermählt sind. Alle Menschen sehen uns da mißtrauisch und merkwürdig an. Das macht uns selbst so unsicher. Heute abend wieder der Oberst …‹

Und wie er an den alten Vorgesetzten und Kriegskameraden dachte, atmete er tief auf. Ein Stein fiel ihm vom Herzen. Draußen in den Kolonien war doch für einen früheren bewährten Afrikaner, wie den Hauptmann Gisbert, der schließlich doch auch in Ehren die Uniform ausgezogen und seine erste Frau wieder geheiratet hatte, gewiß ein Platz! Bei einer der großen Siedelungsgesellschaften fand sich sicherlich eine Anstellung. Da halfen ihm schließlich auch der Oberst und die anderen Gönner von dazumal, wenn es galt, einen an sich tüchtigen Kerl wieder in den Sattel zu setzen. Da konnten Vera und er, frei von dem allem hier, leben.

Eine stürmende Tatkraft erwachte in ihm, eine Stimmung wie gestern abend auf dem Marsch, Arm in Arm mit Vera durch Wald und Haide. Er sog tief die Luft in die Lungen, diese schwüle, von Staub und Glut der Steine gesättigte Berliner Nachtluft, er ballte die Fäuste, er fühlte die Ungeduld in sich zittern, frei, ganz frei zu sein – mit ihr, und vor sich das Leben.

Hinten in der Wohnung, ganz in der Ferne, hustete jemand. Das waren die Menschen, von denen er abhing. Er trat vom Fenster weg und öffnete vorsichtig die Türe. Er ging den dunklen Flur hinunter bis zum Eßzimmer. Da blieb er stehen und lauschte wie ein Dieb in der Nacht. Es war nichts mehr zu vernehmen. Eine Weile stand er so im Dunkel, mit hämmerndem Herzen. Dann kehrte er um. Als er wieder in seinem lampenhellen Arbeitsgemach war und sich an den Schreibtisch setzte, auf dem noch die verstaubte Photographie Ottis stand, da sah er die lange an – das schmale, hübsche Kindergesicht mit den freundlichen Augen und dem dunklen Scheitel über der niederen Stirne, und nickte düster und faltete die Hände im Schoß vor der Notwendigkeit. Er und die da, die Mutter seiner Kinder, mußten auseinander. Sie *mußte* ihn freigeben. Darauf kam jetzt für ihn alles an. Er wußte nicht, wie sie es aufnehmen würde, wenn sie ja auch schon seit Tagen, seit mehr als einer Woche gewiß, darauf gefaßt war. Er sagte sich nur: ›Morgen muß es geschehen!‹ Und von der Art, wie es geschah, hing alles ab. Es hieß die schwere Kunst üben, die Worte zu finden, die ihr zum Herzen drangen und ihr doch nicht das Herz brachen.

Es war ihm nicht wohl dabei zumute. Er hätte gewünscht, diese schwerste Stunde schon hinter sich zu haben. Aber sie blieb ihm nicht erspart, und er entschloß sich: Dann wenigstens bald. Morgen war Sonntag. Er hatte früh keinen Dienst. Da wollte er gleich hinübergehen und mit ihr reden.

Am liebsten hätte er das Morgengrauen wachend hier im Sessel erwartet. Aber nun, nachdem die Qual des Entschlusses vorüber war, senkte sich die Müdigkeit bleiern über ihn. Er warf sich auf sein Lager und schlief sofort wie ein Toter.

Als er erwachte, war es heller Tag. Das war an sich nicht verwunderlich in diesem Arbeitszimmer, das, drei Treppen hoch nach vorn gelegen, keine Läden, sondern nur Vorhänge an den Fenstern hatte. Da kam der Morgen jetzt zur Sommerszeit früh. Aber auf dem Tisch stand das Kaffeezeug bereit. Ein Brief lag daneben. Der Bursche mußte, ohne daß sein Herr ihn gehört hatte, im Zimmer gewesen sein. Also war auch da draußen das Leben schon im Gange.

Er trat an den Tisch. Sein Gesicht erhellte sich. Auf drei Schritte erkannte er Veras große schwungvolle Schriftzüge. Er nahm ihr Schreiben in die Hand und betrachtete es andächtig und küßte stumm die Zeilen der Aufschrift, und legte sie sich mit geschlossenen Wimpern, wie ein Heilmittel, auf die gebräunte Stirne. Dann öffnete er den Umschlag. Sie schrieb:

»Ich liebe Dich und ich liebe Dich und weiter weiß ich heute nichts und möchte nur allen Leuten sagen, daß ich Dich liebe. Ich bin so froh und zuversichtlich. Unser Nachtmarsch heute von Machnow nach Zehlendorf hat mir solchen Mut gemacht. Ich bin ganz übermütig und ungeduldig auf unser Schicksal. Und ich liebe Dich! Das heißt alles, Du einziger – Da liegt alles darin!

Ich hab’ morgen die Schneiderin im Hause, Trauertoiletten aus Mamas Zeit umändern. Ich will sparen und hab’ alle Hände voll zu tun. Ich will mit diesen Sachen fix und fertig sein, ehe ich von hier ausziehe. Es ist höchste Zeit. Seit der Auseinandersetzung vorgestern ist das Verhältnis zwischen mir und den Pfennigreuters, gelinde gesagt, ungemütlich. Beide, die Alte und die Junge, gehen im Hause herum wie die Eulen, als hätte ich sie tödlich gekränkt und ihr Vertrauen mißbraucht – Und ich bin doch nur ein Mensch, und ich lieb’ Dich!

Sie – die alte Pfennigreuter – hat eben erklärt, daß sie keinen weiteren Besuch von Dir gestatten würde. Also können wir uns morgen hier nicht sehen. Gib mir gleich Nachricht, wann und wo wir uns sonst treffen. Ich komme, wohin Du willst. Ich bin so verzweifelt, daß ich Dich nicht gleich zu sehen kriege. Ich schicke Dir tausend und tausend Küsse. Ich zähle die Stunden bis zum Wiedersehen! Dein bin ich!

Vera.

Nachschrift. Eben fällt mir erst ein, daß ja morgen Sonntag ist und die Schneiderin nicht kommt und Du keinen Dienst hast. Ich bin schon ganz verwirrt im Kopf, so lieb’ ich Dich! ... Da ist es am besten, ich komme gleich früh nach Berlin. In die Gedächtniskirche – so wie schon ein paarmal. Um zehn Uhr. Nicht wahr? Ich werde die ganze Nacht nicht schlafen können. Ich möchte immer die anderen Leute auslachen und springen und tanzen, so glücklich bin ich! Viele Menschen werden geliebt, keiner so wie Du von mir! Tausend Küsse! In Eile. Ich trag’ den Brief noch selbst heut nacht zum Kasten, damit die Muhmen nicht spionieren!«

Georg Gisbert preßte noch einmal das leise nach Veilchen duftende steif-elfenbeinerne Blatt an Mund und Herz und schob es in die Tasche des Sommerzivils, das er anlegte. Dabei fiel sein Blick auf die Uhr. Herrgott – zehn Minuten vor zehn! So hatte er verschlafen! Und niemand hatte ihn geweckt. Die Wohnung da hinten war still wie ausgestorben. Gott mochte wissen, wo die alle staken.

In fliegender Hast machte er sich fertig, trank im Stehen eine Tasse Kaffee und sprang, drei Stufen auf einmal nehmend, die Haustreppe hinab. Die Straßenbahn, die er eben auf dem Kurfürstendamm abfing, brachte ihn noch zu rechter Zeit vor die Kaiser-Wilhelm-Kirche. Gerade als er ausstieg, sah er von der anderen Seite her Vera über den breiten, asphaltbelegten Platz kommen. Sie hatte ihren Taxameter, der hier doch nur Schritt fahren durfte, verlassen und schritt rasch zu Fuß, vornübergebeugt gegen den Sommerwind ankämpfend, der ihren langen Trauerschleier hinten flattern ließ, daß das Blondhaar in der Sonne leuchtete. Ihre Gestalt erschien in dem schwarzen Kleid auf der weiten Fläche noch schlanker und höher als sonst. Ein Herr blieb stehen und sah ihr lange nach, bis sie in dem Portal des Doms verschwand. Dort erst, gleich zur Linken am Eingang, traf sie sich mit Georg Gisbert. Diese Stelle kannten sie schon von früher. Es war da so dämmerig, so voll von Menschen, aller Blicke nach vorn gerichtet, daß es niemandem auffiel, als sie beide, nachdem sie eine Zeitlang stumm, atemlos vom schnellen Gehen, nebeneinander gestanden, sich verstohlen bei der Hand ergriffen. Sie preßten ihre Finger ineinander, sie schauten sich an und lächelten heiß und küßten sich mit den Augen, zwei-, drei, zehnmal hintereinander. Eine trunkene Seligkeit, wieder beisammen zu sein, erfüllte sie. Eine Gleichgültigkeit gegen alles umher. Mochten die Leute beten und singen. Das war gut. Da konnte man ungestört flüstern. Er raunte: »Um ein Haar wäre ich zu spät gekommen! ... Denk nur: Vor 'ner Viertelstunde hab' ich erst deinen Brief aufgemacht...«

Und sie, immer noch außer Atem: »Ich hatt' auch solche Angst! ... Um zehn kam er gestern erst in den Kasten! Die Postbestellung in den Vororten ist doch so miserabel!«

Sie redeten Alltäglichkeiten und hatten gerade das Gegenteil im Sinn. So schwiegen sie. Von der Kanzel scholl das Gebet. Sie senkten beide die Köpfe und ließen die Hände auseinander, um sie zu falten, und wurden ernst. Beide im Bewußtsein: ›Uns tut's auch not, zu beten! Vielleicht mehr als allen anderen, die außer uns in der Kirche sind!‹

Dann murmelte er: »Vera...«

Sie wandte stumm, fragend den Kopf zu ihm.

»Vera! ...Es ist entschieden! Ich soll von hier fort!...«

Sie zuckte nur verächtlich die Schultern.

»In irgend ein dämliches Nest an der Nordsee, in einer unglaublichen Gegend, wo es mehr Seehunde als Menschen gibt! ...Also das ist natürlich Unsinn. Aber morgen krieg' ich den Befehl! Was geschehen muß, das muß sich heute entscheiden!«

Vera sah ihm ruhig ins Gesicht. Er fuhr fort: »Und deswegen ist es ganz gut, daß wir jetzt im Gotteshaus sind! ...Vera ...Ehe die Würfel fallen ...ich muß heute mit meiner Frau sprechen und ihr sagen, daß sie mich freigeben *muß* ...es ist kein Kinderspiel, ihr das zu sagen – es ist eine Unterredung, wo beide um zehn Jahre älter auseinandergehen – also, Vera – ehe ich meine Frau verstoße, meine Kinder wegjag', meinen bunten Rock in die Ecke schmeiße, mich zum Bettler mache – ehe ich das alles tu' – Vera – schwöre mir noch einmal, daß du mich liebst...«

»Ich leb' und sterb' für dich!«

»...mich immer lieben wirst...«

»Ich bin dein und bleibe dein in Ewigkeit!«

»Und ich will dich und sonst nichts auf der Welt!«

Ihre Hände schlangen sich leidenschaftlich ineinander. Ihre Augen leuchteten. Ihre Gesichter waren blaß. Sie zitterten, als ständen sie irgendwo im Sturm auf der Haide. Es rauschte in ihren Ohren, die Orgel dröhnte, um sie brauste der Gesang der Gemeinde und aus ihm tönten hell, dicht vor ihnen, die Stimmen der jungen Offiziersfrauen:

»Wir sind ein Volk, vom Strom der Zeit
Gespült zum Erden-Eiland.
Voll Unfall und voll Herzeleid,
Bis heim uns fühlt der Heiland...«

Die beiden sahen sich an, und es war ein verzweifeltes Lächeln um ihre Lippen: ›Wir beide müssen – du und ich! Uns beide reißt es hin, dich und mich! ... in Unfall und Herzeleid ... du ... nur du ...‹

Man wurde auf ihr Getuschel aufmerksam. Blicke richteten sich da und dort von den Banken der Andächtigen auf sie. In einer dieser Reihen war es einer Dame in der Menschenmasse nicht wohl geworden. Sie suchte den Ausgang. Es entstand ein kleines Gedränge. Das benutzten Georg Gisbert und Vera und schlüpften auch durch die sich öffnende Türe hinaus in Sonnengold und Sommerhitze und schritten langsam den Kurfürstendamm entlang. Beide waren noch tief bewegt. Es war ihnen feierlich zumute, so, als hätten sie da drinnen in dem Gotteshaus ein Gelübde abgelegt und seien wieder miteinander verbunden, wie schon einmal vor dem Altar. Darum störte es sie auch gar nicht, daß sie durch diese belebten Straßen gingen, wo es jetzt am Sonntag vormittag von Offizieren in Helm und Überrock mit ihren Damen, die einander Besuche machten, wimmelte. Sie gehörten ja zusammen. Endlich sagte Vera: »Heute hab’ ich einen Brief von Papas Rechtsanwalt aus Stendal bekommen. Er nennt das eine Auseinandersetzung. Ich kapiere nur, daß mich Papa auf mein Pflichtteil gesetzt hat. Das ist aber schon weg! Das ist unser Kommißvermögen von damals – weißt du!«

»Also mit anderen Worten: Dein Vater hat dich enterbt!«

Sie nickte. Es schien ihr keineswegs nahezugehen. Dann sagte sie ruhig: »Er hat mir auch geschrieben, daß er mich nie mehr sehen wolle! Er habe andere Kinder, die ihm mehr Freude machten! ... Nun gut!«

Nach einer Weile meinte sie: »Ich bin offenbar nicht dazu da, anderen Leuten Freude zu machen! Es gelingt mir nie – aber auch nie im Leben!«

»Du hast mich und ich hab’ dich! Alles andere ist gleich!«

Er lächelte ihr leidenschaftlich zu. Aber sie blieb ernst und frug, während sie weitergingen, leise: »Hör mal, Georg! ... ich glaube, wie wir uns vor einem halben Jahr an dem Abend bei Muthardts wiedergesehen haben, in der Zeit vorher warst du eigentlich ein ganz zufriedener Mensch ...«

Er zuckte die Achseln und schwieg.

»Ich meine: da hast du so alles gehabt, was man im Durchschnitt im Leben braucht. Nun ist das alles wieder weg – durch mich!«

»Ist denn Zufriedenheit das Höchste im Leben, Vera? Man muß sich manchmal hinterher schämen, daß man zufrieden war!«

Sie schüttelte den schönen, blonden Kopf.

»Da gibt es eine Stelle in eben dem Brief von Papa ... da schreibt er: ›Es ist wie ein Verhängnis über dir! Du bringst allen Menschen Unglück, die dir nahe stehen oder nahe treten! ... Mir, deinem Vater, deinem Mann, deinem Bräutigam, deinem Kind, nun wieder deinem Mann ...‹ ... ja ... es ist ja eigentlich wahr ... ich habe manchmal ein so schlechtes Gewissen – gerade dir gegenüber, Georg, daß ich mir sage, so jemand wie ich, der verdiente gar nicht, zu leben ...«

»Nun sei still!« Er versetzte es beinahe hart. »Hab Mut zum Leben! ... Das verlang’ ich von dir! Und lern’ vergessen! Das ist das zweite!«

Sie neigte demütig das Haupt und schwieg. Sie gehorchte ihm blindlings. Wie sie die Augen niederschlug, schien ihm ihr Gesicht in diesen letzten Wochen verändert. Es war mädchenhafter, jugendlicher geworden. Die ruhige, kühle Sicherheit der eleganten Frau von Welt war daraus geschwunden. Es erinnert ihn jetzt in seinem weichen, träumerisch hingegebenen Ausdruck an die ersten Abende ihrer Verlobung in Neetzow, als sie im hellen Mondschein über die abgeernteten Stoppeln dahingegangen waren, er und das junge Mädchen im weißen Kleid an seiner Seite, das nachdenklich, einen vom Boden aufgehobenen Strohhalm zwischen den Lippen, seinen Worten lauschte, mit einem glücklichen Schein in den Augen.

Es dünkte ihm kaum denkbar, daß das schon zehn Jahre her war. Sie waren doch nie getrennt gewesen! Was dazwischen gekommen, das war jetzt wie ein böser Traum. Er sagte: »Wir wollen an die Vergangenheit gar nicht mehr rühren! Das macht bloß schlapp und halbherzig. Und wir brauchen unseren ganzen Mumm für die Zukunft! Es ist kein leichter Weg, den ich dich führen werd', Vera!«

Er fing an, ihr von seinen überseeischen Plänen zu erzählen, und daß er sich doch an den Oberst von Schefflenz wenden wolle. Der war der Mann, ihm zu helfen – der alte, ausgepichte Afrikaner, der noch unter Wißmann gegen Buschiri gefochten. Der half auch! Man mußte ihm die Geschichte nur vernünftig auseinandersetzen! Daß er gestern kopfscheu geworden, das sei ja schließlich kein Wunder.

Er redete weiter und weiter von dem dunklen Erdteil. Sie hörte ihm gläubig zu. Sie bauten sich Luftschlösser zusammen, drüben überm Meer. Die trockene Asphalthitze Berlins, die sie umgab, verwandelte sich in die Glut der Tropen, die bestaubten Eichen und Buchen des Tiergartens wurden zum Palmenwald, die Leute auf der Straße bekamen schwarze und braune Gesichter und trugen farbige Turbane über weißen Mänteln und Pantherfelle über der Schulter und Federkronen auf dem Kopf. Die beiden wachten erst auf, als sie am Potsdamer Platz bei der Wannseebahn angelangt waren. Es war Zeit für Vera, zum Mittagessen heimzufahren. Sie reichten sich die Hände und schauten sich in die Augen. Er sagte: »Leb wohl bis morgen! Jetzt kommt für mich das Schwerste!« Die Aussprache mit seiner Frau! Sie erwiderte nichts. Es war um sie ein Gewimmel und Gedränge von Sonntagsausflüglern, die hinaus nach dem Grunewald wollten, daß sie nicht beisammen stehen bleiben konnten. Es riß sie auseinander. Noch einmal sah er sie auf dem Treppenaufgang, wie sie ihre tannenschlanke, das Alltagsvolk um sie überragende Gestalt nach ihm wandte und ihm mit der Hand zuwinkte, dann drehte auch er sich um und schritt langsam in der sengenden Hitze gen Westen.

Er ging absichtlich zu Fuß. Er kam noch früh genug zu Otti. Er wollte ihr kein Leids antun – und es war doch, als ob man einen kleinen Vogel erwürgte. Es war schrecklich, ihr das zu sagen, schrecklicher noch für sie, es zu hören ..

Um ihn waren wenig Menschen längs des Landwehrkanals. Er vernahm seinen eigenen straffen und gleichmäßigen Tritt. Es war wie ein Doppelschlag, der immer klang: ›Du mußt ... Du mußt ... Du mußt‹ ... eintönig – endlos in der Stille des Mittags, der schonungslosen Helle des Stadtsommers. Er suchte sich mit Härte zu wappnen. Er sagte sich: ›Warum ist sie so? Warum ist sie immer neben mir hergegangen in unserer Ehe und hat mich doch schließlich einsam gelassen und vieles gar nicht geahnt, was ich bin – ein Frauchen und nicht mein Weib? Sie konnte eben nicht anders. Und ich kann auch nicht anders.‹ Aber da, an der Böschung, die zu dem Wasser hinabführte, spielten ein paar kleine Mädchen, und bei dem Gedanken: ›Sie ist die Mutter deiner Kinder!‹ zuckte es in ihm förmlich wie von einem körperlichen Schmerz, und er biß die Zähne zusammen und schritt weiter.

Plötzlich bekam er einen Schrecken. Er hatte nicht daran gedacht, daß sie katholisch war! Die Ehe freilich war protestantisch geschlossen, die Kinder protestantisch getauft. Auf Otti selbst hatte in diesen Jahren norddeutsche Art und Glaube so stark gewirkt, daß die Eindrücke vom Rhein dagegen verblaßt waren – nein – er beruhigte sich: von dieser Seite war bei ihr nicht viel zu befürchten! Es kam alles darauf an, wie sie selber es aufnahm.

Er hatte vor dem Feinde in Afrika und Asien kein solches Herzklopfen gehabt wie jetzt beim Betreten seiner friedlichen vier Wände. Lange stand er düster, unschlüssig in der Mitte seines Zimmers. Dann reckte er sich endlich in den Schultern, holte tief Atem und ging auf den Flur hinaus. Die Türe zu der Hinterwohnung war geschlossen. Dort bewegten sich Leute. Er erkannte den schweren Tritt des Hausmädchens. Sie schien zu räumen. Natürlich: nachher hatte sie ja Ausgang. Es war ja Sonntag nachmittag. Bald waren die Dienstboten aus dem Hause, die Kinder mit der Wärterin draußen im Freien, alles leer – dann konnte er Otti ungestörter sprechen als jetzt.

Er war froh über die paar Stunden Galgenfrist. Hier warten wollte er nicht. Er sah auf die Uhr und plötzlich verließ er wieder sein Haus und fuhr zurück nach der Potsdamer Brücke und erkundigte sich in den Räumen der Berliner Kolonialgesellschaft dicht nebenan nach dem Hotel, in dem Herr von Schefflenz abgestiegen sei, und suchte es auf. Er traf den Oberst daheim.

Er wurde empfangen. Er setzte sich und erzählte stockend und halblaut, den Blick am Boden, alles, was mit ihm war. Der grauköpfige, wettergebräunte Hüne ihm gegenüber hörte stumm mit gerunzelter Stirne zu. Sein grimmiger Bismarckkopf verhieß nichts Gutes. Als jener geendet, sagte er: »Das ist ja 'ne nette Geschichte! ... Jefällt mir jar nich! ... ich hab' Sie von früher her anders in der Erinnerung ... hatte mir, weiß der Kuckuck, eingebildet, Sie hätten sich die Sache bei uns glücklich aus 'm Kopp geschlagen – nee – himmlischer Vater – geht das nu wieder von vorne los!«

»Also hab' ich keine Hoffnung auf Fürsprache, Herr Oberst?«

»Das steht ja nun wieder auf einem anderen Blatt! Wir brauchen tüchtige Leute da unten. Die beizuschaffen, ist unsere verfluchte Pflicht und Schuldigkeit. Sie sind einer! Also kommen Sie mit Ihrer ersten Frau oder mit Ihrer zweiten oder doch wieder mit Ihrer ersten ... Herrjeses ja – man wird ja selber schon rein verdreht dabei – wenn es nur überhaupt Ihre Frau ist ... ›Cousinen‹ können wir da drüben nicht brauchen – das wissen Sie! ... Und wenn mich da 'ne Plantagengesellschaft fragt, so kann ich nur nach bestem Gewissen antworten: ›Verrückt – aber nehmt ihn in Gottes Namen! seine Stelle füllt der Mann reichlich aus – na, und fürs übrige kriegt er ja nicht bezahlt!‹...«

»Ich danke gehorsamst, Heu Oberst!« Georg Gisbert erhob sich. Nun war ihm leichter zumute. Der Oberst von Schefflenz sagte, ihm die Hand zum Abschied reichend: »Ich will ja schließlich auch 'ne gewisse Situation nicht vergessen, wo mir ein gewisser Leutnant Gisbert von der Seite her aus dem Busch zu Hilfe kam, wie es mir gerade anfing, höllisch ungemütlich unter den schwarzen Biestern zu werden. Ohne Sie ging' ich wohl kaum jetzt hier Unter'n Linden spazieren!... Ich bin also auch kein Unmensch. In punkto afrikanische Brotstelle machen Sie sich keine Sorgen! Die verschaff' ich Ihnen!... Mög' Ihnen nur im übrigen Gott jnädig sein!«

Als der Hauptmann Gisbert draußen war, war sein Gesicht fest und entschlossen. Er hatte Kräfte gewonnen aus der Berührung mit der Wirklichkeit, mit der Erde des schwarzen Weltteils. Wohl zwei Stunden und länger saß er auf der Terrasse eines Cafés, die jetzt halb verödet war. Denn alle Welt war draußen im Grünen. Und in dieser ganzen Zeit sammelte er in sich nur Willen – so viel Willen, als er nur vermochte – so viel Willen, daß er stärker sein mußte als seine Frau. Dann stand er auf und zahlte und ging heim. Und fühlte jetzt: er würde siegen...

Zu Hause blieb er eine Sekunde in seinem Arbeitszimmer stehen und legte die Hand über die Augen. Er dachte, daß Otti vielleicht doch vorne sein könne. Er glaubte ein Geräusch nebenan gehört zu haben, und stieß die seit vielen Tagen geschlossene Türe auf, die hinüber in die Wohnräume seiner Familie führte. Der große Salon war leer. Das angrenzende Boudoir, das Rauchkabinett, alle Räume in der weiten Zimmerflucht, die er langsam durchschritt. Er ging auf den Flur hinaus und schaute in die Kinderstube. Sonderbar – auch da war nichts. Und es war doch schon gegen Abend. Das erste Dämmergrauen strich durch die offenen Fenster, deren Gardinen ein schwüler Sommerhauch von draußen blähte. Wo konnten die Kleinen nur sein, statt in ihren Bettchen? Von einer wachsenden Unruhe getrieben, über die er sich gar nicht mehr Rechenschaft zu geben wagte, nahm er seinen Weg hinüber in das große Eßzimmer. Seine Schritte hallten förmlich an den stillen Wänden wider. Der Tisch war aufgeräumt, alles verschlossen. Keine Menschenseele, auch auf dem Hinterflur nicht, den er bis zur Küche durchmaß. Da hing die Sperrkette vor der Treppentüre, der Herd war kalt, eintöniger Tropfenfall klatschte auf dem Wasserstein – sonst vernahm man keinen Laut.

Der Hauptmann Gisbert schaute wirr um sich. Er konnte immer noch nicht begreifen, was das bedeutete. Da endlich hörte er ein Gepolter. Der Bursche, der sein Kommen gehört, schob sich scheu und verängstigt aus seinem kleinen Stübchen zur Linken. Sein Herr frug ihn gedämpft, mit etwas zitternder Stimme: »Wo ist die gnädige Frau?«

»Die gnädige Frau ist doch abgereist!«

»Abgereist?«

»Ja.«

»Wann?«

»Schon heut früh um sechs!«

»Mit den Kindern?«

»Ja. Und die Friederike hat die gnädige Frau auch mitgenommen!«

Ein eisiges Grauen überlief Georg Gisbert. Heute früh um sechs, als er in die paar Stunden bleischweren Morgenschlafs verfallen war! Den ganzen Tag hatte er sich noch von den Schatten der Seinen umgeben geglaubt, die längst nicht mehr da waren – Schatten – es waren ja nicht mehr die Seinen – die Würfel waren gefallen und alles entschieden – er stand allein, ohne Weib und Kind auf der Welt.

Der Bursche berichtete tränenschluckend, auch die Luise, das Hausmädchen, dem die gnädige Frau den Lohn ausbezahlt habe, sei vor ein paar Stunden weg. Sie habe gesagt, die gnädige Frau komme doch nicht wieder und sie könne doch nicht allein mit dem Herrn Hauptmann und ihm, dem Musketier, die Nacht über in der Wohnung bleiben. Georg Gisbert hörte gar nicht darauf hin. Er gab dem Mann eine Mark und sagte mechanisch: »So – iß du heute auswärts Abendbrot!... Und heule nicht! *Dir* hat doch niemand etwas getan!« Dann ging er schweren Schritts in die Vorderzimmer zurück. Tiefes lähmendes Schweigen empfing ihn da. Es haftete noch wie ein letzter schwindender Hauch von warmem Menschenleben und hellem Kinderlachen an den Dingen und löste sich in Nichts, in die Schatten der Nacht, die langsam aus all den Ecken der prunkvollen Gemächer krochen. Und er sagte sich mit einer Ruhe, die ihm selber unheimlich war: ›So. Nun bist du allein!...‹ Und gleich hinterher zuckte das zweite: ›Nun bist du frei!...‹

Wenn Otti mit den Kindern ohne eine Silbe des Abschieds von ihm ging, dann gab sie ihn frei! Das war doch deutlich genug! Er richtete sich auf. Seine Augen leuchteten in wilder Freude. Damit war das Schwerste überstanden, für Vera und für ihn! Heute war es zu spät, sie noch aufzusuchen! Er konnte es nur rasch schreiben! Die Nacht kam. Niemand machte die Zimmer der Gisbertschen Wohnung hell. Sie lagen schwarz und finster. Und in einem lehnte ein Mann und schaute Stund' um Stunde hinaus ins Leere und dachte sich in starrer Ruhe: ›Der heutige Tag nahm mir Weib und Kind – mein Waffenkleid – alles! Nun sind nur noch zwei Menschen auf der Welt – sie und ich...‹

XVIII.

Georg Gisbert und Vera trafen sich am nächsten Morgen am Ausgang des Wannseebahnhofes. Er hatte sie dahin bestellt. Sie wußte schon alles, durch die hastigen Zeilen, die er ihr noch am Abend vorher durch einen Boten hinaus nach Zehlendorf gesandt hatte. Sie war blaß und erregt wie er. Sie sprach kein Wort, sondern schüttelte ihm stumm die Hand.

Auch er schwieg, während sie die lange Sackgasse zum Potsdamer Platz hinaufschritten, inmitten der Schwärme der Angekommenen, die jetzt, um die zehnte Vormittagsstunde, fast nur aus eiligen Herren mit Aktenmappen unter dem Arm bestanden. Endlich sagte er, was er bereits geschrieben: »Ja … sie ist fort … schon gestern früh …«

Er sprach in gedämpftem Ton von Otti wie von einer Verstorbenen. Und dann nach einer Pause: »Wenn sie mich verläßt, brauch' ich sie nicht zu verlassen! Dann ist *sie es*, die die Lösung der Ehe will …«

Es fiel ihm ein: ›Das ist nun die zweite Frau, die von dir gegangen ist!‹ Er drängte das zurück.

»Es ist besser gekommen, als ich zu hoffen gewagt hätte! Vera – wenn nicht noch ein Wunder geschieht, dann steht bald nichts mehr zwischen uns!«

Sie fieberten beide. Sie lasen sich die verzehrende Leidenschaft von den Lippen, sie fühlten einer das Zittern des anderen in sich, sie hätten die Arme ausbreiten mögen und einander an die Brust stürzen – aber um sie waren die Zylinderhüte und die Sonnenschirme und die Offiziersmützen und der Lärm des Potsdamer Platzes, und auch im Tiergarten, in den sie durch die Bellevuestraße einbogen, wimmelte es in dem hellen Sonnenschein von Leuten. Nur die Hand konnten sie sich im Gehen geben, und dabei sagte Vera tief aufatmend: »Gott sei Dank!«

Dann fiel ihr seine Blässe auf. Sie frug: »Du bist doch nicht krank?«

Er schüttelte den Kopf: »Ich hab' heute nacht nicht geschlafen. Das kannst du dir denken!«

»Ich auch nicht!«

»Ich bin in den leeren Zimmern auf und ab gegangen. In dem einen ist unser Kind gewesen … im anderen haben meine beiden anderen Kinder gewohnt – daneben i› *sie* … es war, als ginge man zwischen Gräbern herum …«

Sie schaute ihn von der Seite an, wie in einem Erstaunen. Er versetzte rasch: »Halt mich nicht für schwach, Vera! … Mich quält nur eine Angst …«

»Wovor?«

Er überwand etwas in sich.

»Sie –« Er sprach den Namen »Otti« nicht mehr aus. Er hatte Scheu davor. »Sie hat mir keine Silbe beim Weggehen hinterlassen! Das macht mich so unruhig. Das deutet auf … Wenn sie sich nur nicht …«

»Du meinst …«

Sie vollendeten es beide nicht. Sie wagten es kaum zu denken. Wenn Otti etwa die Kinder zuerst zu den Großeltern nach Worms gebracht hätte … und dann … Worms lag am Rhein. Und der Rhein war tief …

Sie schwiegen bang. Schließlich sagte er mit einer Kraftanstrengung: »Es ist ja auch nur so eine Idee! Ich hab' nicht den geringsten Anhalt dafür. Sie ist ja gar nicht so. Nachts bildet man sich so etwas ein. Jetzt, im Sonnenschein, wird es schon besser!«

Aber es war doch, während sie weitergingen, als hätte sich ein Schatten über den strahlenden Sommertag gelegt, der sie umgab, und Georg Gisbert versetzte, wie zur Rechtfertigung seiner Stimmung: »Du mußt bedenken, Vera: dir ist ein Kind gestorben, mir drei. Du hast einen Bräutigam verloren, ich eine Frau. Du bist frei. Ich muß mich aus tausend Dingen herausreißen. Das macht mich heute ein wenig stiller als sonst! Das mußt du verzeihen!«

Sie wandte ihm voll ihr blasses Gesicht zu: »Bereust du?«

»Nie! Nie!«

Es war eine heiße, unterdrückte Glut in seiner Stimme. Sie fuhr fort: »Du sagst, ich sei frei. Nein. Du bist es! Völlig! Du kannst jetzt noch umkehren. Ich halte dich nicht!«

Sie waren an einer einsamen Wegbiegung zwischen dichtem Gebüsch, kein Mensch in Sicht. Da hemmte er seine Schritte und legte ihr die Hände auf die Schultern und lachte ihr ins Antlitz.

»Vera...da könnte meine Mutter stehen und meine Frau und meine Kinder und meine Geschwister und alles, was ich auf der Welt hab', und könnten mir sagen: ›Kehr um!‹ Das ist gerade so viel, wie da – siehst du – wie wenn die Maus da vor uns übern Weg läuft! Die Leute halten mich ja für verrückt! ...Dich auch! ...Vielleicht sind wir's! Aber wir sind dabei immer noch zehntausendmal klüger als die andern alle.«

Es kam neues Leben in ihn. Er erzählte ihr rasch und knapp von seinem Besuch bei dem Oberst von Schefflenz. Da war doch schon der Anhaltspunkt für die Zukunft gewonnen.

»Heute früh hab' ich meine dienstliche Versetzung nach Buxtehude, oder wie das Nest da hinten heißt, bekommen!« sagte er. »Ich hab' mein neues Regiment telegraphisch um ein paar Tage Urlaub gebeten. Ich will mein Abschiedsgesuch erst einreichen, wenn ich gleich hineinschreiben kann, daß ich eine sichere Aussicht auf Anstellung drüben in den Kolonien hab'. Die Leute lassen einen dann mit mehr Anstand ziehen, als wenn sie denken, man abenteuert so ins Blaue hinein und wird Fremdenlegionär oder Wunderdoktor in Chicago oder Kohlentrimmer auf 'm Lloyd. Und in ganz kurzer Zeit, denk' ich, hat es sich schon entschieden. Dann pack' ich Hals über Kopf und gehe gleich hinüber!«

»Nach Ostafrika?«

Er nickte.

»Ja. Und ich?«

Georg Gisbert wurde sehr ernst. Die Lebhaftigkeit verschwand von seinen Zügen.

»Das ist ja eben das Schreckliche! Vera ...wir müssen uns für eine Zeit trennen! Es hilft alles nichts. Auch wenn sie nun in die Scheidung willigt, so mir nichts, dir nichts wird man nicht geschieden! Das dauert sein Jahr. Das wissen wir ja beide!«

»Aber das Jahr kannst du doch in Deutschland bleiben!«

»Wovon sollen wir denn leben?«

Die Frage war einfach und verwirrte sie völlig. Sie schwieg. Sie fühlte nur: jetzt landete man aus dem Luftreich auf dem Boden der Wirklichkeit. Georg Gisbert fuhr fort: »Schatz ...die paar Kröten, die du noch hast, sind rasch aufgebraucht. Ich besitz' überhaupt nichts – die Wahrheit zu sprechen, kommt alles in der Meinekestraße, von der Matte an der Türe bis zum letzten Henkeltopf oder 'ner leeren Streichholzschachtel in der Küche vom Wormser Geld und muß dorthin zurück. Ich will mich nicht an unrechtem Gut bereichern! Wenn ich meine Uniformen und Bücher verkauf', langt's gerade zu ein bißchen anständigem Zivil. Freie Überfahrt hab' ich. Drüben leb' ich so sparsam wie möglich und schick' dir, was ich entbehren kann! ...«

In ihrer Verstörtheit konnte Vera nur wiederholen: »Ja. Und ich?«

»Du mußt hier warten, bis ich frei bin. Dann kommst du mir nach und wir heiraten uns drüben ...Es ist eine furchtbare Prüfung für uns ...ich hab' mich heute nacht mit Nägeln und Zähnen gegen den Gedanken gewehrt ...davon kommt es auch, daß ich vorhin am Bahnhof so vergeistert angetreten bin ...aber es geht und geht nicht anders! ...Du mußt tapfer sein! Wenn uns all das Bisherige nicht umgebracht hat, werden wir mit Gottes Hilfe auch das noch aushalten!«

»Wo soll ich denn aber bleiben?«

Sie frug es mit erstickter Stimme. Er suchte sie, selber zitternd, zu trösten.

»Irgendwo hier oder in London oder wo du willst. Wir finden schon irgend ein Plätzchen für dich, wo es billig ist. Da machst du dir dann Kreidestriche an die Wand und löschst jeden Tag einen aus und ich tu' das in Afrika drüben gerade so und schließlich kommt der letzte Strich und wir haben uns ...nicht wahr? ...Vera – tue mir den einzigen Gefallen: weine nicht hier auf offener Straße ...«

Sie bezwang sich und murmelte zwischen den zusammengepreßten Zähnen: »Nein!« Ihre Augen wurden wieder trocken. Sie gingen ein paar Schritte stumm nebeneinander. Er sah ihre Leichenblässe und frug angstvoll: »Vera ...ist es dir zu viel?«

»Nein ...laß nur ...laß...«

Plötzlich stöhnte sie auf: »Herrgott ... wieder warten ... wieder einsam sein ... wieder dasitzen und sich Vorwürfe machen, daß man allen Menschen nur Unheil bringt ... Warum ist das Schicksal gerade immer gegen mich so grausam ...? Woher soll ich denn nur wieder die Kraft dazu nehmen, Georg?«

»Aus der Hoffnung, Vera! ... Denk, es hätte viel schlimmer kommen können. Ich hätte überhaupt nicht freikommen können. Was dann? ... Wir sind doch noch jung! Was ist ein Jahr gegen unser ganzes Leben! ... Klage jetzt nicht! Brich mir meine Energie nicht! Es muß sein!«

»Ja. Du hast recht! Verzeih!« sagte sie leise. Sie schmiegte sich schutzsuchend an ihn. Sie schob ihren Arm in den seinen, um sich von ihm führen zu lassen. Aber fast zugleich zog sie ihn auch wieder zurück. Auf der Friedrich-Wilhelmstraße, in die sie vom Tiergarten eingebogen waren, kamen ihnen ein junger Artillerieoffizier und eine Dame entgegen. Es waren Herr und Frau von Muthardt, an deren Tisch sie sich diesen Winter zuerst getroffen. Das junge Ehepaar hatte gute Augen. Auf fünfzig Schritte Entfernung sagte der Leutnant von Muthardt seiner Frau etwas. Beide machten plötzlich kehrt und bogen in die Von der Heydtstraße ein, anscheinend ohne die anderen zu bemerken und zu grüßen. Die sahen sich nur an: das kam nun so von allen Seiten ... nur fort ... fort ... es war die höchste Zeit ...

Aus dieser Ungeduld heraus sagte er: »Gräßlich, was einen nun daheim alles erwartet! Verhandlung mit dem Hauswirt wegen Lösung des Kontrakts – Spediteur – Abmeldungen bei der Polizei – Steuern und Gasrechnung in Ordnung bringen ... zum Verrücktwerden ist der Kram ...«

Sie biß die Lippen zusammen. Diese Alltäglichkeiten waren entsetzlich. Er bemerkte es und versetzte beinahe heftig: »Ja – das Leben besteht nun mal meist aus Kleinigkeiten! Die großen Momente, die sind nur wie die Rosinen im Kuchen! Das Zeugs da muß alles geschehen! Sonst lassen sie mich gar nicht fort. Ich hab' doch keine Lust, hinterher steckbrieflich verfolgt zu werden. Das wird noch ganz anders so kommen, Vera!«

»Du hast recht,« sagte sie fügsam. »Ich bin dumm. Ich leb' nun mal im Mond und nicht auf der Welt! ... Ich denk' mir immer alles so schön und dann kommt die Vernunft! Was ich *die* schon hasse ...«

Sie bot ihm die Hand: »Das Gescheiteste ist, wir trennen uns jetzt auf ein, zwei Stunden. In der Zeit suche ich mir hier mein altes Quartier!« Sie wies über den Lützowplatz, vor dem sie standen, hin nach ihrer früheren Wohnung. »Dabei kannst du nicht mit – du verstehst?«

Er nickte. Natürlich! Sonst ging das Gerede ja gleich wieder los. Sie bebte leise am ganzen Körper. Aber sie bemühte sich, tapfer zu sein. So tapfer und praktisch im Leben, wie er es haben wollte.

»Und du, Georg, besorgst inzwischen das alles, und holst mich dann in Zehlendorf ab. Ich bleib' nicht länger da draußen. Ich steh' schon am Fenster, wenn du kommst ...«

Sie litten beide unter diesen Lächerlichkeiten des Lebens, die sich zwischen sie drängten. Dabei stach es Vera durch das Herz: Was war dies bißchen gegen die furchtbare Notwendigkeit, ein ganzes Jahr voneinander zu scheiden? Sie fühlte: wenn sie jetzt nicht rasch Abschied nahm, war ihre Kraft zu Ende. Dies klägliche Schauspiel wollte sie ihm nicht bieten. Sie drückte ihm hastig, mit abgewandtem Gesicht, die Hand und eilte davon, auf das Haus zu, in dem das Pensionat von Borchersheide war, froh, daß die Leute auf dem Lützowplatz ihre nassen Augen unter dem Schleier nicht sehen konnten. Erst im Treppenflur blieb sie keuchend stehen. Ein bitterer Jammer zuckte um ihre Lippen. Sie hätte sich am liebsten auf den ausgetretenen, staubigen Stiegenläufer da niedergesetzt und das Gesicht mit den Händen bedeckt und wild aufgeschluchzt. Aber sie trocknete ihre Tränen und war wieder leidlich gefaßt, als sie oben klingelte und die Frau Major a. D. von Borchersheide, die selbst auf der Schwelle erschien, bat, sie wieder aufzunehmen.

Seltsam: Frau von Borchersheide hatte momentan nicht ein einziges Zimmer frei! Dabei sah man durch offene Türen rechts und links in leerstehende Räume. Aber jene blieb nun einmal dabei. Sie war äußerst kühl und gemessen, ganz anders als früher. Sie wollte offenbar nicht. Sie hatte auch schon inzwischen irgend etwas gehört. Vera von Vogt begriff das endlich und sagte nur ruhig: »Ach so ...«

Dabei war sie schon wieder unten auf dem Platze und ging weiter – irgendwohin – gleichviel. Die Abweisung brannte ihr eine Zeitlang auf der Seele. Dann wurde sie stumpf dagegen. Solche kleinen Demütigungen hießen ja nichts gegen die großen, schwarzen Wolken, die unheimlich von allen Seiten aufzogen – die über dem Rhein lagerten ... sich über dem Weltmeer ballten – da drüben war er – hier sie – das alte Lied von den zwei Königskindern, die das tiefe Wasser schied. Sie war allein. Um sie war die Luft grau im hellen Sonnenschein, der blaue Himmel trübe, ihr Herz schwer. Da schämte sie sich ihrer Schwäche. Dadurch ward sie seiner nicht würdig. Sie nahm sich zusammen, sie ging von neuem auf die Wohnungssuche und fand in der Hardenbergstraße ein kleines, einfacheres Pensionat, wo man der vornehmen, in tiefe Trauer gekleideten Dame mit Ehrerbietung entgegenkam, und fuhr, nachdem da alles geordnet war, mit der Stadtbahn nach dem Bahnhof Friedrichstraße zurück.

Als sie aus dem heraustrat, sah sie mitten in der engen, menschenwimmelnden Vorhalle, neben dem Aufstieg zum Fernverkehr, einer Dame ins Gesicht, die ein Reisetäschchen umgehängt trug und mit einem Gepäckträger verhandelte, und prallte halb zurück.

»Anna ... bist du's wirklich?«

Jawohl – es war ihre Schwester aus Ostpreußen. Aber daß die Greffern-Riests sich jetzt mitten in der Erntezeit von der Scholle rührten, das war so ungeheuerlich ... In unwillkürlicher Angst frug Vera, während die beiden jungen Frauen sich die Hände reichten: »Wie kommst du denn um Gottes willen auf einmal hierher? ...«

»Wir sind gestern nachmittag gleich, wie wir's hörten, von Kwitschkallen weg und vorhin angekommen und fahren in einer halben Stunde nach Stendal weiter. Lutz,« sie meinte ihren Mann, »macht unterdes rasch ein paar Besorgungen ...«

»Nach Neetzow fahrt ihr?«

»Nun natürlich! ... Weißt du denn am Ende noch gar nicht ...?«

»Nein ...«

»... daß Papa vorgestern einen Schlaganfall gehabt hat?«

»Um Himmels willen!«

Um sie war ein solches Getümmel, daß sie da nicht mehr stehen bleiben konnten. Frau von Greffern riß Vera, die ganz betäubt sie anstarrte, beiseite, zu den Gepäckräumen hin und rief ihr da durch das Poltern der Koffer und das Rollen der Karren ins Ohr: »Es war zum Glück nur so 'ne leichte Mahnung. Es geht ihm schon besser! Er ist bei Bewußtsein. Er ißt und trinkt. Er raucht. Der Arzt telegraphiert: vorläufig sei keine Gefahr mehr ...«

»Aber wie ist denn das gekommen?« »Die Aufregung!« Die Stimme der Schwester klang in dem wüsten Lärm umher laut an Veras Ohr. »Er hat doch in letzter Zeit so viel mit dem Rechtsanwalt verhandelt und sein Testament gemacht ...«

»Ja. Ich weiß!«

»Und hat so manches nicht verwinden können ... Auch daß die Meliorationen in Neetzow zu Wasser geworden sind – da hatte er schon im voraus eine Menge Geld hineingesteckt ... die Sorge wurmte ihn nun bei Tag und Nacht ... und überhaupt ...«

Dies »überhaupt« begleitete ein Blick, der bündig hieß: ›Sein Schlaganfall – das bist du ...‹

Vera schwieg. Sie sah mit leeren Augen, wie da vor ihr zwei Franzosen ihre Musterkoffer nach Paris aufgaben und sich mit den deutschen Beamten nicht verständigen konnten. Es flog ihr durch den Kopf: ›Sie haben mich doch immer bloß verschachern wollen, die Meinen.‹ Aber trotzdem ... Plötzlich hatte sie eine furchtbare Angst. Neben ihr sagte Frau von Greffern: »Kuno ist schon dort! Ewald nehmen wir unterwegs in Hannover mit. Dietloff hat auch aus Bonn telegraphiert, er käme!«

»Und mir hat man nichts gesagt!«

»Papa wollte nicht. Er ist zu böse auf dich, Vera ...«

Die junge Frau lächelte trübe: »... weil er nun seine Scheunendächer nicht umbauen konnte ...«

»Ach nein, Vera! Das ist es nicht! Das weißt du wohl! Er hat mir noch vor acht Tagen, kurz vor dem Schlaganfall, geschrieben: eine Frau, die einen verheirateten Mann seiner Familie entfremdet, und die ihren Ruf derart ... Ach – da kommt endlich mein Mann!«

Der Erbherr auf Kwitschkallen und Nautzitten stiefelte eilig, mit ein paar Paketen beladen, heran. Sein dröhnendes Ostpreußisch durchdrang ebenso den Lärm, wie er die Köpfe der Menge überragte.

»Höchste Eisenbahn!« schrie er. »In drei Minuten geht der Kölner *D*-Zug! Vorwärts, Mannchen!« Er scheuchte den Gepäckträger wie ein Huhn vor sich her und tat, als ob er Vera jetzt erst sähe. »Verzeihe, Schwägerin, daß ich dir nur zwei Finger gebe! Alles andere besattelt! Fährst du mit?«

Die beiden Gatten tauschten einen raschen Blick und Frau von Greffern sagte: »Es würde Papa zu sehr aufregen! ...Ich telegraphiere dir lieber gleich – nicht wahr, Vera?«

»Ja,« erwiderte Vera dumpf. Sie hörte, wie der wilde, baumlange Mann von der russischen Grenze ihr noch zuschrie: »Bete unterdes, Schwägerin – bete, daß uns der liebe Gott den prächtigen, alten Herrn noch ein Weilchen läßt!« – sie sah, wie die beiden Greffern nach atemloser Verabschiedung zum Bahnsteig hinaufstürmten – dann war sie auf einmal wieder draußen auf der Straße und auf dem Weg zum Wannseebahnhof und fuhr heim.

Die ganze Zeit saß sie, ohne sich zu rühren, die Hände im Schoß, den Blick geradeaus, und dachte sich: ›Wenn mein Vater jetzt krank geworden ist und vielleicht nicht mehr lange lebt, dann bin *ich* schuld. Wenn in Worms ein Unglück passiert ist, bin *ich* schuld. Wenn Georg seinen Abschied nehmen und Deutschland verlassen muß, bin *ich* schuld. Ich bin an allem schuld, was geschieht. Warum bin ich überhaupt auf der Welt?‹

Dabei empfand sie deutlich: das alles ließ sich ertragen – über alles kam man hinweg – nur über das eine nicht, die Trennung von ihm. Über der brach sie zusammen. Und die Trennung war vielleicht schon nächste Woche. Und ein Jahr war eine Ewigkeit...

Es war ihr, als müßte sie den nächsten besten Begegnenden anpacken, ihn fragen: ›Um Gottes willen – was soll ich machen ...? Jeder Weg um mich führt in die Irre!...‹ Sie kam sich wie ein gehetztes Wild vor, während sie die Straße in Zehlendorf hinabschritt. Nirgends ein Ort, wo sie ihr Haupt niederlegen konnte – am wenigsten in dem Hause, das sie nun betrat, und wo das Mädchen sie muffig im Flur empfing.

»Ein Herr ist drinnen im Salon und wartet!« sagte sie und deutete auf den Spiegelsims. Auf dem lag eine Visitenkarte. Vera las:

Jean Baptiste Dörsam

und unten rechts:

Weingroßhandlung Dörsam, Fröhlich und Kompanie
Worms.

Im ersten Augenblick wußte sie nicht, was das bedeutete. Sie entsann sich nicht gleich des Mädchennamens ihrer Nachfolgerin. Sie glaubte, da drinnen sitze ein Weinreisender, um sie zu belästigen. Aber da öffnete sich die Türe. Herr Dörsam, der vielleicht etwas Ähnliches fürchten mochte, stand auf der Schwelle und nun erinnerte sie sich plötzlich: dies Gesicht hatte sie schon einmal gesehen! Jawohl, in jener furchtbaren Nacht vor Monaten, als ihr Töchterchen in der Gisbertschen Wohnung in der Meinekestraße auf den Tod lag und sie und Georg es pflegten. Jedesmal, wenn sie da durch den einen Salon gegangen war, um von hinten Wasser oder sonst etwas zu holen, war sie an einer großen Photographie vorbeigekommen, die auf dem Schreibtischchen der Hausfrau am Fenster stand. Das war dieser brünett-schöne, immer noch jugendliche Männerkopf gewesen. Nur hatte Herr Dörsams Bild damals eine spitze Narrenmütze schief auf dem Scheitel und lachte, daß die Zähne durch den dunklen Spitzbart blinkten. In jedem Arm schaukelte der fastnachtsfrohe Mann eines seiner beiden Enkelchen und niemand hätte auf den Gedanken kommen können, in diesem Prinzen Karneval einen Großvater zu sehen.

Jetzt war sein Ausdruck tiefernst. Er trug einen schwarzen Gehrock, dunkle Handschuhe, dunkelgestreiftes Beinkleid und hielt den spiegelglänzenden Zylinder statt der Schellenkappe von damals in der Hand. Unwillkürlich bemerkte Vera die Tadellosigkeit seiner äußeren Erscheinung, der tiefen Verbeugung, die er ihr machte. Sie war immer für derlei empfänglich. Dann blickte sie ihn erschrocken an. Was wollte er hier? Von ihr?

»Ich weiß nicht, ob Sie mich kennen, gnädige Frau!« sagte Jean Baptiste Dörsam zögernd und höflich. Sie bejahte mit einer Kopfbewegung, schloß die Türe hinter sich zu und deutete mechanisch auf einen Stuhl. Er nahm Platz, stellte seinen Hut neben sich auf den Boden, warf die Handschuhe hinein, beugte sich etwas vor und fuhr gedämpft fort: »Vor allem, gnädige Frau: Sie wundern sich, daß ich zu Ihnen gekommen bin?«

Sie nickte. Sie war immer noch nicht ihrer Bestürzung Herr, auf einmal diesem Fremden gegenüberzusitzen, der ihr mit so ruhigem und sicherem Respekt, ganz wie ein Angehöriger ihrer Kreise, begegnete und seine dunklen, eigentümlichen Augen nicht von ihr ließ. Er sagte: »Gestern nachmittag ist meine Tochter Otti bei mir in Worms angekommen. Ganz aufgelöst. Fertig. Kein Mensch mehr. Aber doch noch Mutter. Das hält sie aufrecht. Sonst weiß ich nicht, was geschehen wäre. Ich hab' ein langes Gespräch mit ihr gehabt. Im allgemeinen wissen Väter von ihren erwachsenen Töchtern so viel wie vom Mann im Monde. Aber ich war meinen Kindern und besonders meinen Töchtern immer ein guter Kamerad. Ich hab' ihr Vertrauen. Und abends gegen zehn hatt' ich Otti so weit, daß ich mich eben noch auf die Bahn setzen und herfahren konnte...«

Er machte eine Pause. Vera hörte, wie draußen im Flur Frau von Pfennigreuter und ihre Tochter sich zankten. Das geschah jetzt immer häufiger, je schlechter die Pension ging. Auf der Straße rasselte ein Fuhrwerk vorbei, nach Klein-Machnow zu. Vor ihr, in der Wasserkugel, trieb der Goldfisch seine Kreise. Das alles dünkte ihr merkwürdig wie im Traum. Nun hörte sie wieder die weiche, tiefe Stimme da drüben.

»Ich hab' dem Hauptmann Gisbert, meinem Schwiegersohn, vom Hotel aus telephoniert, ich käme in ein oder zwei Stunden zu ihm. Er mag auf mich warten. Ich hab' keine große Sehnsucht, ihn wiederzusehen. Und was ich ihm zu sagen hab', das ist in drei Worten abgemacht. Darauf kommt es auch wenig an. Die Hauptsache, meine verehrte, gnädige Frau, liegt bei Ihnen!«

Wieder warf sie ihm einen betroffenen Blick zu. Nun sprach sie zum erstenmal: »Ich verstehe das nicht ganz, Herr Dörsam ... Unsere Beziehungen sind doch merkwürdig. Sie sind der jetzige Schwiegervater meines früheren Mannes – Sie haben mich nie gesehen...«

Jean Baptiste Dörsam schüttelte den Kopf: »Aber ich weiß doch genug von Ihnen, meine, gnädigste Frau. Sehen Sie: in diese Sache sind drei Menschen verwickelt. Erstens meine Tochter! Die ist rein der leidende Teil. Über die red' ich nicht weiter. Dann mein Schwiegersohn! Es kommt mir als Weinhändler oft vor, daß ich mit Leuten zu tun habe, die gerade für ein paar Stunden nicht ganz klar im Kopf sind. Sie begreifen: wenn man so im Keller auf dem Brett steht, den Stechheber in der Hand – na, mit solchen Leuten mach' ich in *der* Verfassung keine Geschäfte. Ich warte, bis sie wieder nüchtern sind. Vielleicht kommt auch mein Schwiegersohn einmal wieder zu Verstand. Vorläufig ist er's nicht. Bleiben also nur Sie. Weitaus die Stärkste der drei. Die beiden anderen müssen, wie Sie wollen!«

»Ich muß geradeso, Herr Dörsam!«

Er schien ihren Einwand zu überhören.

»Und dann...« sagte er gedämpft. »Es ist immer besser, man geht zu den Frauen, wenn man etwas erreichen will. Die Frauen sind die besseren Menschen – glauben Sie mir. Sie sind zu Opfern fähig, die ein Mann einfach nicht fertig kriegt!«

Vera schwieg. Eine unbestimmte Angst: Wo soll das hinaus? – preßte ihr die Brust zusammen.

»Und Sie insbesondere, gnädige Frau – verzeihen Sie, wenn ich da an die wundeste Stelle in Ihrem Herzen rühre ... ich weiß ... Sie haben vor kurzem den schwersten Verlust erlitten, der eine Mutter treffen kann ... Es war Ihr einziges Kind. Es liegt etwas Heiliges in solch einem Schmerz. Aber auch etwas Großes. Es hebt den Menschen über sich hinaus. Er versteht, weil er selbst Schmerzen hat, auch die Schmerzen der anderen. Wir tragen alle unser Päckchen durchs Leben – aber Sie haben mehr gelitten als andere. Und Ihnen kann man darum auch mehr sagen...«

Veras Augen hatten sich mit Tränen gefüllt bei der Erwähnung ihres toten Kindes. Der ihr gegenüber hatte es wirklich verstanden, sie gerade da anzufassen, wo ihre Seele am weichsten war und keinen Widerstand leisten konnte. Er räusperte sich und fuhr lebhaft fort: »Eingreifen mußt' ich! Und auf der Stelle, ehe noch mehr Unheil geschieht! ...Ich bin ja nicht so ein Schwiegerpapa oder Großpapa aus der Kinderfibel, dem schon die Zähne wackeln und das Haar ausfällt« – wirklich war auf seinem glänzend schwarzen, leichtgelockten Haupt auch nicht ein grauer Faden – »ich bin noch jung oder fühle mich wenigstens noch jung – es ist bei mir immer alles ein bißchen zu früh im Leben gegangen – und darum trau' ich mir auch noch die Fähigkeit zu – ich möchte sagen, nicht väterlich, sondern einfach menschlich mit den Leuten zu reden...«

Vera dachte sich: Freilich – er war kaum fünfzehn Jahre älter als sie. Er hätte ganz gut ihr Mann sein können ...Sie hörte ihn weiter: »Meine verehrte, gnädige Frau – ich bin für Sie natürlich ein Mensch aus einer ganz anderen Welt. Unter einem Weinhändler denkt man sich bei Ihnen Gott weiß was das ist mir wohl bekannt – darum hab' ich das alles gesagt, damit Sie ein wenig Vertrauen zu mir fassen. Es gibt Dinge – in denen sind wir alle gleich! Die tun dem einen so weh wie dem anderen. Jetzt müssen wir alle uns weh tun! ...Es hilft nichts! ... Aber ich möchte dabei alles fernhalten, was uns auf das gewöhnliche Gebiet, auf Streit und Lärm hinüberbringt. Wir wollen uns nicht als Feinde betrachten, sondern als Leute, die ein gemeinsames Unglück getroffen hat, und die nur darüber sprechen, wie sie sich mit halbwegs heiler Haut wieder aus dem herausfinden!«

Und nun setzte er, nach einer kurzen Pause, ruhig hinzu: »Meine Tochter wollte sich scheiden lassen! ...Sie kam bei mir an und hielt das für ganz selbstverständlich! ...Wer so wie sie verraten und verkauft worden sei – sie drückte immer nur die Kinder an sich und zitterte und bebte und die Zähne schlugen ihr aneinander wie im Fieber. Sie wollte auch gar nichts hören. Ich hab' viel Mühe und Geduld gebraucht, bis ich den Weg zu dem armen, verbitterten, kleinen Herzen wiedergefunden hab'! Aber endlich ist es mir doch gelungen. Und wie ich sie zum Abschied geküßt hab' und fortgefahren bin, auf die Bahn, da war sie ebenso entschlossen wie ich, in keine Trennung zu willigen!«

Vera saß ganz still. Sie atmete kaum. Er sagte noch: »Sie hat es mir zugeschworen! ...Ich hab' sie darum gebeten. Sie wissen vielleicht: wir sind ein gläubig-katholisches Haus. Schon deswegen hätte ich von meinem Standpunkt aus nie eine Scheidung gutheißen können! Bei meiner Tochter ist das nicht anders. Sie ist eine Preußin geworden, in manchen Dingen. Aber ihren Schwur wird sie halten!«'

Eine tiefe Stille trat ein. Endlich begann Jean Baptiste Dörsam wieder mit einer weichen, gedämpften Stimme: »Meine arme gnädige Frau – ich fürchtete wohl, daß ich da vielleicht manche Zukunftsgedanken in Ihnen würde zerstören müssen! ...Ich weiß schon: gerade Sie in Ihrem schwarzen Kleid müssen es als eine besondere Grausamkeit empfinden, daß gegen Sie sich die Kinder der anderen erheben und ihr natürliches Recht geltend machen. Aber glauben Sie mir: es handelt sich nicht darum, daß meine Enkel nun einmal da sind! Was hülfe es ihnen schließlich so sehr viel, daß ihre Eltern wie mit einer eisernen Kette aneinandergefesselt bleiben? Das Familienleben wäre ja doch zerstört! Nein, die Gründe unseres Entschlusses liegen tiefer – so tief, daß ich kaum wage, davon anzufangen. Wenn ich schon zuviel gesagt habe, so sagen Sie mir, ich soll aufhören. Das Wort, auf das es ankommt, das ist ja nun schon heraus!«

Vera sah wie geistesabwesend an ihm vorbei ins Leere. Es kam nur von ihren Lippen: »Sagen Sie mir jetzt alles!«

Unheimlich: Sie sah immer im Geiste auf Jean Baptiste Dörsams südländisch dunklem Haupt die Schellenmütze des Rheinländer Karnevals wie auf der Photographie. Und es war doch ihr Schicksal selber, das da saß und redete. Und um das Schicksal klingelten unhörbar wie ein Hohn auf Menschenglück die Glöckchen. Ihr Besucher versetzte: »Ich beobachte meinen Schwiegersohn nun schon seit vier Jahren. Er ist gar nicht so leicht zu begreifen, weil er zu den Leuten gehört, die anders sind als ihr Beruf. Äußerlich – natürlich – da ist er Offizier – ein sehr fähiger sogar, wie einem alle Welt versichert. Aber wenn man ihm die Weste aufknöpft und ins Herz sieht, dann ist da so etwas Fremdartiges – ewig Unzufriedenes – etwas, was ihm im Leben keine Ruhe läßt – er sucht und sucht und ist doch nicht der Mann dazu – er will die Dinge immer und dann wird er nicht mit ihnen fertig...«

Jean Baptiste Dörsam zuckte die Achseln. Er sah selber nicht aus, wie einer, dem das Leben gar keine Rätsel aufgegeben hatte. Nur half ihm leichteres Blut und rheinisches Temperament darüber hinweg. Nach einer Pause wiederholte er: »Er will die Dinge immer und wird dann nicht mit ihnen fertig! Die kommen bei ihm immer wieder. Solange er jetzt mit meiner Tochter verheiratet war, ist er die Erinnerung an Sie nie ganz losgeworden – sie hat es empfunden und mir mehr als einmal geklagt. Wäre er nun wieder mit Ihnen verheiratet, würde er wieder an meine Tochter denken – ich meine nicht so wie jetzt an Sie, sondern mit einem schlechten Gewissen, mit einem fortwährenden Gefühl von Schuld. Da gehörte ein robusterer Mensch als er dazu, so mir nichts dir nichts die Frau, die immer treu ihre Pflicht an ihm getan hat, zu verstoßen, seine eigenen Kinder nicht mehr zu kennen, über alle Wohltaten, die ich und seine Vorgesetzten und seine Freunde und alle Welt ihm erwiesen haben, mit einem Fußtritt zu quittieren! ... Nein – das würde ihn ewig verfolgen, und darum, meine verehrte gnädige Frau, könnte ich mir eine künftige Ehe zwischen Ihnen und ihm nicht glücklich denken – nicht weil sie schon einmal traurig geendet hat – warum sollten sich Menschen schließlich nicht ändern und durch Schaden klug werden? – sondern weil vor ihm immer das Bild derer stehen wird, die er – um es kurz herauszusagen – elend verraten hat! Mit so einer Last auf der Seele, meine liebe gnädige Frau, wird man nicht froh – man wird auch nicht tüchtig zum Kampf ums Leben, der für Sie doch ohnedies ein furchtbar schwerer sein würde – und Sie können ihm da nichts abnehmen. Denn Ihretwegen hat er ja das alles getan ...«

Veras Besucher hatte sich in Erregung gesprochen. Das wollte er nicht. Er verstummte eine Weile und wartete, bis er sich ganz beruhigt hatte. Sie saß inzwischen schweigend da, die Hände im Schoß, den Blick auf dem Boden. Nun hub er wieder an: »Darf ich weiterreden?«

»Ja.«

»Dann komm' ich zu Ihnen, gnädige Frau! ... Sie kennen meinen Schwiegersohn viel besser als ich. Glauben Sie denn, wenn er in einer solchen Verfassung ist, wie ich eben sagte, daß Sie dann neben ihm glücklich sein können? Ich glaube es nicht. Es würde Ihnen gehen wie ihm. Sie würden morgen schon anfangen, sich Vorwürfe zu machen – wegen dessen, was Sie heute an ihm getan haben ...«

Er brach ab. Er schien zu erwarten, daß sie sich nun erheben und das Gespräch beenden würde. Aber sie rührte sich nicht. Ihr Gesicht war unverändert. Da fuhr er entschlossen fort: »Er war ein harmloser, junger Bursche, als er Sie kennen lernte. Dadurch, daß Sie ihn nach kurzer Ehe – gewiß nur durch *seine* Schuld, meine gnädigste Frau – verließen, hat er das tiefste Unglück im Leben erfahren! In seiner zweiten Ehe hat er dann Ruhe und Glück gefunden. Er war ein ganz zufriedener Mensch, bis er wieder auf Sie stieß. Da begann das alte Spiel. Seine zweite Flau hat ihn verlassen, wie es die erste getan hat, und ist heute ebenso unglücklich, wie es die erste war. Seine Existenz ist wieder ruiniert, und viel gründlicher als das erste Mal – er geht vielleicht wieder abenteuernd über See – was bleibt ihm schließlich sonst übrig? – und diesmal ganz aussichtslos – denn diesmal verliert er auch den bunten Rock und alles, was sie ihm das erste Mal gelassen haben – gnädige Frau – ich bin grausam – ich weiß es – ich muß es sein – wie der Arzt am Krankenbett, möcht' ich sagen – so sehr es mir auch gegen meine Natur geht – aber ich muß alles aufbieten, Sie umzustimmen – ich bin es meiner Tochter und meinen Enkeln schuldig – und schließlich auch Ihnen! Denn was, um Gottes willen, wird aus Ihnen, wenn meine Tochter erklärt: ›ich geb' ihn nicht frei!‹ und Sie haben doch nicht die Kraft, von ihm zu lassen! ... Ja, was dann, meine gnädige Frau? Gott im Himmel behüte Sie und uns davor!

»Und meine Tochter *wird* das erklären und dabei bleiben! Ich hab' ihren Schwur und ich bin zwar nur ein Weinhändler und ein ganz moderner Geschäftsmensch, aber doch ein katholischer Christ wie sie! ... Ich habe mir und ihr gesagt: ›Rechtfertigt das, was er jetzt tut und will, das Opfer von Frau und Kind?‹ und hab' mir nach redlichstem Gewissen geantwortet: ›Nein!‹ Ich bin schließlich doch auch nur ein Mensch. Sie können mich nicht verdammen, wenn ich zuerst an mich und die Meinen denke!

»Und nun denken Sie an ihn und an sich, meine gnädigste Frau! Ihn rechne ich gar nicht mehr. Ich spreche nur zu Ihnen! Sie sind ja so viel stärker als er! Seit zehn Jahren ist sein

Leben durch Sie bedingt. Sie haben ihn auch jetzt wieder aus seinem Kreis gerissen – ohne es zu wollen – gewiß! Aber er geht an Ihnen zugrunde, wenn Sie nicht die Kraft haben, ein Ende zu machen ...«

»Ein Ende ...« sagte Vera langsam, halb fragend. Es war das erste Wort, das sie seit langer Zeit sprach.

Der Weingroßhändler hatte sich erhoben und stand vor ihr. Sie war sitzen geblieben. Er sah aus seiner stattlichen Höhe auf ihren gesenkten blonden Scheitel hernieder.

»Meine gnädigste Frau!« versetze er gedämpft. »Bedenken Sie doch: Unser Entschluß steht unverrückbar fest. Also sind Sie schon von ihm getrennt – für immer – nur noch nicht durch eigenen Willen, sondern durch die Gewalt der Umstände. Denn daß Sie ihm dauernd irgendwie nahe bleiben, ohne jede Aussicht auf eine gesetzliche Vereinigung – gnädige Frau – ich weiß: ich darf in diesem Zimmer, vor Ihnen, gar nicht davon sprechen! Also bleibt Ihnen wirklich nur übrig, gnädige Frau, das zu wollen, was Sie müssen ...«

Vera schwieg. Er konnte aus ihrem unbewegten Gesichtsausdruck nicht erraten, was in ihr vorging. Er trat dicht vor sie hin und rang die Hände ineinander: »Gnädige Frau ... ich bitte Sie .. in unserer aller Namen ... seien Sie stark ... retten Sie ihn ... retten Sie sich ... retten Sie uns ... sagen Sie ihm: ›Es soll nicht sein! ... Wir müssen verzichten! ... Wir sehen uns nicht wieder. Wir sind wieder füreinander tot, wie wir es bis vor einem halben Jahr ja schon waren und trotzdem haben leben können.‹ Wenn er sieht, daß das Ihr unumstößlicher, eisenfester Wille ist, dann bleibt ihm ja nichts übrig. Dann muß er sich bescheiden und findet schließlich den Weg dorthin zurück, wohin er gehört. Er wird wie aus einem Taumel aufwachen und sich die Augen reiben und sich besinnen. Ich fordere Übermenschliches von Ihnen, gnädige Frau. Aber wenn man daheim eine Tochter sitzen hat, die man kaum von einem Sprung in den Rhein hat abbringen können – wenn man seine Würmerchen von Enkeln da hilflos vor sich sieht und sich dabei selber nichts, aber auch gar nichts vorzuwerfen hat, sondern sich immer anständig und gut benommen hat – meine Tochter sowohl wie ich – ja, dann hat man doch um Jesu willen das Recht dazu ... Gnädige Frau – da steh’ ich vor Ihnen – schon halbwegs ein älterer Mann – ein Vater und Großvater – und bitte Sie mit gefalteten Händen: Geben Sie ihn frei! Gehen Sie von ihm! ... Lassen Sie ihn nicht mehr in Ihre Nähe ...! Der Himmel wird es Ihnen danken. Er wird Ihnen anderes dafür bescheren! ...«

»Nichts!« sagte Vera ruhig.

»Meine gnädigste Frau – wenn das Opfer noch so schwer ist, ganz verarmen kann es Sie nicht. Bedenken Sie, wieviel Sie immer noch auf der Welt besitzen ...«

»Mein Kind ist tot!«

»Aber Sie haben doch die Ihren.«

»Die Meinigen haben mich verstoßen!«

»Sie haben doch ein Vaterhaus ...«

»Meinen Vater hat aus Gram über mich vorgestern der Schlag gerührt!«

Der Weingroßhändler wandte sich stumm ab und griff nach seinem Zylinder. Es war einen Augenblick still im Zimmer. Dann sagte Vera: »Ich hab’ nichts mehr. Auch keine Freunde. Kein Geld. Ich hatte nur die Hoffnung. Nun ist auch die weg. Nun hab’ ich alles für ihn hingegeben, was ich war und was ich hatte ...«

»Gnädige Frau ...« sagte Jean Baptiste Dörsam leise.

Sie schaute auf und ihm in die Augen. In den seinen war eine Frage. Sie antwortete darauf: »Sie sagen, er leidet an mir wie an seinem Schicksal. Meinen Sie denn, daß ich das will ...?«

»Nein, gnädige Frau! ... Es geschieht manches, weil unser Wille zu schwach ist! ...«

»Und nun soll ich, für ihn und für mich, den starken Willen aufbringen?«

»Ja.«

»Und woher soll ich die Kraft dazu nehmen?«

»Ich, als Christ, würde sagen: von da oben, gnädige Frau!«

Es war ein Schweigen. Dann frug Vera: »Sind Sie nun fertig?«

»Ich bin es, gnädige Frau!«

Sie erhob sich. Die Unterredung war zu Ende. Er zögerte: »Bekomme ich keine entscheidende Antwort, gnädige Frau?«

Sie schüttelte den Kopf. Da er immer noch wartend stehen blieb, sagte sie zwischen den Lippen: »Bitte – gehen Sie jetzt!«

Da verbeugte sich Jean Baptiste Dörsam und verließ stumm das Zimmer.

Drinnen blieb alles still. Vera von Vogt saß am Fenster und rührte sich nicht. Außen gingen die Menschen vorbei. Sie kannte sie alle in den Wochen und Wochen, seit sie hier nun wohnte – die Machnower Ausflügler und die Bürger auf dem Weg zum Schützenhaus, die Radler, die Bauern und die Förster und die Herrschaftswagen umliegender Güter – Schatten des Lebens, kamen sie und verschwanden. Sie sah sie nicht. Ihre Augen waren leer. Es klopfte leise. Fräulein von Pfennigreuter frug, ob sie nicht zum Mittagessen kommen wolle. Sie schüttelte nur das Haupt und blieb, wo sie war. So verstrichen langsam die Stunden – die erste – die zweite – schon näherte sich die dritte ihrem Ende, da sah sie unten auf der Straße Georg Gisbert kommen. Er machte stürmende Schritte. Sein Gesicht war bleich. Er schaute finster und wild aus. Der Strohhut war über den dunklen Kopf zurückgeschoben. Er schlug mechanisch mit dem dünnen Spazierstock im Gehen wie mit einer Waffe durch die Luft. Ein paar Leute blieben stehen und blickten ihm verwundert nach...

Dann zog es draußen heftig an der Schelle. Sie hörte, wie das Mädchen etwas murmelte, und dann sein barsches: »Ach was – lassen Sie mich in Ruhe!« Es schien, daß er die widerspenstige Person einfach beiseite schob. Seine Schritte kamen schnell den Flur hinunter, sie näherten sich dem wohlbekannten Zimmer – da stand er, fast zugleich mit dem Pochen, auf der Schwelle, schlug die Türe hinter sich zu und riß Vera, die ihm entgegengeeilt war, stumm und stürmisch an sich. Er preßte sie an seine Brust, sein Atem ging schwer, er war so erregt, daß er keine Worte fand. Erst als sie sich immer und immer wieder geküßt hatten, mit geschlossenen Augen, die Welt vergessend, erst da, im Erwachen aus der Trunkenheit des Wiedersehens, stieß er hervor: »Er sagt mir, er wäre bei dir gewesen?«

Ja.«

»Er sagt, du wüßtest alles?«

.Ja.«

»Jetzt war er bei mir! ... Mit mir hat er nur ganz kurz gesprochen – im Stehen – den Hut in der Hand! Vera ... Vera ... um Gottes willen ...«

»Ja, Georg? ...«

»Ich begreife nicht, daß du so ruhig bist! ... Oder hat er dir vielleicht etwas anderes gesagt als mir? Hat er dir vielleicht ein bißchen Hoffnung gelassen?«

»Nicht so viel, Georg! ... Sie geben dich nicht frei! ... Das hat er erklärt!«

»Und was hast du geantwortet?«

»Nichts, Georg! Ich hab' nur zugehört! ...«

»Ohne ein Wort des Widerspruchs?«

»Er hat mich ja nichts gefragt. Er hat mich ja einfach vor die Tatsache gestellt!«

Georg Gisbert lachte wild auf.

»So? ... So sanftmütig bist du doch sonst nicht! Ich will dir sagen, was ich ihm geantwortet hab'! ... Ganz einfach: ›Und wenn du mir mit zehn Gesetzbüchern und Verboten kommst, zweie wie die und mich kriegt ihr nicht unter! ... Wir sind so weit, daß uns alles egal ist! Wir erzwingen uns unseren Weg! Das schreibt euch hinter die Ohren! Und wenn es dabei unnütz Scherben und Skandal gibt, dann haben nur die die Schuld, die Leute zurückhalten wollen, die sich nicht halten lassen ...«

Es klopfte. Georg Gisbert wandte den Kopf und schaute gereizt, fieberig-zitternd nach der Türe, in der die Generalin von Pfennigreuter, ältlich, unansehnlich und in die Breite gegangen, in ihrem Hauskleid, erschien und Vera musterte.

»Sie sehen mich erstaunt, gnädige Frau! ... Ich habe ausdrücklich zu verstehen gegeben, daß ich die Besuche des Herrn Hauptmanns nicht länger dulde ...«

Sie kam nicht weiter, so schrie er sie an: »Herrgott! Lassen Sie uns hier gefälligst ungeschoren! Jawohl ...das ist mir jetzt ganz gleich, wer Sie sind! ...Wer kann sich denn unterstehen, sich zwischen Frau von Vogt und mich zu drängen, in dieser Stunde...?«

Während sie erschrocken flüchtete, hörte sie noch seine schneidende Exerzierplatzstimme: »Es gibt ein Unglück, wenn uns hier noch irgend jemand stört, gnädige Frau! Das schwör' ich Ihnen!«

Daraufhin wurde es draußen still. Mutter, Tochter und Magd hatten sich in die Küche zurückgezogen, die Türe verschlossen und warteten dort bebend auf das Gehen des unheimlichen Gastes. Er lachte zornig auf und wandte sich wieder an Vera: »Wo man hinspuckt, die Philister! ...Sie machen einen toll! ...Ich hab's meinem verehrlichen Schwiegervater auch gesagt. Aber ernsthaft, Vera: wir sind ja wirklich wie Kerzen, die an beiden Enden zugleich brennen! ... Wir müssen rasch zum Entschluß kommen. Sonst frißt's uns auf...« Er ballte atemlos die Fäuste. »Wir müssen ihnen den ganzen Kram vor die Füße schmeißen, daß es nur so kracht! ...Hindern können sie's nicht. Sie können uns überhaupt gar nichts tun – wenn wir nur wollen!...«

Sie sah ihn ruhig mit großen Augen an. Er faßte ihre beiden Hände und flüsterte leidenschaftlich: »Vera ...wir sind doch miteinander getraut. Der Pfaffe hat uns doch gesegnet – der Kerl auf 'm Standesamt erst recht. Wir sind Mann und Frau ...wenn auch nachher ...sieh ... gerade die Leute unten in Worms, die Katholiken, erkennen eine solche Trennung gar nicht an. Die sagen: ›Ehe bleibt Ehe in Ewigkeit!...‹ Das sagt mein lieber Schwiegervater von meiner *zweiten* Ehe! Nun – ich wende es auf meine erste an! ...Nicht vor den Menschen – die mögen meinetwegen Zetermordio schreien – aber vor unserem Gewissen!...«

Die Finger taten ihr weh, so preßte er sie in den seinen. Er war halb sinnlos vor Erregung. Die Worte überstürzten sich ihm auf den Lippen.

»Vera ...es bleibt uns ja keine andere Wahl! Die Leute sind ja so wahnsinnig. Sie hetzen uns da hinein! Wir müssen. Nur fort! fort! ...Aus allem heraus ...Alles stehen und liegen lassen ... heute abend noch am besten ...du und ich...«

»Wohin?«

Er sah sie verblüfft an. Ihre Frage kam ihm unerwartet. Sie sagte ruhig: »Mit deiner Anstellung in Ostafrika ist es doch nichts, wenn wir ...so dahin kämen...«

»Nun natürlich ist es nichts! Meinetwegen!« Er bemühte sich, sich zu beherrschen. Aber er zitterte an allen Gliedern. »Was liegt denn daran? Wir können uns doch nicht trennen, Vera! Das Jahr bis zur Scheidung wär' es vielleicht noch mit Hängen und Würgen gegangen ...Für immer ...da werd' ich verrückt und du auch, bei dem bloßen Gedanken! Also was hilft's – wir müssen fort!«

»Wohin?«

Er zuckte unter der wiederholten Frage zusammen.

»Das weiß ich noch nicht. Daran denk' ich auch jetzt noch nicht. Was kann man denn mehr tun als dem Schicksal die Hörner bieten! Soll man zum Deubel gehen – na, dann gut! Dann hat man wenigstens sein möglichstes vorher getan! ...Es kommt nur auf dich an, Vera! Von dir fordere ich den äußersten Entschluß, weil kein anderer mehr übrig bleibt. Ich fordere ihn noch am heutigen Tag, für all die furchtbaren Opfer, die ich schon gebracht hab'! Dann sind wir quitt. Dann gehen wir Hand in Hand. Dann können wir lachen!«

»Du wirst nie mehr lachen können, Georg!«

Er ließ ihre Hände los und reckte, tief Atem schöpfend, die Arme aus: »Vera ...bringe mich nicht zur Verzweiflung ...Da steh' ich und hab' alles getan aus Liebe zu dir! Nun zeige du mir auch deine Liebe! ...Ich kann es dir nicht ersparen! ...Ich verlange es ja nicht – die Notwendigkeit verlangt es ...es gibt einfach keinen anderen Weg ...also antworte mir: Ja oder nein?«

»Wohin führst du mich?«

Er stampfte mit dem Fuß auf.

»Herrgott im Himmel! Ich weiß es nicht!«

»Aber ich weiß es!«

Es war eine Sekunde still zwischen ihnen. Er murmelte: »Vera – liebst du mich?«

»Viel mehr, als du denkst!«

»Dann komm mit!«

Sie schwieg.

Er wandte sich von ihr ab und ging anscheinend ruhiger zwei-, dreimal durch das Zimmer hin und her. Dann machte er plötzlich wieder vor ihr halt und zog langsam etwas aus der Tasche. Ein Revolver blinkte in seiner Hand.

»Ich hab' eben gesagt: ›Es gibt keinen Weg mehr!‹« versetzte er. »Es gibt natürlich noch einen Weg! Den gibt es immer. Trennen können wir uns nicht voneinander! ... Das ist klar! Wenn du also nicht mit mir kommen willst – dann kommen wir beide überhaupt nicht mehr aus diesem Zimmer! Willst du das so, so muß es geschehen! Sofort! Ich verstehe auch das, daß du nicht anders kannst. Entscheide du! Eines von beiden!«

Es war eine Stille.

»Vera ... gib mir Antwort! Willst du mit mir fliehen oder nicht?«

Sie fürchtete sich nicht vor der leise glitzernden Waffe. Sie war ruhig vor ihm stehen geblieben, der in seiner herabhängenden Rechten Tod und Leben hielt. Nun sagte sie: »Laß mir nur etwas Zeit, Georg! Komm heute abend wieder. So gegen sieben!«

»Aber dann willst du fliehen?«

»Dann werd' ich fliehen!«

»Das schwörst du mir?«

»Das schwör' ich dir bei unserer Liebe ...«

Er zog sie an sich und hielt sie fest. Brust an Brust. Lange Zeit. Endlich murmelte sie: »Geh jetzt! Geh!«

Er küßte sie noch einmal leidenschaftlich und flüsterte: »Hab Dank! Hab Dank! Ich ordne inzwischen alles. Schlag sieben bin ich wieder hier!«

Dann wandte er sich rasch ab und zur Türe. Aber da rief sie ihn zurück: »Komm noch einmal, Georg ... zu mir ...«

Sie stürzte ihm entgegen, in seine Arme, die sie auffingen. Sie suchte angstvoll seinen Mund, ihre Augen leuchteten wild, sie preßte ihn mit der Kraft der Verzweiflung an sich, daß er beinahe erschrak. Dann bat sie: »Küß mich nicht auf den Mund! ... küsse mich auf die Augen ... auf das rechte ... und auf das linke ...«

Und während seine Lippen ihre geschlossenen Lider berührten, ging ein Schein wie von Entsühnung über ihr blasses Gesicht. Ein schwaches, dankbares Lächeln war darauf – dann noch einmal ein Flammen der Leidenschaft, Mund an Mund ...

»So ...« sagte sie und schob ihn sanft zur Türe. »Das ist der Abschiedskuß ...« Eine Sekunde glitt sein Blick argwöhnisch über sie: »Was ist dir, Vera?«

»Nichts. Nichts!«

Er zögerte.

»Ich hab' doch dein Versprechen?«

»Du hast es!«

Da reichte er ihr die Hand.

»Auf Wiedersehen, Vera!«

»Auf Wiedersehen!«

XIX.

Um fünf Uhr nachmittags war der Leutnant Albert Gisbert mit seinem Dienst in der Kriegsakademie zu Ende. Er verließ den Hörsaal und den roten Backsteinbau in der Dorotheenstraße, in deren Nähe, in der Luisenstraße, er wohnte, und während er sonst so sparsam war, daß er nur mit der Straßenbahn fuhr und sich schon vom Juli ab jeden Monat eine Mark von seinem bißchen Zulage für den Sekt zu Kaisers Geburtstag im Januar zurücklegte, stieg er jetzt in eine Droschke, beorderte sie nach der Meinekestraße und lief da, zwei Stufen auf einmal nehmend, zu der still und öde liegenden Wohnung im dritten Stockwerk empor.

Dort empfing ihn in dem leeren, schon stark verstaubten Salon, durch dessen geschlossene Jalousieen das grelle Julilicht draußen nur dämmerig drang, sein Bruder Richard, der Spandauer Artillerist. Der stand ungeduldig mitten im Zimmer, trocknete sich den Schweiß von dem roten, bier- und kegelfrohen Antlitz und sah auf die Uhr.

»Na endlich!« sagte er zu dem Jüngeren. »Ablösung vor! Ich muß fort! Höchste Eisenbahn! Der Dienst wartet nicht. Lang geht das überhaupt so nicht mehr mit der Überwachung wie diese letzte Woche …Ich komm' rein zu nichts mehr – meine Frau auch nicht …durch das ewige hier Herumhocken.« Der junge Kriegsakademiker war bis zu der Nebentüre geschlichen und hatte sein Ohr an diese gelegt. Er horchte. Drinnen rührte sich nichts. Da wandte er sich um.

»Warst du bei ihm?« flüsterte er.

Der andere nickte.

»Er ist auf?«

»Ja.«

»Was hat er denn gesagt?«

»Ich möchte wieder hinausgehen! …Die alte Geschichte! Es ist ja mit ihm nichts anzufangen!«

Die Brüder schwiegen.

Dann nahm der ältere seinen unterbrochenen Gedankenfaden wieder auf.

»Die ersten vier, fünf Tage,« sagte er, »so lange als er im Bett war, da war er leicht zu bemuttern …Revolver versteckt – Messer weg …Gashahn zu – alles fort, womit der Mensch sich … Aber nun, wo er seit gestern wieder auf den Beinen ist …Ich möcht' keine Verantwortung mehr übernehmen!«

»Hast du den Doktor gesprochen?«

»Heute mittag!«

»Nun …und?«

»Der Doktor sagt, was er von Anfang an gesagt hat: Wenn einer plötzlich ohnmächtig wird und dabei mit dem Schädel auf die Marmorplatte von dem Waschtisch nebenan aufschlägt, dann sei natürlich zunächst der Marmor härter als der Schädel. Aber nach ein paar Tagen gleiche sich das aus. Leichte Gehirnerschütterung. Nicht anders, als wenn man mal vorn vom Gaul segelt! … Hinterläßt weiter keine Spur. Nee, Jungchen, – die Gefahr – die liegt wo anders!«

Die beiden Offiziere blickten mit ernsten Mienen nach dem Nebenzimmer, in dem ihr Bruder war. Der Artillerist schnallte sich den Säbel um. Seine Sporen klirrten.

»Er wird nun sachte wieder Herr seiner Entschlüsse!« sagte er. »Und dann sind wir mit unserem Latein zu Ende …«

Der Infanterist schüttelte den Kopf.

»Gott sei Dank, noch nicht, Richard!«

»Hast *du* dann noch ein Mittel in petto, um ihn von Dummheiten zurückzuhalten?«

»Was denn?«

»Ich darf es nicht sagen.«

»Na …*deine* Geheimnisse …du Frosch…« meinte der Spandauer Hauptmann etwas mitleidig. Dabei drückte er dem jüngsten der drei Gisbert die Hand. »Also auf morgen!« – und machte sich auf den Weg. »Geschichten sind das …Geschichten…« brummte er noch im Gehen. Dann verlor sich das Rasseln seines Säbels über den Flur hin, und alles war still.

Nebenan, Tür an Tür mit dem Zimmer, in dem der Leutnant Albert, stumm in einem Buch blätternd, harrte, saß Georg Gisbert vor seinem Schreibtisch und rührte sich nicht. Seine Gesichtsfarbe war wachsfahl, wie bei einem Menschen, der eben eine schwere Krankheit überstanden, in den Augen ein wirrer und geistesabwesender Schein. Sein graues Sommerzivil, der Haarscheitel, der Schnurrbart waren in Ordnung wie immer, nach der mechanischen Gewohnheit des Offiziers. In der Hand hielt er einen vergilbten und zerknitterten Brief. Den hatte er wohl schon hundertmal gelesen, seit er ihn vor acht Tagen, hier im selben Zimmer, fast um die gleiche Nachmittagsstunde, empfangen und im nächsten Augenblick wie ein Rasender die Treppe hinabgestürzt war – in das nächste Automobil – hinaus nach Zehlendorf, was der Wagen nur laufen konnte – und doch zu spät ... und er las wieder und wieder die festen, großen und steilen Schriftzüge von Veras Hand:

»Mein geliebter Georg!

Ich habe Dir versprochen, zu fliehen! Wohin, hast Du mich nicht gefragt, und ich habe es Dir nicht gesagt. Du wußtest ja auch nicht recht, wohin wir beide fliehen sollten und wo das enden würde. Da hab' ich mir den Weg selbst gesucht. Glaub mir, es ist das beste! Ich war schon dazu entschlossen, ehe Du kamst! Gleich nachdem Dein Schwiegervater von mir gegangen war.

Aus der Unterredung mit ihm ist mir das klar geworden, was ich lange hätte wissen müssen, wenn ich nicht die Augen davor geschlossen hätte! Ich bin Dein Ballast im Leben. Du bist immer glücklich, solange ich nicht da bin. Sowie ich in Dein Dasein trete, geht das Unheil wieder los. Und das eine ist sicher: Du kannst ohne mich leben, mit mir nicht.

Du hast vorhin den Revolver herausgezogen. Ich fürchte mich nicht vor solch einer Waffe. Ich habe selbst eine. Schon lange. Sie liegt neben mir, während ich dies schreibe. Ich hätte Dir ruhig meine Brust geboten. Aber warum sollen zwei sterben, wo einer doch leben kann? Warum soll ich Dich mit mir reißen? Dann könnte man mit Recht sagen, ich sei Dein böser Geist gewesen. Und doch, glaube mir, hat Dich nie ein Mensch auf Erden so heiß und wahrhaft, so über alles hinaus geliebt wie ich.

Du bist ein Mann. Ihr könnt oft hintereinander leben. Draußen ist das Leben und stellt euch immer neue Aufgaben, und ihr könnt euch in denen immer wieder vergessen und erneuen. Wir haben nur ein Leben. Meines ist zu Ende! Oder eigentlich, es hat nie recht angefangen. Es waren immer nur Versuche dazu – Versuche mit Dir – gegen Dich – wieder mit Dir – Du warst immer da – Du warst immer mein Schicksal – und alle Versuche mißglückten. Durch meine Schuld. Es stand ein trüber Stern am Himmel, als ich geboren ward. Es ist etwas in mir, was sich nach Erfüllung drängt und doch nie erfüllen kann, und dies unruhige Suchen und Sehnen hat sich mir in Dir verkörpert – Du warst meine eigene Zerrissenheit – in Dir hab' ich mein eigenes Unglück geliebt und immer wieder groß gezogen, und Du Ärmster mußtest darunter leiden – Du Bester, Du mein einziger, mein geliebtester Georg. Ich mein' es so gut mit Dir und mit mir. Ich wollte ja nur ein bißchen Glück für Dich und mich. Aber es ist mir nicht gegeben. Ich möchte niemand etwas Böses tun, und wenn ich jetzt mein Werk der letzten sechs Monate überschaue, ist es wieder um mich wie ein Leichenfeld – Dein Haus zerstört, unser Kind begraben, mein Vater krank, mein Bräutigam verraten – das alles bin ich und bin doch nur ein armer Mensch, der seine Sehnsucht mit sich durchs Leben schleppt, und den ganzen Tag läutet es mir heute wie mit Glocken in den Ohren: ›Da wo du nicht bist, ist das Glück...‹

Du wolltest, ich sollte mit Dir hinaus! Du sagtest, wir seien ja Mann und Frau. Vielleicht. Wenn wir es nicht sind – das hätte mich nicht gehindert. Aber der Gedanke, daß ich wieder Dein Leben zerstört habe, hätte mich da draußen, in der Not und Sorge, die uns da erwartet, immer verfolgt – der Gedanke, daß Du die Deinen hier verraten hast, hätte Dich, wie Du bist, immer und ewig verfolgt und Deine Kraft zum Kampf ums Dasein gebrochen. Und das alles um meinetwillen. Du hättest wieder an mir gelitten – noch mehr als früher – und wärest an mir zugrunde gegangen. Das will ich nicht. Dazu hab' ich Dich zu lieb. Viel lieber als mich selbst ... Besser ein Ende! Ich bin meiner müde. Ich gehe. Ich tu's für Dich!

Denn das ist meine letzte Bitte, Georg: Laß mein Opfer nicht vergeblich sein! Lebe! Ich weiß, Du kannst es, wenn Du auch anfangs daran verzweifeln magst! ... Wie – da will ich Dir nichts vorschreiben – das bestimmen schließlich Mächte, die stärker sind als wir – aber lebe! Es ist nicht meine Bitte! Es ist mein Geheiß. Der Wunsch des Sterbenden ist heilig.

Du wirst die Forderung noch einmal von mir hören, wenn ich nicht mehr bin. Von anderen Lippen, denen ich es aufgetragen. Dann denke, ich spräche selbst! … Ich werde dies heilige Gelübde von Dir verlangen, und Du mußt es erfüllen!

Um meinetwillen! Es wäre mir ja ein leichtes gewesen, Dich mitzunehmen! Aber ich will für uns beide sühnen, was geschehen ist. Vor unserem toten Kinde haben wir uns geküßt. Nun holt mich mein Kind.

Leb wohl, Du über alles, über alles Geliebter! … Ich bin noch einmal bei Dir! … Halt still, Georg … schließe die Augen: Es legt Dir jemand die Hände aufs Haupt. Er segnet Dich für den Rest Deines Seins. Er flüstert: Du Geliebter … du Geliebter … Meine Liebe hat Dich schwach gemacht. Mein Tod soll Dich stark machen. Ich sterbe für Dich. Nun lebe Du für mich – Denke meiner oder vergiß mich – Tu, was Du willst – Aber lebe! … Lebe wohl!

Vera.«

Er ließ den Brief sinken und fuhr sich mit der Hand über die Augen und schaute zur Decke empor. Das alles erschien ihm wie ein Traum und war doch schon über eine Woche her. Unheimlich klar stand es in seinem Gedächtnis: Die rasende Fahrt nach Zehlendorf – über freies Feld – durch nüchterne Berliner Vororte, in Staubwolken den Weg entlang bis zu dem Hause in der Machnower Straße. Und dort schon alles durcheinander – Tür und Fenster offen – die Damen Pfennigreuter – fremde Menschen – ein Arzt – alles zu spät: Sie lag ruhig auf dem Diwan, als ob sie schliefe. Der rechte Arm war herabgeglitten. Neben ihr auf dem Boden glitzerte die Waffe …

Nein – sie fürchtete sich nicht vor Waffen. Eine Erinnerung aus lang verwehten und verweinten Tagen stieg vor ihm auf, ein Bild von vor zehn Jahren, da er, der junge Leutnant, als Manövergast harrend vor dem Hause Neetzow gestanden, und vom Garten hei hatte eine helle Mädchenstimme als Antwort auf die Meldung des Dieners geringschätzig rufen hören: »Gott… Infanterie…!« – Da vergnügten Vera und die anderen sich gerade im Park mit Pistolenschießen, und sie traf am besten, das Licht auf der Flasche damals wie jetzt ihr eigenes Lebenslicht. Mitten ins Herz…

Es war zuviel für ihn gewesen … Er entsann sich nur noch des plötzlichen Dunkels vor seinen Augen bei ihrem Anblick – eines schweren Sturzes – und er frug sich: ›Warum bin ich überhaupt wieder aufgewacht?‹ – und schaute starr vor sich hin, immer auf eine Stelle in der leeren Luft.

Die Türe knarrte leise. Sein Bruder Albert war in das Zimmer getreten. Er stand zögernd auf der Schwelle, ungewiß, ob er näherkommen dürfe. Georg Gisbert sah den jungen Kriegsakademiker mit leeren Augen an. Er staunte darüber, daß er Brüder habe. Er staunte über alles in der Welt.

»Darf ich ein bißchen bei dir bleiben, Georg?«

Der andere richtete sich etwas auf.

»Setz dich einmal da her, Albert! Ich muß dich etwas fragen. Irgend einen Menschen muß ich fragen, und du bist ja jetzt immer bei mir. Du und Richard – ihr wollt verhindern, daß ich auch meinem Leben ein Ende mache – nicht wahr?«

»Ja – wenn wir es können, Georg!«

» *Ihr* könnt es nicht! … Das kann nur … sieh mal, Albert … ich zerbreche mir, seitdem ich vorgestern wieder zu mir gekommen bin, darüber den Kopf … Sie hat mir geschrieben, ich dürfe es nicht tun …«

»Ich weiß.«

»Aber ist solch ein letzter Wille etwas so Heiliges, daß man sich einfach beugen muß?«

»Ja, Georg!«

Der Hauptmann Gisbert stand auf.

»Ich kann es aber nicht! Hörst du – ich kann es nicht!«

»Du mußt!«

»Das ist leicht gesagt! ...Aber wenn das stärker ist als ich ...ich ertrage das Leben nicht mehr ...Und vielleicht, Albert – vielleicht war das ihr letzter Prüfstein für meine Liebe, daß ich ihr dort hinüber folgen sollte – trotz alledem! ...Und wenn ich erst weiß, daß ich das darf...«

»Du darfst es nicht!«

»...daß das ihr letztes Geheimnis ist...ich muß es mir selber lösen! Sie kann ich nicht mehr fragen ...Sie ist stumm.«

»Sie wird dir noch einmal Antwort geben, Georg.«

»Was soll das heißen? Warum nimmst du mich denn an der Hand?«

»Ich will dich aus dem Zimmer hier herausführen, Georg!«

»Wohin?«

»Fühlst du dich kräftig genug, das Haus zu verlassen? Ja? Dann komm! Und frage nicht! Laß mich gewähren! Bitte!«

Sie stiegen unten in eine Droschke. Der Leutnant rief dem Kutscher zu: »Nach dem Invalidenkirchhof!« Georg Gisbert zuckte zusammen. Aber er schwieg. Er sprach auf der ganzen Fahrt kein Wort, auch nicht, als sein Bruder unterwegs versetzte: »Dieser Tage hat mich der Oberst von Schefflenz kommen lassen. Er hat lange mit mir über dich gesprochen und sich alles erzählen lassen. Er läßt dir sagen: wenn du jetzt noch hinüber wolltest, nach Ostafrika – allein – dann brauchtest du gar nicht erst den Abschied zu nehmen. Es seien Stellen in der Schutztruppe frei. Er könne es veranlassen, falls du wolltest, daß du sofort wieder dorthin versetzt würdest – auf eine Anzahl von Jahren...«

Der Wagen hielt am Kirchhofgitter. Sie traten ein. Sie schritten langsam auf dem Kiesweg im Schatten der Zypressen durch das Gewimmel der Grabmäler, unter denen die preußischen Soldatengeschlechter ruhten. Die Namen alter, seit dem Großen Kurfürsten auf allen Schlachtfeldern berühmter Familien schimmerten da und dort, efeuumsponnen, in verwaschenem Gold auf mürbem Stein. Nirgends war jetzt, im ersten Abenddämmern, ein Mensch. Der Leutnant Gisbert führte. Er kannte den Weg, den vor wenigen Tagen ein kleiner trauriger Zug gegangen – nur die Geschwister und der Schwager der Toten. Er selbst hatte sich fernab gehalten und erst, als alles vorbei war, seinen Kranz auf den blumenüberdeckten Hügel gelegt. Neben dem war ein kleinerer, fast noch ebenso frisch wie der andere, wie jener noch ohne Grabstein, aber die Blütenpracht auf ihm schon verwelkt und verdorrt. Vera von Vogt ruhte da zur Linken ihrer Tochter, und um sie schliefen die Sieversdorff, deren letzte die Mutter zu ihrer Rechten gewesen, den ewigen Schlaf.

Es war still. Georg Gisbert lehnte den Kopf an die Schulter des Bruders. Der fühlte, daß jener jetzt weinte, endlich weinen konnte. Er rührte sich nicht. Dies Schluchzen war lange Zeit der einzige Laut außer dem Vogelgezwitscher umher auf den Bäumen und dem seinen Brausen und Dröhnen der Weltstadt. Endlich sagte der Leutnant: »Georg ...an dieser Stelle habe ich ein Vermächtnis zu erfüllen! Sie wollte noch einmal zu dir sprechen. Sie hat mir vor ihrem Tode geschrieben...«

Er zeigte ihm ein Blatt. Die Augen des anderen waren zu umflort. Er konnte nichts lesen. Da tat es der Jüngere:

»...Ich wende mich an Dich, Albert, weil ich glaube, daß ich, solange ich euren Namen trug, Dir näher gestanden bin, als den anderen Gisberts...«

Er brach einen Augenblick ab. Er hatte Vera nur zwei-, dreimal im Leben gesehen. Er hätte nie gedacht, daß sie seine, des damaligen unreifen Lichterfelder Selektaners, stille Leidenschaft für die schöne, junge Schwägerin geahnt hatte, eine Leidenschaft, die erst nach Jahren, ohne daß je ein Mensch darum wußte, draußen im Leben leise erloschen war. Aber sie hatte sie doch gefühlt. Sie schrieb:

»Und dies ist meine letzte Bitte an Dich. Gehe sobald Du kannst mit Georg an mein Grab. Dort nimm ihm in meinem Namen, ein Bruder dem anderen, ein Offizier dem anderen, das Ehrenwort ab, zu leben und tapfer zu sein! ...Sag ihm: Die, die da unter seinen Füßen liegt, die könne nicht eher schlafen, als bis er es getan – Und ich unruhiger Gast möchte doch so gerne endlich, endlich zur Ruhe eingehen! ...Und dann hab Dank! Deine einstige Schwägerin Vera.«

Der Leutnant Gisbert streckte die Rechte aus: »Georg...«

Es war still.

»Georg ...bei der da unten...erfülle ihren letzten Wunsch...«

Er fühlte die kalte Hand des anderen in der seinen.

»Dein Wort, Georg?«

Da sagte Georg Gisbert leise, den Blick auf den Blumenhügel, vor sich gerichtet, als sähe er dort noch einmal sie: »Mein Wort!«

Es war ein schweres Schweigen. So verstrich wohl eine Viertelstunde.

»Nun komm, Georg! Es wird sonst heute zu viel für dich!«

Georg Gisbert nahm mit einem langen Blick von seiner Frau und seinem Kinde Abschied. Stumm schritt er mit seinem Bruder dem Ausgang zu. Er hatte keinen Willen mehr. Er ging, wohin der andere ging, an seiner Seite durch das lärmende Leben des Berliner Nordens, bis zu der nahen Luisenstraße, wo der Kriegsakademiker wohnte. Erst da, vor dessen Hause, blieb er wie aus einem Traum erwachend stehen.

»Warum soll ich denn da hinauf zu dir?«

»Komm nur!«

Der Leutnant Albert bewohnte zwei Treppen hoch nach vorn hinaus ein sehr einfaches, möbliertes Zimmer bei einem Schneidermeister. Gegenüber nach dem Hof zu war die Burschenstube. Der Musketier wartete schon und riß vor den Eintretenden die Türe zu dem Vorderraum auf.

In dem war jemand. Eine blasse, junge Frau stand da, große, dunkle Augen in dem zarten Kindergesicht. Georg Gisbert trat einen Schritt zurück. Er flüsterte ungläubig: »Otti...?«

Da hörte er ihre Stimme: »Sie haben geschrieben, es handle sich um dein Leben! Da bin ich noch einmal gekommen!«

Er schwieg erschüttert. Endlich murmelte er: »Otti – wie hast du *d a s* vermocht?«.

»...weil ich dich immer noch lieb hab'! Trotz alledem!«

Er wandte sich ab. Er war seiner nicht mehr Herr. Neben ihm versetzte sein Bruder: »Er wird leben, Otti! Er hat's geschworen! ...Er geht jetzt in die Kolonien hinaus – nicht wahr, Georg? Und wenn Zeit genug ins Land gegangen ist...«

Da sagte Otti leise: »Wir werden auf dich warten ...ich und die Kinder...«

Er sah sie an. Eben beim Verlassen des Friedhofs hatte er in wildem Schmerz gedacht: ›Da liegt deine Frau! ...Da liegt dein Kind!‹ – Und da war wieder seine Frau – da waren wieder seine Kinder – und in ihm war ein Ahnen des ewigen Lebens, das sich aus sich selbst erneut und die Wunden heilt, die es schlug.

Und auf seine Lippen drängte sich das eine Wort: »Vergib!«

Noch stand sie still. Er wiederholte: »Vergib mir, ehe ich gehe!«

Sie reichte ihm stumm die Hand. Er hielt sie in der seinen. Eine Befreiung war in seinem gebrochenen Herzen: ›Sie selber – die da drüben – will ja, daß ich lebe – daß andere mit mir leben – jetzt noch nicht – aber nach Jahren, wenn ich das Leben wieder zu ertragen gelernt habe ...‹

Vor ihm sagte Otti: »Bleib drüben, solange du willst! Oder solange du mußt! ...Wir hier bleiben dir treu!...«

Er schloß die Augen. Er wollte ihr sagen: ›Es ist zu viel für mich. Zu viel Liebe im Leben und zu viel Liebe im Tod!‹ Aber er konnte nicht mehr sprechen. Er preßte ihr nur noch einmal die Hand. Dann trat er hinaus. Der Bruder folgte ihm. Es war dämmerig draußen auf den Straßen geworden, Nacht drüben im Norden, wo Vera schlief, und wie ein letzter Gruß von ihr stand oben am Himmel, hoch über den Menschen, hoch über der Welt, der Abendstern.

9 788027 313129